KB143558

창해시안
滄海詩眼

창해시안

시를 꿰뚫어 보는 눈

이경유 지음

장유승·부유섭 함께 옮김

성균관대학교
출판부

목차

창해시안 권중

서설

1. 머리말

『창해시안』은 이경유(李敬儒, 1750~1821)가 편찬한 시화서이다. 이경유는 식산(息山) 이만부(李萬敷)의 증손으로 상주(尙州)에 거주한 남인이다. 남인이 편찬한 시화로는 『창해시안』 외에 이극성(李克誠, 1721~1779)의 『형설기문(螢雪記聞)』, 강준흠(姜浚欽, 1768~1833)의 『삼명시화(三溟詩話)』, 성섭(成涉, 1718~1788)의 『필원산어(筆苑散語)』 등이 알려져 있는데, 『창해시안』은 조선후기 남인 문단의 실상을 전하는 자료로 일찌감치 주목을 받았다. 시 비평과 산문 비평, 야사 및 일화가 혼재된 대개의 시화와 달리 한시비평서의 성격이 뚜렷하다는 점, 그리고 중국시에 대한 비평이 상당하다는 점도 『창해시안』이 주목받은 이유이다. 현재까지 4편의 논문이 제출되었으나 몇 가지 문제가 있으므로 재검토가 필요하다.[1]

선행연구의 문제점은 크게 세 가지이다. 첫째는 이본 문제이다. 선행연구는 모두 저자의 종증손 이병조(李炳朝) 필사본을 선본(善本)으로

---

* 이 글은 장유승, 「『滄海詩眼』 연구의 재검토」(『한문학보』 42집, 2020)를 요약, 정리한 것이다.
1 권태을(1989), 강민구(2008), 최상근(2015), 조정윤(2019).

간주하고 논의를 전개했다. 그러나 본서의 편찬과정에서 이본을 축자 대조한 결과, 이병조 필사본은 선본으로 보기 어렵다.

둘째는 인용 문제이다. 시화에 기존 문헌이 인용되는 것은 일반적인 현상이지만, 『창해시안』은 그 비중이 상당히 높은 편이다. 따라서 이경유가 창작한 기사와 다른 문헌에서 인용한 기사를 구분할 필요가 있는데, 선행연구는 이 점에 다소 소홀했다. 특히 중국 시 비평의 대부분이 인용이라는 점은 주의를 요한다.

셋째는 방증 자료의 문제이다. 『창해시안』은 현재 한국국학진흥원에 소장된 상주 식산 종택 기탁 문헌의 하나이다.[2] 기탁 문헌에는 이경유의 문집 『임하유고(林下遺稿)』를 비롯하여 그의 조부 이지빈(李之彬)의 『통덕랑공시집(通德郎公詩集)』, 부친 이승연(李承延)의 『강재유고(剛齋遺稿)』, 숙부 이병연(李秉延)의 『반롱재집(半聾齋集)』, 조카 이건기(李建基)의 『현문유고(玄門遺稿)』 등이 포함되어 있다. 선행연구는 이러한 문헌들에 대한 검토가 부족했다. 이 문헌들은 『창해시안』의 이해에 필수적인 자료이다.

이 글에서는 이상 선행연구의 세 가지 문제점에 착안하여 『창해시안』의 편찬 배경과 비평적 특징을 살피고자 한다.

2. 이경유의 생애와 『창해시안』의 편찬시기

이경유의 생애는 1822년 조카 이건기가 지은 가장에 자세하다.[3] 이경

---

2 식산 종가 문헌 현황은 김학수(2002), 김주부(2017), 김주부(2019) 참조.

유의 자는 덕무(德懋), 호는 반속(半俗), 창해(滄海), 동야(東野)이며, 만년의 호 임하(林下)가 가장 널리 알려졌다. 동야는 그가 한때 거주한 동곽리(東郭里, 현 상주시 동성동)를 뜻하며, 임하는 1809년 이거한 임하리(林下里, 현 상주시 냉림동)에서 따온 것이다.[4]

이경유의 집안은 증조 이만부가 부친상을 당한 이후 비로소 상주에 정착했다. 다만 이만부는 학문적, 문학적 명성은 높았으나 과거를 단념했고, 관직도 빙고 별제(氷庫別提)에 그쳤다. 이경유의 종증조이자 이만부의 아우인 이만유(李萬維)는 문과에 급제하여 부수찬을 역임했으나 1729년 제주에 유배되어 관력을 마감했다. 조부 이지빈(李之彬, 1702~1729)은 본디 이만유의 아들이나 이만부에게 출계했다. 그는 과거에 급제하지 못하고 28세로 요절했다.

부친 이승연(1720~1805)은 비교적 장수했지만, 여러 차례의 도전에도 불구하고 결국 과거에 급제하지 못했다. 그는 아들 이경유의 과거 급제를 간절히 기대하고, 과거를 준비하는 그를 꼼꼼히 지도했으나 이경유 역시 과거에 실패했다.[5] 요컨대 이경유 집안의 사회적 위상은 뚜렷이 쇠퇴하고 있었다.

이경유는 1750년 7월 25일에 태어났다. 5세부터 『사략(史略)』을 배웠는데, 어려서부터 『사기』 열전을 본떠 글을 지었다. 『좌전(左傳)』, 『사기(史記)』, 『한서(漢書)』와 당송팔가(唐宋八家)의 글을 좋아했고, 시는 이백과 두보를 종주로 삼았으며, 특히 『당시품휘(唐詩品彙)』 읽기를

---

3 李健基, 『玄門遺稿』, 〈仲父啓功郎行繕工監副奉事府君家狀〉. 이하 이경유 생애의 주요 사실은 모두 가장에서 인용한 것이다.

4 李敬儒, 『林下遺稿』 卷7, 〈林下淸齋記〉.

5 李承延, 『剛齋遺稿』 卷5, 〈與敬儒書〉.

좋아하여 죽을 때까지 암송했다.

젊은 시절 이경유는 부친의 명에 따라 과거를 준비했다. 이경유는 최소한 30대 초반까지는 과거에 매달렸던 것으로 보인다.[6] 끝내 급제하지는 못했으나 출사의 계기는 뜻하지 않게 찾아왔다. 이경유는 1792년 이우(李瑀)를 소두(疏頭)로 삼은 영남만인소에 참여했고, 이를 계기로 정조(正祖)를 면대했다. 정조는 이경유를 '결코 범상한 인물이 아니다.'라고 평가하며 관직 제수를 명했다.[7] 이로 인해 이경유는 잇달아 참봉직에 임명되었다. 그러나 1795년 선공감 봉사로 승진하고, 이듬해 늙은 부친을 핑계로 체직되는 것으로 관력을 마감했다.

만년에는 선조의 묘도문자를 편찬하고 비석을 세우는 등 가문 위상 확립에 몰두했다. 1813년 이만부의 『식산집(息山集)』을 간행하고, 이어서 이만유, 이승연, 이병연의 시문을 모아 『염주세고(鹽州世稿)』를 간행한 것도 그의 힘이었다.[8] 가장에 따르면 시종일관 절친했던 인물은 정종로(鄭宗魯), 남한조(南漢朝), 강세백(姜世白) 등이었다고 하는데, 모두 상주에 거주한 남인이다. 특히 강세백은 강박의 손자로, 이경유 집안은 강박 집안과 두터운 세교(世交)를 맺었다. 이경유가 이들과 절친했던 이유는 이들 역시 상주에 내려온 지 얼마 되지 않았기 때문인 듯하다. 함께 불우하게 영남에 영락한 신세라는 동류의식이 이들의 결속을 다졌던 것이다.[9]

만년의 이경유는 지역사회에서 후학 양성에 힘썼다. 상주에 강학

---

6 李承延, 『剛齋遺稿』 卷5, 〈送敬儒往慶雲山房序〉.

7 『正祖實錄』 16年 5月 11日.

8 李敬儒, 『林下遺稿』 卷9, 〈曾王考文集刊役後識〉, 〈鹽州世稿刊役後識〉.

9 李敬儒, 『林下遺稿』 卷10, 〈警弦齋哀辭〉.

소를 설립하고, '서양사설(西洋邪說)'이 횡행하자 남은 재산을 도남서원(道南書院)에 기부하여 강학의 밑천으로 삼았다. 『임하유고』를 보면 이경유가 신유박해 이후 천주교의 유입을 중대한 국가적 위기로 간주했다는 사실을 확인할 수 있다.[10]

이경유는 1821년 11월 19일 세상을 떠났다. 전배(前配)는 최광옥(崔光玉)의 딸이며, 후배(後配)는 조당(趙瑭)의 딸이다. 전배의 부친 최광옥이 상당한 부호였다는 점은 이경유의 문집 곳곳에 언급되고 있다.[11] 흥미로운 것은 모친 함안 윤씨(咸安尹氏) 역시 광주(光州)의 부호 윤수(尹㥞)의 딸이라는 사실이 누누이 강조되고 있다는 점이다.[12] 이경유는 외가와 처가의 물질적 원조는 전혀 없었다고 밝혔지만 문면 그대로 믿기는 어렵다.

이경유는 노비 출신 시인 정일(鄭逸)에게 보낸 편지에서 젊은 시절 시학에 관심을 기울인 계기를 밝힌 적이 있다.[13] 이 편지에 따르면 이경유의 시학은 가학에 바탕을 두었으나, 과거를 보러 서울을 드나들면서 당대 시단에 대한 정보를 폭넓게 입수했다. 『창해시안』은 그 결과물이었던 것이다.

이경유가 시작(詩作)을 즐겼다는 사실은 『임하유고』의 권1~6에 실려 있는 430여 제의 시에서도 확인할 수 있다. 그러나 이중 40세 이전의 젊은 시절에 지은 것은 극히 일부에 불과하다. 「동야축」 서문에서

---

10 李敬儒, 『林下遺稿』 卷9, 〈與無適翁〉.

11 李敬儒, 『林下遺稿』 卷11, 〈亡室孺人完山崔氏墓誌銘〉.

12 李敬儒, 『林下遺稿』 卷11, 〈先考僉知中樞府事府君墓誌〉; 〈先妣贈淑夫人咸安尹氏墓誌〉.

13 李敬儒, 『林下遺稿』 卷9, 〈與東湖樵客鄭逸書〉.

14 李敬儒, 『林下遺稿』 卷2, 「東野軸」.

도 '젊어서 지은 시를 모으지 않고 버려서 남은 것이 없다'고 했다.[14] 결국 이경유가 시학에 기울인 지대한 관심은『창해시안』을 제외하면 흔적을 찾기 어렵다.

이경유가 초년작을 수습하지 않은 이유는 여러 가지가 있겠지만, 시에 대한 그의 관심이 급격히 고문으로 전환된 것도 한 가지 이유로 보인다. 이 점은 이경유가 임종 이틀 전에 지은 자찬 묘표에서도 확인할 수 있다. 자찬묘표에는 시에 대한 언급이 전혀 보이지 않는다. 단지 당송팔가와 모곤(茅坤), 왕세정(王世貞), 허목(許穆)의 글을 좋아했고, 만년에는 선진양한의 글을 즐겨 보고『사기』와『한서』에 더욱 힘을 쏟았다고 밝혔을 뿐이다.[15] 자찬 묘표인만큼 자신의 문학적 지향을 분명히 드러냈다고 하겠는데, 시에 대한 언급이 없다면 시를 자신의 정체성에서 중요한 요소로 간주하지 않았다고 보는 것이 타당하다.

이경유의 문집에 드러나는 그의 정체성은 '고문가'이다. 만년에 들어 고문에 대한 관심이 각별했다는 점은 문집 곳곳에 드러난다. 고문에 대한 이경유의 관심은 수사적 차원에 머무르지 않는다. 그의 저술에는 고문이 성인의 도를 전하는 수단이라는 전통적인 고문관이 자주 드러난다. 이처럼 급격한 관심의 전환은 그가 신유박해를 계기로 이념적 위기를 체감했기 때문으로 보이는데, 이 점에 대해서는『임하유고』를 좀 더 검토할 필요가 있다.

이경유가 만년에 시보다 고문에 관심을 기울였다면 그의 생애에서 『창해시안』이 지니는 의미는 무엇인가.『창해시안』의 편찬 시기를 확정해야 그 의미를 부여할 수 있다.『창해시안』에는 편찬 시기를 구체

---

15 李敬儒,『林下遺稿』卷2,「東野軸」.

적으로 추정할 수 있는 기사가 더러 보인다.

① 나는 몇 해 전에 두 아들을 잃고 산사(山寺)에 가서 지내며 당시(唐詩)를 보다가 백거이(白居易)가 아들을 잃고 지은 시를 보았다.[16]

② 몇 해 전 재상 이복원(李福源)이 심양에 사신으로 갈 적에 하사한 시는 다음과 같다.[17]

③ 몇 해 전 내가 상연산방(想蓮山房)에 가서 묵을 적에 탄일(綻一)이라는 승려가 있었다.[18]

④ 그[필자주: 홍수보]의 두 아들 승지 홍인호(洪仁浩)와 진사 홍의호(洪義浩) 역시 명성이 몹시 자자하다.[19]

①은 1782년 장남과 차남이 동시에 역병으로 죽은 일을 말하는 것이다.[20] 따라서 이 기사는 1782년 이후의 기록이다. ②는 1783년 정조가 이복원에게 하사한 시를 인용한 부분이다. 따라서 이 기사는 1783년 이후의 기록이다. ③은 승려 탄일에 대한 언급이다. 탄일은 1784년 여름에 상연산방을 떠나 청계산으로 들어갔다.[21] 따라서 이 기사는 1784년 이전의 기록이다. ④는 홍수보의 시를 인용한 기사다. 홍인호와 홍의호의 호칭에 주의할 필요가 있다. 홍인호는 1784년 1월

---

16 『滄海詩眼』 卷上 56則.

17 『滄海詩眼』 卷下 69則.

18 『滄海詩眼』 卷中 206則.

19 『滄海詩眼』 卷中 119則.

20 李敬儒, 『林下遺稿』 卷11, 〈祭兩兒文〉.

21 李敬儒, 『林下遺稿』 卷7, 〈送浮屠綻一師入淸溪山序〉

처음 승지에 임명되었으므로 이 기사는 1784년 1월 이후의 기록이다. 그리고 홍의호는 1780년 진사시에 합격하고 1784년 10월 문과에 급제했다. 만약 이 기사의 기록 시기가 1784년 10월 이후라면 문과에 합격한 홍의호를 '진사'라고 부르지는 않았을 것이다. 따라서 『창해시안』 기록의 하한선은 1784년 10월이다.

이처럼 『창해시안』에서 기록 시기가 확인되는 기사는 1783~1784년 사이에 집중되어 있다. 1784년 이후의 기록이 분명한 기사는 찾을 수 없다. 이로써 『창해시안』의 편찬시기를 대략 추정할 수 있다. 『창해시안』의 편찬은 1770년대에 일단락된 것으로 보이며, 이후 가필(加筆)이 있었다 하더라도 1784년을 넘지 않는다고 보는 것이 타당하다. 결국 『창해시안』은 이경유가 20대 초반에서 30대 초반 사이에 편찬한 저술이다.

3. 『창해시안』의 서지적 특징

현재 한국국학진흥원에 소장된 『창해시안』은 2종이다. 종증손 이병조(李炳朝) 필사본과 역시 종증손인 이병상(李炳尙) 필사본이다. 편의상 전자를 A본, 후자를 B본으로 지칭한다. B본은 권두와 권말의 일부가 탈락되었으므로 선행연구에서는 A본을 선본으로 간주하였다.

A본과 B본을 축자대조한 결과, 서로 다른 글자는 170여 자이다. 이중에는 의미에 별다른 영향을 미치지 않는 어조사도 있고, 어느 쪽이든 의미가 통하는 글자도 있지만, A본이 명백한 오류인 경우가 대부분이다. A본에 오류가 많다는 사실은 『동인시화』, 『당시품휘』, 『당

이본명	A	B
원소장자	식산종가 이용덕 종손	식산종가 이용덕 종손
행자수	10行 21字	10行 20字
장수	79장	78장(落張 있음)
필사자	李炳朝	李炳尙
성격	後寫本	善本

음』및 각종 문집을 인용한 부분에서 분명히 드러난다. A본의 오류는 한두 글자를 오기하는 정도에 그치지 않는다. 행 단위의 오류도 종종 보이며, 수 면에 걸쳐 필사를 잘못한 부분도 보인다.

반면 B본에서는 인용상의 오류가 거의 보이지 않는다. B본에도 오류가 더러 있기는 하지만, 이는 A본에도 똑같이 나타난다. A본의 오류가 B본에 좀처럼 나타나지 않는 반면, B본의 오류가 A본에도 똑같이 나타난다는 것은 A본이 B본을 필사했다는 증거이다. 결론적으로 선행연구에서 선본으로 간주한 A본은 조악한 후사본이며, B본이 선본이다. 다만 B본에 낙장이 있으므로 이 부분에 한해서는 A본에 의지할 수밖에 없다.

B본을 선본으로 간주한다면, 수록 기사의 구분도 B본을 따라야 한다. A본과 B본은 모두 행을 바꾸어 기사를 구분했는데, 간혹 구분이 상이한 경우가 있다. 특히 구분이 애매한 것은 기존 문헌을 인용하고 이경유가 평을 덧붙인 기사이다. 이러한 기사는 내용상 연결되므로 기실 하나의 기사로 간주하는 것이 여러모로 편리하다. 다만 원본에서 명백히 행을 바꾸어 기사를 분할했는데 연구자가 자의적으로 합치는 것은 온당치 않다고 본다. 필자가 B본을 기준으로 삼고 A본을 참고하여 계산한 결과, 『창해시안』 수록 기사는 상편 78칙, 중편 214칙, 하편 117칙으로 총 409칙이다.

『창해시안』 하권에는 『동인시화』가 집중적으로 인용되어 있다. 『창해시안』 하권 117칙 중 45칙이 『동인시화』의 인용이다. 『동인시화』가 총 148칙이니, 전체의 삼분의 일 가까운 분량을 인용한 것이다. 『창해시안』에서 신라와 고려, 조선 전기의 시에 관한 내용은 대부분 출전이 『동인시화』이다. 시화에서 기존의 시화를 인용하는 것은 드문 일이 아니다. 다만 기존의 문헌을 인용한 부분과 저자가 독창적으로 서술한 부분은 구분해야 한다. 『동인시화』는 잘 알려진 문헌이므로 인용한 부분을 가려내기 어렵지 않으나, 그렇지 않은 문헌이 문제가 된다.

『창해시안』에 수록된 기사 총 409칙 중 『동인시화』에서 인용한 45칙을 제외하면, 약 삼분의 일 정도에 해당하는 120여 칙이 중국 시인과 작품에 대한 비평이다. 그리고 이중 약 40여 칙은 『당시품휘』 또는 『당음』의 주석을 인용한 것이다. 결국 중국 시인과 작품에 대한 비평의 삼분의 일 정도는 이경유의 독창적인 견해가 아닌 것이다.

『당음』과 『당시품휘』는 조선 시단에 지대한 영향을 미쳤다. 『당음』은 조선 초기부터 널리 읽혔으며, 『당시품휘』는 조선 중기 이후 크게 유행했다. 조선 말기에 이르면 방각본 『오언당음』, 『칠언당음』, 『당시장편』 등이 등장하여 당시 학습이 대중화되는 경향이 나타나는데, 이러한 방각본 당시 선집은 『당음』과 『당시품휘』를 바탕으로 편찬된 것이다.[22] 이경유가 활동한 18세기 후반에서 19세기 초반 무렵, 『당음』과 『당시품휘』는 조선에서 손쉽게 접할 수 있는 문헌이었다.

이경유의 주변에서도 『당시품휘』의 영향은 쉽게 발견할 수 있다. 부친 이승연은 『창해시안』 서문에서 당시(唐詩)를 대가(大家), 명가(名家), 정음(正音), 여향(餘響) 등으로 구분했는데, 『당시품휘』의 영향이 뚜렷하다. 이승연은 강세문이 『당시품휘』를 바탕으로 편찬한 당시 선집 『당시호백(唐詩狐白)』의 서문을 써주기도 했다.[23] 당시 영남 지역에서 『당시품휘』가 널리 유통되고 있었던 것은 분명하다.

이경유는 『당음』과 『당시품휘』가 좋은 시를 빠뜨리기도 하고 좋지 않은 시를 뽑기도 했다며 불만을 표했는데, 이 역시 그가 두 책을 열심히 보았다는 증거다. 이경유가 『당시품휘』를 애독한 사실은 가장에도 언급되어 있다. 식산 종가 소장 문헌목록에도 『당시품휘』가 보인다. 이경유가 본 『당시품휘』는 『당시품휘』의 여러 판본 중 가장 널리 유포된 장순(張恂) 중정본(重頂本)으로 추정된다.[24]

장순 중정본의 주석은 기존의 당시 선집과 당송 시화에 수록된 비평을 두루 인용했다. 선집은 은번(殷璠)의 『하악영령집(河嶽英靈集)』, 고

---

22 이종묵(2019).

23 李承延, 『剛齋遺稿』 卷3, 〈唐詩狐白〉.

중무(高仲武)의 『중흥간기집(中興間氣集)』, 방회(方回)의 『영규율수(瀛奎律髓)』 등을 자주 인용했고, 시화는 엄우(嚴羽)의 『창랑시화(滄浪詩話)』, 홍매(洪邁)의 『용재수필(容齋隨筆)』, 유극장(劉克莊)의 『후촌시화(後村詩話)』, 구양수(歐陽修)의 『육일시화(六一詩話)』 등을 자주 인용했다. 『창해시안』에는 『서청시화(西淸詩話)』, 『초계어은총화(苕溪漁隱叢話)』, 『고금시화(古今詩話)』 등의 시화를 인용한 부분이 종종 보이는데, 모두 『당시품휘』에서 재인용한 것이다.

『창해시안』에서 『당시품휘』와 『당음』, 그리고 『동인시화』로부터 인용한 부분을 모두 합치면 전체의 삼분의 일에 달한다. 독창성에 초점을 맞춘다면 『창해시안』의 가치는 높이 평가하기 어렵다. 『창해시안』은 편서의 성격이 짙다는 점을 간과할 수 없다. 『창해시안』의 가치는 내용의 독창성이 아니라 비평론의 독자성에서 찾아야 한다. 다시 말해 이경유가 어떠한 비평론에 입각하여 기존 문헌을 선별 인용했는지 밝혀야 한다는 것이다.

4. 『창해시안』의 비평적 특징

4-1. 시안의 세 가지 의미

『창해시안』은 삼분의 일 이상이 기존 문헌의 인용이지만, 이를 지금의

---

24 『당시품휘』 판본에 대해서는 전념순(2018) 참조. 한국학중앙연구원의 식산종택 고서 마이크로필름 촬영목록에는 '本衙藏板' 『당시품휘』 19책, 김주부(2019)의 목록에는 장순 중정본 『당시품휘』 목판본 71권 19책으로 되어 있다. 모두 전 24책 중 5책이 없는 낙질로 추정했다.

관점에서 표절로 단정하기는 어렵다. 선행연구에서 지적한대로 이경유가 작시(作詩)에서 가장 경계한 것은 표절이다. 이처럼 표절을 경계한 이경유가 의도적으로 기존 시화를 절취하여 자신의 견해로 포장했다고 보기는 어렵다. 『창해시안』에서 발견되는 수많은 인용은, 이경유가 기존의 문헌에서 자신의 견해에 부합하는 내용을 뽑아 비평의 정당성을 확보하기 위한 것으로 보아야 한다.

『창해시안』에는 작가론, 작품론, 형식론 등 다양한 양상의 비평이 혼재한다. 얼핏 보기에는 산발적이지만 그 강령은 분명히 존재한다. 그것은 다름 아닌 '안목'이다. '시안'이라는 서명도 여기서 나온 것이다. 그런데 이경유가 말하는 안목은 단순히 가작(佳作)을 알아보는 감식안을 의미하는 것이 아니다. 이경유가 말하는 '안목'에는 세 가지 층위가 있다.

첫째는 표절과 위작을 알아보는 안목이다. 이경유는 한위시(漢魏詩)를 배우는 자들이 오로지 표절을 일삼는다고 한탄하며,[25] 이처럼 표절과 위작이 횡행하는 것은 사람들에게 '참된 안목[眞眼目]'이 없기 때문이라고 했다.[26] 『창해시안』에는 표절과 위작을 지적하는 기사가 상당하다. 이경유는 이안중(李安中)이 당시를 표절하고, 조주규(趙胄達)가 두보와 육유를 표절한 사실을 밝혀냈으며, 채홍리(蔡弘履)가 발굴한 일당시(逸唐詩)가 위작임을 간파했고, 김안국(金安國)이 가짜 일당시에 속지 않았다는 기사도 수록했다.[27] 이경유는 고문사파의 문학

---

25 『滄海詩眼』卷上 36則.
26 『滄海詩眼』卷上 45則 ; 卷中 189則.
27 『滄海詩眼』卷上 43則 ; 卷上 45則.

론에 기본적으로 찬동하는 입장이었으며, 이들의 시에 대해서도 우호적이었지만 표절은 배격했다. 표절과 위작을 간파하는 것이야말로 그에게는 비평의 우선순위였다.

점화(點化)에 상당한 지면을 할애한 것도 '안목'과 관련이 있다. 점화에 대한 이경유의 견해는 대체로 긍정적이며, 여러 사례를 들어 점화의 선례를 보였다. 특히 『동인시화』에서 인용한 45칙 중 점화에 관한 것이 10여 칙이다. 본디 점화와 표절은 경계가 불분명하다. 표절과 위작을 가려내고, 점화를 능숙히 하기 위해서는 전대의 시에 해박해야 한다는 점도 동일하다. 이경유는 과거의 문학적 성취를 학습함으로써 시를 창작하고 비평하는 안목을 기를 수 있다고 보았다. 이는 『창해시안』에 기존의 문헌이 다량 인용된 이유이기도 하다.

시안의 두 번째 의미는 자안(字眼)이다. 이경유는 "시를 배우는 사람이 옛사람의 힘쓴 부분을 알고 싶으면 글자를 놓은 것을 먼저 보아야 한다."[28]고 주장했다. 이경유가 자안을 중시했다는 점 역시 선행연구에서 언급했는데, 실제로 『창해시안』의 한시 비평은 자(字)와 구(句) 단위에 집중되어 있다. 시 전편을 인용한 사례는 드문 편이며, 전편을 인용한 경우는 대부분 절구이다. 심지어 장편시에서 서로 떨어진 구절을 뽑아 하나의 연으로 구성한 예도 보인다. 시 전편의 유기적 구성을 중시했다면 이런 행위는 당치 않다. 이경유가 특히 관심을 기울인 것은 한두 글자의 절묘한 배치가 자아내는 풍격이었다.

인용한 기사도 자안에 관한 것이 많다. 『당음』에서는 정곡(鄭谷)이

---

28 『滄海詩眼』卷上 45則 ; 卷中 189則.

제기(齊己)의 시에서 한 글자를 고친 일화를 인용했고,[29] 『당시품휘』
에서는 관휴(貫休)가 왕정백(王貞白)의 시에서 한 글자를 고친 일화를
인용했다.[30] 『동인시화』에서도 소초재(蕭楚材)가 장영(張詠)의 시 한
글자를 고치고, 변계량(卞季良)이 김구경(金久冏)의 시 한 글자를 고친
일화와 이색(李穡)이 이종학(李鍾學)의 조언에 따라 한 글자를 고친 일
화를 인용했다.[31] 이경유는 "시의 묘리는 한 글자에 있다."라는 서거
정의 발언에 깊이 공감했던 것으로 보인다. 이밖에 어느 문헌에서 인
용했는지는 알 수 없으나 승려가 김창흡의 시 한 글자를 고쳐주었다
는 일화도 보인다.[32] 자안에 관한 기사는 『창해시안』의 상당한 분량
을 차지한다.

　　시안의 세 번째 의미는 독자적인 안목이다. 이경유는 당대 일각에
서 유행하던 '고원신기(高遠新奇)'한 시풍에 비판적이었으며, 이러한
시를 "시도(詩道)의 일대 액운"이라 했다.[33] 이는 18세기를 풍미한 '기
궤첨신(奇詭尖新)'의 시풍을 가리키는 것으로 보인다. 이경유는 이러
한 시를 두고 "후세에 본받는 사람이 있을까 두렵다."[34]라고 맹렬히
비난했으며, 시선집에 선발한 것도 문제 삼았다.[35] 참신한 시를 선호
하지 않았다는 점은 다소 보수적으로 보이지만, 당시 이러한 시가 상

---

29 『滄海詩眼』卷上 50則.

30 『滄海詩眼』卷下 72則.

31 『滄海詩眼』卷下 50則.

32 『滄海詩眼』卷中 90則.

33 『滄海詩眼』卷上 14則.

34 『滄海詩眼』卷上 19則.

35 『滄海詩眼』卷中 21則.

당한 인기를 끌었다는 사실을 고려하면, 세간의 유행에 흔들리지 않는 시론을 견지했다고 볼 수 있다.

이경유가 높이 평가한 것은 당시(唐詩)를 지향한 원만한 풍격이었다. 당시 중에서도 기괴한 풍격을 추구한 온정균(溫庭筠)과 이하(李賀)는 배격했다.[36] 이러한 견지에서 그는 기존의 비평에 얽매이지 않고 자신의 견해를 거리낌 없이 피력했다. 강박(姜樸)은 당나라 조조시(早朝詩) 중에 가지(賈至)를 으뜸으로 치지만 자신이 보기에는 잠삼(岑參)이 으뜸이라 하고,[37] 세간에서는 신광수의 시가 낫다고 하지만 자신은 정범조가 낫다고 여긴다고 했다.[38]

반박하기 어려운 권위 있는 비평에 대해서도 완곡하게 의문을 제기했다. 이경유는 남인 문단에서 손꼽히는 이서우의 시를 두고 '아름다운 시구는 몹시 드물다' 하고,[39] 최립의 시를 '마음에 드는 것이 없다'고 일축했으며,[40] 퇴고(推敲)의 고사로 유명한 가도의 시구마저 '놀랍지 않다'고 폄하했다.[41] 안목이 부족해서라고 겸양하는 태도를 보였지만, 문면 그대로 받아들이기 어렵다. 기존의 비평에 동의할 수 없다는 완곡한 표현으로 보는 것이 온당하다.

이경유는 『당시품휘』에 수록된 비평을 자주 인용했지만, 자신의 견해와 다르면 반박했다.[42] 『당음』과 『당시품휘』는 좋은 시를 빠뜨

---

36 『滄海詩眼』卷上 78則.
37 『滄海詩眼』卷上 26則.
38 『滄海詩眼』卷上 63則.
39 『滄海詩眼』卷中 178則.
40 『滄海詩眼』卷中 166則.
41 『滄海詩眼』卷中 82則.
42 『滄海詩眼』卷中 5則.

리거나 좋지 않은 시를 뽑았으며, 『기아』에 수록된 시는 태반을 산삭해야 한다는 주장[43] 역시 독자적인 안목에서 나온 발언이다. 『동인시화』에서 인용한 기사 중에도 기존의 비평에 의문을 제기하고 독자적인 안목으로 비평한 것이 상당하다.[44]

이경유가 기존 비평의 권위에 얽매이지 않았다는 점은 그의 저술 곳곳에서 드러난다. 『선시보주(選詩補註)』를 읽고는 "편장마다 대략 비평하며 옛사람의 정론에 얽매이지 않고 그저 내 소견을 따랐다."[45]라고 한 점이나 "서가에 있는 옛사람의 시집을 아무렇게나 뽑아 마음대로 점을 찍거나 지웠다."[46]라는 경험을 술회한 것도 그가 항상 독자적인 안목으로 과감한 비평을 시도했다는 증거이다.

4-2. 『창해시안』의 등장인물

이경유는 상주 출신으로 평생 그곳에 거주했다. 지역사회에 남다른 애착이 있었던 것도 분명하다. 하지만 이를 근거로 『창해시안』을 지역색이 강한 시화라고 단정하기는 것은 곤란하다. 이 책에 등장하는 인물들은 일차적으로 이경유의 주변인이다. 우선 이경유의 친인척이다. 이경유는 선조들에게 많은 지면을 할애했다. 숙부 이병연(李秉延)을 가장 빈번히 거론했고, 고조 이옥(李沃), 증조 이만부(李萬敷), 종증조 이만유(李萬維), 부친 이승연(李承延), 족조 이만달(李萬達), 아우 이성유(李誠儒), 족

---

43 『滄海詩眼』卷中 10則 ; 11則.

44 최해의 시에 대한 이색의 호평에 의문을 제기한 기사, 이규보의 宋詩 비평을 문제삼은 기사, 김황원의 시를 '늙은 선비의 상담'으로 폄하한 기사 등이 그것이다.

45 李敬儒, 『林下遺稿』卷8, 〈書劉坦之選詩補註後〉.

46 『滄海詩眼』卷下 13則.

조 이지존(李之存)과 이지정(李之鼎), 매부 이원상(李元祥), 고종사촌 최학우(崔鶴羽) 등 가까운 친척들에게 많은 지면을 할애했다. "우리 집안 부자형제가 한 시대에 높은 명성을 날렸다는 사실을 알 수 있다."[47]라는 자부에서 가문의 문학적 성취를 선양하려는 의도를 엿볼 수 있다.

『창해시안』에 등장하는 남인 문인들은 대부분 이들과의 교분에 힘입어 언급된다. 정범조(丁範祖), 이헌경(李獻慶), 채제공(蔡濟恭), 신광수(申光洙), 신광하(申光河), 최위(崔煒), 정홍조(鄭弘祖)는 부친과 숙부의 벗이며, 이민구(李敏求), 채유후(蔡裕後), 채팽윤(蔡彭胤)는 고조의 벗, 홍영(洪瑛)은 증조의 벗, 허공(許公)은 조부의 동서이다. 홍면보(洪冕輔)와 홍한보(洪翰輔)는 고조의 외손이며, 이밖에 홍만수(洪萬遂), 홍수보(洪秀輔), 홍화보(洪和輔) 등 풍산홍씨가 인물들의 일화는 고조와의 관계에서 파생된 듯하다.

다음으로는 자주 등장하는 이들은 세교를 맺은 진주강씨 인물들이다. 강박(姜樸), 강필신(姜必愼), 강필교(姜必敎), 강필공(姜必恭), 강세백(姜世白), 강세문(姜世文), 강세진(姜世晉), 강빈(姜彬), 이밖에 강박과 강필신에서 인정받은 이중환(李重煥), 강세백의 외조 이재후(李載厚)를 언급하는 등, 진주강씨와의 관계에서 파생된 일화도 적지 않다. 이처럼 이경유의 인적 관계망에서 파생된 기사가 100화에 가깝다. 전체의 사분의 일 분량이다.

주목할 점은 이경유의 인적 관계망에 영남 문인이 드물다는 점이다. 그 이유는 첫째, 상술한 대로 이경유 집안이 증조대에 와서야 비

---

47 『滄海詩眼』 卷上 62則.

로소 낙향했기 때문이다. 지역사회에 연고가 없는 것은 아니었지만 깊이 뿌리를 내렸다고 보기는 어렵다. 이경유의 선조들의 교유관계는 근기 남인에 집중되어 있었으며, 이경유 역시 선조들의 교유를 계승했다.『창해시안』을 편찬할 당시 이경유가 30대 초반이었으므로 독자적인 인적 관계망을 구축하기는 어려웠을 것이다. 이로 인해 이경유는 영남 남인임에도『창해시안』은 근기 남인 중심이다.

둘째는『창해시안』이 이경유가 과거를 보기 위해 서울을 출입하며 들은 이야기를 중심으로 구성되어 있기 때문이다. 따라서 서울과 근기 지역의 문인들이 자주 언급되는 것이 당연하다. 당색이 다른 문인들에 대한 기록이 종종 등장하는 것도 이 때문으로 보인다.『창해시안』에는 등장하는 김창협(金昌協), 김창흡(金昌翕), 이병연(李秉淵), 홍세태(洪世泰) 등은 영남 출신도 아니고 당색도 다르지만 당대를 대표하는 시인이라는 점에 이견이 없는 인물들이다. 이밖의 노, 소론계 문인들의 시와 일화는 서울을 출입하며 전해들은 것으로 추정된다.

『창해시안』에 등장하는 영남 문인은 진주강씨를 제외하면 최광악(崔光岳), 이경일(李慶一), 정종로(鄭宗魯) 정도에 불과하다. 지역 문인을 발굴, 소개하겠다는 의도는 좀처럼 찾아보기 어렵다. 오히려 "근세 영남에는 좋은 시가 없다."[48]라고 하며 영남 시단의 전반적 수준을 그다지 높이 평가하지 않는 듯한 태도가 엿보인다.

요컨대『창해시안』은 이경유 선조들의 인적 관계망을 중심으로 구성되어 있으며, 그 결과 근기 남인에 서술이 집중되어 있다.『창해시

---

48 『滄海詩眼』卷中 1則.

안』에 나타나는 이경유의 정체성은 근기 남인에 가깝다. 퇴계 학통을 계승한 영남 문인들에게는 좀처럼 관심을 기울이지 않은 반면, 허목을 극도로 존숭한 점도 근기 남인으로서의 성격을 보여준다. 만년에 접어들어서는 영남인으로서의 정체성을 확립해가는 모습이 뚜렷이 나타나지만, 『창해시안』을 편찬한 시기에는 그렇지 않았다. 『창해시안』은 당색이 뚜렷한 시화라고 할 수는 있을지언정, 지역성이 뚜렷한 시화라고 하기는 어렵다.

5. 맺음말

『창해시안』은 이경유가 과거 응시를 위해 서울을 출입하며 전해들은 이야기를 바탕으로 편찬한 책이다. 그가 시학에 각별한 관심을 쏟은 30대 초반의 산물이며, 이후 그의 관심은 고문으로 기울었다. 현전하는 3종의 이본을 대조한 결과, 한국국학진흥원에 소장된 종증손 이병상 필사본이 선본이다.

　『창해시안』은 전체의 삼분의 일 정도가 『당음』과 『당시품휘』의 주석, 『동인시화』 등 기존 문헌에서 인용한 것이다. 이경유는 기존 문헌에서 자신의 비평론에 부합하는 내용을 중점적으로 수록했다. 이경유의 비평론은 '시안'이라는 한 마디로 정의할 수 있다. 그것은 첫째, 전대의 문학적 성취를 폭넓게 학습하여 표절과 위작을 가려내고 능수능란하게 접화할 수 있는 능력, 둘째, 시의 풍격을 좌우하는 자안에 대한 이해, 셋째, 기존의 비평에 얽매이지 않는 자신만의 독자적인 관점이다.

『창해시안』에 등장하는 인물들은 주로 이경유 선조의 인적 관계망에 놓인 이들로서 근기 남인이 다수를 차지하며 영남 남인은 드문 편이다. 『창해시안』은 이경유의 비평론을 뒷받침하는 문헌이자 근기 남인의 문학적 성취를 정리한 저술이다.

『창해시안』은 이경유가 젊은 시절 편찬한 저술인 만큼, 원숙한 안목을 바탕으로 평생의 문학적 성취를 반영한 저술로 보는 것은 곤란하다. 다만 학습 과정에서 얻은 독자적 안목으로 기존의 비평에 얽매이지 않는 과감한 비평을 시도한 점은 높이 평가할 만하다. 『창해시안』은 이경유 문학의 완성이 아니라 형성과정을 보여주는 저술이다.

참고문헌

원전자료

高棅, 『唐詩品彙』, 국립중앙도서관 소장본.

高棅, 『唐詩品彙』, 사고전서본.

楊士弘, 『唐音』, 사고전서본.

李健基, 『玄門遺稿』, 식산문중본, 한국학중앙연구원 장서각 M/F.

李敬儒, 『滄海詩眼』, 식산문중본, 한국학중앙연구원 장서각 M/F.

_____, 『滄海詩眼』, 식산문중본, 한국학중앙연구원 장서각 M/F.

_____, 『林下遺稿』, 임하종가본.

_____, 『林下遺稿』, 식산문중본, 한국학중앙연구원 장서각 M/F.

_____, 『鹽州世稿』, 영인본.

李承延, 『剛齋遺稿』, 식산문중본, 한국학중앙연구원 장서각 M/F.

국사편찬위원회, 조선왕조실록 DB(http://sillok.history.go.kr).

논문 및 단행본

강민구(2008), 「『滄海詩眼』을 통해 본 18, 9세기 文學 批評 研究」, 『漢文學報』 18집, 우리한문학회.

권태을(1989), 「滄海詩眼 考察 : 林下詩評集의 紹介를 위해」, 『韓民族語文學』 16집, 韓民族語文學會.

김주부(2017), 「연안이씨 息山宗家 고서자료의 현황과 자료적 가치」, 『대동한문학회 학술대회 논문집』, 대동한문학회.

김주부(2019), 「연안이씨 식산종가의 가학연원과 기탁자료의 가치」, 『연안이씨 식산종가』, 한국국학진흥원.

김학수(2002), 「尙州 延安李氏 息山家門의 家系와 所藏 典籍의 현황―筆帖類와 文集類를 중심으로」, 『藏書閣』 7집, 2002.

박순규 역(1998), 『東人詩話』, 집문당.

이종묵(2019), 「조선말기 당시의 대중화와 한글본 『당시장편』」, 『한국한시연구』 27집, 한국한시학회.

전념순(2018), 「조선시대 『唐詩品彙』의 간행과 수용」, 고려대학교 박사학위논문.

조정윤(2019), 「李敬儒의 詩文學觀 一考―『滄海詩眼』을 중심으로」, 『漢文古典研究』 39집, 한국한문고전학회.

최상근(2015), 「林下 李敬儒의 『滄海詩眼』 연구―비평을 중심으로」, 『韓國漢文學研究』 59집, 한국한문학회.

창해시안

❁

권상

일러두기

1. 이 책은 한국국학진흥원에 기탁된 이병상(李炳尙) 필사본 『창해시안』을 저본으로 삼고, 같은 기관에 기탁된 이병조(李炳朝) 필사본 『창해시안』을 대교(對校)하여 우리말로 옮겼다.

2. 칙(則) 구분은 이병상 필사본을 따랐으며, 구분이 애매한 경우 이병조 필사본을 참고하여 권 상 78칙, 권중 214칙, 권하 117칙의 총 409칙으로 확정하였다.

3. 저본의 각 칙은 제목이 달려 있지 않으나 핵심 내용을 뽑아 소제목으로 붙였다.

4. 내용주와 출전주는 번역문에 각주로 부기하였다. 내용주는 각주 표제어를 부기하고 한자를 병기하였으며, 출전주는 각주 표제어를 생략하고 한자로만 표기하였다. 내용주와 출전주의 성격을 공유한 각주는 부득이 혼용하여 표기하였다. 원주는 【 】 표기하였다.

5. 이 책은 기존의 문헌에서 인용한 부분이 상당하다. 인용 빈도를 고려하여 중국시의 경우 『당 시품휘(唐詩品彙)』, 『당음(唐音)』, 『영규율수(瀛奎律髓)』, 개인 문집의 순서로 출전을 밝히 고, 한국시의 경우 『동인시화(東人詩話)』, 개인 문집의 순서로 출전을 밝혔다. 시선집과 시화 에서 인용한 시는 따로 출전을 밝히지 않았다.

6. 서명은 겹낫표(『 』), 편명 및 작품명은 홑낫표(「 」)로 표기하였다.

서문

천하 사람은 모두 눈이 있지만, 눈이 있으면서도 글자를 모르면 눈이 없는 것과 같다. 글자를 알아도 뜻을 모르면 역시 눈이 없는 것과 같다. 사람들은 모두 맹인을 불쌍히 여기면서도 자기가 눈이 없는 것은 불쌍히 여기지 않으니, 어찌 슬픈 일이 아니겠는가. 천하는 같은 문자를 사용하지만, 한두 글자로 맑고 탁함과 교묘하고 서투름이 판연히 달라지는 것은 시가 가장 심하다. 눈이 없으면 어떻게 구별하겠는가.

『시경(詩經)』의 시가 사라지자 변하여 〈이소(離騷)〉가 되고, 〈이소〉가 변하여 한(漢)나라와 위(魏)나라의 고시(古詩)가 되었다. 고시가 변하여 근체시(近體詩)가 되고, 근체시가 나타나자 비흥(比興)[1]의 의미가 어두워지고 징계하고 감동시키는 취지가 없어졌으니, 시는 옛 도를 회복하지 못했다.

그러나 당(唐)나라 이후 오늘날까지 시인이 수백 명이 넘는다. 그 소리와 음률에도 짙고 옅으며, 메마르고 윤택하며, 무겁고 가벼우며, 순수하고 불순하며, 아름답고 추하며, 교묘하고 서투른 차이가 있다. 만약 이를 구별하지 못하여 옅은 것을 짙다 하고, 윤택한 것을 메마르다 하고, 가벼운 것을 무겁다 하고, 순수한 것을 불순하다 하고, 추한

---

1 비흥(比興) : 『시경』에 수록된 시의 표현 기법이다.

것을 아름답다 하고, 서투른 것을 교묘하다고 들뜬 것을 가라앉았다 하게 될 것이다. 『시경』 3백 편을 산정(刪定)한 뒤로 세상에 공자(孔子)처럼 높은 안목을 가진 사람이 없으니, 소리와 음률이 정제되지 않아 구별하지 못하는 것도 이상할 것이 없다.

시는 당나라 때 가장 흥성했지만 당나라 시도 대가(大家), 명가(名家), 정음(正音), 여향(餘響)[2]의 차이가 있다. 당나라에서 송나라, 송나라에서 명나라, 명나라에서 우리나라에 이르기까지 각기 일가의 시가 있어 너도나도 소리내며 한 시대를 풍미했으니, 시가 다른 것은 사람이 다른 것과 같고, 눈이 다른 것도 그 사람과 그 시가 다른 것과 같다. 누가 정법안장(正法眼藏)[3]을 가지고 삼매(三昧)[4]를 환히 보아 어두운 길에 달빛을 비추고 캄캄한 거리에 밝은 거울을 걸어 올바른 길을 가리켜 깊은 골짜기를 나오게 하겠는가.

아들 이경유(李敬儒)가 여러 사람의 시를 논하여 위로 당나라와 송나라부터 아래로 명나라와 우리나라까지 바르고 그른 것을 구별하고 그 의미를 바로잡았다. 간혹 호평하고 혹평하며 작품을 취사선택하고 자구를 비평했는데, 제법 그 귀결을 얻었다. 상중하 3편으로 모아 '시

---

2 대가(大家)……여향(餘響) : 명(明)나라 고병(高棅)이 편찬한 『당시품휘(唐詩品彙)』에 나오는 개념이다. 이 책은 당나라 시인을 정시(正始), 정종(正宗), 대가(大家), 명가(名家), 우익(羽翼), 접무(接武), 정변(正變), 여향(餘響)의 9항목으로 분류했다. 정시는 초당(初唐), 정종, 대가, 명가, 우익은 성당(盛唐), 접무는 중당(中唐), 정변과 여향은 만당(晚唐) 시기에 해당한다.

3 정법안장(正法眼藏) : 불교 용어로 불법이 우주를 비추고 모든 존재를 포괄하는 것을 말하는데, 여기서는 시를 보는 뛰어난 안목을 의미한다.

4 삼매(三昧) : 불교 용어로 일체의 번뇌가 없어지는 상태를 말하는데, 여기서는 시의 진면목을 말하는 듯하다.

안(詩眼)'이라고 이름 붙여 눈 있는 세상 사람이 모두 보게 했다. 혹시 뽑은 사람을 손가락질하며 '눈은 있지만 글자를 모르고 뜻을 모른다.' 라고 비난하지 않는다면 다행이겠다. 책이 완성되자 책을 가지고 나를 찾아왔기에 마침내 서문을 쓴다.[5]

---

5 李承延, 『鹽州世稿』 卷6, 『剛齋遺稿』.

1

시는 시대에 따라 변한다

『시경(詩經)』300편 이후로 진(秦), 한(漢)을 거쳐 내려와 당(唐)에 이르자 그 도(道)가 몹시 성대해졌다. 예컨대 진자앙(陳子昻)의 〈감우(感遇)〉, 이백(李白)의 〈고풍(古風)〉, 두보(杜甫)의 여러 작품은 『시경』의 남은 뜻을 잃지 않았다. 그러나 오언(五言)과 칠언(七言) 근체시가 생기면서 한갓 소리와 모습만 취하여 흥취가 몹시 부족해졌으니, 여기서 시의 도가 한 번 변한 것을 볼 수 있다.

송(宋)나라에 와서는 큰 액운을 만났다. 비록 진사도(陳師道), 황정견(黃庭堅), 육유(陸游)와 같은 두세 군자가 있었지만, 대부분 한때 아무렇게나 읊고 말았으며 끝내 옛 도에 순전히 합치하지는 못했다. 이른바 문장이 시대와 함께 오르내린다는 말이 아니겠는가.

2

송나라 시의 병폐

나는 동파(東坡) 소식(蘇軾)과 같은 천재가 아름다운 시 한 편도 없어 괴이하게 여겼다. 송나라 시의 병폐는 필시 동파에게서 시작되었을 것이다.

3
명나라 시의 특징

명나라 시는 당나라에 가깝다. 다만 나약하여 쇠퇴하는 시대의 말투가 있다. 창명(滄溟) 이반룡(李攀龍)의 여러 작품은 조금 굳센 듯하지만 끝내 지나치게 높은 경지를 추구하고 말았다.

4

우리나라 시인의 수준

우리나라의 시인은 수천 명을 밑돌지 않는다. 음조와 성률이 당나라에 미치지는 못하지만 송나라에 비하면 나은 듯하다. 어떤 사람은 작은 나라의 시라고 소홀히 여기고, 남학명(南鶴鳴) 같은 사람은 "후세에 전하여 일컫기에 부족하다."¹라고 했는데, 전혀 이해할 수 없다.

---

1 후세에……부족하다 : 남학명의 『회은집(晦隱集)』 권5 〈잡설(雜說)〉에 "우리나라 사람의 구구한 시문은 이름을 전할 밑천으로 삼기 부족하다.〔我東人區區詩文, 不足爲流名之資〕"라고 한 말을 가리킨다.

5

시는 주석이 필요없다

나는 세상에서 시에 주석을 다는 사람이 견강부회하고 천착하며 자잘
하고 지루하여 풀이할수록 알 수 없고 자세할수록 어지러워지는 것을
문제로 여겼다. 그러다가 국포(菊圃) 강박(姜樸)이 지은 〈우주두율후서
(虞註杜律後敍)〉[1]를 보고서 나도 모르게 옷깃을 여미며 공경하는 마음
이 생겼다. 그는 말했다.

"시단에는 예로부터 좋은 주석이 없다."

"시는 주석이 있을 필요가 없고, 있더라도 볼 필요가 없다. 시를 보
는 사람은 먼저 나의 속된 기운과 화려한 생각을 버리고, 깨끗하고
조용하며 여유 있을 때 앉으나 누우나 보아야 한다."

"반드시 내가 작자가 되었다고 생각하고 그가 시를 구상할 때의 광
경을 찾아보아야 한다."

아, 옛사람의 안목이 도달하지 못한 부분을 국포가 엿보았구나.

---

1 우주두율·후서(虞註杜律後敍) : 『국포집(菊圃集)』 권11에 실려 있는 〈『우주두율』 뒤에 쓰다
[書虞集杜律註後]〉를 말한다.

6

시는 세 가지에서 나온다

시는 세 가지에서 나오는 것이 있다. 기세에서 나오는 것, 정신에서 나오는 것, 정감에서 나오는 것이다.[1] 맹호연(孟浩然)의,

선비가 뜻을 얻지 못하여   士有不得志

오(吳), 초(楚) 땅을 떠도네[2]   栖栖吳楚間

기운은 운몽택을 찌고   氣蒸雲夢澤

파도는 악양성을 흔드네[3]   波撼岳陽城

두보(杜甫)의,

오 초 땅은 동남쪽으로 트여 있고   吳楚東南坼

하늘과 땅은 밤낮으로 떠 있네[4]   乾坤日夜浮

---

1 기세에서……것이다 : 이 말은 당(唐)나라 은반(殷璠)의 『하악영령집(河嶽英靈集)』 서문에 보인다. "문장은 정신에서 오는 것, 기운에서 오는 것, 정감에서 오는 것이 있다.〔夫文有神來´氣來´情來.〕" 『당시품휘(唐詩品彙)』 서목(叙目)에서 인용했다.

2 孟浩然, 〈送友東歸〉, 『唐詩品彙』.

3 孟浩然, 〈臨洞庭〉, 『唐詩品彙』.

이러한 시어는 기세에서 온 것이다. 맹호연의,

이월이라 호수는 평평하고　　　　　　　　　　二月湖水平
집집마다 봄이라 새가 우네5　　　　　　　　　　家家春鳥鳴

두보의,

기린 새긴 향로에 가만히 연기 오르고　　　　　猊猊不動爐烟上
공작 수놓은 부채 그림자 서서히 돌아오네6　　孔雀徐開扇影還

유종원(柳宗元)의,

외로운 배에 삿갓 쓴 노인　　　　　　　　　　孤舟簑笠翁
홀로 눈 내리는 추운 강에서 낚시하네7　　　　獨釣寒江雪

이러한 시어는 정신에서 온 것이다. 맹호연의,

재주 없어 현명한 임금에게 버림받고　　　　　不才明主棄
병이 많아 찾아오는 친구가 드무네8　　　　　多病故人疏

4　杜甫,〈登岳陽樓〉,『唐詩品彙』.
5　孟浩然,〈晚春〉,『唐詩品彙』.
6　杜甫,〈至日遣興奉寄北省舊閣老兩院故人二首〉,『瀛奎律髓』.
7　柳宗元,〈江雪〉,『唐詩品彙』.

두보의,

집 그리워 달빛 밟으며 맑은 밤에 서고   思家步月清宵立
아우 생각나 구름 보며 대낮에 잠드네⁹   憶弟看雲白日眠

왕유(王維)의,

가을바람 한창 쌀쌀한데   秋風正蕭索
맹상군 문하의 식객이 흩어지네¹⁰   客散孟嘗門

이러한 시어는 정감에서 온 것이다.

---

8 孟浩然, 〈歸終南山〉, 『唐詩品彙』.

9 杜甫, 〈恨別〉, 『唐詩品彙』.

10 王維, 〈送岐州源長史歸〉, 『唐詩品彙』.

7

오언절구와 근체시 결구

후세 사람이 옛사람에게 미치지 못하는 것은 오언절구와 근체시의 결구(結句)이다. 우리나라의 오언절구는 아름다운 것이 전혀 없고, 근체시 결구는 더욱 못하다. 신라, 고려에서부터 지금에 이르기까지 오직 국포(菊圃) 강박(姜樸)만 결구 짓는 법을 알았다.

8

유장경의 결구

유장경(劉長卿)이 남평왕(南平王)에게 바친 시는 다음과 같다.

깃발 세우고 피리 부는데 떠드는 소리 들리지 않고 　　建牙吹角不聞喧

난세에 장수 되어 뭇사람 존경하네 　　亂世登壇衆所尊

집에서 만 금을 흩어 죽은 병사에게 보답하고 　　家散萬金酬死士

칼 한 자루 쥐고 임금의 은혜에 보답하네 　　身持一劍答君恩

어양 땅의 늙은 장수는 자주 자리 피하고 　　漁陽老將多回席

초나라 유생들은 모두 문하에 있네 　　楚國諸生半在門

백마는 나부끼듯 달리고 봄풀은 가느다란데 　　白馬翩翩春草細

소릉 서쪽으로 가서 평원에서 사냥하네[1] 　　邵陵西去獵平原

이렇게 시작할 수 있는 사람은 있어도 이렇게 끝맺을 수 있는 사람은 없다. 천 년이 지난 뒤에도 사람을 춤추고 싶게 만든다.

---

1 劉長卿, 〈獻南平王〉, 『唐音』. 『唐詩品彙』에는 제목이 〈獻淮寧軍節度李相公〉으로 되어 있으므로 『唐音』에서 인용한 것으로 보인다.

9
두보와 육유의 결구

두보(杜甫)가 봄밤에 내린 비를 기뻐하며 지은 시의 결구는 다음과 같다.

새벽에 붉게 젖은 곳을 보네 曉看紅濕處

이백(李白)은 다음과 같은 시구를 지었다.

촉강이 붉고 환하네[1] 蜀江紅且明

육유(陸游)가 봄에 길을 가며 지은 시의 한 연은 다음과 같다.

진홍빛 이슬 맞은 해당화는 젖었고 猩紅帶露海棠濕
푸른빛 잔잔한 호수는 밝네[2] 鴨綠平堤湖水明

'습(濕)'자와 '명(明)'자는 조화(造化)의 솜씨를 빼앗았는데, 세상에
지어낸 사람이 없었다.

---

1 李白의 〈荊門浮舟望蜀江〉에 나오는 "江色綠且明"의 와전인 듯하다.
2 陸游,〈春行〉,『劍南詩槀』, 위의 두 구 및 아래의 평이 주석으로 인용되어 있다.

10
두보의 시어

시를 배우는 사람은 옛사람이 힘쓴 부분을 알고 싶으면 글자를 놓은 것을 먼저 보아야 한다. 두보(杜甫)의 시에,

돌아가는 기러기는 푸른 하늘 좋아하네[1]   歸雁喜靑天

황량한 뜰에 귤나무 늘어졌네[2]   荒庭垂橘柚

강물 소리가 백사장으로 달려가네[3]   江聲走白沙

'희(喜)'자, '수(垂)'자, '주(走)'자는 두보 이전 사람이 지어내지 못했다. 이것이 두보가 힘쓴 부분이다.

---

1 杜甫, 〈倚杖〉, 『全唐詩』.

2 杜甫, 〈禹廟〉, 『唐詩品彙』.

3 杜甫, 〈禹廟〉, 『唐詩品彙』.

11

유방평의 시어

유방평(劉方平)의 〈춘원시(春怨詩)〉는 다음과 같다.

비단창에 해 지고 점차 어두워지는데	紗窓日落漸黃昏
화려한 집에 사람 없고 눈물 자국만 보이네	金屋無人見淚痕
적막하고 한가로운 뜰에 봄이 또 저물어가니	寂寞閑庭春又晚
배꽃이 땅에 가득한데 문을 열지 않네[1]	梨花滿地不開門

'우(又)' 한 글자만으로 봄날의 원망을 묘사했으니, 유방평이 고심한 부분을 볼 수 있다.

---

1 劉方平, 〈春怨〉, 『唐音』. 이하의 비평도 주석에 보인다.

12

유담의 시어

유담(柳淡)의 〈양주곡(凉州曲)〉은 다음과 같다.

만 리 변방으로 멀리 떠나는 사람	關山萬里遠征人
변방을 바라보니 눈물이 수건에 가득하네	一望關山淚滿巾
청해성 위에는 부질없이 달만 있고	青海城頭空有月
누런 사막 안에는 본디 봄이 없네[1]	黃沙磧裡本無春

'공(空)'과 '본(本)' 두 글자로 무한히 슬프고 원망스러운 감정을 전부 묘사했다. 만약 '공'자와 '본'자가 없으면 시가 되지 않는다.

---

1 柳中庸, 〈涼州曲〉, 『唐音』. 이하의 비평도 주석에 보인다.

13

권필의 시어

우리나라 명종, 선조 사이에 시인이 가장 많았으니 마치 당나라 장경(長慶), 대력(大曆) 연간[1]과 같았다. 그중에 석주(石洲) 권필(權韠)이 당시(唐詩)를 가장 잘 지었는데, 경복궁을 지나며 지은 시가 몹시 아름답다. 그러나 그가 사용한 시어는 온당하지 않은 것이 많다. 예컨대,

들판의 새는 옥수 노래를 잘도 읊고[2]　　　　　　　　　野鳥能吟玉樹歌

구리 낙타 비추는 석양을 차마 못 보겠네[3]　　　　不堪斜日照銅駝

따위의 시어가 이것이다. 끝내 시화(詩禍)에 연루되어 죽은 것은 이유가 있다.

1　장경(長慶), 대력(大曆) 연간 : 장경은 목종(穆宗)의 연호로 821~824년이며, 대력은 대종(代宗)의 연호로 766~779년이다. 당나라를 초당(初唐), 성당(盛唐), 중당(中唐), 만당(晚唐)으로 나누는데, 이 시기는 중당에 해당한다.

2　權韠, 〈夢行松京有作〉6구, 『石洲集』 卷4. 옥수 노래는 남조(南朝) 진(陳)나라 후주(後主)가 지은 〈옥수후정화(玉樹後庭花)〉로, 망국의 노래를 뜻한다. 경양궁은 후주의 궁궐로, 수(隋)나라 군대가 이곳을 함락하고 후주를 사로잡았다.

3　權韠, 〈夢行松京有作〉8구, 『石洲集』 卷4. 구리 낙타는 낙양(洛陽) 대궐 앞에 세운 장식이다. 진(晉)나라 삭정(索靖)이 천하가 어지러워질 것을 예측하고 구리 낙타를 보며 "네가 가시덤불 속에 있는 모습을 보겠구나."라고 탄식했다.

14

고원하고 신기한 시

근세의 시는 대부분 고원하고 신기한 경지에 힘쓴다.

담 모퉁이에서 병아리들이 다투어 달리고	墻角爭趨鷄子女
누각에는 제비 부부가 단정히 앉아 있네[1]	樓中端坐燕夫妻

이와 같은 말은 간혹 인구에 회자되지만, 시의 도는 이때부터 일대 액운을 만난 듯하다.

---

1 申光洙, 〈初夏〉, 『石北集』卷3.

15

제영시의 어려움

고금의 도읍과 산천에 제영시를 남긴 사람이 매우 많으나 아름다운 것은 극히 드물다. 비록 이백(李白)처럼 재주가 뛰어나고 오만한 사람도 황학루(黃鶴樓)에 있는 최호(崔顥)의 시를 보자 감히 다시 제영시를 짓지 못하여,

> 눈앞에 경치가 있어도 말할 수 없으니　　　　　眼前有景道不得
>
> 최호의 제영시가 위에 있기 때문이라네　　　　崔顥題詩在上頭

라는 시구를 지었다.[1] 옛사람은 이렇게 이기려 하지 않았는데, 지금 사람은 도리어 겨루려 하면서 반드시 옛사람을 뛰어넘으려 하니, 도대체 무슨 마음인가.

---

1 이상은 『唐音』, 『唐詩品彙』 崔顥 〈黃鶴樓〉 주석에 보인다.

16

농재 이병연의 제영시

개성 만월대는 사가(四佳) 서거정(徐居正) 이후로 제영을 남긴 사람이 몹시 많다. 세상 사람들은 모두 계부(季父) 반롱공(半聾公) 이병연(李秉延)이 지은,

고려 왕 있던 시절의 달　　　　　　　　　　麗王在時月
만월대 위에 이미 천 년 흘렀네[1]　　　　　臺上已千霜

길고 짧은 시 읊어 나무꾼과 읊으니　　　　長短吟詩與樵唱
나그네길 지는 해가 고려에 가득하네　　　客程斜日滿高麗

라는 구절을 제일로 친다고 한다.

1　李秉延,〈滿月臺〉,『半聾齋遺稿』,『鹽州世稿』卷12.

17

이승연의 만월대 시

아버님[이승연(李承延)]이 만월대에서 지은 시의 한 연은 다음과 같다.

나그네 올 적에는 산에 비가 내리려더니   客子來時山欲雨

임금 떠난 뒤 강물만 부질없이 흐르네   君王去後水空流

옛일에 감개하는 무한한 뜻이 말 밖에 있다.

18

사천 이병연의 시(1)

사천(槎川) 이병연(李秉淵)이 개성에서 지은 시에,

> 황혼에 고려국에서 말을 멈추니 　　　　　　　黃昏立馬高麗國
>
> 흐르는 물 속에 오백 년 세월[1] 　　　　　　　流水聲中五百年

이라는 구절이 있는데, 당시 사람들을 놀라게 했다. 다만 진실한 기상
이 부족하다. 사천이 죽은 뒤 그의 문인이 만시를 지었다.

> '푸른 산의 달은 황량한 성을 부질없이 비추네'[2] 　　荒城虛照碧山月
>
> 오랜 세월 사람들이 이 적선(李謫仙 이백)을 일컬었네 　千古人稱李謫仙
>
> 선생이 떠난 뒤 무슨 시구 남았나 　　　　　　先生去後留何句
>
> '흐르는 물 속에 오백 년 세월' 　　　　　　　流水聲中五百年

이 또한 한 시대에 회자되었으니, 원래 그의 가법(家法)이다.

1　李秉淵, 〈松都〉, 『槎川詩抄』 卷下.

2　李白, 〈梁園吟〉, 『唐詩品彙』.

19

사천 이병연의 시(2)

동경(東京 경주)에 남긴 시 한 편이 가장 회자되었다.

천 년 옛 도읍에 강은 흐르고	流水一千年故國
스물 여덟 왕릉에 차가운 연기[1]	寒烟二十八王陵

아, 천지 사이에 기운 빠지는 시체(詩體)이다. 나는 후세에 본받는 사람이 있을까 두렵다.

---

1 朴弘美, 〈東京懷古, 呈澤堂〉, 『灌圃集』 卷上.

20

허혼과 유우석의 회고시

허혼(許渾)의 〈금릉회고시(金陵懷古詩)〉는 다음과 같다.

옥수 노래 그치고 왕의 기운 끝났으니   玉樹歌殘王氣終

경양궁에 군사 모이자 수루는 비었네[1]   景陽兵合戍樓空

이곳저곳 가래나무 오동나무에는 관원들의 무덤이요   楸梧遠近千官塚

육조의 궁터에 벼와 기장 들쭉날쭉하네   禾黍高低六代宮

석연이 구름을 스치니 맑아도 비가 내리고   石鷰拂雲晴亦雨

강돈이 물결 일으키니 밤에도 바람이 부네[2]   江豚吹浪夜還風

영웅이 한번 가니 호화로움 다하여   英雄一去豪華盡

오직 푸른 산만 낙양과 비슷하네[3]   惟有青山似洛中

유우석(劉禹錫)의 〈서새회고시(西塞懷古詩)〉는 다음과 같다.

---

1 옥수……비었네 : 옥수 노래는 남조(南朝) 진(陳)나라 후주(後主)가 지은 〈옥수후정화(玉樹後庭花)〉로, 망국의 노래를 뜻한다. 경양궁은 후주의 궁궐로, 수(隋)나라 군대가 이곳을 함락하고 후주를 사로잡았다.

2 석연이……부네 : 석연은 제비 모양의 돌로, 비를 맞으면 날아오른다는 전설이 있고, 강돈은 돌고래와 비슷한 동물로 바람이 불면 나온다고 한다.

3 許渾, 〈金陵懷古〉, 『唐音』.

왕준의 누선이 익주로 내려가니	王濬樓船下益州
금릉의 희미한 왕기가 걷혔네[4]	金陵王氣漠然收
천 길 쇠사슬은 강바닥에 가라앉고	千尋鐵鎖沈江底
한 조각 항복 깃발이 석두성에서 나왔네[5]	一片降旗出石頭
세대가 여러 번 바뀌어 지난 일에 상심하고	人世幾回傷往事
산 모습은 예전 그대로 차가운 강물을 베고 있네	山形依舊枕寒流
지금 천하가 한 집안이 되었는데	今逢四海爲家日
갈대 무성한 가을에 옛 보루 쓸쓸하네[6]	故壘蕭蕭蘆荻秋

우리나라 경주와 개성에서 지은 시들은 위의 두 시와 같은 것이 없다. 이처럼 지금 사람은 옛사람에게 미치지 못한다.

---

4 왕준의⋯⋯걷혔네 : 진(晉)나라 장군 왕준(王濬)이 큰 누선을 건조하여 오(吳)나라를 정벌하여 결국 멸망시킨 고사를 인용한 것이다. 금릉은 오나라의 도읍이 있던 곳이다.

5 천⋯⋯나왔네 : 오나라가 왕준의 누선을 막기 위해 강물 속에 쇠사슬을 설치했으나 왕준이 뗏목을 불태워 철쇄를 녹이고 진격하여 오나라를 멸망시켰다. 석두성은 오나라 수도 건업(建業)에 있던 성이다.

6 劉禹錫,〈西塞懷古〉,『唐音』.

21

노수신의 시는 두시와 비슷하다

세상 사람들은 소재(蘇齋) 노수신(盧守愼)의 시를 두시(杜詩)에 견준다. 오희창(吳喜昌)이 말했다.

"두보(杜甫)에게서 터득하여 두보와 같은 경지를 이루었다."

그러나 나는 두보 이전에도 두보 같은 시인은 없고, 두보 이후에도 두보 같은 시인은 없다고 생각한다. 후세에 두보를 배운 사람은 단지 두보의 한 가지만을 배웠을 뿐, 그 전체를 터득하지 못했다. 그러므로 그 시가 굳세고 알차기는 충분하지만 맑고 윤택하기는 부족하다. 소재의 시로 말하자면 대국의 풍도가 넘실거려 두보에 조금 가까우니, 두보의 마루에는 올랐지만 두보의 방에는 들어가지 못했다고 하겠다.[1] 하지만,

가을 바람 언뜻 부니 제비는 나그네 같고	秋風乍起燕如客
저녁 비 갑자기 내리니 매미는 미치광이 같네[2]	晚雨暴過蟬若狂

---

1 두보의……하겠다 : 공자가 제자 자로(子路)의 학문을 두고 "마루에는 올랐으나 아직 방에는 들어가지 못했다."라고 말한 데서 비롯된 표현으로, 가장 높은 경지에는 도달하지 못했다는 뜻이다.

이와 같은 구절은 두보가 대적하더라도 한 수 접을 것이다. 그렇지만 두시에,

가을 바람 부니 제비는 나그네 같네3   秋風燕如客

라는 구절이 있다. 공은 '언뜻 일어나니〔乍起〕' 두 글자를 더 썼을 뿐이다.

---

2 盧守愼, 〈送盧子平赴東萊〉, 『穌齋集』卷6.

3 가을……같네: 杜甫, 〈立秋後題〉의 "秋燕已如客"을 인용한 것이다.

22

이옥, 권해, 채팽윤의 시

고조 박천공(博泉公) 이옥(李沃)은 평생 두시(杜詩)를 좋아했고, 부제학 권해(權瑎) 공은 당시(唐詩)를 좋아하여 서로 수창한 시가 수십 편이다. 한 시대 사대부들이 너도나도 사모하고 본받았다. 희암(希菴) 채팽윤(蔡彭胤)이 뒤이어 일어나 세상에 널리 명성을 떨쳤으니, 희암의 시 역시 두보의 시어를 배운 것이다.

23
정두경과 채팽윤의 가행장편

우리나라의 가행장편(歌行長篇)은 동명(東溟) 정두경(鄭斗卿)보다 나은 사람이 없었는데, 희암(希庵) 채팽윤(蔡彭胤)이 나온 뒤로 동명을 독보적인 존재로 놓아두지 않았다.

24

문장을 일찍 이룬 사람

문장을 일찍 이룬 사람은 옛날에도 드물었다. 곽진(郭震)의 〈보검편(寶劍篇)〉은 16세에 지은 것이고, 왕유(王維)의 〈도원행(桃源行)〉은 19세에 지은 것이며, 희암(希庵) 채팽윤(蔡彭胤)의 〈감은가(感恩歌)〉는 20세에 지은 것이다.

25

고적의 시

|

고적(高適)은 나이 쉰에 처음 시를 지었는데 기질 때문에 저절로 높은 경지에 올랐다. 시 한 편이 나올 때마다 호사가들이 널리 전했다.[1] 그의 시는 지극히 맑고 아름다우니, 예컨대,

청풍강 가에 가을 하늘 멀고   靑楓江上秋天遠

백제성 옆에 고목이 성글구나[2]   白帝城邊古木疎

같은 구절이 이것이다.

---

1 이상은 『唐詩品彙』 高適 주석에 보인다.

2 高適, 〈送李少府貶峽中王少府貶長沙〉, 『唐詩品彙』.

26

잠삼의 시(1)

당나라 사람이 새벽 조회를 묘사한 시[1]의 우열은 옛사람이 이미 많이
말했다. 국포(菊圃) 강박(姜樸)은 가지(賈至)를 으뜸으로 여기지만,[2] 나는
잠삼(岑參)이 낫다고 여긴다. 이른바,

꽃이 검과 패옥 맞이하니 별은 막 지고   花迎劍佩星初落
버들이 깃발에 스치니 이슬 마르지 않았네[3]   柳拂旌旗露未乾

라는 시구는 새벽 조회 때의 광경을 핍진하게 묘사했다.

---

1 당나라……시 : 당나라 숙종(肅宗) 때 가지(賈至)가 〈조조대명궁정양성요우(早朝大明宮呈兩
省僚友)〉라는 시를 짓자 왕유(王維), 잠삼(岑參), 두보(杜甫)가 모두 화답하는 시를 지었다.

2 국포(菊圃)는……여기지만 : 『菊圃集』 卷12 「翰墨漫戲」에서 가지의 시가 으뜸이라 했다.

3 岑參, 〈和賈至舍人早朝大明宮之作〉, 『唐詩品彙』.

27

잠삼의 시(2)

|

가주(嘉州) 잠삼(岑參)의 시는 말이 자유롭고 체재가 준수하며 뜻도 기이하다.

거센 바람은 흰 띠풀에 불고　　　　　　　　　　長風吹白茅

들불은 마른 뽕나무를 태우네　　　　　　　　　野火燒空桑

이와 같은 시를 지었으니 재주가 빼어나다고 하겠다.

산바람이 빈 숲에 부니　　　　　　　　　　　山風吹空林

바람소리가 사람 있는 듯하네　　　　　　　　颯颯如有人

이와 같은 시는 그윽한 흥취를 더한다.[1]

봄날 성에 달이 뜨니 사람은 모두 취하고　　春城月出人皆醉

들판 수루에 꽃 무성하니 말은 더디 가네[2]　野戍花深馬去遲

이와 같은 시는 부귀한 기상이 있다.

1　이상은 『唐音』 岑參 주석에 보인다.

2　岑參, 〈使君席夜送嚴河南赴長水〉, 『唐音』.

28

잠삼의 시(3)

가주(嘉州) 잠삼(岑參)의 시는 이백(李白), 두보(杜甫)와 우열을 다툰다. 가행(歌行)은 마음 속에서 쏟아내어 손질한 흔적이 없으니, 오랫동안 다듬은 맹교(孟郊), 가도(賈島) 같은 이들의 시는 잠삼이 담소하며 지을 것이다.[1]

---

1 이상은 『唐音』 岑參 주석에 보인다.

29

강박이 지은 신치근 만시

만시(挽詩)는 좋은 구절이 거의 없다. 오직 국포(菊圃) 강박(姜樸)이 만시를 잘 지어 옛날 사람 중에도 짝이 드물다. 그가 지은 승지 신치근(申致謹)의 만시는 다음과 같다.

깊은 숲에 꾀꼬리는 울고 또 우는데	深樹黃鸝啼復啼
옥병에 담은 좋은 술에 마음이 처량하네	玉壺芳酒思悽悽
작은 다리에 해 지니 나귀 멈추고	小橋斜日驢蹄歇
어느 곳 푸른 산에 풀빛이 자욱한가	何處靑山草色迷
금마문이 오만한 몸을 용납할 수 있으랴	金馬可能容傲骨
바람 수레는 층층 무지개에 막히지 않으리	風車未必礙層霓
가장 잊기 어려운 것은 미간의 기운	難忘最是眉間氣
술에 취해도 시 지어도 낮아지지 않았네	醉態詩愁兩不低

세상 사람들이 모두 전해 외운다. 지금 읽으면 입 속에 향기가 나는 듯하다.

30

이병연이 지은 강박 만시

국포(菊圃) 강박(姜樸)이 세상을 떠난 뒤 사천(槎川) 이병연(李秉淵)이 만시를 지었다.

남쪽 바다 북쪽 바다 그대 살 곳 아니니	南海北溟非爾居
문에 가로막혀 바라보아도 보이지 않네	望而不見限門閭
이강하가 있었으나 끝내 만나지 못하고[1]	李江夏在竟無面
종자상은 죽었으나 지금 책이 남아 있네[2]	宗子相亡方有書
현초에 침잠한 일 끝내 그대를 병들게 했고[3]	玄草沈潛終病汝
백발로 탐닉한들 누가 내 시를 산정하랴	白頭淫佚孰刪余
사람과 작별하여 시 지어주지 못했는데	別人未是伊曾詠
깊은 숲에 꾀꼬리 울고 지친 나귀 쉬어가네	深樹黃鶯歇塞驢

사천이 그의 시를 사모했다는 사실을 알 수 있다.

---

1 이강하가……못하고 : 이강하는 당나라 사람 이옹(李邕)이다. 그가 두보의 시를 보고 두보를 만나려 한 일이 있었다. 여기서는 이병연이 강박의 시를 보고 그를 만나고자 했지만 끝내 만나지 못했다는 뜻이다.
2 종자상은……있네 : 종자상은 명나라 사람 종신(宗臣)이다. 후칠자(後七子)의 한 사람으로 명성을 떨쳤다. 여기서는 강박의 저술이 남아 있다는 뜻이다.
3 현초에……했고 : 현초는 한(漢)나라 양웅(揚雄)이 『태현경(太玄經)』을 지은 일을 말한다. 여기서는 강박이 저술에 몰두하여 병이 생겼다는 뜻이다.

31

강박이 지은 경종 만시

국포(菊圃) 강박(姜樸)의 〈의릉만사(懿陵挽詞)〉[1]는 천고의 절창이라 해야
마땅하니, 읽으면 자기도 모르게 눈물이 줄줄 흐른다.

---

1 의릉만사(懿陵挽詞):『菊圃集』권3에 실려 있다. 의릉은 경종(景宗)의 능이다.

32

채제공과 이헌경이 지은 영조 만시

원릉(元陵 영조)의 만시를 지어올린 자가 백여 명인데, 번암(樊巖) 채제공(蔡濟恭)과 간옹(艮翁) 이헌경(李獻慶)이 지은 것이 제일이다. 번암의 시 한 연은 다음과 같다.

천승의 나라에서 임금 노릇 즐겁지 않고   無樂爲君千乘國
때때로 육오당 꿈에서 깨어나네[1]   有時回夢六吾堂

영조의 마음 속 생각을 말했기에 사람들이 모두 칭찬한다. 간옹의 시 한 연은 다음과 같다.

푸른 대나무 바라보니 끝내 잊을 수 없고   終不可諼瞻綠竹
붉은 거문고줄 어루만지며 장탄식하네[2]   有餘長難拊朱絃

지극히 온화하고 화평하니, 악장(樂章)에 올릴 만하다.

---

1 蔡濟恭, 〈英宗大王挽〉, 『樊巖集』 卷12. 육오당은 영조가 생모 숙빈 최씨의 묘소 앞에 지은 건물이다.

2 李獻慶, 〈英宗大王輓章〉, 『艮翁集』 卷6. 푸른 대나무는 『시경(詩經)』 〈기욱(淇澳)〉의 "저 기수의 모퉁이를 보니, 푸른 대나무가 무성하도다.〔瞻彼淇澳, 綠竹猗猗.〕"라는 말을 인용한 것으로, 군자의 덕을 찬미한 말이다. 붉은 거문고줄은 종묘의 제향에 쓰는 악기를 말한다.

33
이헌경의 소년작

간옹(艮翁) 이헌경(李獻慶)은 8, 9세에 시문이 이미 문장을 이루었다. 16
세에 비 때문에 길이 막혀 시를 지었다.

비가 오니 내가 어찌 가리오	天雨吾何出
새벽별은 어젯밤과 같구나	晨星如昨宵
고개의 구름은 어두워 자욱하고	嶺雲玄漠漠
강에는 흰 비가 쓸쓸히 내리네	江雨白蕭蕭
가다가 물소리 들리는 여관에 도착하니	行到水聲店
또 내일 다리 건너기가 걱정스럽네	又愁明日橋

재주가 뛰어나다고 하겠다.

34

강박의 송별시

학사 권부(權扶)가 대간(臺諫)으로 있을 때 임징하(任徵夏)를 논죄하다가
쫓겨났다. 국포(菊圃) 강박(姜樸)이 동대문 밖에서 전송하며 시를 주었다.

동대문에서 술잔 들어도 노래하지 못하니	東門擧酒不成歌
만리 길 떠나는 나그네는 마음이 어떠한가	萬里行人意若何
지는 해는 여울가 길로 떨어지는데	落日中零灘畔路
의릉(경종의 능)의 무성한 봄풀에 상심하네[1]	傷心春草懿陵多

또 시를 지었다.

예나 지금이나 도성문에 버들 피는 봄이면	今古都門楊柳春
관왕묘 안에서 가는 사람 자주 전송했네	關王廟裡送行頻
혜자[2]의 평생 눈물 전부 모아서	盡將蕙子平生淚
아득히 먼 북쪽으로 가는 사람에게 뿌리네[3]	灑與悠悠北去人

---

1 姜樸,〈東門外權子常餞席口占〉,『菊圃集』卷3. 권부는 임징하의 상소가 경종을 비난하려는 의도
가 있다고 탄핵했다가 유배되었다.

남들도 들으면 견디지 못했을 것인데, 당시 권공이 듣고서 어떤 마
음이었겠는가.

---

2 혜자(蕙子) : 강박 자신을 말한다. 강박의 또다른 호가 혜포(蕙圃)이다.
3 姜樸,〈東門外權子常餞席口占〉,『菊圃集』卷3.

35

최치원의 시는 거칠다

우리나라의 문장은 고운(孤雲) 최치원(崔致遠)이 가장 먼저 창도했으나 그의 시는 몹시 거칠다. 오직 가야산(伽倻山)에서 지은 절구에,

행여 옳고 그름 따지는 소리가 귀에 들릴까	或恐是非聲到耳
일부러 흐르는 물로 산을 전부 둘러쌌네[1]	故教流水盡籠山

라는 시구는 조금 낫다.

---

1 崔致遠, 〈題伽倻山讀書堂〉, 『孤雲集』卷1.

36

오언고시 명가

오언고시(五言古詩)는 한(漢)나라와 위(魏)나라 이후로 당(唐)나라 저광
희(儲光羲), 왕유(王維), 위응물(韋應物), 유종원(柳宗元)이 가장 아름답고,
장적(張籍)의 〈이원(離怨)〉 이후로는 아름다운 작품이 더 이상 없다. 지
금 한나라와 위나라 시를 배우는 사람들은 오로지 답습하느라 기이한
시어가 전혀 없으니 한탄스럽다.

37

최성대의 오언시

국포(菊圃) 강박(姜樸)의 재주는 옛사람 못지 않다. 그러나 그가 지은 〈의고(擬古)〉 등의 여러 시는 하량(河梁)[1]의 투식을 벗어나지 못했다. 하물며 보통 사람은 어떻겠는가. 근래 두기(杜機) 최성대(崔成大) 역시 선체(選體)[2]를 잘 짓는다. 대부분은 옛사람이 이미 한 말이지만,

규방에 초승달 뜨니	初月上中閨
소녀들 나란히 나오네	女兒連袂出
고개 들어 하늘의 별을 세니	擧頭數天星
별 일곱 나 일곱[3]	星七儂亦七

이와 같은 시어는 옛사람이 말하지 못한 것을 말했다.

---

1 하량(河梁) : 한(漢)나라 이릉(李陵)이 소무(蘇武)와 이별하며 지은 〈여소무(與蘇武)〉를 말한다. 이 시에 "손잡고 하수의 다리에 오르니, 나그네는 저물녘 어디로 가는가.[携手上河梁, 遊子暮何之]"라는 구절이 있다.

2 선체(選體) : 『문선(文選)』에 실려 있는 오언고시(五言古詩)를 말한다.

3 崔成大, 〈古雜曲二篇〉, 『杜機詩集』卷1.

38

왕유의 시는 그림과 같다

왕유(王維)의 시는 물 속에 있으면 구슬이 되고 벽에 붙이면 그림이 되니, 한 구절, 한 글자가 모두 평범한 경치에서 나왔다. 그의 고시(古詩)는 더욱 맑고 빼어나 격조가 우아하고 뜻이 새로우며 이치가 온당하다.[1]

시골 노인은 아이종 염려하여 　　　　　　　　　　野老念僮僕

지팡이 짚고 사립문에서 기다리네[2] 　　　　　　倚杖候荊扉

농부는 호미 메고 서서 　　　　　　　　　　　田父荷鋤立

마주보며 도란도란 이야기하네[3] 　　　　　　相見語依依

이와 같은 시는 이른바 '시 속에 그림이 있다.'라는 것이 아니겠는가.

---

1 이상은 『唐詩品彙』 王維 주석에 보인다.

2 王維,〈渭川田家〉,『唐音』.

3 王維,〈渭川田家〉,『唐音』.

39

위응물의 시

위응물(韋應物)의 시는 깊은 산에서 약초를 캐다가 샘물을 마시고 바위에 앉아 날이 저물도록 돌아갈 줄 모르는 것과 같다.[1] 그의 시는 대체로 도잠(陶潛)을 꼭 닮았다. 예컨대,

술병 들고 꽃나무 숲에 가니	携酒花林下
앞에 천년 묵은 무덤 있네	前有千載墳
술 따를 때 함께 마시지 못하니	於時不共酌
땅 속의 사람이여 어찌하랴	奈此泉下人
세상과 멀어진 자취 하릴없이 말하며	聊敍遠世蹤
우두커니 산으로 돌아오는 구름을 보네[2]	坐望還山雲

같은 말이 이것이다. 주자(朱子)가 이른바 "왕유와 맹호연보다 훌륭하다."[3]라는 말이 참으로 옳다.

---

1 이상은 『唐詩品彙』 韋應物 주석에 보인다.
2 韋應物, 〈與友生野飮效陶體〉, 『唐詩品彙』, 10구 중 5, 6, 9, 10구가 빠져 있다.
3 주희의 평은 『唐詩品彙』 韋應物 주석에 보인다.

40

유종원의 고시

옛사람이 "유종원(柳宗元)의 고시(古詩)는 위응물(韋應物)보다 낫다."[1] 했다.

울타리 너머에 연기와 불빛	籬落隔烟火
사방 이웃이 농사 이야기하는 저녁[2]	農談四隣夕
각자 말하기를 원님이 준엄하여	各言官長峻
독촉하는 문자 많다고 하네[3]	文字多督責
올해는 다행히 조금 풍년이니	今年幸少豊
미음과 죽을 실컷 먹겠네[4]	無厭饘與粥

이와 같은 시는 민요 채집에 들어가야 마땅하다.

---

1 이상은 『唐詩品彙』 柳宗元 주석에 보인다.

2 柳宗元, 〈田家三首〉, 『唐詩品彙』.

3 柳宗元, 〈田家三首〉, 『唐詩品彙』.

4 柳宗元, 〈田家三首〉, 『唐詩品彙』.

41

장적의 악부시

장적(張籍)이 지은 시는 악부(樂府)가 뛰어나고 놀라운 시구가 많다. 한유(韓愈)가 그를 두고 옛말을 잘 배웠다고 한 이유가 이것이다. 그의 〈이원(離怨)〉 한 편이 가장 회자되었는데, 『선시보주(選詩補註)』에 선발된 시는 이 한 편 뿐이다.[1]

애절해라 또 애절해라	切切重切切
가을바람에 계수나무 꽃 꺾이네	秋風桂花折
남들은 젊을 때 시집가는데	人當少年嫁
나는 젊을 때 헤어진다네	我當少年別
그대는 전쟁에 나가는 것도 아닌데	念君非征役
해마다 오랫동안 먼 길을 가네	年年長遠途
저는 기꺼이 혼자 죽겠으나	妾身甘獨沒
집에 시부모 계시네	高堂有舅姑
산천은 어찌 그리 먼가	山川豈悠遠
나그네 돌아오지 않네[2]	行人自不返

---

1 이상은 『唐音』張籍 주석에 보인다. 『선시보주』는 원(元)나라 유리(劉履)가 편찬한 시선집이다.

당나라에 시로 이름난 사람이 3백여 명을 밑돌지 않으나, 그중에 순전히 『시경』의 소리에 부합하는 자를 찾는다면 오로지 이 시가 남아 있는 데 의지할 것이다.[3]

---

2 張籍,〈離怨〉,『唐詩品彙』.

3 이상은 『唐音』 張籍 주석에 보인다.

42

왕건의 시

왕건(王建)은 악부시를 잘 짓고 율시에도 뛰어났다.

따로 주인 없는 대숲 계곡 사들여	買斷竹谿無別主
샘과 바위를 새 이웃에게 나누어 주네	散分泉石與新隣
산꼭대기 사슴은 내려오다 개를 보고 놀라고	山頭鹿下長驚犬
연못 수면의 물고기는 사람을 두려워 않네[1]	池面魚游不怕人

이와 같은 시는 시원하고 자연스럽다.

---

1 王建, 〈周家谿亭〉, 『唐音』.

43
일당시(1)

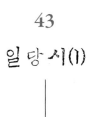

사재(思齋) 김정국(金正國)이 북경에서 돌아와 자기가 지은 오언절구를
모재(慕齋) 김안국(金安國)에게 보여주며 말했다.

"없어져서 전하지 않는 당나라 시가 많은데, 이번에 갔다가 없어졌
던 당나라 사람의 시를 얻어 왔습니다."

그리고는,

비 내리니 맑은 강 흥취 있어	雨後淸江興
고개 돌려 갈매기에게 물었네	回頭問白鷗
답하기를, 붉은 여뀌에 달 비칠 때	答云紅蓼月
어부 피리 소리 들리는 가을이라네	漁笛數聲秋

라는 시구를 읊었다. 모재가 말했다.

"좋기는 좋지만 자네 같은 사람도 충분히 이렇게 지을 수 있네."

하고는, 전기(錢起)의 〈귀안(歸雁)〉 시를 읊으며 말했다.

소상에서 무슨 일로 공연히 돌아와	瀟湘何事等閑回
물 푸르고 모래 반짝이며 양쪽 물가 이끼 덮인 곳에 있나	水碧沙明兩岸苔

스물 다섯 현으로 연주하는 달밤에　　　　　二十五絃彈夜月

맑은 원망 견디지 못해 도로 날아간다네[1]　不勝淸怨却飛來

"앞의 두 구는 사람이 기러기에게 묻는 말이고, 뒤의 두 구는 기러기가 사람에게 답한 말이네. 양쪽 물가에 이끼가 끼고 물이 푸르며 백사장 환한 곳에 무슨 일로 공연히 돌아왔느냐는 것이네. 비록 묻는다는 글자를 쓰지 않았지만 자연히 묻는 말이 되네. 25현의 비파를 달 밝은 밤에 타니 맑고 원망스러운 소리를 견디지 못하여 도로 날아왔다는 것이네. 비록 답한다는 글자를 쓰지 않았지만 자연히 답한 말이 되네. 어찌 묻는다거나 답한다거나 하는 글자를 써야 문답이 되겠는가."

사재는 그의 감식안에 감복했다고 한다.

---

1 錢起, 〈歸雁〉, 『唐音』.

44

일 당 시 (2)

김정국(金正國)의 이 시는 내가 보더라도 당나라 시라고 믿지 못하겠는데, 하물며 김안국(金安國)을 속일 수 있겠는가.

45

일당시 (3)

근래 참판 채홍리(蔡弘履)가 자기 시를 모아서 없어졌던 당나라 시라고
하면서 남에게 보여주었는데, 온 세상 사람들이 휩쓸리듯 믿었다. 내가
족조(族祖) 천연자(天然子) 이지정(李之鼎)을 통해 그 이른바 없어졌던 당
나라 시라는 것을 보니, 재주 있는 사람의 말재주에 불과하며 한 구절
도 옛사람과 가까운 것이 없었다. 그런데 사람들은 높이면서 당나라 시
라고 여기니, 세상을 속이기가 이렇게 쉽다. 사람들에게 참된 안목이 없
다는 것도 이를 통해 알 수 있다.

46

임포의 매화시

매화시는 예로부터 아름다운 것이 없다. 나는 임포(林逋)의 한 연이 고금에 독보적이라고 여긴다. 그 시는 다음과 같다.

맑고 얕은 물에 성근 그림자 가로지르고   疎影橫斜水淸淺
어두운 달밤에 은은한 향기 진동하네[1]   暗香浮動月黃昏

자연스러운 매화시이다.

---

1 林逋, 〈山園小梅〉, 『瀛奎律髓』.

47

육유의 매화시

육유(陸游)의 매화시는 다음과 같다.

매화는 은자와 같아   梅花如高人

오묘히 골짜기에 있네[1]   妙在一丘壑

그 시의 오묘한 부분은 모두 묘(妙)자 하나에 있다. 또 '은자와 같다.(如高人)'라는 세 글자는 예로부터 매화를 읊은 자가 말한 적이 없다.

---

1 陸游, 〈開歲半月湖村梅開無餘偶得五詩以烟濕落梅村爲韻〉, 『劍南詩藁』.

48

육유의 시는 송시의 으뜸이다

육유(陸游)의 시는 교묘한 곳은 지나치게 교묘하고 호방한 곳은 지나치게 호방하다. 요컨대 이백(李白) 이후로 유일한 사람이다. 송나라 시인은 비록 진사도(陳師道)와 황정견(黃庭堅)조차도 필시 한 수 아래일 것이다.

49

조관빈의 시는 육유와 비슷하다

조관빈(趙觀彬)은 육유(陸游)를 좋아하여 자호(自號)를 소방옹(小放翁)[1]이라고 했다. 그의 시는 육유와 흡사하다. 예컨대,

술병 들고 풍년이라 달리고	酒壺登歲走
베 과녁은 가을이라 높아졌네[2]	布帿入秋高

어가 지나던 길에는 빈 암자의 불상	輦路虛庵佛
대궐 터에는 낮은 현감 있네[3]	宮墟小縣監

화려한 현판에 시가 걸려 남의 눈이 꺼려지고	詩留畵板嫌他眼
정사는 큰 비석에 남아 내 얼굴이 부끄럽네[4]	政在穹碑愧此顔

따위가 이것이다.

---

1 소방옹(小放翁) : 육유의 호가 방옹이므로 그를 존경하는 의미에서 지은 것이다.

2 李秉淵, 〈村人射會〉, 『槎川詩抄』 卷下.

3 趙觀彬, 〈白馬江〉, 『悔軒集』 卷8.

4 趙觀彬, 〈過金城用昔日板上韻〉, 『悔軒集』 卷5.

50

일자사(1)

당나라 시승(詩僧) 제기(齊己)가 이른 매화를 두고 시를 지었다.

| 앞마을 눈보라 속에 | 前村風雪裡 |
| 어젯밤 몇 가지 피었네1 | 昨夜數枝開 |

이 시를 가져가 정곡(鄭谷)에게 보였더니, 정곡이 말했다.
"몇 가지[數枝]는 이른 매화가 아니니 한 가지[一枝]가 낫네."
제기는 자기도 모르게 자리에서 내려와 절했다. 당시 사람들이 정곡을 '일자사(一字師)'라고 불렀다.2 정곡이 한번은 〈자고(鷓鴣)〉 시를 지었는데, 몹시 아름다워 당시 '정자고(鄭鷓鴣)'라고 불렀다. 그의 시는,

| 나그네 듣자마자 소매를 적시고 | 游子乍聞征袖濕 |
| 미인이 노래하자 푸른 눈썹 내리까네3 | 佳人纔唱翠眉低 |

---

1 齊己, 〈早梅〉, 『唐詩品彙』.

2 이상은 『唐音』은 唐彦謙 주석에 보인다.

3 鄭谷, 〈鷓鴣〉, 『唐詩品彙』.

이외에 별달리 기이한 시어가 없다. 참으로 "단풍잎이 차가운 오강에 떨어지네.〔楓落吳江冷〕" 한 구절 뿐인 경우와 같다.4

---

4 참으로……같다 : 당나라 최신명(崔信明)이 "단풍잎이 차가운 고강에 떨어지네."라는 시구로 유명해졌는데, 정세익(鄭世翼)이 나머지 구절을 보여달라고 했다. 그러나 나머지 구절이 신통치 않아 실망하고 떠났다. (『新唐書』卷201「崔信明列傳」)

51

왕세정의 시

왕세정(王世貞)의 문장은 기이하여 속된 기운이 없다. 그러나 시는 유독
늦게 완성되었다. 그가 서산(西山)에 올라 지은 시 두 구,

맑은 가을 전각은 허공에 나타나고	淸秋殿閣空中見
해 지자 깃발이 나무 끝에 보이네[1]	落日旌旗樹杪看

이와 같은 구절은 소정(蘇頲)의,

궁중에서 아래를 보니 남산이 전부 보이고	宮中下見南山盡
성 위에서 마주하니 북두성이 매달렸네[2]	城上平臨北斗懸

같은 구절과 앞을 다툰다.

---

1 王世貞,〈登西山〉,『弇州四部稿』.

2 蘇頲,〈奉和春日幸望春宮應制〉,『唐音』.

52

이반룡의 시

이반룡(李攀龍)의 문장은 왕세정(王世貞)보다 못하지만 그의 시는 빼어나서 거의 왕세정보다 나은 듯하다.

오랫동안 객지에서 소리 높여 읊으니 백발이 돋고　　客久高吟生白髮
봄이 오니 돌아가는 꿈이 청산에 가득하네　　　　　春來歸夢滿靑山
밝은 시절 병든 몸으로 풍진 세상에 있으면서　　　明時抱病風塵下
짧은 갈옷 입고 천지 사이 교유를 말하네[1]　　　　短褐論交天地間

이와 같은 시구는 왕세정도 짓지 못할 것이다.

1　李攀龍,〈初春元美席上贈茂秦得關字〉,『滄溟集』.

53

주자의 시

시인들은 늘 염락(濂洛)¹을 진부하다고 비난한다. 나도 염락이 시인의 정도(正道)는 아니라고 여겨 평소 즐겨 보지 않았다. 그런데 우연히 주자(朱子)의 시를 보다가 9일에 천호(天湖)에서 지은 시를 보고서야 비로소 주자는 타고난 재주가 탁월하여 보통 사람이 함부로 논할 수 없다는 것을 알았다. 그 시는 다음과 같다.

지난해 소상에서 중양절 맞이했을 때	去歲瀟湘重九時
온 성에 비바람 불어 객지에서 돌아가고 싶었네	滿城風雨客思歸
고향에서 이날 명절이 돌아오니	故山此日還佳節
누런 국화 맑은 술동이에 석양 비추네	黃菊淸樽更晚暉
짧은 머리 많지 않아 모자 떨구지 않고²	短髮無多休落帽
거센 바람 끊이지 않아 옷을 휘날리네	長風不斷且吹衣
서로 보다 조그마한 인간세상 내려다보니	相看下視人寰小
이제부터 산속에서 늙는 것이 마땅하네³	只合從今老翠微

---

1 염락(濂洛) : 염은 염계(濂溪)의 주돈이(周敦頤), 낙은 낙양(洛陽)의 정호(程顥), 정이(程頤) 형제로, 여기서는 송나라 성리학자들의 시를 말한다.

2 짧은……않고 : 진(晉)나라 맹가(孟嘉)가 중양절에 술을 마시다가 모자를 떨어뜨린 줄도 몰랐다는 고사를 인용한 것이다.

이와 같은 시는 지극히 맑고 놀라우니, 비록 대력(大曆) 연간 시인들의 사이에 두어도 나는 누가 나은지 모르겠다. 그의 재주가 곳곳에 모두 적절하여 당나라 시를 짓고 싶으면 당나라 시가 되고, 염락의 시를 짓고 싶으면 염락의 시가 될 뿐이다. 소식(蘇軾) 같은 무리가 날마다 다듬은들 어찌 이런 말을 만들 수 있겠는가.

---

3 朱熹, 〈九日登天湖以菊花須揷滿頭歸分韻賦詩得歸字〉, 『瀛奎律髓』.

54

백거이의 시

백거이(白居易)의 시는 지나가는 구름과 흘러가는 물 같으면서도 시 짓는 법도를 벗어나지 않았으며, 아름다운 시구가 몹시 많다. 성인이 되기 전에 〈원초(原草)〉 시를 지었는데 지극히 아름다웠다. 이 시를 가지고 고황(顧況)을 뵈러 갔더니, 고황이 놀리며 말했다.

"장안은 쌀이 귀하여 살기가 몹시 쉽지 않네.〔長安米貴, 居大不易〕"

백거이의 이름이 거이(居易)이기 때문이었다. 그런데 〈원초〉 시를 읽다가,

들판의 풀이 다 태우지 못하여   野火燒不盡
봄바람 부니 또 피어나네   春風吹又生

라는 구절에 이르자 놀라서 벌떡 일어나 말했다.

"이와 같은 시구를 짓는데 살기가 어찌 어렵겠는가. 늙은이가 앞서 한 말은 농담이었네."[1]

---

1 이상은 『唐詩品彙』 白居易 〈草〉 주석에 보인다.

55

이승연의 춘첩자

아버님[이승연]의 춘첩자(春帖子)는 다음과 같다.

평생 열 수레의 책을 읽지 않았는데	平生不讀十車書
쌀이 귀한 장안에 살기가 쉽지 않네	米貴長安未易居
봄바람이 들판의 풀을 다 태우지 못했으니	東風不盡燒原草
고운 햇볕 내리쬐자 다시 푸르게 돋아나네[1]	更見靑靑艶陽初

---

1 李承延,〈立春次東州春帖韻〉,『剛齋遺稿』,『鹽州世稿』卷5.

56

백거이의 곡자시

나는 지난해에 두 아들을 잃고 산사(山寺)에 가서 지내며 당시(唐詩)를 보다가 백거이(白居易)가 아들을 잃고 지은 시를 보았다. 그중 한 연은 사람 마음을 정확히 말했으니, 내 마음을 먼저 알았다고 하겠다. 그 시는 다음과 같다.

슬퍼 애가 절로 끊어지니 칼 때문이 아니요 　　　　　　　悲腸自斷非因劍

우는 눈은 항상 침침하니 먼지 때문 아니라네[1] 　　　　　啼眼常昏不是塵

　예로부터 아들을 잃은 사람이 얼마나 많겠는가마는 슬프고 괴로운 마음을 형용한 사람은 오직 백거이 뿐이다.

---

1 白居易, 〈哭雀兒〉, 『瀛奎律髓』.

57

이경유의 시

내가 산사(山寺)에서 돌아오니 사는 집의 창과 문을 오랫동안 잠가두어 먼지가 쌓여 있었다. 뜰에 있는 작은 복숭아나무를 보고 느낌이 있어 시 한 수를 읊었다.

뜰의 복숭아나무는 여전히 계절 따라 열매 맺고	庭桃結子猶時序
들보의 제비는 새끼를 데리고 절로 오가네	樑燕將雛自去來

비록 서글프지만 끝내 백거이(白居易) 시의 묘사만 못하다.

58

원진이 백거이를 전송하며 지은 시

백거이(白居易)가 강주(江州)로 좌천되자 원진(元稹)이 시를 보냈다.

꺼져가는 등불은 불꽃 없어 그림자 가물거리는데	殘燈無燄影幢幢
이날 저녁 그대가 구강으로 쫓겨났다 들었네	此夕聞君謫九江
죽어가며 앓던 중에 놀라서 일어나 앉으니	垂死病中驚起坐
남몰래 바람이 비를 불어 창가로 들이치네[1]	暗風吹雨入寒窓

백거이가 말했다.

"다른 사람이 읽더라도 견디지 못할 것인데, 하물며 나는 어떻겠는가."

---

1 元稹, 〈聞樂天左降江州〉, 『唐音』. 이 일화 역시 주석에 보인다.

59

이인복이 이만유를 전송하며 지은 시

증조부 은암공(恩庵公) 이만유(李萬維)가 제주에 유배되자 신절재(愼節 齋) 이인복(李仁復)이 편지를 보냈는데, 이 시를 아래에 썼다.

소식은 7천 리 바다를 건너갔으니　　　　　　　　蘇長公七千里渡海

이 또한 남아의 통쾌한 일이다　　　　　　　　　亦是男快闊事

60

신광수, 정범조, 이병연의 시

석북(石北) 신광수(申光洙), 해좌(海左) 정범조(丁範祖), 농재(聾齋) 이병연
(李秉延)은 나란히 명성을 날렸다. 해좌는 엄숙하고 침착하며, 농재는
기발하고 빼어나며, 석북은 간혹 농담을 섞었으니 두 사람만 못하다.

61

농재 이병연의 대표작

농재(聾齋) 이병연(李秉延)의 시는 다음과 같다.

외로운 새는 먼 하늘 아득히 돌아가고   獨鳥天長歸漠漠

우는 노새는 넓은 강에서 쓸쓸히 떠나네[1]   鳴騾江闊去蕭蕭

이 시는 더욱 회자되어 장사꾼과 아이들까지도 전파했다. 이 한 연이 반드시 문집의 다른 시들보다 낫지는 않은데 이렇게 된 이유는 무엇인가?

---

1 李秉延,〈送人歸上州〉,『半聾齋遺稿』,『鹽州世稿』卷11.

62

이승연과 이병연 형제의 명성

목사 이학원(李學源)이 부친에게 말했다.

"사문(斯文) 심장태(沈長泰)가 제게 편지를 보내서 '그대는 이(李) 아무개【농재(聾齋)의 이름】를 알텐데 세상에 자자한,

외로운 새는 먼 하늘 아득히 돌아가고	獨鳥天長歸漠漠
우는 노새는 넓은 강에서 쓸쓸히 떠나네	鳴驢江闊去蕭蕭

라는 시구를 들어보았는가? 이것은 그의 형이 지은 시라네.'라고 했습니다."

세상 사람들은 아버님의 시로 잘못 아는 경우도 있다. 우리 집안 부자형제가 한 시대에 높은 명성을 날렸다는 사실을 알 수 있다.

63

신광수와 정범조의 우열

석북(石北) 신광수(申光洙)와 해좌(海左) 정범조(丁範祖)가 여주(驪州) 신륵사(神勒寺)에서 놀았다. 당시 가을비가 막 그치고 밝은 달이 떠올랐다. 석북이 시를 지었다.

싸늘한 백탑이 삼경에 솟아나고	寒多白塔三更出
비 그친 청산이 양쪽 언덕에서 다가오네[1]	霽盡青山兩岸來

해좌가 시를 지었다.

긴 강 한쪽 면이 희미하게 드러나고	長江一面朦朧出
바람 부는 회나무 동쪽에서 느릿느릿 다가오네[2]	風檜東頭宛轉來

두 시의 우열을 말하는 세상 사람들은 대부분 석북이 낫다고 하지만, 나만은 해좌가 낫다고 여긴다. 석북의 시는 몹시 맑고 시원하여 사람들을 놀라게 하기 쉽다. 그러나 끝내 자연스러운 해좌의 시만 못

---

1 申光洙,〈東臺〉,『石北集』卷5.

2 丁範祖,〈正月十五夜偕聖淵登神勒寺東臺翫月號韻各賦〉,『海左集』卷3

하다. '희미하다〔朦朧〕'와 '느릿느릿〔宛轉〕'은 그 당시 광경을 남김없이
묘사했으니, 이른바 연광정(練光亭)의 경치를,

큰 강 한 면은 넘실거리는 물이요,	長江一面溶溶水
넓은 벌판 동쪽은 점점이 산이라네3	大野東頭點點山

라는 구절로 남김없이 묘사한 것과 같다.

---

3 金黃元의 시다. 본서 권하 5칙 참조.

64

이상은의 시(1)

이상은(李商隱)의 시는 기괴하기가 옛날보다 더하여 서곤체(西崑體)로 불렸다. 그 유파가 험벽한 노동(盧仝), 기이한 이하(李賀), 기괴한 온정균 (溫庭筠)이 되었다.

65
이상은의 시(2)

이상은(李商隱)의 〈금슬(錦瑟)〉은 세상에 이해하는 자가 없다. 그러나 이른바,

바다에 달이 밝으니 진주는 눈물을 흘리고 　　　　　滄海月明珠有淚

남전에 해가 따뜻하니 옥에 연기가 생기네[1] 　　　　藍田日煖玉生烟

라는 말은 귀신을 울리는 말이다.

---

1 李商隱, 〈錦瑟〉, 『唐音』.

이상은의 시(3)

옛사람이 말했다.

"당나라 시인 중에 두보(杜甫)를 배운 사람은 이상은(李商隱) 한 사람
뿐이다. 비록 그 오묘한 경지에 완전히 나아가지는 못했으나 정밀
하고 화려하여 저절로 비슷하다."[1]

---

1 이상은『唐音』李商隱 주석에 보인다.

67

이상은의 시(4)

왕안석(王安石)이 채조(蔡肇)에게 말했다.

"시를 배우는 사람은 곧장 두보를 배우면 안 되고, 먼저 이상은을
배워야 한다. 이상은처럼 되지 못하는데 두보처럼 될 수 있는 사람
은 없다."[1]

---

1 이상은 『唐音』 李商隱, 주석에 보인다.

이상은의 시(5)

공자 문하에 복자하(卜子夏)가 있고, 그 유파가 전자방(田子方)과 장주(莊周)가 되었다.[1] 두보는 시인 중에 집대성(集大成)한 사람이다. 시인 중에 이상은(李商隱)이 있는 것은 마치 공자 문하에 자하가 있는 것 같고, 시인 중에 노동(盧仝), 이하(李賀), 온정균(溫庭筠)이 있는 것은 공자 문하에 전자방과 장주가 있는 것 같다. 시를 배우는 사람은 자세히 살피지 않으면 안 된다.

---

1 공자……되었다 : 복자하는 공자의 문인이다. 한유(韓愈)의 〈송왕수재서(送王秀才序)〉에 따르면 자하의 문하에서 전자방이 나오고, 전자방의 문하에서 장주가 나왔다.

69

노동의 시(1)

노동(盧仝)의 〈월식시(月蝕詩)〉는 세상 사람들이 칭찬한다. 예전에 그가 낙양(洛陽)에 살 적에 한유(韓愈)가 하남 영(河南令)으로 있으면서 그의 시를 좋아하여 후하게 예우했다.[1]

---

1 이상은 『唐音』盧仝 주석에 보인다.

70

노동의 시(2)

시평(詩評)에 말했다.

"노동(盧仝)의 〈월식시〉는 땅을 흔들고 하늘을 기울여 글자마다 살아 있는 듯하다. 마치 고삐를 매지 않은 야생마를 타는 것처럼 급하여 겨를이 없고 붙잡을 수 없다."[1]

---

1 이상은 『唐音』 盧仝 주석에 보인다.

71
노동의 시(3)

주자(朱子)가 말했다.

"옥천자(玉天子) 노동(盧仝)의 시구는 말이 비록 험하고 괴이하나 생
각은 저절로 혼연히 이루어진 기상이 있다."[1]

---

1 이상은 『唐音』 盧仝 주석에 보인다.

72
이하의 시(1)

이하(李賀)는 기괴한 말을 추구하여 그가 지은 시는 모두 놀랍고 뛰어났
으니, 당시에 흉내낼 수 있는 사람이 없었다. 악부 수십 편은 운소원(雲
韶院)의 악공(樂工)들이 음악에 얹었다.[1]

---

1 이상은 『唐音』 李賀 주석에 보인다.

이하의 시(2)

이하(李賀)의 시체(詩體)는 마치 높은 바위와 가파른 절벽이 온갖 형상으로 솟은 듯하다.[1]

---

1 이상은 『唐音』李賀 주석에 보인다.

이하의 시(3)

이하(李賀)가 처음 한유(韓愈)를 만날 적에 시권(詩卷)을 보냈는데, 첫편이 〈안문태수행(雁門太守行)〉이었다. 당시 한유는 조정에서 물러나와 몹시 피곤했다. 문지기가 시권을 바치자 허리띠를 풀고서 읽었는데, 첫 두 구의,

먹구름이 성을 짓누르니 성이 무너지려 하고	黑雲壓城城欲摧
갑옷 빛이 달을 향하니 금비늘이 열리네[1]	甲光向月金鱗開

라는 구절을 읽자, 급히 허리띠를 차고 이하를 불러들여 몹시 기뻐했다.

---

1 李賀, 〈鴈門太守行〉, 『唐音』. 이 일화 역시 주석에 보인다.

이하의 시(4)

이하(李賀)의 시는 전부 신선의 말이다.

곧장 꽃 피우는 바람을 뚫고	直貫開花風
하늘에서 구름 몰아 가네 ¹	天上驅雲行

곧장 꽃 피우는 바람을 뚫고 直貫開花風
하늘에서 구름 몰아 가네 [1] 天上驅雲行

인간세상에 술 따스하니 봄은 아득하고　　　　人間酒煖春茫茫
꽃가지가 주렴에 들어오니 낮은 길구나[2]　　　花枝入簾白日長

이와 같은 시구는 속세의 기운이 거의 없다.

---

1 李賀, 〈申胡子觱栗歌〉, 『唐音』.

2 李賀, 〈秦宮詩〉, 『唐音』.

76

온정균의 시(1)

온정균(溫庭筠)은 시를 지을 적에 초고를 짓지 않았다. 단지 손을 소매에 넣고 자리에 기댄 채 운(韻) 하나를 부르면 한번 읊조렸으니, 당시 사람들이 온팔음(溫八吟)이라고 불렀다.[1]

---

1 이상은 『唐音』 溫庭筠 주석에 보인다.

온정균의 시(2)

온정균(溫庭筠)의 시는 이상은(李商隱)에 비하면 더욱 교묘하고, 이하(李賀)에 비하면 더욱 기괴하다.

연꽃은 힘이 약해 가만 있기 어렵고	芙蓉力弱應難定
버들은 바람 잦아 견디지 못하네1	楊柳風多不自持
초나라 강은 유유히 말처럼 흐르고	悠悠楚水流如馬
한스럽고 시름겨운 붉은 꽃은 평야에 가득하네2	恨紫愁紅滿平野
대궐의 꽃은 이슬 맞아 방금 눈물 흘린 듯하고	宮花有露如新淚
작은 정원에 상록수 빽빽이 들어오네3	小苑茸茸入寒翠
햇빛에 물든 색깔은 짙은 눈썹 같고	韶光染色如蛾翠
푸르게 젖고 붉게 선명한 물은 아름답네4	綠濕紅鮮水容媚

이와 같은 시어는 지극히 교묘하고 기괴하지 않은가.

---

1 溫庭筠, 〈舞衣曲〉, 『唐音』.

2 溫庭筠, 〈懊惱曲〉, 『唐音』.

3 溫庭筠, 〈曉仙謠〉, 『唐音』.

4 溫庭筠, 〈春洲曲〉, 『唐音』.

78

이하와 온정균의 시

나는 이하와 온정균의 시를 이렇게 평했다.

"베옷과 비단옷을 입지 않고 교초(鮫綃)[1]를 입으며, 육회와 불고기를 먹지 않고 말린 기린 고기를 먹는 격이다. 하늘이 높지 않다면서 하늘 위로 올라가려 하고, 바다가 깊지 않다면서 바다 밑으로 내려가려 하니, 보통 사람은 그들을 배울 수 없다."

---

1 교초(鮫綃) : 인어가 짜는 오색의 비단실로 만든 전설의 옷이다.

창해시안

✳

권중

1

근세 영남의 시

근세에 영남에는 좋은 시가 없다. 학사(學士) 창설(蒼雪) 권두경(權斗經) 이후로는 양산 군수(梁山郡守) 권만(權萬) 일보(一甫) 씨가 강좌(江左) 지방에 우뚝하고, 평해 군수(平海郡守) 신유한(申維翰) 주백(周伯)이 강우(江右) 지방에서 독보적이다.

2

권만의 결구

강좌(江左) 권만(權萬)의 〈소를 타고〔騎牛〕〉 절구의 결구는 다음과 같다.

먼 교외에 안개 자욱하니   長郊烟漠漠

봄날 해가 함께 더디 가네[1]   春日共遲遲

보통의 격조를 뛰어넘으니 결코 어린아이의 말로 교묘하게 만들려는 것이 아니다.

---

1 權萬, 〈騎牛向昌坡〉, 『江左集』卷1.

3

신유한의 촉석루 시

청천자(青泉子) 신유한(申維翰)의 〈촉석루(矗石樓)〉 시의 한 연은 다음과
같다.

천지 사이에서 세 장사[1]는 임금에게 보답하고   天地報君三壯士

강산의 높은 누각 한 곳에 나그네 머무르네[2]   江山留客一高樓

극도로 감개하고 비장하여 이반룡(李攀龍)과 왕세정(王世貞)을 꼭 닮
았다.

---

1 세 장사 : 진주성 전투에서 전사한 김성일(金誠一), 조종도(趙宗道), 이노(李魯)를 말한다.
2 申維翰, 〈題矗石樓〉, 『青泉集』 卷1.

4

이단의 시

당나라 사람은 성대한 모임에서 시를 읊을 적에 반드시 한 사람을 으뜸
으로 추켜세운다. 곽애(郭曖)가 승평공주(昇平公主)와 혼인하며 성대한
모임을 열고 시를 읊었는데, 이단(李端)이 으뜸이었다.[1] 이단의 시는 다
음과 같다.

여러 시내는 바다에 가까워 모두 조수에 호응하고　　　　諸溪近海潮皆應

한 그루 나무는 회수 곁에 있어 잎이 전부 흐르네[2]　　　　獨樹邊淮葉盡流

몹시 아름답다.

1　이상은 『唐音』 李端 주석에 보인다.

2　李端, 〈宿淮浦寄司空曙〉, 『唐音』.

5

대숙륜과 맹호연의 우열

대숙륜(戴叔倫)의 〈섣달 그믐날 석두역에서[除夜石頭驛]〉 시는 다음과 같다.

한 해가 끝나가는 밤	一年將盡夜
만 리 길 돌아가지 못한 사람	萬里未歸人
쓸쓸히 지난 일 슬퍼하다가	寥落悲前事
떠도는 이 몸을 비웃네[1]	支離笑此身

시평(詩評)[2]에 말했다.

"아름답지 않은 것은 아니지만 뒷 연(聯)이 부족하다."

맹호연(孟浩然)의 〈섣달 그믐날 회포가 있어[歲除有懷]〉 시는 다음과 같다.

험한 산에 눈 남은 밤	亂山殘雪夜
외로운 등불 아래 타향 사람	孤燭異鄉人

---

1 戴叔倫, 〈除夜宿石頭驛〉, 『唐音』.

2 『唐音』戴叔倫〈歲除有懷〉 주석에 보인다.

골육과 점점 멀어지는데   漸與骨肉遠

차차 아이종과 가까워지네3   轉於僮僕親

시평(詩評)4에 말했다.

"객지에서 섣달 그믐날 이 시를 읊으면 더 이상 다른 시를 짓지 않는다."

평한 사람은 맹호연을 높이고 대숙륜을 낮추었다. 그러나 내 생각에 "쓸쓸히 지난 일 슬퍼하다가 떠도는 이 몸을 비웃네"는 비록 "골육과 점점 멀어지는데, 차차 아이종과 가까워지네" 보다는 못하지만, "험한 산에 눈 남은 밤, 외로운 등불 아래 타향 사람"은 "한 해가 끝나가는 밤, 만리 길 돌아가는 사람" 보다 못하다. 두 사람은 참으로 대등한 상대라고 하겠다. 평자의 잘못을 설명하고 또 대숙륜을 위해 원한을 씻어준다.

---

3 孟浩然,〈歲除有懷〉,『唐音』.

4 『唐音』孟浩然〈歲除有懷〉주석에 보인다.

6
두순학의 시

두순학(杜荀鶴)의 〈가을날 객지에서[秋日旅中]〉는 다음과 같다.

젊은이가 씩씩한 마음으로 가볍게 나그네 되었다가	少年心壯輕爲客
어느날 병에 걸리자 집이 생각나네	一日病來思在家
비 맞은 겨울 매미는 나뭇잎 따라 떨어지고	經雨凍蟬隨葉墮
호수 지나는 가을 기러기는 구름 향해 날아가네[1]	過湖秋雁趁雲斜

앞의 두 구는 기세[氣]에서 나온 것이고, 뒤의 두 구는 정신[神]에서 나온 것이다. 이는 본디 오묘한 조화로 그 사이에 사람의 힘을 용납하지 않는다. 누가 시를 작은 도(道)라 하여 소홀히 여기는가.

---

1 杜荀鶴, 〈秋日旅中〉, 『事文類聚』.

7

이몽양의 시

이몽양(李夢陽)의 〈홀로 서 있는 복숭아나무[桃花獨樹]〉 시는 다음과 같다.

문에 들어서니 바람에 날리는 꽃잎이 때때로 떨어지고   入門風片時時墜

술동이 가까운 봄의 가지는 가끔씩 기울어지네[1]   近酒春枝故故斜

'술동이 가까운[近酒]'이라는 두 글자에서 꽃을 읊은 시라는 것을 자연히 알 수 있으니, 보통 사람은 할 수 없는 말이다. 다만 기세가 부족하다.

---

1 李夢陽, 〈陶君誇其分司桃花獨樹余往觀之賦此〉, 『空同集』.

8

진여의의 시(1)

간재(簡齋) 진여의(陳與義)의 〈낙양으로 돌아오는 길〔歸洛道中〕〉 시는 다음과 같다.

> 귀로에 홀연 버들 그림자 밟으니   歸路忽踐楊柳影
>
> 봄은 이미 무꽃에 왔구나[1]   春事已到蕪菁花

'홀연 밟다〔忽踐〕'라는 두 글자는 이미 늦봄이 되어 놀란 것이고, '이미 왔다〔已到〕'라는 두 글자는 나그네 된 지 오래임을 탄식한 것이다. 시를 배우는 사람이 옛사람의 정신을 보고자 한다면 '홀연 밟다', '이미 왔다' 네 글자에서 찾아야 한다.

---

1 陳與義, 〈歸洛道中〉, 『簡齋集』.

9

진여의의 시(2)

진여의(陳與義)의 시에,

천기는 도도한데 산은 수척해지고	天機袞袞山新瘦
세상사 유유한데 해는 절로 저무네[1]	世事悠悠日自斜

라는 구절이 있다. '천기가 가득하다.'라는 말이 없으면 '산은 수척해진
다.'라는 말이 의미가 없고, '세상사 유유하다.'라는 말이 없으면 '해는
절로 저문다.'라는 말 역시 평범하다. 이러한 부분을 자세히 보면 춤을
추고 싶은 생각이 든다.

---

1 陳與義,〈歸洛道中〉,『簡齋集』.

10
『당시품휘』와 『당음』

고병(高棅)은 당시(唐詩)를 선발하여 『품휘(品彙)』를 편찬하고, 양사홍(楊士弘)은 당시를 선발하여 『당음(唐音)』을 편찬했는데, 좋은 것을 빠뜨리기도 하고, 좋지 않은 것을 뽑기도 했으니, 이것이 시를 선발하기가 어려운 이유이다.

11
『기아』

판서 남용익(南龍翼)이 우리나라의 시를 선발하여 『기아(箕雅)』를 편찬했다. 그러나 그가 선발한 것 중에 태반은 삭제해야 하니, 한탄스럽다.

12

이만부의 시(1)

증조 식산(息山) 이만부(李萬敷) 공의 〈술병에 쓰다[題酒壺]〉 시는 다음과
같다.

술 마시는 데도 도가 있으니	飮酒亦有道
도는 잠시도 떠날 수 없네	道不可須臾離
굴원은 깨었고 완적은 취했으니1	屈原醒 阮籍醉
하나는 모자라고 하나는 지나치네	一不及 一過之
차라리 안락와2 속에서 늙으면서	不如安樂窩中老
태화탕 석 잔 마시고 시 읊으리3	太和湯三盃自吟詩

신유한(申維翰)은 죽을 때까지 외웠고, 성주 목사(星州牧使) 조윤형
(曹允亨)은 남에게 글씨를 써 줄 때 이 시를 자주 썼다고 한다.

---

1 굴원은……취했으니 : 굴원은 초(楚)나라 사람으로 회왕(懷王)에게 간언하다 쫓겨났다. 그
　가 지은 〈어부사(漁父辭)〉에 "사람들은 모두 취했는데 나 홀로 깨어 있다.[衆人皆醉我獨醒.]"
　했다. 완적은 진(晉)나라 사람으로 늘 세상사에 불평을 품고 술을 마셨다.
2 안락와(安樂窩) : 송(宋)나라 소옹(邵雍)이 관직에 나아가지 않고 낙양(洛陽)에 은둔하며 자
　기 집에 붙인 이름이다.
3 李萬敷, 〈書酒壺〉, 『息山集』 卷1. 태화탕은 술의 별명으로 소옹이 붙인 것이다.

13

이만부의 시(2)

식산(息山) 이만부(李萬敷) 공이 조령(鳥嶺)을 지나며 시를 지었다.

살 같은 바위 없어 소나무 위태롭고[1]	松危無肉石
덩굴 늘어진 곳에 샘물 소리 들리네[2]	蘿洩有聲泉

이 두 시구는 본디 조화옹의 자연스러운 오묘함에서 나온 것이다. 어찌 사람의 힘으로 할 수 있겠는가.

---

1 살……위태롭고 : "소나무는 바위를 살로 삼는다.〔松以石爲肉〕"라는 말을 인용한 것이다. 『산
　서통지(山西通志)』 권221에 보인다.
2 李萬敷, 〈過鳥嶺〉, 『息山集』 卷2.

14

김이만의 시

사간(司諫) 학고(鶴皐) 김이만(金履萬)의 시는 다음과 같다.

석양에 까마귀 날개 퍼덕이고　　　　　　　返照鴉翻翅

봄 얼음을 말이 시험삼아 밟네　　　　　　　春氷馬蹄試

'석양에 까마귀 날개 퍼덕이고'는 평범한 말이니, 필시 '봄 얼음을
말이 시험삼아 밟네'의 대구를 찾기 어려워 억지로 붙인 것이리라.

15

강박의 오언절구

우리나라의 오언절구는 아름다운 것이 전혀 없다. 그러나 국포(菊圃) 강박(姜樸)의 〈남한전팔절(南漢前八絕)〉과 〈남한후팔절(南漢後八絕)〉, 〈주행전잡영(舟行前雜詠)〉과 〈주행후잡영(舟行後雜詠)〉은 지극히 아름다워 세상에 가장 이름났다.[1] 권필(權韠) 같은 사람들도 쉽게 짓지 못할 듯하다.

---

1 이상의 시는 모두 『菊圃集』 卷5에 실려 있다.

16

채팽윤의 시

희암(希庵) 채팽윤(蔡彭胤)의 여러 시는 한 번 읽으면 맛이 없고, 두 번 읽으면 조금 좋은 곳이 있다는 것을 알고, 세 번 읽어야 조화가 전부 드러난다. 마치 하늘의 용이 구름 속으로 들어가서 신묘하게 변화하는 줄 모르다가, 해와 달 가까이 가서 빛을 가리면 동쪽 구름에서 비늘이 보이고 서쪽 구름에 발톱이 보이면서 기괴하고 황홀한 모습이 끝없이 펼쳐지는 것과 같다.

17

이만유와 채팽윤의 시

은암(恩庵) 이만유(李萬維) 공이 희암(希庵) 채팽윤(蔡彭胤) 등 여러 공과 양양(襄陽)에 모였을 때, 하룻밤 사이 율시 3백여 편을 지으니 좌중의 사람들이 모두 붓을 놓았다. 그가 문장을 신속히 짓기가 대략 이와 같았다. 두기(杜機) 최성대(崔成大)의 시에 이른바,

채팽윤과 이만유의 맑은 시는 참으로 통쾌하네[1]　　　　蔡李淸詞誠一快

라는 말이 이를 두고 한 말이다.

---

1 崔成大, 〈暇日登望城樓〉, 『杜機詩集』 卷4.

18

강필신의 시

모헌(慕軒) 강필신(姜必愼)은 국포(菊圃) 강박(姜樸)과 동시대에 서로 인정했다. 그의 시는 온화하고 그윽하기는 국포에 미치지 못하지만 정채가 시원하기는 더 낫다. 예컨대,

시는 수척하고 맑으니 내 모습과 같고	詩得瘦淸同我貌
병은 추웠다 더웠다 하니 사람 마음 같네1	病將寒熱作人情

바람은 서쪽 나무와 남쪽 나무에 소리 내며 불고	風來颯颯西南樹
달은 윗마을과 아랫마을에 더디 뜨는구나2	月上遲遲上下村

따위의 말은 지극히 기묘하고,

단풍 늙어 가을 구름에 몸이 변하려 하네3	楓老秋陰欲化身

---

1 姜必愼, 〈秋懷後八首〉, 『慕軒集』 卷2.

2 姜必愼, 〈秋懷後八首〉, 『慕軒集』 卷2.

3 姜必愼, 〈秋懷後八首〉, 『慕軒集』 卷2.

라는 구절은 반드시 귀신이 도왔을 것이다. 그의 아들 경현옹(警弦翁)
강세진(姜世晉) 역시 시를 잘 짓는다는 명성이 있었다. 그가 산사(山寺)에
서 지은 시의 한 연(聯)은 다음과 같다.

수많은 나무 높고 낮아 새들은 편안하고　　　　　　　　萬木高低群鳥穩
등불 하나 명멸하니 두어 승려 깊숙이 있네 4　　　　　　一燈明滅數僧深

내가 몹시 좋아한다.

4　姜世晉,〈山行卽事〉,『警弦齋集』卷1.

19

최광악의 시

일선군(一善郡)에 창소장인(蒼巢丈人)[1]이라는 사람이 있는데, 시문으로 영남 지역에서 널리 이름났다. 평생 문장으로 자처하지 않았으므로 지은 시가 겨우 십여 편이지만 아름다운 구절이 많다. 예컨대,

시름 많아 백발은 자주 늘어나는데 　　　　　　　愁多白髮頻添丈

서리 무거워도 국화는 마음 바꾸지 않네 　　　　　霜重黃花不改心

라는 구절은 비록 근세의 명가라도 어찌 이보다 낫겠는가. 시가 많지 않아 세상에 전하지 못하는 것이 애석하다.

---

1 창소장인(蒼巢丈人) : 최광악(崔光岳, 1723~1773)을 말한다. 본관은 전주(全州), 자는 중진 (仲鎭)이다. 李承延, 〈蒼巢崔君墓誌銘〉, 『剛齋遺稿』, 『鹽州世稿』 卷9.

20

담용지의 시

만당(晩唐)의 시어는 몹시 연약하다. 예컨대 담용지(譚用之)의,

좋은 꽃 전부 보고 봄날 편히 눕고 　　　　　　看盡好花春臥穩
대낮의 취기 남아 밤에 많이 읊네[1]　　　　　醉殘紅日夜吟多

라는 구절은 어찌 그리 기세가 촉박한가.

---

1 譚用之,〈幽居寄李祕書山中春晚寄賈員外〉,『唐詩鼓吹』.

21

후학을 망친 시

이산보(李山甫)의,

때때로 두 점, 세 점의 비 내리고   有時三點兩點雨
곳곳에 열 가지, 다섯 가지 꽃 피었네[1]   到處十枝五枝花

오융(吳融)의,

세 점, 다섯 점, 산에 번득이는 비   三點五點映山雨
한 가지, 두 가지, 물가의 꽃[2]   一枝兩枝臨水花

이라는 구절이 나오자 처음 배우는 후학에게 큰 문제가 되었다. 이것은
시를 뽑은 사람의 죄이다.

---

1 李山甫, 〈寒食〉, 『唐詩鼓吹』.

2 吳融, 〈閑望〉, 『唐詩鼓吹』.

22

황정견의 매화시

황정견(黃庭堅)의 매화시에,

담박하여 저절로 내 마음 알고   淡薄自能知我意

그윽하여 원래 남을 위해 피지 않네[1]   幽閑元不爲人芳

라는 구절이 있다. 비록,

맑고 얕은 물에 성근 그림자 가로지르고   疎影橫斜水淸淺

어두운 달밤에 은은한 향기 진동하네[2]   暗香浮動月黃昏

라는 구절만 못하지만, 역시 매화를 잘 보았다고 하겠다.

---

1 黃庭堅, 〈次韻賞梅〉, 『瀛奎律髓』.

2 林逋, 〈山園小梅〉, 『瀛奎律髓』.

23

진여의의 시(3)

진여의(陳與義)의 〈비가 개다〔雨晴〕〉라는 시에,

담장 앞에 지저귀는 까치는 아직도 옷이 젖었고	墻頭語鵲衣猶濕
누각 멀리 남은 우렛소리는 기운이 평온하지 않네[1]	樓外殘雷氣未平

라는 구절이 있다. 비가 그친 풍경을 그림으로 그릴 수 있는 사람은 있
어도 이 시어는 그릴 수 없다.

---

1 陳與義, 〈雨晴〉, 『瀛奎律髓』.

24

진여의의 시(4)

진여의(陳與義)의 〈저물녘 순양문 밖을 걷다[晚步順陽門外]〉라는 시에,

숲에는 푸른 대나무 이어져 봄날 온통 둘러싸고	樹連翠篠圍春晝
물에 파란 하늘 떠서 옛성으로 들어오네[1]	水泛青天入古城

라는 구절이 있다. 두보(杜甫) 이외에 누가 이런 시어를 지을 줄 알겠는
가.

---

1 陳與義, 〈晚步順陽門外〉, 『簡齋集』.

25

조영의 변새시

조영(祖詠)의 시에,

만 리의 차가운 빛이 쌓인 눈에서 생기고	萬里寒光生積雪
삼면의 새벽빛에 높은 깃발 움직이네[1]	三邊曙色動危旌

라는 구절이 있다. 참으로 변방으로 출정하는 음악이라 하겠다.

---

1 祖詠, 〈望薊門〉, 『唐詩品彙』.

26

오도일의 시

서파(西坡) 오도일(吳道一)이 초가을에 제릉(齊陵)[1]을 봉심(奉審)하고 돌아오는 길에 시를 지었다.

단풍나무 강가는 초가을 되어 상쾌하고	楓江初得新秋爽
구름 덮인 산은 초저녁 하늘에 유난히 빽빽하네[2]	雲嶂偏多薄暮天

몹시 기개가 있다.

---

1 제릉(齊陵) : 경기 개풍군(開豊郡)에 있는 태조(太祖) 비(妃) 신의왕후(神懿王后)의 능이다.
　『서파집(西坡集)』에는 장릉(莊陵)으로 되어 있다. 장릉은 강원도 영월군에 있는 단종(端宗)
　의 능이다.
2 吳道一,〈錦江亭〉,『西坡集』卷7.

27

홍면보의 시

중주(中州 충주) 홍면보(洪冕輔) 씨는 채봉(彩峯) 홍만수(洪萬遂)의 손자이며 박천(博泉) 이옥(李沃) 공의 외손이다. 나이 스물에 요절했으나 글재주가 이미 완성되었다. 이상은(李商隱)과 비교하면 기골(奇骨)이 부족하고, 온정균(溫庭筠)처럼 맑고 놀라웠다. 예컨대,

말 위에서 잠이 드니 산이 꿈에 들어오고	馬上尋眠山入夢
숲 사이에서 길을 찾으니 풀이 옷에 붙네	林間覓路草連衣

산속에서 나물 캐는 여인은 봄이라 광주리 가득차고	采女山中春滿筥
숲 아래로 지나가는 사람은 비 내려 도롱이 희미하네	行人林下雨迷簑

따위가 이것이다. 그가 두견을 읊은 시는 다음과 같다.

사방에 깊은 숲 많은데	四面多深木
삼경에 두견새 소리 듣네	三更聽杜鵑
고운 풀 너머 골짜기 하늘	峽天芳草外
지는 꽃 앞에 바위 위의 달	巖月落花前

괴로이 통곡한들 결국 무슨 소용이랴   苦哭終何益

원망하는 소리 공연히 가련하구나[1]   冤聲空可憐

온정균과 몹시 비슷하다. '골짜기 하늘[峽天]'은 처음에 '촉나라 하늘[蜀天]'이라 했는데, 국포(菊圃) 강박(姜樸)이 '골짜기 하늘'로 고쳤다. 다만 저술이 겨우 40편이니, 많지 않아 애석하다.

---

1 申光洙, 〈旅舍聽鵑〉, 『石北集』 卷10.

28

홍한보의 시

벽암(癖庵) 홍한보(洪翰輔)는 홍면보(洪冕輔)의 아우이다. 문장이 풍부하고 아름다워 석북(石北) 신광수(申光洙), 해좌(海左) 정범조(丁範祖), 농재(聾齋) 이병연(李秉延)과 교유하며 수창시를 많이 지었다. 예컨대,

술집 문 밖은 전부 푸른 산이라네   酒家門外盡靑山

라는 구절은 한 시대에 우뚝 설 만하다고 하겠다.

29
조주규의 시

단양(丹陽)에 조주규(趙胄逵)라는 사람이 있는데 시를 잘 지었다. 그의 〈산거잡영(山居雜詠)〉은 다음과 같다.

산에 살며 복숭아꽃 심을 줄 몰라 　　　　山居不解種桃花
그저 만 겹으로 펼쳐진 시내와 구름 뿐 　　只有溪雲萬疊斜
수많은 세상 사람 도중에 돌아가니 　　　多少世人中道返
봄이 온들 누가 무릉의 집을 알리오 　　春來誰識武陵家

흰사슴을 읊은 시는 다음과 같다.

늙고 큰 사슴은 구름처럼 흰데 　　　　山麛老大白如雲
푸른 절벽에 저녁까지 홀로 서 있네 　　獨立蒼崖到夕曛
내게 초가집 있어 속세 손님 없으니 　　我有茅廬無俗客
빈 처마에 오늘밤 그대를 들일 만하네 　虛簷令夜可容君

몹시 놀랍고 빼어나다.

30

강세백의 결구

강세백(姜世白) 청지(淸之)는 국포 강박의 손자인데 역시 시에 능하다. 나를 위해 그가 지은 반송(盤松) 시를 읊어주었는데, 그 결구의 이른바,

> 혼탁한 세상에는 그래도 누울 만하지만   濁世猶可臥
>
> 시대가 맑은데 어찌하여 일어나지 않는가   時淸胡不起

라는 말은 가풍(家風)에서 비롯된 것이 아니겠는가.

31

이안중의 시

강세백(姜世白) 청지(清之)가 나에게 말해주었다. 단양 사람 이안중(李安中)은 시를 잘 짓는데, 작은 복숭아나무를 읊은 시가 몹시 아름답다.

작은 복숭아나무가 한식 이후에	小桃寒食後
어지러이 흰 담장에 기울어졌네	撩亂粉墙斜
꺾으려니 이슬 떨어질까 아깝고	欲折憐垂露
붙잡으려니 꽃이 질까 두렵구나	將攀畏落花

만당(晚唐)의 골수에 깊이 들어갔다. 근세의 선배 중에 최성대(崔成大)가 이런 시어를 잘 짓는다.

32

노비 시인 정일

동호초객(東湖樵客) 정일(鄭逸)은 노비이다. 그의 시는 지극히 맑고 아름다운데, 갈매기 시가 가장 회자된다.

동호의 봄물은 쪽풀보다 푸른데	東湖春水碧於藍
흰새 두세 마리 또렷이 보이네	白鳥分明見兩三
살짝 노 젓는 소리에 전부 날아가니	柔櫓一聲飛去盡
저물녘 산 모습이 빈 못에 가득하네[1]	夕陽山色滿空潭

또 있다.

해질녘 사람처럼 꼿꼿이 서니	亭亭人立夕陽時
붉은 여뀌 푸른 도롱이와 어울리네	紅蓼綠簑兩相宜
생각 나자 홀연히 눈처럼 번득이며 날아가니	意到忽然飜雪去
청산 그림자 속으로 누굴 만나러 가나[2]	靑山影裡赴誰期

---

1 鄭逸, 〈東湖泛舟〉, 『樵夫遺稿』.

2 『樵夫遺稿』에는 보이지 않고, 尹行恁, 〈東征記〉, 『碩齋稿』 卷12에 인용되어 있다.

안동(安東)의 늙은 기생에게 준 시는 다음과 같다.

젊은 시절 붉은 입술로 맑은 소리 내니	少日淸音發絳脣
들보의 밝은 달빛 속에 가벼운 먼지가 내려앉았네	畫樑明月下輕塵
흰 치아는 다 빠지고 옥같은 목소리 쉬었는데	皓齒全疎玉喉咽
여전히 옛 곡조로 옆사람을 가르치네	猶將舊曲敎傍人

우리 족조(族祖) 천연자(天然子) 이지정(李之鼎)과 친하여 서로 수창한 시가 여러 편인데 모두 만당(晚唐)의 흔적이 있다.

33
이지정의 시

천연자(天然子) 이지정(李之鼎)은 시에 그다지 힘을 기울이지 않았고 저술도 100편을 채우지 못하지만 놀라운 말이 많다. 예컨대 기생에게 준 시에 이른바,

새벽녘 강가에 우두커니 서 있네 凝立曙河頭

라는 구절에서 범상치 않은 생각을 볼 수 있다.

34

임제와 기생 자고

백호(白湖) 임제(林悌)는 호탕한 선비로 시를 잘 지었다. 한번은 평양 기생 자고(鷓鴣)를 가까이 했는데, 그 뒤에 찾아가니 자고는 순찰사 유씨에게 총애를 받아 얼굴을 볼 수가 없었다. 마침내 감영 문밖으로 곧장 찾아가 문지기에게 이름을 전했더니, 순찰사가 그의 이름을 이미 익숙히 들었기에 몹시 기뻐하며 맞아들였다. 자고는 자리에 있었는데, 공이 얼마 후 순찰사에게 하직하고 나오자 자고도 일이 있다는 핑계로 곧장 자기 집으로 왔다. 공이 몹시 기뻐하며 타고 온 노새에 신고서 직접 끌고 달아났다. 유 순찰사가 알아채고 사람을 시켜 뒤쫓게 했는데, 강가에 이르자 마침내 자고가 붉은 비단 치마에 시 한 수를 써서 작별했다.

다리 옆에 말 세우고 이별할 마음 더딘데	立馬橋頭別意遲
버드나무 가장 높은 가지가 미워지네	生憎柳楊最高枝
미인은 인연 없어 새로운 모습 많고	佳人緣薄多新態
탕아는 정이 깊어 훗날 약속 묻네	蕩子情深問後期
복숭아꽃 떨어지는 한식날	桃李落來寒食節
자고는 석양으로 날아가네	鷓鴣飛去夕陽時
강남에 봄이 오니 애 타는 이별	江南春至離腸斷

마름꽃을 따니 님이 그리워지네[1]　　　　　　　采采蘋花有所思

　　유 순찰사가 보고는 다시 사람을 시켜 부르고 술을 준비하여 대접
하며 자고에게 노래를 불러 흥을 돋우게 했다. 공이 돌아가려 하자 자
고에게 섬기도록 허락하니, 공이 마침내 함께 돌아왔다.

　　유 순찰사가 어떤 사람인지 모르겠으나 그 시를 아끼고 총애하는
여인을 아끼지 않을 줄 알았으니, 유 순찰사 같은 사람은 용렬한 사람
이 아니라 하겠다. 『기아(箕雅)』에서는 이 시를 제봉(霽峰) 고경명(高敬
命)이 지은 것이라 했으니 괴이하다.

1　高敬命,〈步古韻贈友人以道惜別之意〉,『霽峯集』卷1.

35

이만유와 기생 천금환

은암(恩庵) 이만유(李萬維) 공이 예전 평안도 막부의 보좌관으로 있을 때 평양 기생 천금환(千金換)이라는 자를 가까이 했다. 그 뒤에 태천 현감(泰川縣監)으로 부임하니, 천금환은 순찰사의 총애를 받았다. 순찰사가 수령들과 연광정(練光亭)에서 잔치를 벌이기로 약속하자 공도 갔다. 풍악을 성대히 벌이니 기생이 구름처럼 모였는데, 천금환은 나오지 못하게 했다. 천금환이 휘장 너머로 바라보며 가사를 불렀는데, "일편단심 약수삼천(一片丹心弱水三千)"[1]이라는 말이 있었다. 공이 갑자기 불러 앞으로 오게 하고,

"너는 어느 물건에 시를 받겠느냐?"

하니, 천금환이 즉시 붉은 비단 치마를 벗어 바쳤다. 공이 마침내 일필 휘지하여 시를 지었다.

취한 뒤 화려한 안장에서 일어나   醉後雕鞍興

평안도 막부에 있던 때를 돌이켜보네   回頭浿幕年

무산의 모습은 예전과 같고   巫山依舊色

---

1 일편단심 약수삼천(一片丹心弱水三千) : 약수는 깃털도 가라앉을 정도로 부력이 약하며 삼천 리나 되어 건널 수 없다고 전하는 강이다.

선녀는 지금도 아름답구나 2   神女至今姸

또렷한 일편단심이   皎皎丹心一

멀리 삼천 리 약수에 있네   迢迢弱水千

그 가사의 내용을 사용한 것이었다. 공은 즉시 일어나 먼저 달려가 50리를 가서야 묵었다. 얼마 후 천금환이 뒤따라 왔기에 괴이하여 물었더니, 순찰사가 자기가 타던 말에 실어 보낸 것이었다. 지금까지도 풍류가 성대한 일로 전한다. 그러나 시는 염체(艶體)에 가까워 문집에는 실리지 않았다.

---

2 무산의……아름답구나 : 초(楚)나라 회왕(懷王)이 무산의 선녀와 하룻밤을 보냈다는 고사를 인용한 것으로, 여기서는 천금환을 무산 선녀에 비유한 것이다.

36

채유후의 시

호주(湖洲) 채유후(蔡裕後)는 당나라 시어를 잘 지어 석주(石洲) 권필(權
鞸)과 짝이 된다.

구름 외롭고 골짜기 저무는데	孤雲衆壑暮
가랑비에 온가을 싸늘하네[1]	小雨一秋寒
성근 숲은 가을 지나 비가 내리고	疎林秋盡雨
황량한 여관에 깊은 밤 등불 켰네[2]	荒店夜深燈

라는 구절은 충분히 당시(唐詩)의 경지에 들어간다.

---

1 蔡裕後, 〈途中〉, 『湖洲集』拾遺.

2 蔡裕後, 〈向海美到水原遇雨〉, 『湖洲集』卷2.

37

채유후와 이민구의 시(1)

호주(湖洲) 채유후(蔡裕後)가 동주(東州) 이민구(李敏求)와 앉아 한 구절
을 읊었다.

성곽 밖 푸른 산에 이미 석양이 지네	郭外靑山已夕陽

그러나 취하여 시를 완성하지 못하자 동주가 채워서 완성했다.

바람 불고 이슬 내린 작은 집에 처량히 앉았네	小軒風露坐凄凉
어찌 일산 기울일 귀한 손님 없겠는가	邪無上客能傾盖
더구나 뛰어난 문장으로 혼자 문단을 주름잡았네	更有高文獨擅場
진나라 도연명처럼 거침없고	晋代淵明堪嘯傲
한나라 동방삭처럼 멋대로라네	漢庭方朔任淸狂
술동이 앞에 두고 재주 부족하여 한스러우니	尊前自恨才情少
병이 많아 초가을에 술을 끊었네[1]	多病新秋廢酒觴

---

1 蔡裕後,〈東州席上聯句醉不成章東州足成云〉,『湖洲集』拾遺；李敏求,〈蔡伯昌訪南郭寓舍口號
郭外靑山已夕陽醉未成章請余終篇〉,『東州集』卷13.

고조 박천(博泉) 이옥(李沃) 공이 희암(希庵) 채팽윤(蔡彭胤)에게 말했다.

"성곽 밖 푸른 산에서의 모임에서 붓을 잡은 사람은 나다. 당시 두 노인이 각기 큰 술잔으로 술을 마시며 기세등등하여 옆에 사람이 없는 것처럼 여겼다. 이민구는 꼿꼿하고 채유후는 겸손했는데, 겸손해도 비루하지 않고 꼿꼿해도 교만하지 않았다. 선배와 후배가 서로 인정하는 것이 이와 같았다."[2]

---

2 이상은 李沃, 〈書戊寅正晦詩帖序〉, 『博泉集』卷5에 보인다.

38

채유후와 이민구의 시(2)

동주(東州) 이민구(李敏求)는 두보(杜甫)와 비슷하고, 호주(湖洲) 채유후
(蔡裕後)는 당시(唐詩)와 비슷하다. "바람 불고 이슬 내린 작은 집에 처량
히 앉았네[小軒風露坐淒凉]" 이하는 판연히 두 사람의 말이다.

39
채유후와 이민구의 시(3)

성곽 밖 푸른 산[郭外靑山]에서의 모임은 그림으로 그려서 보아야 한다.

맹교의 시(1)

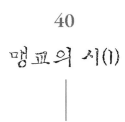

맹교(孟郊)가 지은 시는 이치가 있어 한유(韓愈)가 몹시 칭찬했다. 그러
나 고심하여 지은 탓에 기괴하고 껄끄럽다. 예컨대,

나물 먹으니 뱃속도 괴롭고	食薺腸亦苦
억지로 노래하니 소리가 즐겁지 않네	强歌聲無歡
문을 나서도 곧장 막히니	出門卽有碍
누가 천지가 넓다 했나	誰謂天地寬

따위가 이것이다.[1]

---

1 이상은 『唐音』 孟郊 주석에 보인다.

41

맹교의 시(2)

맹교(孟郊)는 꼿꼿한 선비이니, 비록 넓은 천지조차도 그를 용납할 수 없어 거처와 음식을 걱정했다.[1] 심지어 시에 형용했으니, 이 때문에 도를 듣지 못했다는 비난[2]을 받았다.

---

1 이상은 『唐音』 孟郊 주석에 보인다.

2 도를……비난 : 송(宋)나라 소철(蘇轍)이 "당나라 사람은 시를 잘 짓지만 도를 듣지 못했다.[唐人工於詩, 而陋於聞道]"라고 하고 맹교의 시를 인용했다. 『唐音』 孟郊 주석에 인용되어 있다.

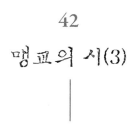

42

맹교의 시(3)

맹교(孟郊)의 시에,

　닭은 초가 여관의 달밤에 울고 　　　　　　　　　　鷄聲茅店月

　사람은 나무다리의 서리를 밟네[1] 　　　　　　　　人跡板橋霜

라고 했는데, 지금 읽어도 그 곤궁하고 시름겨운 모습이 보이는 듯하다.

호주(湖洲) 채유후(蔡裕後)의,

　성근 숲은 가을 지나 비가 내리고 　　　　　　　　疎林秋盡雨

　황량한 여관에 깊은 밤 등불 켰네[2] 　　　　　　　荒店夜深燈

라는 구절은 여기에 바탕한 것이다.

---

1 孟郊, 〈商山早行〉, 『唐詩品彙』.

2 蔡裕後, 〈向海美到水原遇雨〉, 『湖洲集』 卷2.

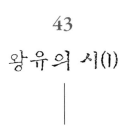

왕유의 시(1)

왕유(王維)의 시에,

때로 처마 앞 나무에 기대고	時倚簷前樹
멀리 들판의 마을을 바라보네[1]	遠望原上村

라는 구절은 완연히 한 폭의 망천도(輞川圖)[2]이다.

---

1 王維, 〈輞川閒居〉, 『唐詩品彙』.
2 망천도(輞川圖) : 왕유가 자신의 별장이 있던 망천의 승경을 그린 그림이다.

44

왕유의 시(2)

허곡(虛谷) 방회(方回)가 말했다.

"나는 왕유(王維)의,

산 아래 먼 마을에 한 줄기 연기	山下孤烟遠村
하늘 끝 외딴 들판에 홀로 선 나무	天邊獨樹孤原

라는 구절에 심취했다. 그런데,

때로 처마 앞 나무에 기대고	時倚簷前樹
멀리 들판의 마을을 바라보네	遠望原上村

라는 구절에 더욱 심취했다."[1]

---

1 이상은 『瀛奎律髓』에 보인다.

45

초당사걸

양형(楊炯), 왕발(王勃), 낙빈왕(駱賓王), 노조린(盧照隣)은 시로 천하에 나란히 명성을 떨쳐 사걸(四傑)로 불렸다. 양형이 말했다.

"나는 노조린 앞에 있기는 부끄럽지만 낙빈왕 뒤에 있기는 치욕스럽다."[1]

내 생각에는 사걸 중에 양형이 으뜸이다. 그의 〈종군행(從軍行)〉 기구(起句)는 다음과 같다.

봉화가 서경을 비추니	烽火照西京
마음 속 절로 편치 않네[2]	心中自不平

나머지 세 사람은 "마음 속 절로 편치 않네."와 같은 구절을 짓지 못했다. 당나라 사람이 지은 종군행, 출새곡(出塞行) 등의 시가 수십 편에 그치지 않는데, 역시 "마음 속 절로 편치 않네."와 같은 구절은 본 적이 없다.

---

1 이상은 『唐音』 楊炯 주석에 보인다.

2 楊炯, 〈從軍行〉, 『唐音』.

맹호연의 시

맹호연(孟浩然)의,

뭇산은 멀리서 술을 마주하고	衆山遙對酒
외로운 섬은 함께 시를 짓네[1]	孤嶼幷題詩

라는 구절을 읽으면 마치 산속의 귀신이 슬피 울고 어룡이 나와서 듣는 듯하다. 또 골짜기의 바람과 싸늘한 비가 사방에서 불어오는데 홀로 있어 쓸쓸한 듯하다. 옛사람이 말하기를,

"오랫동안 읊조리면 조화로운 음악 소리가 난다."[2]

라고 했는데, 좋은 비유이다.

---

1 孟浩然, 〈永嘉浦逢子容〉, 『唐音』.
2 오랫동안……난다 : 『唐音』 孟浩然 주석에 보인다.

47

두심언의 시

두심언(杜審言)은 젊어서 이교(李嶠), 최융(崔融), 소미도(蘇味道)와 함께
문장사우(文章四友)가 되었다. 그의 시는 침착하고 통쾌하다. 예컨대,

오솔길 돌자 외로운 봉우리 다가오고	逕轉孤峯逼
다리가 높아 움푹한 물가를 가리네[1]	橋危缺岸妨

술 속에서 여러 달 지내니	酒中堪累月
몸 밖의 것은 뜬구름 같네[2]	身外卽浮雲

매화 진 곳은 눈 남았나 싶고	梅花落處疑殘雪
버들잎 필 때 좋은 바람 부는대로 두네[3]	柳葉開時任好風

따위가 이것이다. 두보(杜甫)가 이른바 "우리 할아버지의 시는 옛날의 으
뜸이다.〔吾祖詩冠古〕"[4]라는 말이 참으로 거짓이 아니다.

---

1 杜審言,〈和韋承慶過義陽公王山池〉,『唐音』.

2 杜審言,〈秋夜宴臨津鄭明府宅〉,『唐音』.

3 杜審言,〈大酺〉,『唐詩品彙』.

4 우리……으뜸이다 : 두보의 〈贈蜀僧閭丘師兄〉에 나오는 구절이다. 두심언은 두보의 조부이다.

48

황정견이 두보를 배우다

산곡(山谷) 황정견(黃庭堅)의 시는 전아하고 참된 면모는 충분하지만 맑고 윤택한 면모가 부족하다. 이는 필시 두보(杜甫)를 배웠으나 그 뼈대를 얻지 못하고 살갗만 얻었기 때문이다. 그가 구름 속의 학을 읊은 시 한 연은 다음과 같다.

| 바람 흩어지자 또 천 리 날아가고 | 風散又成千里去 |
| 밤이 추우니 높은 둥지에 오르리라[1] | 夜寒應上九天栖 |

두보에 가깝지만 두보처럼 맑고 놀라운 점은 없다.

---

1 黃庭堅, 〈次雨絲雲鶴二首〉, 『瀛奎律髓』.

49

이반룡의 시

이반룡(李攀龍)이 바다를 보고 지은 시에,

큰 골짜기 가을 구름에서 신기루 돋고　　　　　　　　大壑秋陰生蜃氣
동해에서 뜨는 해가 누대를 비추네[1]　　·　　　　　　扶桑日色照樓臺

라고 했는데, 시어가 푸른 바다를 압도한다.

---

1 李攀龍, 〈元美望海見寄〉, 『滄溟集』.

50

하경명의 시

하경명(何景明)의,

강이 맑아 누각이 물결 속에 보이고	江清樓閣中流見
해 지니 돛배는 만 리 길 돌아오네[1]	日落帆檣萬里廻

라는 구절은 몹시 아름답다. 강이 맑으므로 한가을에 보면 제법 신기하고, 해가 졌으므로 만 리 길을 돌아오며 더욱 기력이 있다. 이러한 시어는 하경명의 안목이 있는 부분이다.

---

1 何景明,〈秋興八首〉,『大復集』.

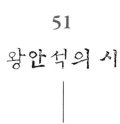

51

왕안석의 시

왕안석(王安石)의,

| 시권 속에 나그네 세월 | 客子光陰詩卷裡 |
| 빗소리 속에 살구꽃 소식[1] | 杏花消息雨聲中 |

이 구절은 송나라 시 중에 아름다운 것이다.

---

1 陳與義, 〈懷天經智老因以訪之〉, 『瀛奎律髓』.

52

소정석의 시

소정석(蘇廷碩)은 장열(張說)과 명성이 나란하여 당시 연허대수(燕許大手)[1]로 불렸다. 그의 시는 다음과 같다.

마루 앞에 은하수 반쯤 내려앉고	當軒半落天河水
오솔길 주위에 나뭇가지 온통 나지막하네 [2]	遶徑全低月樹枝
누대는 몹시 빼어나 봄 성곽에 알맞고	樓臺絶勝宜春郭
등불 켜니 되레 불야성과 같구나[3]	燈火還同不夜城
구름 덮인 산 하나하나 모두 아름다운데	雲山一一看皆美
대숲의 바람 소리는 그림으로 그릴 수 없네 [4]	竹樹蕭蕭畵不成

지극히 화려하고, 또 그 재주가 샘물처럼 솟아나 막을 수 없는 기세가 있다.

---

1 연허대수(燕許大手) : 장열의 봉호(封號)가 연국공(燕國公), 소정석의 봉호가 허국공(許國公)이므로 이렇게 불렸다.

2 蘇廷碩, 〈侍燕安樂公主新宅應制〉, 『唐詩品彙』.

3 蘇廷碩, 〈廣達樓下夜侍酺燕應制〉, 『唐詩品彙』.

4 蘇廷碩, 〈扈從鄠杜間奉呈刑部尚書舅崔黃門馬常侍〉, 『唐詩品彙』.

53

장손좌보의 시

장손좌보(長孫佐輔)의 〈산가를 찾아[尋山家]〉 시는 다음과 같다.

홀로 산가를 찾아 가다 쉬다 하니	獨訪山家歇還涉
솔잎 너머로 초가집 비스듬하네	茅屋斜連隔松葉
주인은 말소리 듣고도 문을 열지 않는데	主人聞語未開門
울타리 주위에 심은 채소에 노란 나비 나네[1]	繞籬野菜飛黃蝶

초계어은(苕溪漁隱) 호자(胡仔)가 말했다.

"내가 예전에 숲속에 살 때 배불리 먹고 지팡이를 짚고서 이웃집 문 앞에 가서 잠시 서서 기다리는데, 눈앞의 경치가 전부 시 속의 내용와 같았다. 그제야 그 시가 공교롭다는 것을 알았다."

이것은 국포(菊圃) 강박(姜樸)이 이른바 "자신이 시의 작자가 되어 생각을 엮을 때의 광경을 찾아보아야 한다."[2]라는 말과 같다.

---

1 長孫佐輔, 〈尋山家〉, 『唐詩品彙』, 이하 초계어은의 평도 주석에 보인다.

2 자신이……한다 : 강박(姜樸)의 〈우주두율 뒤에 쓰다[書虞集杜律註後]〉(『菊圃集』 卷11)에 나오는 말이다.

54

이창정의 시

선조 하당공(荷塘公) 이창정(李昌庭)이 석문(石門)에서 지은 절구시 한 수는 지극히 아름답다.

낙엽 지는 가을 산에 잎도 이미 드문데	木落秋山葉已稀
석문의 서늘한 이슬이 옷을 적시네	石門凉露濕荷衣
구름 사이 먼 곳에 옥천사 바라보이는데	雲間遙望玉泉寺
맑은 경쇠 소리 울리자 승려 홀로 돌아가네	淸磬一聲僧獨歸

이 시는 승려의 시축에 썼는데, 정희공(靖僖公) 이기(李岐)가 전라 도사로 여러 고을을 순행하다가 그곳에 사는 승려의 오래된 시축에서 얻었다. 동주옹(東州翁) 이민구(李敏求)가 예전에 섬강(蟾江)에서 석문으로 가는 하당공을 만났으므로 그 아래에 차운했다.

늙어가니 만나던 친구들 드물어져	老去親知接眼稀
죽은 이 생각에 눈물 흘리며 오래 옷을 적시네	存亡涕泣久沾衣
생각나네, 섬진강의 달밤에 필마를 타고	因思匹馬蟾江月
혼자 쌍계로 가는 나그네를 전송했지	獨向雙溪送客歸

55

형숙의 시

형숙(荊叔)의 〈자은사(慈恩寺) 탑〉 시는 다음과 같다.

한나라 산하는 남아 있는데	漢國山河在
진나라 능에 초목이 무성하네	秦陵草樹深
저녁 구름 천리에 가득한 풍경	暮雲千里色
마음 상하지 않는 곳 없네[1]	無處不傷心

용재(容齋) 홍매(洪邁)가 말했다.

"자은사 탑에 형숙의 절구시 한 수가 있는데 글자가 몹시 작다. 그
러나 단정하고 굳세어 사람을 몹시 감동시킨다. 그 말뜻이 고원하
여 어느 시대 사람인지는 모르겠으나 필시 당나라 시인 부류가 지
은 것이리라."

아, 옛사람 중에 문예에 뛰어났으나 끝내 잊혀진 이가 얼마나 많겠
는가. 만약 형숙이 탑에 시를 쓰지 않았다면 이 시도 필시 없어졌을 것
이다.

---

1 荊叔, 〈題慈恩塔〉, 『唐詩品彙』, 이하도 주석에 보인다.

왕지환과 창당의 시

왕지환(王之渙)의 〈관작루(鸛雀樓)〉 절구는 다음과 같다.

밝은 해는 산에 기대어 지고	白日依山盡
황하는 바다로 흘러 들어가네	黃河入海流
천리 끝까지 바라보고 싶어	欲窮千里目
누각 한 층을 더 올라가네[1]	更上一層樓

창당(暢當)의 절구는 다음과 같다.

멀리 나는 새를 위에서 보니	迥臨飛鳥上
인간 세상을 높이 벗어났네	高出世人間
하늘은 평야를 둘러싸고	天勢圍平野
강은 끊어진 산으로 흐르네[2]	河流入斷山

시화(詩話)에 말했다.

---

1 王之渙, 〈登鸛雀樓〉, 『唐詩品彙』, 이하도 주석에 보인다.

2 暢當, 〈登樓〉, 『唐音』.

"당나라 중엽에는 문장이 특히 성대했는데 그 성명이 잊혀져 세상에 전하지 않는 자가 몹시 많다. 예컨대 하중부(河中府)의 관작루에는 왕지환과 창당의 시 두 편이 있는데, 모두 당시에 이름이 일컬어지지 않았다."

아, 후세에 시로 이름난 사람이 어찌 이 수준에 도달할 수 있겠는가.

57

경위와 노륜의 시

경위(耿湋)가 창당(暢當)과 수창한 시가 있는데, 그 기구(起句)는 다음과 같다.

칠수와 저수에서 함께 놀고　　　　　　　　　　同游漆沮後

이미 십여 년이 지났네[1]　　　　　　　　　　　已是十年餘

이로 보건대 창당은 참으로 당나라 시인이며 경위 등과 어울렸다는 사실을 알 수 있다. 노륜(盧綸) 역시 창당의 〈마 도사를 찾아[尋麻道士]〉 시에 수창했다. 이른바,

구름 걷고 옥을 심으려니 산이 얕아 걱정이요　　開雲種玉嫌山淺

바다 건너 책을 전하려니 학이 더디어 괴이하네[2]　渡海傳書怪鶴遲

라는 구절이 이것이다.

1　耿湋, 〈酬暢當〉, 『唐音』.

2　盧綸, 〈酬暢當尋嵩岳麻道士〉, 『唐音』.

58

두상과 방택의 시

두상(杜常)의 〈화청궁(華淸宮)〉 시는 다음과 같다.

강남의 수십 일 거리를 전부 다니니	行盡江南數十程
새벽 바람과 지는 달이 화청궁에 들어오네	曉風殘月入華淸
조원각 위에 서풍이 급히 불어	朝元閣上西風急
전부 장양궁으로 들어가 빗소리를 내네[1]	都入長楊作雨聲

방택(方澤)의 〈무창(武昌)에서 바람에 막혀〉 시는 다음과 같다.

강가에서 봄바람이 나그네 배를 막으니	江上春風阻客舟
끝없는 돌아갈 생각이 동쪽 가득 흐르네	無窮歸思滿東流
그대와 하루종일 한가로이 물가에서	與君終日閑臨水
나는 꽃잎 보는데 빠져 시름을 잊었네[2]	貪看飛花却忘愁

『서청시화(西淸詩話)』에 말했다.

---

1 杜常, 〈華淸宮〉, 『唐音』.
2 方澤, 〈武昌阻風〉, 『唐詩品彙』.

"두상과 방택 두 사람은 문예로 세상에 이름나지 않았는데도 시어가 이처럼 사람을 놀라게 하니 알 수 없는 일이다."[3]

---

3 이상은 『唐詩品彙』 杜常 주석에 보인다. 『서청시화』는 송(宋)나라 채조(蔡絛)가 편찬한 시화이다.

59

이만달의 시(1)

족조(族祖) 석당옹(石塘翁) 이만달(李萬達)은 우리 집안 은봉공(隱峯公) 이봉징(李鳳徵)의 손자이다. 시상이 세속을 벗어나 시어를 지으면 사람을 놀라게 했다. 예컨대,

개울소리에 달빛 받으며 골짜기로 돌아오니	溪聲帶月聊歸壑
자던 갈매기는 바람 따라가 백사장에 있지 않네	鷗夢隨風不在沙
등불 아래 밤을 새니 남쪽 지방 환하고	孤燈守歲明南國
고향 꿈은 사람 따라 한양으로 들어오네	鄉夢隨人入漢陽
좋은 새는 이미 울고 훌쩍 떠나갔는데	好鳥已啼容易去
고운 꽃이 웃음 머금어 조용히 멈추네	芳花含笑寂寥停

라는 구절은 세상 사람보다 훨씬 뛰어나다. 그러나 알아주는 사람이 없어 끝내 곤궁하게 늙다가 집에서 죽었다. 아마도 성호(星湖) 이익(李瀷) 공이 이른바 "고금의 걸출한 선비 중에 이름이 잊혀져 일컬어지지 않는 자가 어찌 끝이 있겠는가."라는 말이 이것이리라.

60

이만달의 시(2)

그[이만달]가 산사에서 지은 시는 다음과 같다.

시구를 다듬고자 하니 새가 울고	欲陶詩句有禽鳴
앉아서 날씨를 보니 이미 밭갈 때라네	坐看天時已及耕
먼 버들은 안개에 싸여 꿈처럼 희미하고	遙柳入烟如夢黯
작은 매화는 비를 맞아 창가에 또렷하네	小梅經雨對窓明
한가로운 구름 아래 산뜻한 봉우리 저물고	閑雲在上晴峯晚
고운 풀 돋는 곁에 오래된 시내 가득찼네	細草生邊古澗盈
우습구나 승려는 참으로 일 만들기 좋아하여	可笑山僧眞喜事
개와 닭을 사람 이름처럼 따로 부르네	各呼鷄犬似人名

대력(大曆) 연간의 시인에게도 부끄럽지 않으며, 결어는 더욱 뛰어나다.

61

이만달의 시(3)

그[이만달]의 칠언절구는 몹시 아름답다.

영강의 가을비가 백사장에 내리는데 　　　　　　潁江秋雨落平沙

백사장 옆 두어 집에 밥 짓는 연기 　　　　　　沙上人烟見數家

서풍이 고향 꿈을 전부 불어 가버리니 　　　　西風吹盡鄉山夢

눈에 가득 갈대꽃만 쓸쓸하구나 　　　　　　滿眼蕭蕭蘆荻花

요컨대 그의 시는 뛰어난 부분은 농암(農巖) 김창협(金昌協)과 삼연(三淵) 김창흡(金昌翕) 이상이고, 평범한 부분도 근세의 명가 못지 않다. 그의 두 아들 이지존(李之存)과 이지권(李之權) 씨 역시 시에 능했다. 비록 그 묘리를 전부 전하지는 못하지만 아름다운 부분이 많다. 예컨대,

등불 앞 오래된 불상은 천겁의 세월 겪었고 　　燈前老佛經千刼

밥 먹은 뒤 승려들은 한 마음으로 앉아 있네 　　飯後諸僧坐一心

따위가 이것이다.

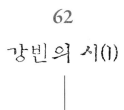

62

강빈의 시(1)

우리 집안의 현현자(玄玄子) 강빈(姜彬)은 평생 문학을 하지 않다가 만년에 시를 지었는데, 종종 기이한 시어가 많았다. 그가 지은 〈늙음을 탄식하다〔歎老〕〉의 한 연은 몹시 좋다.

자리 피해 다투어 가는 자는 젊은이들이요	避席爭歸諸少輩
문을 지나며 곧장 달리는 자는 옛친구라네	過門直走舊知人

라는 말은 남김없이 썼다.

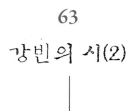

63

강빈의 시(2)

그[강빈]의 오언율시는 때때로 두보의 시어를 썼는데, 외울 만한 것이
많다. 예컨대,

　매미는 가을 기운 속에 늙었네　　　　　　　　　　蟬老三秋氣

　이와 같은 구절은 속세를 멀리 벗어나 곧장 하늘나라로 가는 듯하다.

64

읍청옹의 시

우리 집안에 읍청옹(挹淸翁)이 있는데 역시 시에 능하다. 예컨대,

봄 시냇물이 섬돌 주위로 소리 높여 흐르니	春溪遶砌水聲高
집이 물결에 흔들리는 작은 배 같구나	軒似遙遙蕩小舠
아내가 술 내오며 외로움 위로하니	山妻進酒慰幽獨
평생 시름하는 표정 짓지 않네	不作生涯眉上愁

분수를 편안히 여기는 말이다.

65

이성유의 시(1)

아우 이성유(李誠儒)는 약관의 나이에 기이한 병에 걸렸다. 책을 배운
적은 없고, 단지 『춘추』를 비롯한 춘추 전국 시대 이전의 책만 읽어 고
문(古文)과 고시(古詩)에 통달했다. 그가 지은 〈떠나는 여인의 원망[去婦
怨]〉은 지극히 아름답다.

문을 나서 수레 타고 가니	出門登車去
어찌 다시 돌아온다 말하랴	何言復來歸
은정이 끊어짐은 아깝지 않으나	不惜恩情絶
떠난 뒤의 비난이 두려울 뿐이네	但恐去後譏

십여 세에 지은 것이다. 불행히 단명하여 스무 살에 요절했으니 애
석하다.

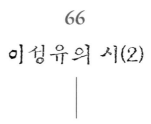

66

이성유의 시(2)

그[이성유]의 〈이른 봄[早春]〉 시에,

이월이라 봄바람 부니 　　　　　　　　　二月春風到

꽃 필 조짐 나무 끝에 보이네 　　　　　　芳心見樹梢

라는 구절이 있다. '보인다[見]'라는 글자에서 시를 잘 짓는다는 사실을
알 수 있다.

67

강필공의 시

우리 마을에 과해자(寡諧子) 강필공(姜必恭)이라는 사람이 있는데, 국포 (菊圃) 강박(姜樸)의 족자(族子)이다. 외딴 곳에 숨어 살아 평생 문예로 세상에 알려지지 않았으나 그가 지은 시는 제법 아름답다. 그의 〈검호 (劍濠)〉 시는 다음과 같다.

동남 지방에 이곳이 가장 웅장하니	東南此最壯
종종 바람과 우레 일어나네	往往起風霆
뭇 시내 저절로 받아들여 넓고	自納群川大
만물을 길이 담아 밝네	長涵萬象明
구름까지 학 울음 들리고	徹雲聞鶴唳
잎 사이로 고깃배 보이네	分葉見漁舲

한번은 아버님에게 평가해달라고 했더니, 이렇게 평가했다.
"누가 두보 이후에 다시는 두보 같은 사람이 없다고 했는가. 오늘날 두보의 참모습을 다시 볼 줄 몰랐다."

68

조진택의 시

조진택(趙鎭宅) 공의 〈연광정(練光亭)〉 시는 다음과 같다.

천년 기자의 나라   千年箕子國

백척 연광정 누각   百尺練光樓

감홍로를 잔에 가득 따라   滿酌甘紅露

맑은 패수를 굽어보네   俯臨淸浿流

어구가 제법 굳세다.

69

이경일의 시

선산(善山)의 선비 이경일(李慶一)이 예전에 자기가 지은 책 한 권을 가져와 내게 평어를 요구했다. 내가 그 시를 보니 두 구만 좋았는데, 이것이다.

백사장에 물 얕으니 돌다리가 걸맞고   平沙水淺橋宜石

깎아지른 절벽에 구름 깊어 승려의 누각 있네   斷岸雲深僧有樓

70

정영방의 시(1)

남극관(南克寬)의 『몽예집(夢囈集)』에 말했다.

"용궁(龍宮)의 정영방(鄭榮邦) 경보(慶輔)가 죽은 지 이미 60년이 지났지만 세상에 그 이름을 거론하는 자가 없다. 몇해 전 관청을 설치하여 『여지승람(輿地勝覽)』을 편찬하느라 없어진 책을 제법 구했는데, 낡은 책 2권이 있었으니 경보가 손수 쓴 시였다. 체재와 기상이 높고 오묘하며 흥취가 심원하고 시어는 더욱 바르고 아름다웠으니, 결코 세상에 이름난 자들이 미칠 수 있는 수준이 아니었다. 우리나라는 작아서 재주 있는 사람이 남김없이 알려졌는데도 이처럼 묻혀 있는 사람이 있으니, 하물며 넓은 천하는 어떻겠는가. 그의 시는 오언절구가 가장 좋다. 시험삼아 한두 수를 기록한다."[1]

---

1 이상은 南克寬, 「謝施子」, 『夢囈集』 坤에 보인다.

71

정영방의 시(2)

나는 『몽예집(夢囈集)』에서 처음으로 정영방(鄭榮邦)의 시를 보았다. 그의 시는 대체로 진자앙(陳子昂)과 비슷하다. 그의 〈서암(西巖)〉 절구는 다음과 같다.

굽이굽이 얼마 되지 않는데	曲折未尋丈
푸른 풀 몇 겹이나 덮였나	靑蔥凡幾層
때때로 으슥한 곳에서	時於幽閒處
저녁에 돌아가는 승려 있는 듯하네[1]	疑有暮歸僧

〈회원대(懷遠臺)〉 절구는 다음과 같다.

천지는 얼마나 되었나	天地來幾時
사해는 떨어지지 않은 듯하네	四海如不隔
만약 사람들이 보지 못한다면	若人未可見
달밤이 되도록 배회하리라[2]	徘徊仍月夕

---

1 鄭榮邦, 〈益庄三十三詠〉, 西巖, 『石門集』卷1.
2 鄭榮邦, 〈益庄三十三詠〉, 懷遠臺, 『石門集』卷1.

〈벼논〉 절구는 다음과 같다.

요즘 날씨가 좋아	近歲雨暘時
남쪽 논 메벼가 무릎까지 오네	南畦秔一膝
가을 오면 누구 집에 들어가나	秋至入誰家
나그네 와서 계속 조밥만 먹네[3]	客來長飯秫

〈뽕밭〉 절구는 다음과 같다.

벼 심어도 계속 배를 곯고	種禾腹長飢
뽕 심어도 비단옷 입지 못하네	種桑衣無帛
그대는 백성을 괴롭히지 말게	願君莫勞生
뽕밭이 금세 바다로 변하는 법이니[4]	滄桑變朝夕

〈매단(梅壇)〉 절구는 다음과 같다.

추위가 다 가시지 않았는데	寒氣未全薄
해가 바뀌어 새해가 되었네	歲華初向新
멀리서 임포의 붓을 가져다	遙將和靖筆
온 강의 봄날을 그려내리라[5]	點綴一江春

〈와룡암(臥龍巖)〉 절구는 다음과 같다.

---

3 鄭榮邦, 〈益庄三十三詠〉, 稻畦, 『石門集』 卷1.
4 鄭榮邦, 〈次李季明蕪湖雜詠〉, 桑坂, 『石門集』 卷1.
5 鄭榮邦, 〈次李季明蕪湖雜詠〉, 梅壇, 『石門集』 卷1.

제실의 후예가 아니었다면	苟非帝室冑
어찌 벌떡 일어나려 했으랴	疇肯飜然起
흥망은 단지 한때의 일이요	興亡只一時
대의는 천지와 함께 무궁하리6	大義窮天地

〈입암(立巖)〉절구는 다음과 같다.

강가의 한 덩이 바위	江畔一株石
푸른 하늘에 높이 솟았네	亭亭半碧空
무능하게 한갓 우뚝하기는	無能徒偃蹇
도리어 석문 노인과 같네7	還似石門翁

【석문은 그의 자호이다.】

〈동사(冬詞)〉는 다음과 같다.

사람은 늙은이와 젊은이가 있고	人情爲老少
하늘의 도는 원래 음과 양이 있네	天道自陰陽
관가의 넓은 길에는	官家寬一陌
소나무 대나무 두세 줄8	松竹兩三行

이 몇 편의 시는 모두 헛말이 아니다. 상심하는 뜻을 말 밖에서 볼 수 있으니 현명하도다.

---

6 鄭榮邦, 〈敬亭雜詠三十二絶〉, 臥龍巖, 『石門集』卷1.

7 鄭榮邦, 〈復用前韻呈四首〉, 『石門集』卷1. 수련(首聯)과 미련(尾聯)이다.

8 鄭榮邦, 〈四時詞〉, 冬, 『石門集』卷1. 이상의 시는 모두 南克寬, 「謝施子」, 『夢囈集』坤에 인용되어 있다.

송환경의 시(1)

송환경(宋煥經)은 제멋대로인 선비인데 문장이 옛사람과 비슷하다. 그가 중봉(重峯) 조헌(趙憲)의 사당에 지은 시는 다음과 같다.

단상에 올라 싸우는 군사 굽어보듯 하고	若有登壇瞰鬪兵
구름 자욱한데 신선이 내려오는 듯하네	天雲翳翳降霓旋
빈 언덕에 해골 쌓여 겨울 산 무겁고	空原積骨寒山重
평야에 사람 없고 강물 가볍게 흐르네	平野無人逝水輕
사당의 혼백은 아직도 밤마다 성내고	廟魄猶應時夜奮
오랑캐 혼령은 건너오다 세성에 놀라네	蠻魂定渡歲星驚
술 올리고 얕은 물가에서 오랫동안 배회하니	薄斟淺水徘徊久
해 지고 북풍 불어 고목이 우네	落日北風古樹鳴

시어가 지극히 강개하고 비장하여 한밤중에 읽으면 머리카락이 전부 솟구친다.

송환경의 시(2)

그〔송환경〕가 지은 〈선죽교〉 시의 기구와 결구도 더욱 감개하다. 이른바,

푸르게 얼룩진 핏자국 아직도 의심스러운데	碧斑血點尙堪疑
다리에서 인을 이루고 강가에 비석 있네	橋上成仁岸有碑
시중〔정몽주〕의 정신이 바위를 관통한 뒤로	自是侍中精貫石
개울가에 대나무 돋았으니 대나무는 알리라	傍溪生竹竹應知

라는 것이 이것이다.

74

송환경의 시(3)

"개울가에 대나무 돋았으니 대나무는 알리라."는 고심한 시어로 감상할 만하다.

75

강필교의 시

강필교(姜必敎)는 사람됨이 비루하지만 그의 시는 지극히 아름답다. 〈강 용안 어른을 전송하며[送姜龍安丈人]〉 시의 두 연은 다음과 같다.

용안 고을 작다고 말하지 말라	休言薄邑龍安尉
그래도 옛사람 모의[1]의 마음을 아네	猶識古人毛義心
붉은 잉어 쟁반에 오르고 남쪽 지방 술 푸른데	紅鯉登盤南酒綠
봄 대나무가 문에 어른거리고 북쪽 강물 깊네	春篁照閣北江深

사람 때문에 시를 버리지 말아야 한다.

---

1 모의(毛義) : 후한(後漢) 사람으로 고을 수령에 임명되자 연로한 모친을 봉양할 수 있게 되어 몹시 기뻐했다.

76

이계의 시

이계(李烓)는 허균(許筠)과 명성을 나란히 했는데 재주는 더욱 뛰어나다. 예컨대,

뜬구름은 저절로 다른 산의 비가 되고　　　　　浮雲自作他山雨

석양은 어느새 강 건너 무지개 이루었네[1]　　　返照俄成隔水虹

이와 같은 구절은 허균의 시에 없다.

---

1 『晦隱集』〈雜說〉, 『靑莊館全書』〈淸脾錄〉에 인용되어 있다.

77

도한의 시

당나라 시인 중에 시와 글씨가 모두 아름다운 사람은 드문데 도한(陶翰)이 실로 겸비했다. 시평(詩評)에 이른바 "흥상(興象)이 많은데다 풍골(風骨)도 가득하다."[1]라고 한 이유가 이것이다.

좌현왕을 쏘아 죽이고	射殺左賢王
돌아와 미앙전에 아뢰네[2]	歸奏未央殿
변방의 일을 말하고 싶지만	欲言塞下事
천자가 불러 보지 않네	天子不召見
동쪽으로 함양문을 나서니	東出咸陽門
슬퍼서 싸락눈 같은 눈물 흘리네[3]	哀哀淚如霰

몹시 기개가 있고, 게다가 강개하여 열사(烈士)의 기풍이 있다.

---

1 이상은 『唐音』 陶翰 주석에 보인다.

2 좌현왕을……아뢰네 : 좌현왕은 흉노족의 우두머리를 말하며, 미앙전은 한나라의 대궐이다.

3 陶翰, 〈古塞下曲〉, 『唐音』.

78

유신허의 시

유신허(劉眘虛)의 시는 정감이 그윽하고 흥취가 고원하며 생각이 깊고
시어가 기이하다. 홀연 시를 지으면 곧 사람들을 놀라게 했다.[1] 예컨대,

소나무 모습은 부질없이 물에 비치고	松色空照水
불경 읽는 소리에 때때로 사람이 있네[2]	經聲時有人

라는 구절은 모두 방외(方外)의 말이다.

---

1 이상은 『唐詩品彙』 劉眘虛 주석에 보인다.

2 劉眘虛, 〈寄閻防〉, 『唐詩品彙』.

79

설거의 시

설거(薛據)의 사람됨은 꼿꼿하고 의지가 있었다. 그의 〈고흥(古興)〉 시는
다음과 같다.

구슬 던져도 뜻을 의심받고   投珠志自疑
옥돌 품고서 그저 눈물 흘리네1   抱玉但垂泣

스스로 불우를 상심한 말이다. 그러나 하늘을 원망하고 사람을 탓
하는 뜻은 없으니, '그저(但)'라는 한 글자가 참으로 충실하다.

---

1 이상은 『唐音』 薛據 주석에 보인다. 밤중에 길 가는 행인의 앞에 구슬을 던져주면 의심하며
칼에 손을 댄다는 고사와, 초(楚)나라 사람 변화(卞和)가 진귀한 옥돌을 얻었으나 그 가치를
알아주는 사람이 없어 눈물을 흘렸다는 고사를 인용한 것이다. 모두 세상이 재주를 알아주지
않는다는 뜻이다.

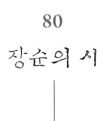

80

장순의 시

장순(張巡)의 시는 몹시 기골(氣骨)이 있다. 회양(睢陽)에서 지은 시의 두 구절이 그 예다.

　　풍진의 색깔 구분 못하는데　　　　　　　　　不辨風塵色
　　어찌 천지의 마음을 알리오[1]　　　　　　　安知天地心

　　지금까지 매서운 기운이 사람을 쏜다.

1　張巡, 〈夜聞笛〉, 『唐音』.

81

맹교와 가도의 가난

어떤 이가 장뢰(張耒)에게 물었다.

"맹교(孟郊)와 가도(賈島) 중에 누가 더 가난합니까?"

"가도가 더 가난하다."

"어떻게 압니까?"

"시로 알 수 있다. 맹교의 시에,

논을 갈아 볍씨 뿌리고	種稻耕白水
청산을 베어 땔나무 진다	負薪斫靑山

라고 했으니, 맹교가 직접 나무하고 물을 길었다는 사실을 알 수 있다. 가도의 시에,

우물 아래 단 샘이 있어도	井底有甘泉
가마솥은 항상 몹시 메마르네	釜中常苦乾
시장에 나뭇꾼 있어도	市中有樵客
산골 집은 추워서 연기 나지 않네	谷舍寒無烟

라고 했으니, 가도는 이것들이 모두 없었다. 이 때문에 가난했다는 사실을 알 수 있다."[1]

가도와 맹교는 모두 곤궁한 선비이다. 시인이 한때 아무렇게나 읊고 경치를 만나 지은 시를 가지고 어떻게 가도가 맹교보다 가난했다고 단정하겠는가. 장뢰가 시를 말하는 태도가 고루하다.

---

[1] 이상은 『唐音』孟郊 주석에 보인다.

82

가도의 시

가도(賈島)의 시에,

새는 못가 나무에서 자고	鳥宿池邊樹
승려는 달빛 아래 문을 두드리네[1]	僧敲月下門

라는 구절은 한유(韓愈)의 인정을 받았다. 그러나 놀라운 시는 아니니,
내 눈이 트이지 않아 그런 것이 아니겠는가.

---

1 賈島, 〈題李凝幽居〉, 『唐音』.

83

엄유의 시

버들 못에 봄물이 질펀하고   柳塘春水慢

꽃밭에 석양이 더디 내리네[1]   花塢夕陽遲

엄유(嚴維)가 유장경(劉長卿)에게 화답한 시이다. 그런데 장뢰(張耒)는 맹교(孟郊)의 시로 여기고 이렇게 평가했다.

"봄 풍경이 조화로우니 말로는 다할 수 없는 뜻이 있다."[2]

무슨 근거인지 모르겠다.

---

1 嚴維,〈酬劉員外見寄〉,『唐音』.

2 이상은 陳世崇의『隨隱漫錄』에 보인다.

84

하경명의 시어

하경명(何景明)의 〈중양절에 홀로 술을 마시며〔九日獨酌〕〉 시의 한 연은
다음과 같다.

시름이 찾아오니 점점 누각에 오르기 귀찮아지고   愁來轉覺登樓懶
병에 걸렸으니 모자 떨군들 누가 전하랴[1]   病裡誰傳落帽狂

시어가 지극히 그윽하고 청초하여 좋다. '시름이 찾아온다〔愁來〕'
두 글자는 더욱 묘하다. 그 결구는 다음과 같다.

십년 동안 그대 따라 말 달리며   十年躍馬從君地
비바람 속에 꽃을 보던 마음 잊지 못하네   風雨看花意不忘

'마음 잊지 못하네〔意不忘〕' 세 글자는 홀로 쓸쓸히 술을 마시는 분
위기가 있으니, 몹시 아름답다.

---

1 何景明, 〈九日獨酌簡何太僕〉, 『大復集』.

85

육유의 시어

육유(陸游)의 〈동쪽 창가에서 술을 조금 마시며〔東窓小酌〕〉 연구(聯句)는
다음과 같다.

> 흐르는 세월은 세상 사람 늙어도 봐주지 않고　　　　　流年不貸世人老
> 조물주는 우리가 마음대로 살도록 용납해 주네[1]　　　造物能容吾輩狂

　통달한 사람의 말투이다. 묘한 점은 '봐주지 않는다〔不貸〕'와 '용납
해 준다〔能容〕' 네 글자에 있다. 고심한 듯하지만 고심하지 않고 자연
스럽게 토해내었으니, 육유가 시에 뛰어나다는 사실을 알겠다.

---

1 陸游, 〈東窓小酌〉, 『劍南詩藁』.

86

우리나라 시는 중국만 못하다

우리나라의 시는 대체로 공교롭지 않다. 옛사람의 시어를 만들어도 옛사람의 공교로움이 없으니, 이것이 중국만 못한 이유다.

87
오국륜의 시

오국륜(吳國倫)의,

> 변방의 소란 끊이지 않아 술동이 앞에서 눈물 흘리고 邊聲未破樽前涕
>
> 병든 뒤의 모습이라 봄빛이 몹시 아름답네[1] 春色殊憐病後容

라는 구절은 지극히 정밀하고 공교롭다. 봄을 맞이한 병든 나그네가 마음을 가누기 어려울 것이다.

---

1 吳國倫, 〈送劉方回武庫還楚〉, 『甔甀洞藁』 卷20.

88

정백창과 채유후가 노비와 주인 행세를 하다

옛사람은 함께 장난하며 서로 노비와 주인 행세를 하는 경우가 있었다. 현곡(玄谷) 정백창(鄭百昌)과 호주(湖洲) 채유후(蔡裕後)가 개성(開城)에 갈 적에 현곡은 주인이 되고 호주는 노비가 되어 말을 끌고 갔다. 마침 유수(留守)가 나왔기에 아전이 길을 비키라고 했다. 그러나 호주는 곧장 지나갔다. 좌우의 사람들이 마침내 호주를 끌고 유수 앞에 왔다. 유수가 꾸짖으려 하는데, 현곡이 갑자기 와서 부탁했다.

"시골의 어리석은 노비라 아무 것도 모르고 행차를 범했습니다. 시를 지어 속죄하게 해 주십시오."

유수가 마침내 운(韻)을 불러 즉시 대답하게 했다. 현곡이 마침내 읊었다.

가을 바람 부는데 필마로 개성 길 가니	秋風匹馬崧山路
유적 찾는 나그네 마음 한가롭지 않네	訪古行人意未閑
흐르는 물은 지금도 개울 굽이에서 울고	流水至今鳴澗曲
흰구름은 예전처럼 봉우리를 덮었네	白雲依舊鎖峯巒
천년 묵은 성곽은 석양 너머에 있고	千年城郭斜陽外
한 시대의 의관이 새벽 꿈에 나타나네	一代衣冠曉夢間

일부러 지체하며 끝내 완성하지 않았다. 유수가 몹시 재촉하자 호주가 말했다.

"채찍이 두렵습니다. 어찌하여 '전각에 주인 없고 들꽃만 흐드러졌네[殿臺無主野花班]'라고 맺지 않습니까?"

유수가 몹시 기이하게 여겨 마침내 자리에 올라오라고 했다. 이야기를 나누고서야 그들이 현곡과 호주인 줄 알고 몹시 기뻐 술잔을 들어 권하며 실컷 즐기다 파했다.

---

1 崔淑精,〈松都懷古〉,『逍遙齋集』卷1.

89

채유후의 절구

호주(湖洲) 채유후(蔡裕後)의 시는 대체로 맑고 산뜻하기가 남보다 뛰어
나다. 그의 절구시에,

백사장은 눈 같고 물은 하늘 같은데	白沙如雪水如天
긴 밤 싸늘한 창가에서 홀로 잠 못 이루네	永夜寒窓獨不眼
버들 너머 사람 소리 때때로 귀에 들어오니	柳外人聲時入耳
달이 밝아 여울 올라가는 배 있는 줄 알겠네[1]	月明知有上灘船

라는 구절이 있다. 한평군(韓平君) 이경전(李慶全)이 벽에 '문단의 으뜸'이
라고 썼다.

---

1 蔡裕後, 〈東湖〉, 『湖洲集』卷1.

90

김창흡의 시(1)

삼연(三淵) 김창흡(金昌翕)은 평생 금강산을 유람하고 싶었지만 하지 못하고 시를 지었다.

세상 밖 맑은 유람 병으로 가지 못해	象外淸遊病未能
꿈속의 개골산은 옥이 쌓인 듯하네	夢中皆骨玉層層
가을 오면 만이천 봉의 달은	秋來萬二千峯月
예불하는 승려의 등불을 비추리[1]	應照孤僧禮佛燈

제법 회자되었다. 그 뒤 과연 금강산을 유람하다가 시 짓는 승려를 만났다. 그와 시 이야기를 하다가 물었다.

"지금 문장가 중에 누가 제일이오?"

승려가 말했다.

"김창흡이 대단한 명성이 있지만 아직 글자 놓는 법을 모릅니다."

"어째서 글자 놓는 법을 모른다고 하는 것이오?"

"'가을 오면 만이천 봉의 달은, 예불하는 승려의 등불을 비추리.'라는 구절이 몹시 자자하지만, 달과 등불은 똑같이 밝습니다. 이 밝은

---

1 金昌翕, 〈贈豊悅上人〉, 『三淵集』 拾遺 卷1.

것으로 저 밝은 것을 비추면 무엇이 신기하겠습니까. 이 때문에 글
자 놓는 법을 모른다는 사실을 알 수 있습니다."

"조(照)자는 참으로 문제가 있소. 어떤 글자가 좋겠소?"

"작(作)자가 좋겠습니다."

삼연은 크게 깨닫고 감탄하며 떠났다. 승려는 그가 삼연인지 모르
고 이렇게 말한 것이었다.

91

김창흡의 시(2)

내 생각에 작(作)자가 적당하기는 하지만 그다지 우아하지 않으니, 원래
승려의 말투이다.

92

김창흡의 시(3)

삼연(三淵) 김창흡(金昌翕)이 한번은 산수 아름다운 곳에서 한 사람을 만났다. 그는 머리에 패랭이를 쓰고 질그릇을 짊어지고 있었는데, 모습이 속되지 않았다. 그가 삼연이 지은 시를 보더니 미소를 지으며 말했다.

"누가 김창흡이 문장에 능하다고 했는가."

삼연이 깜짝 놀라 그와 대등한 예를 행하고 시를 지어달라고 부탁했다. 그 사람이 즉시 절구 한 수를 썼다.

시내 있고 바위 없으면 시내는 들판 같고	有溪無石溪還野
바위 있고 시내 없으면 바위가 기이하지 않네	有石無溪石不奇
이곳은 시내도 있고 바위도 있으니	此地有溪又有石
하늘은 조화에 능하고 나는 시에 능하네	天能造化我能詩

마침내 더 이상 이야기하지 않고 떠났다. 이 사람은 필시 은자일 것이다. 그 문장 또한 조화(造化)에서 나온 것이니, 기이하도다.

93

홍성의 시

부엄(缶广) 홍성(洪晟) 대감의 시는 지극히 고색창연하다. 예컨대,

문앞에 흰 노새 한 마리	門前一驟白
나그네는 먼 청산을 생각하네	客意遠山靑

이와 같은 부류가 이것이다.

94

홍한보의 시

벽암(癖庵) 홍한보(洪翰輔)의 〈골짜기를 가며[峽行]〉의 두 연(聯)은 다음과 같다.

구름 끝으로 가는 말은 학처럼 높고	雲際征驂高似鶴
물 속에 자는 해오라기 사람보다 크네	水中眠鷺長於人
산밭에 농사 안 되는데 세금은 많고	山田歲惡多公稅
골짜기 백성 어리석어 귀신을 섬기네	峽郡民愚事鬼神

일반적인 격조를 훨씬 뛰어넘어 당시의 기운이 전혀 없으니, 곧장 제호(霽湖)의 세대[1]를 벗삼을 만하다.

---

1 제호(霽湖)의 세대 : 원문은 '霽湖一世'이다. 제호는 본디 양경우(梁慶遇)의 호이나 여기서는 앞서 언급한 제봉(霽峰) 고경명(高敬命)과 백호(白湖) 임제(林悌)를 가리키는 듯하다.

김창협의 시

농암(農巖) 김창협(金昌協)의 시는 우아하며 거칠지 않아 당시(唐詩)에 가장 가깝다. 그러나 지금의 말을 대략 본떴으니, 풍속이 그렇게 만든 것 아니겠는가. 예컨대,

험준한 산길 하나를 지나	經行一磴峻
초라한 승려 둘과 함께 묵네[1]	對宿二僧寒
강바람이 머리카락 날리고	江風吹散髮
산 모습이 책 보는 데 어른거리네[2]	山色映觀書
뱃머리의 봄빛이 지금 이와 같으니	舟前春色今如此
한벽루 앞에서도 막지 못하리라[3]	寒碧樓頭恐不禁

이와 같은 구절은 지금의 말을 본뜬 것이다.

---

1 金昌協, 〈翼日始上德周寺境界高深非復無量之比是夜留宿地藏小寮有二僧相伴將下山天遠上人出紙覓詩遂書此以贈〉, 『農巖集』 卷3.

2 金昌協, 〈次唐人郡齋詩韻與子益李生天휴同賦〉, 『農巖集』 卷3.

3 金昌協, 〈側岸有垂楊拂波蔭船〉, 『農巖集』 卷3.

이천보의 시

진암(晋庵) 정승 이천보(李天輔)의 시는 몹시 여리고 아리따워 제(齊)나라와 양(梁)나라의 분위기를 띠고 있다. 예컨대,

연잎의 이슬은 백성의 문서를 적시고	荷露沾民牒
회나무에 부는 바람이 아전 옷에 가득하네[1]	槐風滿吏衣

같은 부류가 이것이다.

---

1 李天輔, 〈荷堂示通判〉, 『晉菴集』卷2.

신광하의 시(1)

진택(震澤) 신광하(申光河)는 석북(石北) 신광수(申光洙)의 아우이다. 시명 (詩名)이 석북과 대등하다. 그의 〈제주마(濟州馬)〉 시는 다음과 같다.

장군의 제주마가	將軍濟州馬
삼월에 배에서 내렸네	三月下船初
몸은 구름에 젖은 듯하고	雲霧身如濕
모래바람에 허공을 가는 듯하네	風沙去若虛
성의 꽃은 만 점으로 지고	城花萬點落
관청의 버들은 두 줄로 성그네	官柳兩行疎
섬돌 아래 꼿꼿이 서니	竦立階除下
신기한 풍채 넉넉하네	神彩有更餘

말을 잘 관찰했다고 하겠다. 예로부터 '성의 꽃[城花]', '관청의 버들[官柳]' 같은 구절은 몹시 드물었으니, 당나라 사람의 자류마(紫騮馬), 총마(驄馬) 시는 모두 미치지 못한다.

신광하의 시(2)

진택(震澤) 신광하(申光河)는 사물을 형용하는 데 더욱 뛰어났다. 그가 병아리를 읊은 두 구절은 절묘하다.

사람이 다가오면 두려워하고	近人來恐懼
어미를 따라가 둥글게 모이네[1]	隨母去團圓

'두려워한다〔恐懼〕'와 '둥글게 모인다〔團圓〕'는 잘 형용한 것이 아니겠는가.

---

1 申光河, 〈子鷄〉, 『震澤集』卷1.

99

옹도의 자부

옛사람 중에 문장을 자부한 사람이 많다. 옹도(雍陶)가 간주 자사(簡州刺史)가 되어 자신을 사조(謝朓)와 유운(柳惲)에 견주었다. 손님이 오면 반드시 무시하고 모욕했으니, 자기 시를 자부했기 때문이다.

100

옹도의 시

옹도가 간주(簡州)에 있을 때 찾아간 사람들 중에 만난 사람이 드물었
다. 풍도명(馮道明)이라는 사람이 뵙기를 청하며 문지기를 속였다.

"태수의 옛친구입니다."

옹도가 만나보고 꾸짖었다.

"공과는 평소 모르는 사이인데 어찌 옛친구라 하시오?"

풍도명이 말했다.

"공의 시를 외고 만나보았는데 어찌 평소 모른다고 하십니까?"

마침내 옹도의 시를 외었다.

강물 소리 가을이라 골짜기에 들어오고	江聲秋入峽
비 기운은 밤에 누각을 침범하네	雨氣夜侵樓
푸른 풀 앞에 서니 사람 먼저 보고	立當靑草人先見
흰 연꽃 옆에 가니 물고기가 모르네	行傍白蓮魚未知
문 닫으니 손님 오면 병들었나 의심하고	閉門客到常疑病
집 가득 꽃 피니 가난하지 않은 듯하네	滿院花開不似貧

옹도가 몹시 기뻐하며 후대하고 마침내 오랜 벗처럼 지냈다.[1]

---

1 이상은 『唐詩品彙』 雍陶 〈寄宗靜上人〉 주석에 보인다.

사마례의 시

사마례(司馬禮)는 만당(晩唐) 사람이지만 시가 성당(盛唐)의 것과 몹시 비슷하다. 그의 〈동문에서 저물녘에 바라보며〔東門晚望〕〉는 다음과 같다.

풀밭에서 돌아갈 길 잃으니	芳草失歸路
고향은 저녁 구름 속에 보이지 않네[1]	故鄉空暮雲

〈나그네를 전송하며〔送客〕〉는 다음과 같다.

백발을 누가 물을까	白髮何人問
청산에 필마로 돌아가네	靑山匹馬歸
맑은 안개에 새 한 마리 묻히고	晴烟獨鳥沒
들판 나루에 꽃잎 날아다니네[2]	野渡亂花飛

〈청 상인 방에 쓰다〔題淸上人房〕〉는 다음과 같다.

---

1 司馬禮,〈東門晚望〉,『唐詩品彙』.

2 司馬禮,〈送歸客〉,『唐詩品彙』.

옛집은 솔숲에 묻혔는데   古院閉松色

문에 들어서니 절로 한가롭네   入門人自閑

나그네 시름은 쑥대밭 너머   客念蓬蒿外

선정에 든 마음은 안개 사이3   禪心烟霧間

〈관작루에 올라[登鸛雀樓]〉는 다음과 같다.

흥성과 멸망 속에 흰 해만 남고   興亡留白日

옛날과 지금은 모두 붉은 먼지 되었네4 今古共紅塵

감정과 경치가 조화롭고 여유로워 다급하지 않은 분위기가 있다. 고병(高棅)과 양사홍(楊士弘)은 모두 「여향(餘響)」5으로 편집했으니 어째서인가.

---

3 司馬禮, 〈題淸上人房〉, 『唐詩品彙』.

4 司馬禮, 〈登河中鸛雀樓〉, 『唐詩品彙』.

5 여향(餘響) : 『당시품휘』에는 「여향」, 『당음』에는 「유향(遺響)」에 편차되어 있다.

102

조하의 시

조하(趙嘏)의 〈초가을[早秋]〉 시는 다음과 같다.

새벽별 몇 개 뜨고 기러기는 변방을 가로지르며　　　　殘星數點雁橫塞

한줄기 긴 피리소리에 사람은 누각에 기대네[1]　　　　長笛一聲人倚樓

몹시 아름답다. 두목(杜牧)이 한참 동안 읊조리고는 조하를 '조의루(趙倚樓)'라고 불렀다.

---

1 趙嘏, 〈長安晚秋〉, 『唐詩品彙』.

103

이만부의 시(1)

식산(息山) 이만부(李萬敷) 공의 〈가을 교외 목동의 피리소리〔秋郊牧笛〕〉
시는 다음과 같다.

짧은 머리가 한 자 남짓한 아이	短髮尺餘兒
큰 소를 제힘으로 끌고 가네	大牛能自領
저물녘 교외의 한 줄기 피리소리	晚郊笛一聲
강을 건너 산 그림자로 들어가네[1]	渡水入山影

"짧은 머리 한 자 남짓한 아이, 큰 소를 제힘으로 끌고 가네."는 옛
사람이 말하지 못한 것이다. "강을 건너 산 그림자로 들어가네"는 그
림으로 그리고 싶어도 그럴 수 없을 정도다.

---

1 李萬敷, 〈魯東書堂八景〉, 『息山集』 卷1.

104

이만부의 시(2)

〈집으로 돌아가며〔歸家〕〉절구시는 다음과 같다.

꽃이 무성하니 새는 더디 울고	花深禽語懶
풀이 촉촉하니 말발굽 향기롭네	草潤馬蹄香
집에 돌아가며 바쁜 일 없는데	歸家無忙事
동풍 불고 또 석양이 지네¹	東風又夕陽

대략 『격양집(擊壤集)』²의 분위기를 띠고 있다. 그러나 '천지는 그대로이고 집안은 고요하네〔天地則爾, 戶庭已悠〕'³의 기상을 볼 수 있고, 또 '봄 경물 화락하니 솔개와 물고기 생동하네〔春物融怡, 鳶魚活潑〕'라는 뜻도 있다.

---

1 李萬敷, 〈歸途偶吟〉, 『息山集』別集 卷3.

2 격양집(擊壤集) : 송(宋)나라 소옹(邵雍)의 시집이다.

3 陸雲, 〈失題〉, 『古詩紀』卷37.

105

소옹의 『격양집』

소옹(邵雍)의 『격양집(擊壤集)』은 시가(詩家)의 정도(正道)가 아니니, 배우는 사람이 본받아서는 안 된다. 그러나 마음 가는대로 써내어 가슴 속에 막힘이 없다는 점도 볼 수 있다.

106

서응과 장호가 장원을 다투다

백거이(白居易)가 항주(杭州)를 다스릴 때 마침 향시(鄕試)를 치르게 되었다. 장호(張祜)는 평소 시명(詩名)을 자부했기에 자기가 장원이 될 것이라고 여겼다. 서응(徐凝)이 뒤늦게 오자 장호가 말했다,

"내가 마땅히 장원이 될 것이오."

서응이 말했다.

"그대에게 좋은 시구가 있소?"

장호가 말했다.

"〈감로사(甘露寺)〉 시에,

햇빛과 달빛이 먼저 닿고	日月光先到
산과 강의 형세가 전부 오네	山河勢盡來

라고 했고, 〈금산사(金山寺)〉 시에,

나무 그림자가 물 가운데 보이고	樹影中流見
종소리가 양쪽 물가에 들리네	鍾聲兩岸聞

라고 했소."

서응이 말했다.

"좋기는 좋지만 내게는 이런 시구가 있으니 어찌하겠소.

길이는 천 길이나 되어 흰 비단 날리는 듯한데   千尺長如白鍊飛

한 줄기로 푸른 산의 모습을 깨뜨리네"   一條界破靑山色

　장호가 경악했다. 서응은 과연 수석으로 뽑혔다.[1] 당시 시험을 담
당한 사람의 귀신같은 안목을 알 수 있다.

---

1 이상은 『唐音』張承吉 주석에 보인다.

107

전기가 귀신의 시를 얻다

전기(錢起)가 젊은 시절 상동(湘東)의 역사(驛舍)에 머물다가 두 구의 시를 읊는 소리를 들었다.

노래 끝나니 사람은 보이지 않고   曲終人不見

강가에 두어 봉우리 푸르네   江上數峯靑

십년 뒤, 진사시를 보러 가서 〈상수의 혼령이 비파를 연주하다[湘靈鼓瑟]〉라는 시를 지었다. 결구를 얻지 못하여 마침내 두 구의 시로 맺었다. 시관 이위(李暐)가 "귀신 같은 시구이다."라고 비평하고, 마침내 장원으로 뽑았다.[1] 비단 귀신 같은 시구일 뿐만 아니라 귀신 같은 시구를 알아본 사람도 귀신 같은 안목이 아니겠는가.

---

1 이상은 『唐音』 錢起 주석에 보인다.

108

서산사와 금산사 시

시평(詩評)에 말했다.

"당나라 사람이 서산사(西山寺)에 쓴 시는 다음과 같다.

예로부터 초승달 가렸으니	終古礙新月
온 강에 석양이 없네	半江無夕陽

사람들은 고금에 으뜸이라 했으니, 서산의 경치를 전부 묘사했기 때문이다. 금산사(金山寺)에 쓴 시도 많으나 아름다운 시구가 몹시 드물다. 오직,

나무 그림자는 중류에 보이고	樹影中流見
양쪽 물가에 종소리 들리네	鍾聲兩岸聞
하늘이 넓어 달빛이 넉넉하고	天多剩得月
땅이 좁아 먼지 일지 않네	地小不生塵

라는 시가 가장 회자되었으나, 이 역시 지극히 공교로운 수준에는 이르지 못했다. 만약 낙성사(落星寺)에 썼다면 좋았을 것이다." [1]

---

1 이상은 『唐音』 張祜 〈題金山寺〉 주석에 보인다.

109

오광운의 시

약산(藥山) 오광운(吳光運)의 시에,

| 어리석은 백성은 돌을 쌓아 귀신 만들고 | 愚氓積石仍成鬼 |
| 뻣뻣한 버드나무 개울에 놓아 마침내 승려 건너네[1] | 僵柳橫溪遂渡僧 |

라는 구절이 있다. 이 구절은 약산의 안목이 드러난 곳이니, 평범하게
지은 것이 아니다.

---

[1] 吳光運, 〈艾倉道中記所見〉, 『藥山漫稿』 卷2.

110

오대익의 시

약산(藥山) 오광운(吳光運)의 조카 참판 오대익(吳大益) 역시 시로 명성이 있다. 어떤 사람이,

지는 꽃 앞에서 옛사람이 꿈만 같네   古人如夢落花前

라는 한 구절을 전했는데, 체재와 격조가 몹시 높다. 그의 문집 전체를 보지 못하여 한스럽다.

111

이학원의 시(1)

목사 이학원(李學源)의 시는 지극히 맑고 놀랍다. 예컨대,

제비가 돌아가니 봄은 적막하고	燕子歸來春寂寂
복숭아꽃 떨어지니 비는 부슬부슬[1]	桃花落去雨霏霏
외로운 달은 밤새 내린 비를 씻어내고	孤月洗來三夜雨
작은 산은 오경의 바람에 전부 수척해졌네	小山瘦盡五更風
저물녘 배는 백사장의 기러기보다 많고	晚帆多於沙上雁
봄 산은 온통 비 내린 뒤 구름에 덮였네	春山半是雨餘雲
우연히 한가로운 일 생각하며 창가에 오래 기대니	偶思閑事凭欄久
석양이 집 위로 높이 오르는 모습이 점차 보이네	漸見斜陽上屋高
구름은 회해 삼천 리에 멈추고	停雲淮海三千里
달빛은 강가 성 열두 누각에 비추네	流月江城十二樓

---

1 權韠, 〈春日有懷〉, 『石洲集』卷4.

| 도화원에 다시 가서 한식을 맞으니 | 花源再到逢寒食 |
| 봄물이 차오르는데 낙동강을 건너네 | 春水方生渡洛東 |

등의 구절은 지극히 깨끗하니, 대력(大曆) 연간 이후로 어떻게 이러한 시어를 얻겠는가.

112

이학원의 시(2)

그[이학원]가 지은 고시는 빈 말이 아니니, 읊으면 여운이 있다는 것을
잘 알 수 있다.

113

이용휴의 시(1)

혜환거사(惠寰居士) 이용휴(李用休)는 문장이 기이하여 속되지 않다. 그
가 창해일사(滄海逸士)【정란(鄭瀾)이다.】에게 준 시 두 구에서 시어가 속
되지 않다는 사실을 알 수 있다.

수많은 사람들 함께 코골며	萬枕同齁齁
모두 부귀해지는 꿈을 꾸네[1]	皆作富貴夢

라는 구절이 이것이다.

---

1 李用休, 〈送鄭大夫尋白頭山因遍遊域內諸名山〉, 『惠寰詩鈔』.

114

이용휴의 시(2)

그[이용휴]가 지은 중원(中原 충주) 헌납 홍응보(洪應輔)의 만시는 다음과 같다.

삼강에 순풍 부는데 큰 배를 정박하고	三江風利泊長帆
큰길에 닭 울고 말은 재갈을 씹네	紫陌鷄鳴馬嚙銜
오직 중원의 홍 헌납이 있으니	獨有中原洪獻納
십년 묵은 먼지 덮인 상자에는 해진 조복[1]	十年塵篋弊朝衫

무한한 의미를 함축하고 있다.

---

1 李用休,〈洪獻納應輔挽〉,『惠寰詩鈔』.

115
이가환의 명성

그[이용휴]의 아들 정언 이가환(李家煥) 역시 한 시대에 이름이 높았으니, 미덕을 계승했다고 하겠다.

116

정란의 백두산 시

창해일사(滄海逸士) 정란(鄭瀾)은 사람됨이 기이하고 예스럽다. 노새 한 마리를 사서 이름난 산천을 유람하니 사람들이 모두 미쳤다고 했으나 나만 기이한 선비로 인정했다. 그의 백두산 시에,

땅은 곤륜산에서 형세가 일어났고	地自崑崙山起勢
물은 성수해[1]에서 신령하게 통했으리	水應星宿海通靈
누가 천만 리 황무지를 개척하여	誰拓幽荒千萬里
세상에 나 같은 일개 서생을 용납했나	世間容我一書生

라는 구절은 지극히 노련하고 굳세어 훌륭하다.

---

1 성수해(星宿海) : 황하의 근원이다.

117

정범조의 만폭동 시

해좌(海左) 정범조(丁範祖)의 〈만폭동(萬瀑洞)〉 시는 다음과 같다.

소리 먼저 나니 움직일 수 없는데	先聲未可動
나는 정신을 차리고 보았네	吾乃定神看
공중에서 떨어지는 형세 끊이지 않고	不斷懸空勢
흘러서 만 골짜기 물결이 되네	流爲萬洞瀾
승려는 바라보다 떨어질 것 같고	僧身臨欲墮
용은 받아서 또아리 틀고 있네	龍性受能蟠

만폭동과 앞을 다툴 만하다.

118

이희사의 시

양근(楊根) 선비 이희사(李義師)의 시는 수식을 일삼지 않고도 자연히 문장을 이루었다. 벼 나누는 모습을 보며 두 구를 지었다.

말과 휘에 마음은 더욱 세밀해지고   斗斛心愈細
바람 부는 숲에 한가로운 듯 앉았네[1]   風林坐似閑

'마음은 더욱 세밀해지고[心愈細]'와 '한가로운 듯 앉았네[坐似閑]'는 계절 경치를 남김없이 묘사했다고 하겠으니, 몹시 아름답다.

---

1 李義師, 〈檢穫〉, 『醉松詩稿』 卷1.

119

홍수보의 시

참판 홍수보(洪秀輔)가 연경에 가서[1] 황제의 명으로 지은 시들에 아름다운 구절이 많다. 황제가 '천하 문장'이라고 지목했으므로 중국에 명성이 진동했다. 이른바,

우러러 별을 보니 모두 빛을 잃고	仰看星辰皆失色
높이 뜬 해와 달과 함께 밝으려 하네	高懸日月欲同明

라는 구절이 가장 유명했다. 그의 두 아들 승지 홍인호(洪仁浩)와 진사 홍의호(洪義浩) 역시 명성이 몹시 자자하다.

---

1 참판……가서 : 홍수보는 1781년(정조5) 동지부사로 연경에 다녀왔다.

120

홍화보의 시

병사 홍화보(洪和輔)는 그[홍수보]의 아우인데 역시 시에 뛰어났다. 그가 상산(商山) 기생 한매(寒梅)에게 준 시는 다음과 같다.

겨울 매화여, 겨울 매화여	寒梅花　寒梅花
시월에 산속에서 이미 꽃을 피웠네	十月已開山春葩
비록 성근 그림자 사랑스럽지만	縱然可愛扶疎影
내일은 누구 집에 옮겨 심으려나	明日移栽向誰家
엷게 화장하니 옥같은 골격은 환하고	玉骨晶晶澹素粧
다시 만나니 옛적 매화 낭자인 줄 알겠네	重逢認是舊梅娘
공연히 일선교 앞에서 이별하니	公然一善橋頭別
분양 절도사[1]의 애간장을 끊네	斷盡汾陽節度腸

비록 염체(艶體)로 떨어졌으나 역시 쓸쓸하다.

---

1 분양 절도사 : 본디 당나라의 명장 곽자의(郭子儀)를 말하는데, 여기서는 홍화보 자신을 말한다.

121

최학우의 시

표제(表弟) 최학우(崔鶴羽)[1]는 타고난 재주가 몹시 뛰어났고 사람을 놀라게 하는 시어를 많이 지었다. 예컨대,

밤이 되자 바람과 서리는 힘이 세지고　　　　夜入風霜多氣力
가을이라 달과 별이 갑절로 반짝이네　　　　得秋星月倍精神

산모퉁이에 찬바람 부니 매화는 피려 하고　　山角衝寒梅欲放
강 가운데 따스해지니 버들은 어리석은 듯　　江心回煖柳如癡

라는 구절은 모두 스무 살 이전에 지은 것인데 이처럼 맑고 놀라우니 기특하다.

---

1 최학우(崔鶴羽) : 저자의 고모의 아들이다.

122

남태제의 시

판서 남태제(南泰齊)가 바람을 읊은 시에,

풍이의 천 길 굴을 밟아 깨뜨리고는   踏破馮夷千丈窟

약목의 만년 가지를 부러뜨리네[1]   摧飜若木萬年枝

라는 구절이 있다. 마치 성이 나서 부르짖는 바람 소리가 들리는 듯하다.

---

1 풍이의……부러뜨리네 : 풍이는 강의 신이며, 약목은 서쪽 해 지는 곳에 있다고 하는 큰 나무
이다.

123

김택동의 시(1)

작고한 현감 김택동(金宅東) 공이 함경도 관찰사로 부임하는 번암(樊巖) 채제공(蔡濟恭)을 전송하며 지은 시는 다음과 같다.

산은 오백 년 전 용이 일어난 들판에 서려 있고   山蟠五百龍興野

물은 삼천 리 곤[1]이 변한 못을 치네[2]   水擊三千鯤化池

이 때문에 시명(詩名)이 서울에 알려졌다.

---

1 곤(鯤) : 『장자(莊子)』 「소요유(逍遙遊)」에 나오는 물고기 이름으로, 봉새로 변하여 남쪽 바다
  로 날아가 삼천 리 물결을 일으키며 구만 리 하늘로 올라간다.

2 산은……치네 : 이 구절은 權萬의 『江左集』 卷1 〈道中〉의 "山蟠五百龍興國, 水擊三千鳥化池"
  와 흡사하다.

124

김택동의 시(2)

그[김택동]가 회인 현감(懷仁縣監)으로 있을 때 7월 16일[1]이 되자 작은
못에 배를 띄우고 시를 지었다.

　어느 산인들 적벽이 아니랴　　　　　　　　　　　何山非赤壁

　오늘 저녁 또 맑은 유람 즐기네　　　　　　　　　今夕又淸遊

몹시 아름답다.

---

1 7월 16일이 되자 : 송(宋)나라 소식(蘇軾)이 임술년(1082) 7월 16일 적벽(赤壁)에서 뱃놀이를
　하며 〈적벽부(赤壁賦)〉를 지었다.

125

설능의 궁사

옛사람은 자기 재주를 자부하여 시구에 드러낸 경우가 많다. 예컨대 설능(薛能)의 〈궁사(宮詞)〉가 이것이다. 그 시는 다음과 같다.

원래 삼천 궁녀 중에 으뜸이었으니	自是三千第一名
궐 안의 사람들 속에서 홀로 도드라졌네	內家叢裡獨分明
부용전 위에서 중원일을 맞이하여	芙蓉殿上中元日
은쟁반의 물을 치며 화생을 희롱하네[1]	水拍銀盤弄化生

설능은 일찍부터 재주와 명성을 자부하여 응당 문자를 담당한 관원이 될 것이라 여겼는데, 장수가 되자 항상 원망하고 불평하며 자주 시를 지어 뜻을 드러내었다. 이 시는 그가 젊은 시절 대단했던 재주와 명망을 자랑한 것인데, 그 불평하는 뜻이 은연 중에 말 밖에 드러난다.

---

1 薛能, 〈宮詞〉, 『唐音』, 이하도 주석에 보인다. 화생은 어린아이 모양의 인형이다. 칠석에 이를 물에 띄우고 아들 낳기를 비는 풍습이 있었다.

126

전기의 시

나는 남이 지은 아름다운 시구를 보면 마음이 몹시 즐겁기가 내 입에서 나온 것보다 더하다. 전기(錢起)의,

조용한 골짜기에 사슴 지나가니 이끼는 깨끗하고 　　　　　幽谿鹿過苔還淨
깊은 숲에 구름이 와도 새는 알지 못하네[1] 　　　　　深樹雲來鳥不知

라는 구절을 읽을 때면 나도 모르게 정신이 움직인다.

---

1 錢起, 〈山中酬補闕見過〉, 『唐音』.

127

소식의 시

소식(蘇軾)의 시 중에 백거이(白居易)를 본뜬 것은 백거이보다 더욱 생동한다. 그의 〈붉은 매화[紅梅]〉 시가 가장 아름다운데,

일부러 복숭아꽃처럼 연분홍빛 내었지만	故作小紅桃杏色
아직도 눈서리처럼 외롭고 수척한 자태 남아 있네	尙餘孤瘦雪霜姿
싸늘한 마음으로 봄 모습 따르려 하지 않는데	寒心未肯隨春態
술기운이 느닷없이 옥같은 피부에 올라오네[1]	酒暈無端上玉肥

라는 구절은 문집에 드문 것이다.

---

1 蘇軾, 〈紅梅〉, 『瀛奎律髓』.

128

이몽양의 시

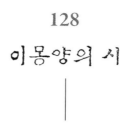

이몽양(李夢陽)의 시에,

높은 누각의 석양은 자욱하다가 걷히려 하고 　　返照高樓橫欲斂
외로운 나무의 묵은 구름은 고요하여 옮기기 어렵네[1] 　宿雲孤樹靜難移

라는 구절이 있다. '고요하여 옮기기 어렵다〔靜難移〕' 세 글자는 저절로
미치기 어렵다.

1　李夢陽,〈人日〉,『空同集』.

129

진여의의 시(5)

진여의(陳與義)의 시에,

제비는 연일 밤 내리는 비를 참지 못하고	燕子不禁連夜雨
해당화는 여전히 늙은이의 시를 기다리네[1]	海棠猶待老夫詩

바위 창가에 꽃 지고 봄이 돌아가는 곳이요	石窓花落春歸處
산집에 등불 가물거리고 꿈에 빠질 때라네	山店燈殘夢到時

라는 구절이 있다. 내가 밥을 먹을 때마다 이를 생각하지 않은 적이 없었다. '봄이 돌아가는 곳[春歸處]'과 '꿈에 갈 때[夢到時]'는 더욱 교묘하다.

---

1 陳與義, 〈雨中對酒庭下海棠經雨不謝〉, 『瀛奎律髓』.

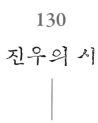

130

진우의 시

당나라 진우(陳羽)의 시에,

도성 문에 비 그치자 시름 나뉘는 곳　　　　　　　　都門雨歇愁分處

산집에 등불 가물거리고 꿈에 빠질 때라네[1]　　　山店燈殘夢到時

라는 구절은 진여의(陳與義)의 시에서 온 것이다.

---

1 陳羽, 〈送友人下第東歸〉, 『唐詩品彙』.

131
저자미상의 시

난간에 기대 앉으니 몸은 떨어질 듯하고	憑檻坐處身疑落
물가에서 잠을 자니 꿈에서도 떠오를 듯하네	傍水眠來夢欲浮

이 구절은 누가 지었는지 모르겠으나 지극히 시원하여 입이 즐겁다.

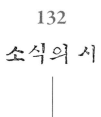

132

소식의 시

소식(蘇軾) 시의,

| 맑은 바람 불려 하자 까마귀는 나무에서 퍼덕이고 | 清風欲起鴉翻樹 |
| 조각달 떠오르자 개는 구름 보고 짖네[1] | 缺月初升犬吠雲 |

라는 구절은 귀신의 도움이 있었을 것이다. 다만 '까마귀는 나무에서 퍼덕이고〔鴉翻樹〕' 보다는 '개는 구름 보고 짖네〔犬吠雲〕'가 낫다.

---

1 蘇軾, 〈十二月十七日夜坐達曉寄子由〉, 『東坡詩集註』.

133

두상과 두공의 시

두상(竇庠)과 두공(竇鞏)은 황보염(皇甫冉) 형제¹처럼 모두 시로 이름났다. 두상의 〈상양궁(上陽宮)〉 시는 다음과 같다.

해질녘 봄비 속에 무너진 담장	日暮毀垣春雨裡
남은 꽃은 여전히 만년지에 피었네²	殘花猶發萬年枝

두공의 〈남쪽으로 노닐며 느낌이 일어[南遊感興]〉 시는 다음과 같다.

해질녘 동쪽 바람에 봄풀 푸른데	日暮東風春草綠
자고새는 월왕의 누대로 날아오르네³	鷓鴣飛上越王臺

'무너진 담장'과 '남은 꽃', '봄풀'과 '자고새'는 경물이 처량하다. 시가 이 수준은 되어야 공교롭다고 할 수 있다. 만약 남조(南朝)의 옛 신하가 남아 있었다면 반드시 흐르는 눈물을 금할 수 없었을 것이다.

---

1 황보염(皇甫冉) 형제 : 황보염과 황보증(皇甫曾)으로, 형제가 모두 당나라 대력(大曆) 연간의 유명한 시인이었다.
2 竇庠, 〈上陽宮〉, 『唐音』.
3 竇鞏, 〈南游感興〉, 『唐音』.

134

오희창이 최립을 흉내내다

오희창(吳凞昌)이 평안도를 떠돌아다닐 적에 의관도 갖추지 못하고 굶주림을 견디지 못했다. 마침 연경으로 가는 약천(藥泉) 남구만(南九萬) 정승이 평양에 도착하여 연광정에 올랐는데 수창할 사람이 없었다. 남구만이 아전에게 물었다.

"이곳에는 시를 잘 짓는 사람이 없는가?"

아전이 오희창이 있다고 대답하니, 약천은 평소 그 이름을 들었기에 몹시 기뻐하며 즉시 불러들여 함께 수창하고 말했다.

"그대는 나를 위해 이별시를 지어주게."

오희창이 말했다.

"옛적 월사(月沙) 이정귀(李廷龜)가 연경에 갈 때 높은 관원들이 모두 비단에 시를 써서 증별했습니다. 마지막에 간이(簡易) 최립(崔岦)이 흰종이에 시 한 편을 써 주었는데, 월사는 시축(詩軸)의 가장 위에 두었습니다. 지금 대감께서 만약 월사의 옛일처럼 하신다면 짓겠지만, 그렇지 않으면 짓지 않아도 되겠습니까?"

약천이 말했다.

"무엇이 어렵겠는가. 그대의 시가 간이와 같다면 그대의 말대로 하겠다."

오희창이 기뻐하며 수염을 꼬며 말했다.

"제 시가 어찌 간이보다 못하겠습니까."

그리고는 깊이 생각했으나 떠오르지 않아 미친듯이 큰소리를 질렀
다. 우연히,

물었는데 동해가 전부 말랐다 하니	有問爲言東海渴
황혼에 부디 수양산을 지나가게1	黃昏須過首陽山

라는 구절을 생각해내고, 이어서 시를 완성했다. 약천이 대단히 칭찬하
며 시축의 위에 두고, 즉시 그를 남여(藍輿) 위에 앉히고는 노래하는 기
녀 십여 명에게 메게 하고 객관까지 보냈다. 이튿날 짐을 싸서 연경으로
들어가게 했다.

---

1 물었는데……지나가게 : 전국 시대 노중련(魯仲連)이 진(秦)나라를 섬기느니 동해에 빠져
  죽겠다고 한 고사와 은(殷)나라가 망한 뒤 백이(伯夷), 숙제(叔齊)가 수양산에서 고사리를 캐
  먹다 굶어죽은 고사를 인용한 것으로, 모두 청나라에 굴하지 않겠다는 의지가 담겨 있다.

135

이제화의 시

아버님이 한번은 작고한 참판 이제화(李齊華) 공을 구성(駒城 용인)에 있는 댁으로 찾아뵌 적이 있다. 당시 공의 나이는 일흔 남짓이었는데, 귀와 눈이 어두워 보고 들을 수 없었다. 그러나 정신과 안색은 몹시 건강하고 즐거웠다. 그가 시를 주었다.

상산의 나그네가 늦겨울에 돌아가니	商山客子季冬歸
베옷에 붙은 눈이 얼어서 흩날리지 않네	雪撲麻衣凍不飛
백설곡 격조 높아 화답할 이 드문데	白雪調高和者少
여전히 예전 베옷 입은 그대가 가련하네	憐君猶着舊麻衣

그의 시는 지극히 엄중하고 화려하니, 그 정신이 늙어서도 고갈되지 않았다는 사실을 알 수 있다.【공은 간옹(艮翁) 이헌경(李獻慶)의 부친이다.】

136

채응일의 시

작고한 지중추부사 채응일(蔡膺一) 공이 지은 석가산(石假山) 시의,

홍진 세상 지척인데 문 닫으니 사라지네 　　　　　　　　　　紅塵咫尺閉門無

라는 시구는 세속을 벗어난 모습이 있다.【공은 번암 채제공의 부친이다.】

137

고적의 시(1)

고적(高適)의 〈장 처사의 채소밭[張處士菜園]〉시는 다음과 같다.

뽕나무 사이에 밭을 가니	耕地桑柘間
땅이 비옥하여 채소가 항상 익네	地肥菜常熟
물어보자 콩잎 먹는 살림이	爲問葵藿資
조정에서 고기 먹을 때와 비교하면 어떠한가[1]	何如廟堂肉

체격(體格)이 우리나라 시와 같고, 당나라 사람의 시어와는 전혀 다르다. 그러나 읽으면 말이 다해도 뜻이 무궁하다.

---

1 高適, 〈同群公題張處士菜園〉, 『唐詩品彙』.

138

고적의 시(2)

『고금시화(古今詩話)』에 말했다.

"사물을 보고 느낌이 있으면 홍이 생기는데, 대체로 홍은 비방에 가
깝다. 고적(高適)의 〈채원(菜園)〉 시는 비방에 가깝다. 시인이 홍과
비방의 차이를 알아야 비로소 시를 말할 수 있다."[1]

---

1 이상은 『唐詩品彙』 高適 〈同群公題張處士菜園〉 주석에 보인다.

139

석우풍

석우풍(石尤風)¹은 당나라 사람의 시에 자주 쓰인다. 진자앙(陳子昂)의 〈골짜기에 들어가 바람 때문에 고생하다[入峽苦風]〉 시는 다음과 같다.

오늘 고향의 친구들	故鄕今日友
즐거운 모임에 함께 앉았으리라	歡會坐應同
어찌 알았으랴 파협 가는 길에	寧知巴峽路
석우풍 때문에 고생할 줄을	辛苦石尤風

대숙륜(戴叔倫)의 〈배 명부를 전송하며[送裴明府]〉 시는 다음과 같다.

| 그대 떠나지 못했으니 | 知君未得去 |
| 석우풍에게 부끄럽구나 | 慙愧石尤風 |

사공서(司空曙)의 〈노주경과 작별하며[別盧秦卿]〉 시는 다음과 같다.

---

1 석우풍(石尤風) : 역풍을 말한다. 전설에 따르면 상인 석씨(石氏)가 우씨(尤氏) 여인과 혼인 했는데, 우씨가 먼 길을 떠나 돌아오지 않자 석씨가 병에 걸려 죽으면서 "내가 죽으면 바람이 되어 먼 길을 떠나는 상인이 있으면 천하의 부인들을 위해 저지하겠다."라고 했다.

벗이 권하는 술이 　　　　　　　　　　　　　無將故人酒

석우풍만 못하다고 생각 말게2 　　　　　　　　不及石尤風

석우풍의 의미는 알 수 없으나 머리를 때리는 역풍이다.

---

2 이상은 『唐詩品彙』 司空曙 〈別盧秦卿〉 주석에 보인다.

140

회파악

당나라 중종(中宗) 때 대궐 잔치에서 신하들이 모두 회파악(回波樂)을 노래하며 가사를 짓고 일어나 춤을 추었다. 심전기(沈佺期)는 죄를 지어 영남(嶺南)으로 유배되었다가[1] 은혜를 입고 예전 관직으로 돌아왔으나 아직 높은 관직은 회복하지 못했다. 심전기가 〈회파악사(回波樂辭)〉를 노래하여 자신의 뜻을 보이자[2] 중종이 즉시 비어(緋魚)[3]를 하사했다. 이로부터 누차 관직을 옮기며 발탁되었다.

경룡(景龍, 707~709) 연간에 중종이 시종신들과 잔치를 열었는데, 술이 오르자 각기 회파악을 짓게 했다. 신하들은 모두 아첨하는 가사를 짓고 높은 관직을 기대했다. 간의대부(諫議大夫) 이경백(李景伯)의 차례가 오자 그가 다음과 같은 시를 지었다.

술잔이여[4]   回波爾時酒巵

---

1 심전기(沈佺期)는……유배되었다가 : 심전기는 장역지(張易之)에게 아첨한 죄로 중종(中宗) 때 베트남 북부의 환주(驩州)로 유배되었다.

2 심전기가……보이자 : 심전기가 지은 〈회파악사〉는 다음과 같다. "심전기여, 영남에 유배되었다 살아 돌아왔네. 이름은 이미 관원 명부에 끼었으나, 붉은 관복과 상아로 만든 홀은 되찾지 못했네〔回波爾時佺期, 流向嶺外生歸, 身名已蒙齒錄, 袍笏未復牙緋.〕"

3 비어(緋魚) : 비의(緋衣)와 어부대(魚符袋)로 5품 이상 관원의 복식이다.

4 술잔이여 : 원문의 '回波爾時'는 회파악의 투식으로 특별한 의미가 없다.

미천한 신하는 간언하는 직책에 있네   微臣職在箴規

잔치에서 모시며 이미 술 석 잔 넘었으니   侍燕既過三爵

떠드는 것은 예의가 아닌 듯하네   誼譁竊恐未儀

간언하는 뜻이 깊으니,[5] 남보다 훨씬 뛰어나다 하겠다.

---

5 이상은 『唐詩品彙』〈李景伯回波樂〉 주석에 보인다.

141

홍세태의 시

홍세태(洪世泰)는 호가 유하(柳下)이다. 사족 신분은 아니지만 시어가 빼어났다. 예컨대,

하늘이 넓으니 돌아가는 기러기 만족스럽고　　　　歸鴻得意天空闊

물결이 흔들리니 누운 버드나무 생기 돋네[1]　　　臥柳生心水動搖

라는 시구는 지극히 호탕하다.

1　洪世泰,〈小步〉,『柳下集』卷3.

142

최성대의 시(1)

두기(杜機) 최성대(崔成大) 사집(士集)은 신유한(申維翰) 주백(周伯)과 취향이 달랐지만 우정은 형제와 같아 서로의 문장을 칭찬했다. 그가 주백을 전송하며 칠언율시를 지었는데, 주백은 '추향별시(秋響別詩)'라고 하며 서문을 지었다.[1] 그 시는 다음과 같다.

가을풀 우거진 때 그대 보내는 마음 어떠한가	送君秋草意如何
해마다 이 곡조 노래하니 늘상 괴롭구나	長苦年年此曲歌
운향[2]이 다락에 쌓여 있다 괜히 말하고	謾說芸香堆閣在
연잎 옷[3]에 먼지 앉은들 누가 불쌍히 여기랴	誰憐荷製染塵多
새벽달 뜬 나루 정자에서 까마귀 소리 들으며 출발하고	津亭月曙聽鴉發
깊은 숲속 객관에서 말 먹이고 지나가네	山館林深秣馬過
내일 누각에 올라 혼자 멀리 바라보면	明日登樓孤望處
흰 구름과 누런 낙엽이 동하에 가득하리[4]	白雲黃葉滿銅河

그 시가 매우 아름답다. 주백이 '추향'이라고 한 것도 빼어난 말이다.

---

1 그가……지었다 : 1716년 신유한이 병 때문에 고향으로 돌아갈 때 지어준 시다. 신유한의 서문은 『靑泉集』卷6에 〈題士集秋響別詩後〉라는 제목으로 실려 있다.

2 운향(芸香) : 궁궁이라는 풀이다. 벌레를 쫓으므로 책을 보관하는 곳에 두었다.

3 연잎 옷 : 은자의 옷이다.

4 崔成大, 〈送周伯南歸〉, 『杜機詩集』卷1.

143

최성대의 시(2)

두기(杜機) 최성대(崔成大)가 지은 〈산유화녀가(山有花女歌)〉는 지극히 아름답다. 그러나 〈공작동남비행(孔雀東南飛行)〉[1]을 답습하고 말았다. 또 그 결구의,

금오산 아래 길에서	金烏山下路
지금도 고개 돌리네[2]	至今猶回頭

라는 구절에서 옛모습을 전부 잃었다. 이 몇 마디 말을 빼버렸다면 흠 없는 연성벽(連城璧)[3]이 될 것이다. 저승에서 불러올 수 있다면 필시 내가 어쩌다 생각해 낸 말을 수긍할 것이다.

---

1 공작동남비행(孔雀東南飛行) : 후한(後漢) 사람 초중경(焦仲卿)의 아내 유씨(劉氏)가 재가(再嫁)를 거부하고 자결한 이야기를 담은 고시(古詩)이다.

2 崔成大, 〈山有花女歌〉, 『杜機詩集』卷1.

3 연성벽(連城璧) : 전국 시대 진(秦)나라 소왕(昭王)이 15개의 성(城)과 맞바꾸자고 했던 보물이다.

144

왕유의 육언시

왕유(王維)의 망천(輞川) 별장은 천하에 드문 승경이다. 그가 지은 육언
시는 다음과 같다.

복사꽃 붉은 데다 간밤 비를 머금었고　　　　　　　桃紅復含宿雨

버드나무 푸르고 또 아침 안개 둘러쌌네　　　　　　柳綠更帶朝烟

꽃잎 떨어져도 아이종은 쓸지 않고　　　　　　　　花落家僮未掃

새 울어도 산에 사는 사람은 여전히 자네　　　　　　鳥啼山客猶眠

초계어은(苕溪漁隱) 호자(胡仔)가 말했다.

"매번 '복사꽃 붉고, 버드나무 푸르고, 꽃잎 떨어지고, 새 운다'라는
구절을 읽을 때면 앉은 채로 망천 별장이 떠올라 이 늙은이가 그곳
에서 세상을 무시하고 한가롭게 지내는 듯하다."[1]

---

1 이상은 『唐詩品彙』 王維 〈田園樂五首〉 주석에 보인다.

145

육언시는 짓기 어렵다

용재(容齋) 홍매(洪邁)가 엮은 당나라 시인의 절구는 칠언시가 7,500수, 오언시가 2,500수로 도합 1만 편이다. 그러나 육언시는 40수도 못 되니, 참으로 짓기 어려운 것이다.[1]

---

1 『唐詩品彙』 皇甫冉 〈問李二司直所居雲山〉 주석에 보인다. 홍매가 엮은 책은 『唐人萬首絶句』이다.

146

농재 이병연과 사천 이병연

농재공(聾齋公) 이병연(李秉延)과 사천(槎川) 이병연(李秉淵)의 성명은 소리가 같아서 두 사람의 시가 세상에 바뀌어 전하기도 한다.

이지러진 달 비추는 빈 산에서 자고   缺月空山宿

그윽한 샘물 소리 늙은 나무가 듣네[1]   幽泉老樹聽

　어떤 이는 사천의 시라 하고, 어떤 이는 농재공의 시라 한다. 농재공의 유고는 모두 흩어져버려 집안에 보관된 것이 많지 않으므로 고증할 수 없으니 참으로 답답하다. 그렇지만 이 시는 신묘한 시구이다.

1 　南有容의 〈有懷李尙絅〉(『雷淵集』 卷2)에서는 이문보(李文輔)가 지은 시로 소개했다.

147

김창협의 시

농암(農巖) 김창협(金昌協)의 시는 당나라 시어에 아주 가깝다. 예컨대

강이 비어 피리 소리 쉽게 울리고	江空易成響
안개는 멀리 뻗어 끝이 없는 듯하네[1]	烟遠似無端

아전은 기러기와 오리처럼 돌아가고	雁鶩歸人吏
사또는 신선처럼 누워 있네	神仙臥使君
밤마다 비가 내려 개울 소리 들리고	灘聲每夜雨
누각에서 보는 산은 온통 구름 덮였네[2]	山色一樓雲

하늘은 지려는 달을 붙잡고	天留將落月
들판에는 흩어지려는 구름 있네[3]	野有欲鋪雲

따위가 이것이다. "강이 비어 피리 소리 쉽게 울리고, 안개는 멀리 뻗어

---

1 金昌協, 〈寒碧樓月夜聞笛聲在船賦得一律〉, 『農巖集』卷3.

2 金昌協, 〈郡齋秋懷〉, 『農巖集』卷3.

3 金昌協, 〈次子益詠曉景韻〉, 『農巖集』卷4.

끝이 없는 듯하네"는 피리 소리를 듣고 지은 시이다. 더욱 밝고 시원하여 읽으면 하늘이 높고 싸늘한데 언 벼랑에 폭포가 날려 한기가 몸에 스며드는 듯하다. 남극관(南克寬)이 '재빠른 도적[捷賊]', '슬갑적(膝甲賊)'이라고 비난한 것은 지나친 말이다.⁴

---

4 남극관(南克寬)이……말이다 : 남극관은 「謝施子」(『夢囈集』坤)에서 김창협의 〈寄宿芝洞憶同甫〉(『農巖集』卷6)가 柳宗元의 시어를 답습한 것이라며 '재빠른 도적'이라 비난하고, 「端居日記」(『夢囈集』乾)에서 김창협의 〈士敬將歸湖中省墓夜飮爲別士敬時甫去內憂〉(『農巖集』卷3)가 王昌齡의 시어를 잘못 인용한 것이라며 '슬갑적'이라고 비난했다. 슬갑적은 무릎을 덮는데 쓰는 슬갑을 훔쳤으나 어디에 쓰는지 몰라 머리에 쓰고 다닌 도적이다. 남의 문장을 훔치고서 제대로 자기 글에 쓰지 못한 경우를 비유한다.

148

신경천과 정석유의 시

최주악(崔柱岳) 경천(擎天)은 일컬을 만한 글재주는 없으나 시 짓는 법을
조금 안다. 한번은 내게,

> 나무꾼은 노을 속으로 돌아가며 노래하네　　　　　　　樵返夕陽歌

라는 시구의 대구를 물어보았는데, 빼어난 말이었다. 마땅히 정석유(鄭
錫儒)의,

> 산에 해 지는데 나무꾼 노래하네[1]　　　　　　　　　山日下樵歌

라는 시구와 함께 보아야 한다.

---

1 趙文命, 〈記興〉, 『鶴巖集』 冊1.

149

남극관의 시

남극관(南克寬)이 말했다.

"내가 예전에 시구를 지었다.

석양 속에 사람 그림자 멀어지네   斜陽人影遠

그 대구를 짓지 못해 우선 적어둔다." [1]

그의 자부가 낮지 않다는 점을 알 수 있다. 그러나 평범한 말로 평범하게 썼을 뿐이니 별달리 기이할 것이 없다.

---

[1] 이상은 南克寬의 「謝施子」, 『夢囈集』 坤에 보인다.

150

홍봉한의 시

정승 홍봉한(洪鳳漢)이 다음과 같은 시구를 지었다.

들이 넓어 뭇 산이 감히 높지 않네   野闊群山不敢高

　임오년(1762)과 계미년(1763) 사이에 화를 피하지 못할 뻔했는데,[1] 내가 이 시구를 듣고서는 화를 면할 줄 알았다.

1　임오년과……뻔했는데 : 임오년은 사도세자가 죽은 해이다. 홍봉한은 사도세자의 장인으로 이 사건에 연루될 뻔했으나 결국 무사했다.

151
이천보의 시(1)

채희범(蔡希範)이 정승 이천보(李天輔)를 찾아갔더니 정승이 지은 시를
보여주며 물었다.

"후세에 전할 수 있겠는가?"

채희범이 말했다.

"그렇습니다."

정승이 말했다.

"몇 년이나 전해지겠는가?"

채희범이 말했다.

"백 년은 전해질 만합니다."

정승이 실망하며 불쾌하게 여겼다. 정승의 시는 기운이 몹시 짧으
므로 오래 전할 수 없기 때문이었다.

152

이천보의 시(2)

진암(晉庵) 이천보(李天輔)의 시구는 다음과 같다.

음양이 갈마드니 무엇 때문에 서두르나	陰陽迭運緣何急
하늘과 땅 모두 비어 나와 함께 떠 있네	天地俱空與我浮
기러기 등 너머 천 리의 풍경 마주하니	雁背平臨千里色
삼신산 높이 솟아 온갖 혼령 짓누르네[1]	鰲頭高壓百靈幽

제법 우아하고 굳세어 외울 만하다.

---

1 李天輔, 〈登沙峰〉, 『晉菴集』 卷2.

153

박손경의 시

남야(南野) 박손경(朴孫慶)의 시에,

청산은 떠나도 외로운 꿈에 남아 있고   青山別去留孤夢

낙엽 지면 다시 오겠다고 노승과 약속하네[1]   黃葉重來約老僧

라는 구절이 있다. 지극히 시원하여 도학자의 기풍이 있다.

---

1 姜晉奎의 〈山映樓〉(『櫟菴集』 卷1)에 "靑山一宿留孤夢, 紅葉重來約老僧."으로 되어 있다.

154

정종로의 시(1)

정종로(鄭宗魯) 사앙(士仰)은 경전이 뱃속에 가득하고 문장이 전아하다. 그의 시도 그 사람을 닮았다. 예컨대 다음과 같은 시구가 그것이다.

발을 걷자 맑은 밤이 드러나고   卷箔澄宵出

부슬부슬 옥 같은 이슬 내리네   微微玉露垂

155

정종로의 시(2)

그[정종로]가 낙화를 읊은 시도 아름답다.

주인의 주렴으로 날아드니   飛入主人簾

가지에는 남은 향기 적네[1]   餘香在枝少

봄날의 평온한 경치가 그림과 같다.

---

1 鄭宗魯, 〈曉起見梅花落次唐韻〉, 『立齋集』卷1.

156

이경유의 낙화시

내가 낙화를 읊은 시를 지었는데 다음과 같은 시구가 있다.

산들바람이 고요한 집집마다 끌어들이고　　　　　微風引入千門靜

달이 밝아 싸늘한 숲 멀리 바라보이네　　　　　　明月遙看叢樹寒

157

권사언의 시

마포(麻浦)에 있는 만어정(晚漁亭)은 수안 군수(遂安郡守) 권사언(權師彦)
의 강가 거처다. 다음과 같은 시를 지었다.

삼도의 쌀과 소금은 바닷가 시장으로 오고	三道米鹽通海市
팔강의 말과 수레 서울을 둘러싸네[1]	八江蹄轍繞京城

어구가 혼연히 이루어져 강가의 풍경을 지극히 잘 묘사했을 뿐만
아니라 부귀한 기상이 있다.

---

1 삼도의……둘러싸네 : 삼도는 충청, 전라, 경상도, 팔강은 한강을 말한다.

158

박천건의 시

내가 장인 어른[1]을 모신 자리에서 박천건(朴天健)[2]을 만난 적이 있는데, 그가 자신의 시를 읊었다.

숲의 별은 그림자 사라졌다 등불 앞에 나타나고　　　　　林星影失燈前見
산바람 소리는 비 그친 뒤 들으니 거세지네　　　　　山籟聲多雨後聞

자부가 작지 않았으니, 그의 시는 대체로 지금의 말을 배워서 변화시킨 것이다.

1　장인 어른 : 저자의 초취(初娶)는 최광옥(崔光玉)의 딸이며, 후취(後娶)는 조당(趙瑭)의 딸이다. 『창해시안』의 편찬 시기로 보아 최광옥을 말하는 듯하다.
2　박천건(朴天健) : 박지서(朴旨瑞, 1754~1819)를 말한다. 천건은 초명(初名)이다.

159

김이주가 육유를 표절하다

박천건(朴天健)이 또 김이주(金頤柱)의 시를 읊었다.

봄이 오니 술자리가 드물어 아쉽고　　　　　　　　春來酒會猶嫌闊

늙어가니 관직이 낮아도 싫지 않네　　　　　　　　老去官名不厭低

입에 침이 마르도록 칭찬했으나 나는 나도 모르게 마음속으로 웃었
다. 이것은 육유(陸游)의 시다. 육유의 시에 다음과 같은 구절이 있다.

봄이 오니 술자리 드문들 무슨 상관이랴　　　　　　春來酒會何妨少

늙어가니 시인 명성 낮아도 싫지 않네[1]　　　　　　老去詩名不厭低

그저 '하소방(何妨少)' 세 글자와 '시(詩)' 한 글자만 바꾸었을 뿐이니
이처럼 염치가 없다. 이를 보면 요즘 사람들이 시에 대한 학식이 없다
는 것을 알 수 있다.

1　陸游, 〈深居〉, 『劍南詩藁』.

160

성정진의 시

정언(正言) 성정진(成鼎鎭)은 명경과에 합격했지만 시도 제법 잘 지었다. 예안 현감(禮安縣監) 한광부(韓光傅)를 찾아 뵙고 다음과 같은 시구를 지었다.

경내에 들어가니 모두 현명한 원님이라 칭송하고	入境皆稱賢太守
노숙한 선생이라 말하지 않는 사람이 없네	無人不誦老先生

명경과에 합격했다고 소홀히 해서는 안 된다.

161

정경순, 채득순, 노긍이 기생을 읊다

정경순(鄭景淳) 선생은 기이하고 걸출한 선비다. 문장도 넉넉하고 아름답다. 그가 청주 목사(淸州牧使)로 있을 때 유한경(兪漢炅)이 율봉 찰방(栗峯察訪)이 되어 청주의 기생을 가까이 했다. 정경순은 유한경에게 장인뻘이었기에 감히 정경순에게 이 사실을 알리지 못했다. 그래서 인정종(人定鐘)[1]이 치기를 기다렸다가 반드시 역마로 몰래 태워 와서 함께 자고, 파루고(罷漏鼓)[2]가 치면 다시 서둘러 역마에 태워 보냈다. 정경순이 이 사실을 알아채고서 절구 한 수를 짓고, 채득순(蔡得淳)과 노긍(盧兢)에게 각기 절구 한 수씩 짓게 해서 기생의 치마 허리띠에 매어 유찰방에게 보냈다. 정경순의 시는 다음과 같다.

청주 역로에 이슬이 내리는데	西原驛路露華斜
깊숙한 병풍에 자야가[3] 끊어졌네	唱斷深屏子夜歌
새벽녘에 눈 내린 누각으로 돌아와 누우니	歸臥雪樓殘月色
까치 나루에서 비단 버선이 잔잔한 물결 일으키네	鵲津羅襪動微波

---

1 인정종(人定鐘) : 통행 금지를 알리는 종이다.
2 파루고(罷漏鼓) : 통행 해제를 알리는 북이다.
3 자야가(子夜歌) : 동진(東晉)의 자야(子夜)라는 여인이 지은 악부시(樂府詩)로 남녀의 정을 노래했다.

채득순의 시는 다음과 같다.

청주에서 가장 어여쁜 여인	窈窕西原第一娥
미간의 흉터는 옥의 티라네	額間瘢點玉爲瑕
얼굴에 온통 교태가 넘치니	自餘眉眼渾嬌態
아황4으로 가릴 필요 없다네.	不用鵝黃半貼遮

노긍의 시는 다음과 같다.

간드러진 노랫소리 앞에서 한참 귀 기울여도	裊裊歌前側耳遲
나에게는 미인에게 줄 붉은비단이 없네	我無紅錦美人貽
회계의 종이5 한 폭에 써서 보내니	稽藤一幅題將去
돈만 아끼고 시는 아끼지 않을까 몹시 걱정이네	多恐憐錢不愛詩

채득순과 노긍 두 사람은 모두 시로 이름났으나 정경순의 시에 한참 못 미친다. 정경순의 시는 한때 장난삼아 지은 것이지만 가락과 소리가 순수하고 우아하여 지나치거나 음탕하지 않다. 감정을 묘사하고 경치도 묘사했으니 모두 아름답다. 그렇지만 채득순과 노긍의 시는 그저 기생의 용모를 칭찬했을 뿐, 시에 실경을 언급하지 않아 전혀 맛이 없다. 또 '요조(窈窕)'6 두 글자를 곧장 기생에게 썼으니, 무식하기가 몹시 심하다. 정경순의 아우는 부사(府使) 정지순(鄭持淳)으로 글을 잘 짓는다는 명성이 매우 높다.

---

4 아황(鵝黃) : 새끼 거위처럼 옅은 노란색의 분(粉)을 말한다.

5 회계의 종이 : 중국 회계 지방은 종이의 명산지이다.

6 요조(窈窕) : 『시경(詩經)』〈관저(關雎)〉에 나오는 말로, 정숙한 여인을 형용한 말이다.

162

채제공이 신광수의 운명을 예견하다

석북(石北) 신광수(申光洙)가 영월 부사(寧越府使)로 있을 때 그가 지은 시들을 「청견록(聽鵑錄)」이라 하고, 또 「견제록(鵑啼錄)」이라 이름 붙였다. 지은 모든 시가 지극히 아름다워 마치 두보(杜甫)가 기주(夔州)에 간 이후로 지은 시와 같았다. 예컨대,

흰 새는 안개 속으로 사라지고	白鳥烟中失
푸른 산은 물 속에 어리비치네[1]	靑山水底多

라는 시구는 입소문이 자자했다. 번암(樊巖) 채제공(蔡濟恭)이 듣고 말했다.

"이 사람은 겨울 고과(考課)에서 필시 하(下)[2]를 맞을 것이다."

옆에 있던 사람들이 그 이유를 묻자 번암이 말했다.

"'흰 새는 안개 속으로 사라지고, 푸른 산은 물 속에 어리비치네.' 라는 시구는 지나치게 허(虛)하고 실(實)이 적다. 이 때문에 미루어 아는 것이다."

그해 겨울 고과에서 과연 하를 맞았다.

---

1 〈溯江〉, 「驪江錄」上, 『石北集』卷5.
2 하(下) : 지방관의 고과는 상, 중, 하로 평가한다.

163

최경창 시의 문제점

고죽(孤竹) 최경창(崔慶昌)이 폐사(廢寺)를 지나며 지은 시는 다음과 같다.

부처 있어도 향불 끊기고	有佛絶香火
승려 없어도 절로 아침 저녁	無僧自暮朝
옛 선방에 해진 장삼 걸렸고	古寮垂破衲
메마른 우물에 깨진 바가지 버려졌네	枯井棄殘瓢
오솔길에 올 가을 낙엽 쌓였고	逕積今秋葉
주방에는 지난해 땔나무 남았네	廚餘去歲樵
응당 나그네 왔다가	只應遊客到
돌아가면 더욱 쓸쓸하리[1]	歸後更寥寥

지금까지 아름다운 시로 전해오지만, 사공서(司空曙)가 폐사에서 지은 시를 읽으면 이 시는 다시 읽고 싶지 않다.

낙엽 쌓인 지난 왕조의 절	黃葉前朝寺
승려 없이 싸늘한 불전만 열렸네	無僧寒殿開

---

1 司空曙, 〈廢寺〉, 『孤竹遺稿』.

맑은 연못에 거북이 나와 햇볕 쬐고	池晴龜出曝
어두운 소나무에 학이 날아서 돌아오네	松暝鶴飛廻
오래된 섬돌의 비석은 풀밭에 누워 있고	古砌碑橫草
그늘진 행랑의 그림은 이끼 섞였네	陰廊畫雜苔
사찰도 퇴락하기는 마찬가지니	禪宮亦銷歇
속세가 점차 서글퍼지네[2]	塵世轉堪哀

'맑은 연못에 거북이가 햇볕 쬐고 어두운 소나무에 학이 날아가네'라는 시구는 대충 읽으면 의미가 없지만, 천천히 보면 절이 무너지고 승려가 없어 적막하고 처량한 뜻을 '비석이 풀밭에 눕고 그림에 이끼가 섞였다'는 말이 아니라도 알 수 있다. '옛 사찰', '메마른 우물', '올가을 낙엽', '지난해 땔나무'를 중복할 필요가 있겠는가. 또 그 결구는 고죽이 더욱 말할 수 없는 것이다. '속세가 점차 서글퍼지네'라는 한 마디는 더욱 지극히 의미가 있어 저절로 폐사에서 지은 시가 된다.

---

2 司空曙,〈過慶寶寺〉,『唐詩品彙』.

164

정철의 시

송강(松江) 정철(鄭澈) 정승이 금사사(金沙寺)에서 느낌이 있어 지은 시는
다음과 같다.

금사사에 열흘 동안 묵으니	十日金沙寺
고향 생각에 삼년과 같구나	三秋故國心
밤 밀물은 시원한 바람 나누어주고	夜潮分爽氣
돌아가는 기러기는 슬픈 소리 보내주네	歸雁送哀音
오랑캐 있어 칼을 자주 바라보고	虜在頻看釖
사람이 죽었으니 거문고 줄 끊고 싶네[1]	人亡欲斷琴
평소 읽던 〈출사표〉	平生出師表
난리를 당하여 다시 길게 읊조리네[2]	臨亂更長吟

앞의 여섯 구는 당나라 시어와 몹시 닮았고, 마지막 두 구는 더욱
감개하니, 옛사람에 부끄럽지 않다.

---

1 사람이……싶네 : 신흠(申欽)의 「청창연담(晴窓軟談)」(『象村集』卷60)에 따르면 당시 고경명
　(高敬命)이 죽었으므로 이렇게 말한 것이라 했다.

2 鄭澈,〈金沙寺〉,『松江集』卷1.

165

박지화의 시

박지화(朴枝華)의 〈청학동(靑鶴洞)〉 시는 다음과 같다.

고운 최치원은 당나라 진사	孤雲唐進士
애초에 신선술 배우지 않았네	初不學神仙
만촉처럼 싸우던 삼한 시절[1]	蠻觸三韓日
풍진이 사해의 하늘에 가득했네	風塵四海天
영웅을 어찌 헤아릴 수 있으랴	英雄那可測
참된 비결은 본디 전하지 않네	眞訣本無傳
일단 명산으로 들어간 뒤로[2]	一入名山去
오백 년간 맑은 바람 부네[3]	淸風五百年

이 시는 뜻이 고원하고 흥취가 오묘하니, 두보의 경지에 오른 사람이 아니고서야 할 수 있겠는가. 내가 늦게 태어나 이 사람과 교유하지 못한 것이 한스럽다.

---

1 만촉처럼……시절 : 달팽이의 두 뿔에 만(蠻)과 촉(觸)이라는 나라가 각기 자리잡고서 전쟁을 벌인다는 고사를 인용한 것으로, 신라 말기의 혼란한 상황을 비유한 것이다.

2 일단……뒤로 : 최치원이 가야산에 들어가 신선이 되었다는 전설이 있다.

3 朴枝華, 〈靑鶴洞〉, 『守庵遺稿』 卷1.

166

최립의 시

간이(簡易) 최립(崔岦)이 월사(月沙) 이정귀(李廷龜)와 교유하자 한 시대의 명사들이 모두 자신을 낮추어 예우했다. 그는 자부심이 높아 항상 옛사람을 압도하고야 말려고 했다. 지금 내가 그의 시를 보니 마음에 드는 것이 없다. 예컨대 〈백사정(白沙汀)〉 시의,

흰 갈매기는 가볍다고 질투하고	妬白鷗輕薄
밝은 달은 희미하여 부끄러워하네[1]	羞明月眇茫

라는 구절은 몹시 촌스러워 읽을 수가 없다. 이는 필시 내 견해가 미치지 못하기 때문일 것이다.

---

1 崔岦, 〈白沙汀〉, 『簡易集』 卷6. 백사장의 모래가 갈매기의 깃털보다 가볍고 달보다 밝다는 말이다.

167

우리나라 시는 만당 시절이 낫다

대체로 당시(唐詩)는 만당(晚唐)이 성당(盛唐)만 못하지만 우리나라 시는
그때가 옛날보다 나은 듯하다.

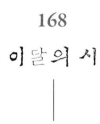

168

이달의 시

손곡(蓀谷) 이달(李達)이 폐사(廢寺)에서 지은 시에,

글자 깨진 빗돌에 산기운 찌고	嵐蒸碑毁字
금빛 바랜 불상에 빗물 흐르네 [1]	雨漏佛渝金

라는 구절이 있다. 결구에,

굳이 감개할 필요 없으니	不須興感慨
인간 세상 몇 번이나 사라졌던가 [2]	人世幾銷沈

라는 구절이 있다. 결구의 말은 문채나는 분위기가 있다.

---

1 李達, 〈經廢寺〉, 『蓀谷集』 卷3.
2 李達, 〈經廢寺〉, 『蓀谷集』 卷3.

169

이정귀의 시

월사(月沙) 이정귀(李廷龜) 정승이 회양(淮陽) 동헌(東軒)에서 지은 시에,

바람과 구름은 신선굴을 보호하고　　　　　　　　　　　風雲護仙窟

해와 달은 부상과 가깝네[1]　　　　　　　　　　　　　　日月近扶桑

라는 구절이 있다. 웅장하여 회양 바다를 압도한다. 그 곁에에,

임기가 차서 혹시 대신하게 해주면　　　　　　　　　　瓜時倘許代

나는 회양을 하찮게 여기지 않겠네[2]　　　　　　　　　吾不薄淮陽

라고 했다. 옛일을 인용했지만 역시 아름답다.

1　李廷龜, 〈淮陽東軒韻〉, 『月沙集』 卷17. 부상은 바다 동쪽의 해 뜨는 곳이다.

2　나는……않겠네 : 한 무제(漢武帝)가 급암(汲黯)을 회양 태수(淮陽太守)에 임명하자 급암이
　　거절했다. 무제가 "그대는 회양을 하찮게 여기는가. 내가 금방 그대를 다시 부를 것이다." 했다.

170

소응천의 시

호남(湖南)의 처사(處士) 소응천(蘇凝天) 일혼(一渾)의 〈무릉교(武陵橋)〉 시는 다음과 같다.

병 모양 입구가 열릴 듯하더니 다시 온통 젖고	壺口欲開復半涵
골짜기는 구름과 나무가 겹겹이 감쌌네	洞中雲樹重重緘
가까운 무지개다리에서 청탁이 나뉘니	虹橋咫尺分清濁
건너면 시선(詩仙)이요 건너지 않으면 범인이라네	渡是詩仙不渡凡

"건너면 시선이요 건너지 않으면 범인이라네"라는 구절은 초연히 속세를 벗어난 생각이 있으니, 배우는 사람은 더욱 우러를 만하다.

171

소응천이 여인과 수창하다(1)

소응천(蘇凝天)이 부여(扶餘)의 백마강(白馬江)을 유람했는데, 옆에 큰 대나무 숲이 있었다. 소응천이 즉시 시를 읊었다.

강물은 흘러도 깊은 원한 씻지 못하고　　　江流不得滌煩寃

미처 이어서 읊조리기 전에 대숲에서 시를 읊는 소리가 들렸다.

달이 부소산에 뜨자 밤 원숭이 울음 들리네　　月上扶蘇聽夜猿

소응천이 깜짝 놀라 또 읊조렸다.

산꽃이 전부 지니 봄은 자취도 없고　　　　山花落盡春無迹

다시 대숲에서 읊었다.

물귀신 울며 돌아가니 눈물 자국 남았네　　水鬼啼歸淚有痕

소응천이 또 읊었다.

석양은 찬란한데 승려 혼자 떠나고 　　　　　　繁華返照孤僧去

다시 대숲에서 이어서 읊었다.

세상사 번잡한 다리에 새 한 마리 우네 　　　　世事橫橋一鳥喧

소응천이 또 읊었다.

몇 곡조 죽지사 소리 찢어질 듯한데 　　　　數曲竹枝聲欲裂

대숲에서 맺으며 읊었다.

옛 성 기슭으로 조각배 옮겨 매어두네 　　　扁舟移纜古城根

　소응천이 처음에는 귀신이라고 의심했다가 다시 고상한 도인(道人)이라고 의심하여 마침내 대숲으로 들어가 오르내리며 찾아보았으나 찾지 못했다. 가장 깊은 곳에 이르자 초가삼간이 있는데 지극히 정갈했다. 방안에 다른 물건은 없고 당시(唐詩) 몇 질뿐이었으며 고요하여 사람의 발자취가 없었다. 소응천이 다시 숲속을 샅샅이 찾았으나 끝내 만나지 못해 결국 실망하고 돌아왔다.

　3년 뒤 서울에 갔다가 소나기를 만나 마침내 어떤 여염집으로 피했는데, 건물이 지극히 크고 화려했다. 마루에 올라 잠시 쉬는데 벽에 이 시가 쓰여져 있었다. 소응천이 괴이하게 여겨 묻고 싶었으나 사람이 없었다. 잠시 후 말총 모자를 쓴 사람이 안에서 나오기에 이야기를 나누었다. 소응천이 이어서 물었다.

"이 시는 어디에서 얻은 것입니까? 무엇 때문에 벽에 썼습니까?"

그 사람이 듣더니 갑자기 눈물을 비처럼 쏟고 오열하며 물었다.

"손님이 이 시를 물어보았는데, 이 시를 지은 사람을 아십니까?"

소응천이 또 물었다.

"주인께서는 어찌하여 이렇게 슬퍼하십니까?"

그 사람이 말했다.

"이 늙은이가 운명이 박해서 평생 아들을 두지 못하고 딸 하나만 있었습니다. 용모와 재주가 제법 세상에 드물었지요. 또 시 짓기를 좋아했습니다. 장성해서 혼사를 의논하려 하자 딸이 하지 않으려고 하면서 말했습니다.

'네 마리 말이 끄는 수레를 타는 귀한 신분도, 큰 종과 솥을 소유한 부유한 집안도, 반악(潘岳)처럼 잘 생긴 용모도 저는 모두 뜬구름처럼 여깁니다. 문장에 뛰어난 사람을 만나 섬기고자 합니다.'

부모가 감히 그 뜻을 어기지 못하여 혼사 의논을 그만두었습니다. 몇 년 지나 추석에 부여현으로 성묘하러 가는데 딸이 따라가겠다고 해서 함께 갔습니다. 백마강 가의 큰 대숲을 보더니 즐거워하면서 초가를 지어 몇 년 동안 독서하겠다고 했습니다. 또 그 뜻을 감히 어기지 못해 마침내 몇 칸 초가를 짓고 여종 몇 사람을 두어 아침저녁을 챙겨주게 했습니다. 얼마 후 편지를 보내 돌아오겠다고 하기에 마침내 데리고 왔습니다. 그러자 이 시를 꺼내 보이면서 말했습니다.

'제 배필을 만났습니다. 아버님은 이 시를 지은 사람을 찾아 저를 시집보내주십시오.'

그리고는 그 일을 자세히 말했습니다. 마침내 이 시를 벽에 쓰고서 사대부 집안에도 묻고 지나가는 나그네에게도 물었으나 끝내 그 사람을 찾지 못했습니다. 딸은 마침내 병에 걸려 일년 동안 앓다가 지금은 죽었습니다. 손님께서 만약 그 사람을 아신다면 제게 말해주십시오."

그러자 소응천은 몹시 놀라고 탄식하며 마침내 수창하고 만나지 못한 일을 이야기했다. 그 사람이 다시 끌어안고 통곡했다. 소응천은 영전에 들어가도록 부탁하여 술을 따르고 떠났다.

172

소응천이 여인과 수창하다(2)

시어가 지극히 아름다울 뿐만 아니라 여인이 정숙하게 지조를 지켰다.
구멍을 뚫고 담장을 뛰어넘는 사람[1]이 이 이야기를 들으면 필시 얼굴
에 땀이 날 것이다.

---

1 구멍을······사람 : 부모의 허락을 받지 않고 만나는 남녀를 말한다. 『맹자(孟子)』「등문공 하
(滕文公下)」에 나오는 말이다.

173

윤영의 시

여주(驪州) 사람 윤영(尹鍈)은 시를 잘 지었다. 그의 아우가 화를 당한 뒤[1] 슬퍼하고 감개하여 시를 지어 마음을 담았다. 그 한 연은 다음과 같다.

승려는 매화 구경 약속하여 산사에 남아 있고   僧留岳寺尋梅約

학은 가을 강의 달을 보고 소리내어 알리네   鶴報秋江見月音

국포(菊圃) 강박(姜樸)이 비평했다.

"매화, 달, 승려, 학은 원래 시인의 풍류 있고 한적한 말이다. 어찌 원망하는 선비나 슬퍼하는 사람과 상관이 있겠는가. 그렇지만 자세히 생각하면 정경이 처량하여 말 밖으로 은연중에 드러나니, 생각이 깊은 시인이라 할 만하다."[2]

국포 노인의 비평을 읽고 보니 더욱 아름답다.

---

1 그의……뒤 : 윤영은 윤휴(尹鑴)의 서형(庶兄)이다. 윤휴는 1680년 경신대출척으로 유배되었다가 처형당했다.

2 이상은 『菊圃集』 卷12 「翰墨漫戲」에 보인다.

173

홍서봉이 지은 이원익 만사

학곡(鶴谷) 홍서봉(洪瑞鳳)이 지은 오리(梧里) 이원익(李元翼) 정승의 만사
는 다음과 같다.

어두운 길 비추는 환한 달빛이었고　　　　　　　　　　冥途照處爲華月

평지에서 쳐다보면 태산과 같았네[1]　　　　　　　　　平地看來若泰山

　오리 정승의 기상을 이 두 구로 전부 묘사했다. 지금도 혁혁한 공로
가 사람들의 귀와 눈을 비추고 있으니 한 폭의 초상화라 하겠다.

---

1 洪瑞鳳, 〈完平府院君李相國挽〉, 『鶴谷集』 卷4.

175

오도일이 홍만수를 인정하다

서파(西坡) 오도일(吳道一)이 청풍 부사(淸風府使)로 있을 때 한벽루(寒碧樓)에서 채봉(彩峯) 홍만수(洪萬邃)의 아우 아무개를 만나 시를 주었다.

뜻밖에 한벽루에서 그대를 만났는데	不意逢君寒碧樓
강에 안개비 가득하여 이별이 시름겹네	滿江烟雨關離愁
그대 집안의 강락[1]이 안부를 묻거든	君家康樂如相問
외딴 골짜기에서 홀로 백발 되려 한다 전하게	窮峽離群欲白頭

채봉이 당시에 인정을 받았다는 사실을 알 수 있다.

---

1 강락(康樂) : 남조(南朝) 송(宋)나라 시인 사영운(謝靈運)이다. 여기서는 홍만수를 가리킨다.

176

홍영의 시

묵지거사(墨址居士) 홍영(洪璟)은 남파공(南坡公) 홍우원(洪宇遠)의 아들이다. 사람됨이 맑고 소탈하며 시를 잘 지었다. 식산(息山) 이만부(李萬敷) 공, 은암(恩菴) 이만유(李萬維) 공과 교유했다. 무신년(1728) 무렵 시를 지었다.

창가에 들끓던 파리는 추위에 얼어붙고	撲撲窓蠅受凍凝
뜰 가득 낙엽이 이리저리 날릴 때	滿庭撩亂葉飛時
아침에 일어나 동쪽 울타리를 살펴보니	朝來起檢東籬事
바람 불고 서리 내려도 국화는 모르네	天有風霜菊不知

말투가 늠름하여 범접하지 못할 뜻이 있다. 단지 시구나 시어가 공교로운 정도에 그치지 않는다.

177

천하를 유람하는 사람

성주(星州) 선비 정지흥(鄭志興) 홍지(興之)가 한번은 바닷가에 갔더니 해안에 누선(樓船)이 정박해 있는데 공중누각처럼 까마득했다. 마침내 말에서 내려 배에 오르니 방이 한 칸, 마루가 한 칸이었다. 지극히 정밀하고 먼지 한 점 없이 청결했다. 좌우에 책상을 놓았는데, 한쪽 책상에는 당시(唐詩)를 정돈해 두었고, 다른 한쪽 책상에는 의서(醫書)를 정돈해 두었다. 모두 중국의 백분지(白粉紙)로 만들고 비단으로 장황(粧䌙)한 것이었다. 책상 위에 또 시축(詩軸)이 있었는데, 시 한 수마다 그 시어로 그림을 그렸다. 시는 빼어난 말이고, 글씨는 빼어난 필체이며, 그림은 빼어난 그림이었다.

한 사람이 방한모를 쓰고 마루에 앉아 있었다. 수염과 눈썹이 반쯤 세었는데 풍골이 속되지 않았다. 그리하여 그와 이야기를 나누었다. 그는 전주(全州) 양갓집 자식으로 재산이 넉넉하여 준마를 사서 우리나라의 산천을 두루 구경했다. 그러고도 부족하게 여겨 마침내 화방(畵舫)을 만들어 집으로 삼아 천하를 두루 돌아다녔다. 전당(錢塘)과 회계(會稽) 사이를 마당처럼 다니고, 악양루(岳陽樓)와 동정호(洞庭湖)에 마음껏 올랐다. 누각 위에 써 있는 옛사람의 시구를 전부 외웠다. 이별할 때 홍지가 시 한 수를 달라고 부탁하자 그 사람이 즉시 절구 한 수를 읊었다.

저녁 강가에 가을풀 저절로 나부끼고	暮江寒草自飄飄
돛단배는 저녁 조수 흐르는 대로 마음껏 띄우네	好放風帆信夕潮
오늘은 우리나라, 내일은 초나라 땅에서	今日海東明日楚
거듭 이별하며 시를 읊조리네	更將分別唱詩詞

그 사람은 참으로 기이한 선비다. 시 역시 기골(氣骨)이 있다.

178

이서우의 시

박천(博泉) 이옥(李沃) 공이 말했다.

"나의 시는 윤보(潤甫 이서우(李瑞雨))만 못하고, 산문은 퇴보(退甫 권유
(權愈))만 못하다."

윤보는 송파(松坡 이서우)의 자이다. 송파의 시명(詩名)은 당대 으뜸
이었다. 내가 그의 유고를 보니 지극히 원만하고 자연스러웠으나 아
름다운 시구는 몹시 드물었다. 당시의 여러 공이 이처럼 인정한 이유
는 무엇인가. 이는 내 식견이 옛사람에 미치지 못하기 때문이리라.

김시습의 동몽시

매월당(梅月堂) 김시습(金時習)이 서너 살 때 입으로는 말을 못했지만 시 구를 지을 수 있었다. 예컨대,

복사꽃 붉고 버들잎 푸른데 삼월이 저무네[1]　　　　　　　　桃紅柳綠三月暮

작은 정자와 배 안에는 어떤 사람이 있나[2]　　　　　　　　小亭舟宅何人在

같은 시구가 이것이다. 참으로 기특한 아이지만 서너 살 때의 재주를 보 면 그의 성취는 사람들의 눈에 흡족하지 않다.

1　金時習, 〈上柳襄陽陳情書〉, 『梅月堂集 卷21.

2　金時習, 〈上柳襄陽陳情書〉, 『梅月堂集 卷21.

180

홍낙명의 동몽시

근래의 홍낙명(洪樂命) 사순(士順)은 네 살에 시를 지을 줄 알았는데, 부채에 그려진 남대지(南大池)를 보더니 즉시 읊었다.

가을 바람 부는 군자정	秋風君子亭
연 따는 여인 구름처럼 노니네	采女如雲遊
함께 연꽃을 따면서	相與采蓮花
물 위를 흘러가며 노래부르네	唱歌水中流

매월당(梅月堂) 김시습(金時習) 이후로는 사순이 바로 그런 사람이다.

181

박은의 시

나는 읍취헌(挹翠軒) 박은(朴誾)의,

문을 닫으니 붉은 잎 떨어지고   閉門紅葉落
시를 지으니 흰 머리 세었다네[1]   得句白髮新

라는 시구를 좋아했다. 세상 사람들은 그저 아름다운 줄만 알지 공교
로운 줄은 전혀 모른다.

---

1 朴誾, 〈雨中有懷擇之〉, 『續東文選』 卷6.

182
김정의 시

충암(沖菴) 김정(金淨)의 시는 세상에 드무니, 공교롭기가 당나라 사람 못지않다.

근심과 질병은 교묘히 귀밑머리에 들고 憂病工侵鬢

바람 불고 서리 내려도 아직 옷을 주지 않네[1] 風霜未授衣

선박은 오초 땅으로 통하고 舟楫通吳楚

어룡은 고을 터를 온통 차지했네[2] 魚龍半邑墟

비록 두보(杜甫)라도 한 시대 시의 주인으로 인정했을 것이다.

---

1 金淨, 〈絶國〉, 『沖庵集』 卷3. 옷을 주지 않는다는 말은 『시경(詩經)』 「칠월(七月)」의 "구월에는 옷을 준다.〔九月授衣〕"라는 말을 인용한 것으로 겨울옷을 준비하지 않았다는 말이다.

2 金淨, 〈積水〉, 『沖庵集』 卷3.

183
정사룡의 시(1)

호음(湖陰) 정사룡(鄭士龍)의 〈박연폭포(朴淵瀑布)〉 시의 한 연은 다음과
같다.

맑으면 천고의 비단이 휘날리고　　　　　　　　　　　　晴飛千古練
비 오면 하늘의 띠가 늘어지네[1]　　　　　　　　　　　　雨罜半天紳

박연폭포가 쏟아지며 물을 뿜는 모습을 잘 형용했지만, 해좌(海左)
정범조(丁範祖)의 〈만폭동(萬瀑洞)〉 시[2]와 비교하면 촌스럽다.

---

1 鄭士龍, 〈游朴淵〉, 『湖陰雜稿』 卷4.
2 본서 권중 117칙 참조

184

정사룡의 시(2)

호음(湖陰) 정사룡(鄭士龍)의 〈대탄(大灘)〉 시 한 연은 다음과 같다.

뱃사공은 가슴이 졸아들려 하고	篙工心欲細
병든 나그네 간담부터 꺾이네[1]	病客膽先摧

그저 "뱃사공은 가슴이 졸아들려 하고"만으로도 대탄을 지극히 묘사했다. 한적한 방에 앉아 읽어도 가슴이 졸아드는데, 더구나 대탄을 거슬러 올라가는 사람이야 어떻겠는가. 수백 년이 지나도 여전히 호음을 칭송하니, 참으로 명성은 허투루 전하지 않는다.

---

1 鄭士龍, 〈大灘〉, 『湖陰雜稿』 卷1.

185

노수신의 시(1)

문간공(文簡公) 노수신(盧守愼)의 〈용추원루(龍湫院樓)〉 시는 다음과 같다.

새재 아래 고을에 하루 묵으니	一宿嶺下縣
고을 누각에 가랑비 내리네	縣樓微雨來
산 모습은 주흘산 우뚝하고	山容主屹角
강 형세는 용추가 서글프네	水勢龍湫哀
세상은 어지러운데 임금은 성군이요	亂世君王聖
길 잃은 나는 늙고 병들어가네	迷途老病催
오나가나 뜻 잃기는 마찬가지니	去留均失意
눈물을 흘리며 다시 머뭇거리네[1]	沾灑重徘徊

이 시에서 비로소 이 노인이 시의 성인이라는 것을 알겠다. 기구의 "고을 누각에 가랑비 내리네"부터 맑고 윤기 있어 배우는 사람들이 우러러볼 만하다. 함련에서 비로소 용추에 들어가고, 경련에서는 나라를 걱정하고 시절을 슬퍼하는 마음이 말 밖으로 넘친다. 결구에서는 다시 감개한 심정을 괴롭게 말했으니, 전편이 대체로 충후하고 다듬은 흔적이 없다. 두보(杜甫)가 아니고서야 이런 시를 지을 수 있겠는가. 이 시를 읽으니 비로소 이 노인이 시의 성인이라는 것을 알겠다.

---

1 盧守愼, 〈題龍湫院樓, 時甲申五月〉, 『穌齋集』 卷6.

노수신의 시(2)

문간공(文簡公) 노수신(盧守愼)의 〈동호(東湖)에서 송별하며[東湖送別]〉 시는 다음과 같다.

성 동쪽 삼월이라 큰 호수 잔잔한데	城東三月大湖平
주위의 숲과 바람 모두 시원하네	一帶林風相與淸
꽃잎은 본래 세상 모습 따라가고	花片本來隨世態
버들은 어찌하여 사람 마음 붙잡는가	柳條何以繫人情
백 길 깊은 강 따라 희미한 모습	沿江百丈依依色
오랜 세월 나룻배 부르는 또렷한 소리	喚渡長年歷歷聲
토동과 용탄[1]이 눈 앞에 펼쳐진 듯하여	兎洞龍灘如在眼
노인의 눈물 두세 줄기 남모르게 갓끈 적시네[2]	數行衰涕暗霑纓

수련 두 구는 맑고 윤기나며, 중간에서 웅혼함을 더했다. 두 번째 연의 "꽃잎은 본래가 세상 모습 따라가고, 버들가지는 무슨 까닭에 사람의 정을 매어두나."는 세상을 벗어난 말이고, 보통의 맛을 뛰어넘는 맛이 있다. 소재 어른이 아니면 쓸 수 없다. 비록 두보(杜甫)라도 이런

---

1 토동(兎洞)과 용탄(龍灘) : 토동은 노수신의 고향 상주(尙州) 화령현(化寧縣)에 있는 골짜기 이름이며, 용탄(龍灘)은 스승 이연경(李延慶)이 살았던 충주(忠州)의 지명이다.

2 盧守愼, 〈東湖送別〉, 『穌齋集』 卷6.

말은 드물다. 결구에서 비로소 이별하는 심정을 말했으니 더욱 우러를 만하다.

187

유영길의 시

참판 유영길(柳永吉)의 시는 다음과 같다.

부질없는 영화 괘념치 않는데 浮榮不在念

멀리 이별하니 절로 슬퍼지네 遠別自生悲

장적(張籍)과 몹시 닮았다.

188
신응시의 시

개울의 다리에 누운 돌이 많고 溪橋多臥石

산골 집은 전부 단풍에 기댔네1 山店盡依楓

부제학 신응시(辛應時)의 시어로 산뜻하여 시인의 흥취를 다했다.

---

1 辛應時, 〈次菁川板上韻〉, 『白麓遺稿』.

189

조주규가 당시를 표절하다

요즘 사람은 참다운 안목이 없다. 아무 것도 모르면서 남을 칭찬하는 데 으스대며 마치 미치지 못할 것처럼 여기니, 내가 문제로 여겼다. 산인(山人) 조주규(趙冑逵)의 시에,

갈대꽃에 부슬부슬 내리는 비는 모래섬에 이어지고	蘆花浙瀝雨連洲
삼협에서 길 가던 사람은 밤에 배를 정박했네	三峽征人夜泊舟
가을물이 갑자기 서너 자나 불어났으니	秋水忽高三四尺
내일 아침 닻줄 풀면 충주를 지나겠네	明朝解纜過忠州

라는 구절이 있어 충주(忠州)에 소문이 자자했다. 그러나 "가을물이 갑자기 서너 자나 불어났으니"는 두보(杜甫)의,

가을물이 방금 너댓 자나 불어났네[1]	秋水纔添四五尺

라는 시구에서 나온 것이고, "내일 아침 닻줄 풀면 충주를 지나겠네"는

---

[1] 杜甫, 〈南鄰〉, 『唐詩品彙』.

육유(陸游)의,

돛배 타고 추운 날에 황주를 지나가네2 　　　　　　　一帆寒日過黄州

라는 시구에서 나온 줄 전혀 모르니 한탄스럽다. 더구나 답습은 시인이
몹시 꺼리는 것이니 어떻겠는가.

---

2 陸游,〈黃州〉,『劍南詩槀』卷2.

190

왕유가 옛시를 활용하다

옛시에,

무논에는 흰 해오라기 날아가고	水田飛白鷺
여름 숲에는 노란 꾀꼬리 지저귀네[1]	夏木囀黃鸝

라는 시구가 있다. 왕유(王維)는 '막막(漠漠)'과 '음음(陰陰)'을 더하여 활용했는데,[2] '막막'과 '음음'을 더한 뒤에 더욱 공교로워졌다. 왕유와 같은 재주가 있어야 활용할 수 있으니, 왕유의 재주가 없으면 활용할 수 없다.

---

1 李嘉祐의 시이다. 『唐音』에 실려 있는 王維의 〈積雨輞川莊上〉 주석에 보인다.
2 이상은 위의 『唐音』 주석에 보인다.

191

진계의 시

진계(秦系)의 시는 다음과 같다.

평생토록 항상 소란을 피하여	終年常避喧
오천 글자1를 스승 삼았네	師事五千言
강물은 한가로이 집을 지나고	流水閑過院
봄바람은 닫힌 문에 부네2	春風與閉門

내가 매번 무릎을 치며 읊조리고 감탄했다. 후촌(後村) 유극장(劉克莊)이 말했다.

"유장경(劉長卿)이 자신을 두고 오언장성(五言長城)이라 하는데, 진계가 소규모 군사로 공격했다."3

후촌의 이 말은 깃발과 북을 잡고 대열 앞에 서서 먼저 사람들을 쓰러지게 하기 충분하다.

---

1 오천 글자 : 노자(老子)의 『도덕경(道德經)』을 말한다.

2 秦系, 〈山中贈張正則評事〉, 『唐詩品彙』.

3 유극장의 말은 『唐音』 秦系 주석과 『瀛奎律髓』 등에 보인다. 그러나 출처를 유극장으로 밝히지 않았으므로 이경유가 본 자료는 따로 있는 듯하다.

192

고경명의 시

제봉(霽峯) 고경명(高敬命)의 시는 다음과 같다

울창한 산천에는 지난 왕조의 한	山川鬱鬱前朝恨
쓸쓸한 성곽에 반달이 시름겹네	城郭蕭蕭半月愁
당시 지던 꽃은 푸른 절벽에 남아 있고	當日落花餘翠壁
옛적 둥지 틀던 제비가 붉은 누각 맴도네[1]	舊時巢燕繞紅樓

흡사 소정(蘇頲), 두심언(杜審言)과 동시대 사람 같다.

---

1 高敬命, 〈次宋進士惟諱韻〉, 『霽峯集』 卷5.

193

최립의 고목시

최립(崔岦)의 〈고목(枯木)〉 시는 조금 마음에 든다.

높이 솟은 마른 나무 여전히 튼튼하니	崢嶸枯木尙强堅
서린 뿌리에 샘물이 끊기지 않아서라네	爲有蟠根未斷泉
땅 속의 검은 용이 변해서 된 것이라고	地下玄龍應已化
인간 세상 노인들이 서로 전하네	人間白首得相傳
옛적에는 걸출한 기운 천 길도 넘더니	曾將傑氣凌千仞
다시는 봄이 올 기미 어디에도 없네	不復春心在一邊
이끼는 꽃 피우고 덩굴은 잎 돋으니	苔蘚作花蘿作葉
조물주가 완전히 버리지 않은 줄 알겠네[1]	還知造物未全捐

이 시는 필시 자신을 비유한 말이다. "다시는 봄이 올 기미 어디에도 없네."라는 구절은 지극히 오묘하고, "조물주가 완전히 버리지 않은 줄 알겠네."라는 구절도 기이하다. 옛날에 정 자고(鄭鷓鴣)[2]가 있었으니, 이 사람은 최 고목(崔枯木)이 될 것이다. 어느 시대인들 현명한 사람이 없겠는가.

---

1 崔岦, 〈銀臺二十詠己未春有直赴殿試之命于時以新恩故注書李靑蓮公出題韻令急製以呈〉, 枯木,
  『簡易集』卷6 拾遺.
2 정 자고(鄭鷓鴣) : 당나라 정곡(鄭谷)이 〈鷓鴣詩〉로 이름나 '정 자고'라는 별명을 얻었다.

194

신광수가 이병연에게 준 시

석북(石北) 신광수(申光洙)가 농재공(聾齋公) 이병연(李秉延)에게 준 시에,

　　독서하며 병조리하니 집에 맑은 기운 생기네[1]　　　　　　讀書養病淸生堂

라는 구절이 있다. 세상 사람들은 모두 대충 보느라 이 시의 핵심이
'집에 맑은 기운 생기네[淸生堂]' 세 글자에 있다는 점을 전혀 살피지
못한다.

1　申光洙, 〈寄李彝甫〉, 『石北集』 卷1.

195

농재 이병연의 시

농재공(聾齋公) 이병연(李秉延)의 시에,

강가의 배가 돛을 달자 바람이 언뜻 불고	江舸懸帆風乍動
물가 정자에 대를 옮겨심자 가랑비 내리네[1]	水亭移竹雨微來

라는 구절이 있다. 내가 예전에 이 시를 읽자 곧 망연자실했다. 또한 이
응(李膺)과 곽태(郭泰)가 함께 배를 타고 고향으로 가는 모습,[2] 장한(張
翰)이 순채국과 농어회를 떠올린 흥취,[3] 범공(范公)이 대나무 떨기를 심
은 생각[4]을 일으켰다.

---

1 李秉延, 〈從氏病後出江亭〉, 『半聾齋遺稿』, 『鹽州世稿』 卷12.

2 이응(李膺)과……모습 : 이응과 곽태는 후한(後漢)의 명사이다. 곽태가 고향으로 돌아갈 때
　　이응이 그를 전송하며 함께 배를 타고 강을 건넜는데, 사람들이 바라보며 신선 같다고 했다.

3 장한(張翰)이……흥취 : 장한은 진(晉)나라 사람으로 가을이 오자 고향의 순채국과 농어회
　　가 생각나 관직을 버리고 고향으로 돌아갔다.

4 범공(范公)이……생각 : 당(唐)나라 잠삼(岑參)이 범공이라는 사람이 대나무를 심은 것을 계
　　기로 그의 맑은 흥취와 우아한 지조를 찬미하여 〈범공총죽가(范公叢竹歌)〉를 지었다.

196

신광수의 우스개 시

석북(石北) 신광수(申光洙)는 39세에 비로소 진사시에 합격하여 시를 지었다.

배꽃은 술 취한 듯하고 버들은 자는 듯한데	梨花如醉柳如眠
한 쌍의 피리 소리 말 앞에 울리네	雙笛翩翩出馬前
서른아홉 살의 신 진사	三十九年申進士
행인들이 다투어 신선이라 하네[1]	路人爭道是神仙

지극히 화려하지만 끝내 우스갯소리하는 버릇을 면하지 못했다.

---

1 申光洙, 〈馬上戲述行者言〉, 『石北集』 卷3.

197

백광훈의 시

옥봉(玉峯) 백광훈(白光勳)의 〈봉은사(奉恩寺)〉 시에

| 못에는 온통 붉은 연꽃, 바람은 절에 가득한데 | 紅藕一池風滿院 |
| 나무마다 매미 소리 어지럽고 비는 마을로 내려가네[1] | 亂蟬千樹雨歸村 |

라는 구절이 있다. 당나라 시와 몹시 닮아서 산사를 생각나게 한다. 허
혼(許渾)의 시에,

| 연꽃에 바람 불고 객관은 고요한데 | 芰荷風起客堂靜 |
| 소나무 계수나무에 달은 높고 절은 깊숙하네[2] | 松桂月高僧院深 |

라는 구절이 있는데, 옥봉의 시는 필시 이를 바탕으로 지었을 것이다.

---

1 白光勳, 〈奉恩寺蓮亭次李校理伯生見示之作〉, 『玉峯詩集』 中.
2 許渾, 〈寓居開元精舍酬薛秀才見貽〉, 『唐詩品彙』.

198

차천로와 차운로의 시

오산(五山) 차천로(車天輅) 형제는 한 시대에 명성이 높았다. 창주(滄洲) 차운로(車雲輅)가 말했다.

"형님이 거친 곡식 일만 섬이라면, 나는 깨끗이 쓿은 쌀 오백 섬이다."

오산의 시는 풍부하기는 하지만 산뜻함이 부족하기 때문이다. 오산의 〈영월루(詠月樓)〉 시는 다음과 같다.

넓은 바다 자라 등에 만리 바람 불고	鰲背海空風萬里
학 주위에 구름 걷혀 천추토록 달 비추네	鶴邊雲盡月千秋

한 줄기 긴 휘파람 소리가 맑은 기운 뚫는데	長嘯一聲凌灝氣
석양은 서쪽으로 지고 물은 동쪽으로 흐르네[1]	夕陽西下水東流

창주의 〈죽서루(竹西樓)〉 시는 다음과 같다.

철통 같은 절벽은 하늘 너머 새를 굽어보고	鐵壁俯臨空外鳥

---

1 車天輅, 〈杆城詠月樓〉, 『五山集』 續集 卷2.

옥 같은 누각은 바닷가 하늘에 날 듯 솟았네 　　　瓊樓飛出海中天

관청 주변 강산을 혼자 차지하니 　　　江山獨領官居畔

바람과 달이 책상 앞에 오래 머무르네[2] 　　　風月長留几案前

　　참으로 '원방(元方)은 형 노릇 어렵고, 계방(季方)은 동생 노릇 어렵다.'[3]라는 말과 같다. 아, 훌륭하다.

---

2 『滄洲集』에는 보이지 않고 『箕雅』에 〈竹西樓次韻贈主守〉라는 제목으로 실려 있다.

3 원방은……어렵다 : 후한(後漢)의 진기(陳紀)와 진심(陳諶) 형제의 자(字)가 원방(元方)과
　계방(季方)이다. 둘 다 뛰어나 난형난제(難兄難弟)로 일컬어졌다.

199

이수광의 시(1)

지봉(芝峯) 이수광(李睟光)의 시는 그림처럼 우아하고 담박하니, 다음과 같은 시구가 그렇다.

호숫가 정자는 땅이 기울어 대부분 물을 굽어보고	湖亭地仄多臨水
들판의 나그네는 시가 맑아 온통 산을 이야기하네 [1]	野客詩淸半說山

---

1 李睟光, 〈沈鴻山滄浪亭次秋灘韻〉, 『芝峯集』 卷4.

200

차천로의 시

오산(五山) 차천로(車天輅)는 온몸이 모두 원기(元氣)로 가득 찼으며, 시도 그렇다. 가산 군수(加山郡守)로 부임하는 석봉(石峰) 한호(韓濩)를 전송하는 시는 오로지 원기를 운용하여 조화의 흔적은 거의 없다. 그 시는 다음과 같다.

그대는 뛰어난 글씨 재능 떨치고	多君絶筆擅修能
성군은 인재 사랑하여 팔다리처럼 아꼈네	聖主憐才借股肱
오회의 산천은 일소가 옮겨오고1	吳會山川輸逸少
당도의 초목은 양빙을 알아보네2	當塗草木識陽氷
개울소리 베갯맡에 들려와 승려의 잠을 깨우고	川聲入枕分僧夢
달빛은 뜰에 머물러 나그네 등불 대신하네	月色留庭替客燈
물 마시고 거문고 타며 일이 없으니3	飮水鳴琴無箇事
때때로 도가 경전을 종이에 쓰네4	道經時復掃溪藤

---

1 오회의……옮겨오고 : 오회는 오현(吳縣) 회계군(會稽郡)을 말한다. 진(晉)나라 왕희지(王羲之)가 이곳에서 난정서(蘭亭序)를 썼다. 한호를 왕희지에 비유한 것이다.

2 당도의……알아보네 : 양빙은 당나라 사람 이양빙(李陽氷)이다. 당도 영(當塗令)을 역임했으며 글씨에 뛰어났다. 한호를 이양빙에 비유한 것이다.

결구는 더욱 기이하고 황홀하니, 생각지도 못한 말이다.

---

3 물……없으니 : 진(晉)나라 등유(鄧攸)가 오군 태수(吳郡太守)로 부임하며 먹을 것을 실어가
   서 고을에서는 물만 마셨다는 고사와, 공자의 제자 복자천(宓子賤)이 선보(單父) 고을의 수령
   이 되어 거문고만 연주했는데 고을이 잘 다스려졌다는 고사를 인용한 것이다. 청렴하고 편안
   하게 고을을 다스리라는 뜻으로 이렇게 말한 것이다.

4 車天輅,〈送石峯赴加平郡〉,『五山集』卷3.

201

이수광의 시(2)

시가 웅혼하면 늘 우아하고 담박함을 해친다. 오직 지봉(芝峯) 이수광(李睟光) 선배의 시구만은 비록 웅혼하더라도 우아하고 담박한 뜻을 잃지 않았다. 구원하러 가는 어사(御史) 양호(楊鎬)를 전송한 시가 바로 그것이다. 그 시는 다음과 같다.

해질녘 외딴 성에 급보가 자주 전하니	日夕孤城報羽多
오랑캐 십만이 요하에 다가왔다 하네	天驕十萬近遼河
원수는 혼자 푸른 말에 둘러싸이고	元戎獨擁青驄馬
장사는 모두 흰 낙타를 타고 가네	壯士皆騎白橐駝
변방의 위엄 있는 명성은 지금의 구준이요	塞上威名今寇準
대궐의 재주와 지략은 옛적 염파와 같네[1]	禁中才略古廉頗
응당 분양의 갑옷을 벗어버리고	只應却免汾陽冑
약갈라를 군영 앞에 산 채로 잡아오리[2]	生致軍前藥葛羅

---

1 변방의……같네 : 구준(寇準)은 북송(北宋)의 명재상이자 장군이고, 염파(廉頗)는 전국 시대 조(趙)나라의 명장이다.

2 李睟光, 〈聞虜入瀋陽之境, 楊御史領兵赴援〉, 『芝峯集』 卷16. 분양은 당나라 명장 곽자의(郭子儀)이며, 약갈라는 회흘(回紇) 가한(可汗)의 아우이다. 곽자의가 갑옷을 벗고 약갈라를 꾸짖자 그가 사죄하며 군사를 물렸다는 고사를 인용한 것이다.

이 시는 제목이 저절로 웅혼하지 않을 수 없지만 말을 만들고 뜻을 담으면서 담박하고 우아함을 잃지 않았으니, 결코 자잘한 시인이 아니다. 더욱 존경할 만하다.

김류의 시

김류(金瑬)가 지은 장군(將軍) 김응하(金應河)[1]의 만시는 다음과 같다.

심하 이야기만 나오면 눈물이 절로 흐르니	說到深河涕自橫
흉노를 없애지 못했는데 장성을 잃었네	匈奴未滅失長城
백 년 동안 예의 지킨 삼한의 땅	百年禮義三韓土
한 명의 사나이가 사해에 명성 떨쳤네	一箇男兒四海聲
언덕 나무 어둑하니 혼은 돌아오려 하고	隴樹冥冥魂欲返
강물이 도도히 흘러 한은 진정되지 않네	江流袞袞恨難平
한연년은 전사하고 군대는 몰살당했는데	延年戰死師全沒
이소경은 홀로 무슨 마음이었나[2]	亦獨何心李少卿

구법이 지극히 잘 이어지고 운치가 있다. 그러나 누구를 속이겠는가. 김장군을 속이겠는가. 만세토록 천하를 속이겠는가. 내가 덧붙인다.

---

1 김응하(金應河) : 1619년(광해군11) 명나라의 요청으로 강홍립(姜弘立)과 함께 1만 3천명의 군사를 거느리고 요동의 심하(深河)에서 후금(後金)과 싸우다 전사했다.

2 金瑬, 〈挽金宣川應河〉, 『北渚集』卷3. 이소경은 한(漢)나라 사람 이릉(李陵)이다. 한연년(韓延年)과 함께 흉노를 정벌하러 갔는데, 한연년은 전사하고 이릉은 항복했다. 여기서는 김응하를 한연년에, 강홍립을 이릉에 비유했다.

세 신하 북쪽으로 가고 성은 함락당했는데[3]   三臣北去城全陷

관옥공은 홀로 무슨 마음이었나   亦獨何心冠玉公

【관옥은 김류의 자이다.】

---

3 세……함락당했는데 : 세 신하는 병자호란 때 화친을 반대하다가 심양에 끌려가 처형당한
윤집(尹集), 홍익한(洪翼漢), 오달제(吳達濟)를 말하며, 성은 남한산성을 말한다.

정두경의 시

동명(東溟) 정두경(鄭斗卿)의 시는 이백(李白)처럼 호방하다. 장편고시(長篇古詩)만 그런 것이 아니라 율시(律詩)도 그렇다. 그의 〈박 절도사의 말[朴節度馬]〉시 한 연은 다음과 같다.

장군은 말을 유난히 좋아하니	將軍有馬癖
이 물건이 바로 용 같은 준마라네¹	此物乃龍駒

그의 〈중흥동(中興洞)〉시의 기구(起句)는 다음과 같다.

폭포가 떨어지니 산이 흔들리는 듯 하고	瀑落山如動
구름이 흘러가니 나무는 사라지려 하네²	雲歸樹欲無

절도사 김준룡(金俊龍)에게 보낸 시는 다음과 같다.

장군은 이목보다 뛰어나고	將軍過李牧

---

1 鄭斗卿, 〈朴節度馬〉, 『東溟集』 卷3.
2 鄭斗卿, 〈春日遊中興洞〉, 『東溟集』 卷3.

서기는 진림에게 부끄럽네[3]　　　　　　　　　　　書記愧陳琳

인조(仁祖)의 만시는 다음과 같다.

만백성이 어버이 그리워하는데　　　　　　　　　萬民思考妣
오월에 의관을 장사지내네[4]　　　　　　　　　　　五月葬衣冠

월사(月沙) 이정귀(李廷龜)의 만시는 다음과 같다.

정승께서 세상을 떠나시자　　　　　　　　　　　相公捐館舍
아이들도 노래 부르지 않네[5]　　　　　　　　　　童子不歌謠

능성부원군(綾城府院君) 구굉(具宏)의 만시 결구는 다음과 같다.

옛적 댁에서 읍하던 손님　　　　　　　　　　　門庭舊揖客
대장군을 통곡하러 왔네[6]　　　　　　　　　　　來哭大將軍

몹시 기이한 기세가 있으니, 호탕하고 출중한 기상을 떠올리게 한다.

3　鄭斗卿, 〈寄金節度〉, 『東溟集』 권3. 이목(李牧)은 조(趙)나라 명장이며 진림(陳琳)은 건안칠자
　　(建安七子)의 한 사람으로 조조(曹操) 휘하에서 기실(記室)을 지냈다.
4　鄭斗卿, 〈仁祖大王挽歌〉, 『東溟集』 卷5. 인조는 1649년(인조27) 5월에 승하했다.
5　鄭斗卿, 〈月沙李相國挽〉, 『東溟集』 卷5.
6　鄭斗卿, 〈綾城府院君挽〉, 『東溟集』 卷5.

충휘의 시

『기아(箕雅)』에 실려 있는 승려의 시는 아름다운 것이 없고, 오직 충휘 (沖徽)의 시 한 수가 좋으니, 그의 〈청학동(靑鶴洞)〉 시가 이것이다.

가을빛 속에 발을 걷고	捲簾秋色裡
석양 속에서 베개에 기대네	欹枕夕陽中
이슬 맞은 대나무는 한적한 못에 돋아나고	露竹生閑池
바람 소리 샘물 소리 먼 하늘에 울리네[1]	風泉吼遠空

아름답다.

---

1 沖徽, 〈靑鶴洞〉, 『箕雅』 卷6.

205

지책의 시(1)

근세에 지책(旨冊)[1]이라는 사람은 시승(詩僧)으로 이름났지만, 그의 시
는 그다지 마음에 드는 것이 없다.

---

1 지책(旨冊) : 영남 출신의 승려로 호는 충허(冲虛)이다. 저자의 부친 이승연(李承延)이 문집
을 교감, 편차해 주었다. 李承延,〈冲虛大師旨冊文集序〉,『剛齋遺稿』卷3 ; 李敬儒,〈書冲虛大
師集後〉,『林下遺稿』卷8 참조.

206

탄일의 시

지난해 내가 상연산방(想蓮山房)에 가서 묵을 적에 탄일(綻一)이라는 승려가 있었는데, 제법 총명하고 도리를 알았기에 함께 이야기를 나누었다. 『추파집(秋波集)』이라는 책을 꺼내 내게 보여주었으니, 그 역시 근래의 시승(詩僧)이다. 그의 시는 제법 아름다운 곳이 있어 좋아할 만하다.

207

지책의 시(2)

지책(旨冊)이 승려 추파(秋波)를 비웃은 시가 있다고 한다.

산비둘기 신세를 면치 못하니   未免爲鶯鳩

뱁새가 참으로 가소롭구나[1]   斥鷃良可笑

---

1 산비둘기……가소롭구나 : 『장자(莊子)』「소요유(逍遙遊)」에 산비둘기와 뱁새가 9만 리를
날아가는 붕새를 비웃었다는 고사를 인용한 것이다.

208

이제현이 두시를 답습하다

고려의 시인 중에는 익재(益齋) 이제현(李齊賢)이 으뜸이지만, 그래도 옛
사람을 답습했다. 예컨대,

> 누런 벼가 날마다 익어가니 닭과 오리가 좋아하고　　　　黃稻日肥鷄鶩喜
> 푸른 오동에 가을 깊어지니 봉황이 시름하네.[1]　　　　碧梧秋老鳳凰愁

라는 시구는 필시 두보(杜甫)의,

> 누런 벼는 앵무새가 쪼아먹은 낟알이 남았고　　　　黃稻啄餘鸚鵡粒
> 푸른 오동은 봉황이 깃들던 가지가 늙었네.[2]　　　　碧梧栖老鳳凰枝

라는 시구를 답습한 것이다.

1　李奎報, 〈寄吳德全〉, 『東文選』 卷14.
2　杜甫, 〈秋興八首〉, 『唐詩品彙』.

209

정지상의 시

정지상(鄭知常)의 〈등고사(登高寺)〉 시는 다음과 같다.

땅은 푸른 하늘에서 그다지 멀지 않고   地應碧落不多遠

승려는 흰 구름을 한가로이 마주하네[1]   僧與白雲相對閑

매우 아름다우니, 참으로 높은 곳에 있는 절에 올라 지은 시이다.

---

1 鄭知常, 〈題登高寺〉, 『東文選』 卷12.

210

이백이 최호의 시를 답습하다

이백(李白)의 〈봉황대(鳳凰臺)〉 시 역시 최호(崔顥)의 〈황학루(黃鶴樓)〉 시를 답습한 것이지만 단지 그 체재를 본떴을 뿐 자구가 같은 곳은 없다.

211

최호의 시

최호(崔顥)의 시는 유려하면서도 감정을 다 쏟아내었으니, 이백이 좋아하고 존경한 것이 참으로 마땅하다.[1]

---

1 이상은 『唐詩品彙』 崔顥 〈江南曲〉 주석에 보인다.

212

이백의 시

이백(李白)의,

인가 연기 귤나무에 자욱하고   人烟迷橘柚

가을빛은 오동나무에 짙네[1]   秋色老梧桐

라는 시구는 사람의 눈을 즐겁게 하고 마음을 기쁘게 하여 낯빛이 바뀌고 정신이 솟구친다.

---

1 李白,〈秋登宣城謝脁北樓〉,『唐詩品彙』.

213

이중환의 시

좌랑 이중환(李重煥)은 국포(菊圃) 강박(姜樸), 모헌(慕軒) 강필신(姜必愼),
신절재(眘節齋) 이인복(李仁復)과 동시대에 살았다. 그의 시는 여러 공들
이 높이 추켜세웠다.

인간 세상 아득하고 아득한 신라국	人間眇眇新羅國
천하의 깊고 깊은 태백산[1]	天下深深太白山

라는 시구를 짓자, 국포 이하가 모두 붓을 놓았다. 이 시구는 한 시대를
풍미했는데, 지금 읽어도 시원하여 하늘로 날아오르는 느낌이 든다.

---

1 李重煥, 〈浮石寺〉, 『擇里志』.

214

정범조의 시

강좌옹(江左翁) 정범조(丁範祖)가 김해(金海)에 가서 시를 지었다.

> 맑은 바람은 고운 최치원의 바다에서 불어오고　　　　　清風來自孤雲海
>
> 지는 해는 수로왕의 하늘에 나지막하네[1]　　　　　　　斜日低臨首露天

매우 아름답다. 초선(草禪) 허필(許佖)이 사람을 만나면 이 시를 읊
조리곤 했다고 한다.

1　丁範祖,〈次雙碧樓韻〉,『江左集』卷4.

창해시안

✳

권하

1

진자앙의 시

허곡(虛谷) 방회(方回)가 진자앙(陳子昂)의 시를 논평했다.

"〈감우시(感遇詩)〉는 옛 격조의 조상일 뿐만 아니라, 그의 율시 역시
근체시의 조상이다."[1]

대체로 진자앙의 시는 혼후(渾厚)함을 추구했으니, 『시경(詩經)』으
로 비유하자면 아송(雅頌)의 사이에 두어야지 국풍(國風)의 반열에 두
어서는 안 된다.

---

1 『唐詩品彙』陳子昂 주석에 보인다.

2

옛 시인의 답습

답습은 시인이 매우 꺼리는 것이지만 옛사람도 서로 답습하는 결과를
면하지 못했다. 예컨대 이백(李白)의,

봉황대 위에 봉황이 놀더니 鳳凰臺上鳳凰遊

봉황 떠나 누대 비고 강만 절로 흐르네[1] 鳳去臺空江自流

라는 구절은 최호(崔顥)의,

옛사람은 이미 흰 구름 타고 가버리고 昔人已乘白雲去

이 터에는 황학루만 덩그러니 남았네[2] 此地空餘黃鶴樓

라는 구절을 답습한 것이다. 구양수(歐陽脩)의,

새 우는 초가집에 비가 내리고 鳥聲茅店雨

들판의 버들다리에 봄이 왔네[3] 野色柳橋春

---

1 李白,〈登金陵鳳凰臺〉,『唐詩品彙』.

2 崔顥,〈黃鶴樓〉,『唐詩品彙』.

3 歐陽脩,〈過張至祕校莊〉,『文忠集』.

라는 구절은 맹교(孟郊)의,

닭 우는 초가집 달빛 속에 　　　　　　　　　　　鷄聲茅店月

판교의 서리를 누가 밟고 가네4 　　　　　　　　人跡板橋霜

라는 구절을 답습한 것이다. 호주(湖洲) 채유후(蔡裕後)의,

성근 숲에 가을 지나 비가 내리고 　　　　　　疎林秋盡雨

황량한 여관에 깊은 밤 등불 밝혔네5 　　　　荒店夜深燈

라는 구절은 사공도(司空圖)의,

모난 연못에 봄이 지나 비가 내리고 　　　　曲塘春盡雨

방향6 소리 깊은 밤 배에 울리네7 　　　　　方響夜深船

라는 구절을 답습한 것이다. 호주가 예전에 누군가에게 말했다.

"모난 연못〔曲塘〕과 방향(方響)은 당나라 사람의 시어다. 내 시는 우
연히 비슷했을 뿐이다."8

4　溫庭筠,〈商山早行〉,『唐詩品彙』.『지봉유설』에도 온정균의 시로 실려 있다.

5　蔡裕後,〈向海美到水原遇雨〉,『湖洲集』卷2.

6　방향(方響) : 당악기(唐樂器)에 속하는 타악기의 하나로, 16개의 철편(鐵片)을 틀의 상단과
　　하단에 8개씩 매어 놓고 망치 모양의 각퇴(角槌)로 쳐서 소리를 낸다.

7　司空圖,〈江行〉,『唐詩品彙』.

8　모난……뿐이다 : 이 말은 蔡彭胤,〈從祖父湖洲先生集後遺事〉,『希菴集』卷29에 보인다.

3

박인량의 구산사 시

참정(參政) 박인량(朴寅亮)이 사천(泗川) 구산사(龜山寺)에 쓴 시는 다음과 같다.

탑 그림자는 강에 거꾸러져 물결에 일렁이고	塔影倒江翻浪底
경쇠 소리 달을 흔들며 구름 사이로 떨어지네	磬聲搖月落雲間
문 앞 나그네 탄 배에 큰 파도 급하고	門前客棹洪波急
대숲에서 바둑 두는 승려는 한낮에 한가롭네	竹下僧碁白日閑

이 시는 우리나라 문장의 시초이다.[1]

---

1 『東人詩話』에 유사한 기사가 있다.

4

가도가 뱃사람 흉내를 내다

신라 사신이 당나라로 가기 위해 바다를 건너며 시를 지었다.

물새는 떴다가 도로 가라앉고	水鳥浮還沒
산의 구름은 끊어졌다 또 이어지네	山雲斷復連

가도(賈島)가 뱃사공인 척하고 아래 구를 이어서 지었다.

노는 물결 아래 달을 뚫고	棹穿波底月
배는 바다 속 하늘을 누르네	船壓水中天

그러자 사신이 감탄했다. 홍무(洪武) 연간(1368~1398)에 도은(陶隱) 이숭인(李崇仁)이 금릉(金陵)에 사신으로 가다가 양주(楊州)의 배 위에서 한 연을 지었다.

노을은 뜬구름 밖에 있고	落照浮雲外
낮은 산은 벌판 끝에 있네	殘山大野頭

사공이 그의 등을 쓰다듬으며 감탄했다.

"이 선비와는 함께 시를 말할 만하구나."

사공은 아마도 가도와 같은 사람이었을 것이다.[1]

---

1 이상은 『東人詩話』에 보인다.

5

김황원과 가도의 시

학사(學士) 김황원(金黃元)이 연광정(練光亭)에 올라 고금의 제영시를 보고는 마음에 차지 않아 바로 그 현판을 태워버렸다. 하루종일 난간에 기대 애써 읊었으나 그저 이 시구만 얻었다.

긴 강 한쪽에 넘실넘실 강물 흐르고 　　　　　　　　長江一面溶溶水
너른 들판 동쪽 가에 점점이 산이 있네 　　　　　　大野東頭點點山

생각이 나지 않아 통곡하고 떠났다. 예전에 가도(賈島)가,

혼자 걷노라니 연못 속 그림자 　　　　　　　　　　獨行潭底影
자주 쉬노라 나무 곁의 몸 　　　　　　　　　　　　數息樹邊身

라는 시구를 읊조리고 나서 자기도 모르게 눈물을 흘렸다.[1] 사가(四佳) 서거정(徐居正)이 말했다.

1 　자기도……흘렸다 : 가도가 위의 구절을 짓고 자주(自註)로 다음과 같은 시를 덧붙였다. "두 구절을 삼 년 만에 얻고 나서, 한번 읊조리니 두 줄기 눈물 흐르네. 지음이 감상하지 않는다면, 가을 고향 산으로 돌아가 누우리.〔二句三年得, 一吟雙淚流, 知音如不賞, 歸臥故山秋.〕"(『漁隱叢話』前集 卷20)

"내가 보아하니 가도의 시는 수척하고 껄끄러우니 어찌 눈물을 흘릴 정도겠는가. 김황원의 시는 늙은 선비가 늘 하는 말과 같은데 어찌 이렇게까지 통곡하며 괴로워했는가."2

---

2 이상은 『東人詩話』에 보인다.

6

시는 마음으로 이해해야 한다(1)

진화(陳澕)의 시는 다음과 같다.

비 내린 뒤 정원에 이끼가 무성한데　　　　　　　　雨餘庭院簇莓苔

사람 뜸해 사립문은 낮에도 열지 않았네　　　　　人靜柴扉晝不開

푸른 섬돌에 떨어진 꽃잎 한 치나 되는데　　　　碧砌落花深一寸

봄바람이 불어갔다 다시 불어오네　　　　　　　　東風吹去又吹來

이 시를 폄하하는 사람이 말했다.

"떨어진 꽃잎이 한 치나 된다는 말은 이치에 맞지 않는 듯하다."

사가(四佳) 서거정(徐居正)이 말했다.

"조 퇴암(趙退菴)의 시에,

부들빛 푸르르고 버들빛 짙은데,　　　　　　　　蒲色靑靑柳色深

올해 한식에 지난해 마음　　　　　　　　　　　今年寒食去年心

술에 취해 관하의 꿈 기억하지 못하는데　　　　醉來不記關河夢

길 위에 날리는 꽃잎 무릎까지 쌓였네　　　　　路上飛花一膝深

라고 했다. '무릎까지 쌓였다'라고 했으니, 한 자보다 깊은 것이다. 더구나 이백(李白)의 시에,

연산의 눈꽃은 방석만큼 크네 　　　　　　　　　　　　燕山雪花大如席

라는 구절이 있고, 또,

백발은 삼천 길 늘어진 듯하네 　　　　　　　　　　　　白髮三千丈

라는 구절이 있고, 소식(蘇軾)의 시에,

큰 누에고치는 동이만 하네 　　　　　　　　　　　　大繭如甕盎

라는 구절이 있다. 시어를 가지고 시의 의미를 해쳐서는 안 되고, 그저 마음으로 이해해야 한다."[1]

---

1 이상은 『東人詩話』에 보인다.

7
시는 마음으로 이해해야 한다(2)

송나라 시승(詩僧)의,

푸른 버들 깊은 정원에 봄낮은 길고	綠楊深院春晝永
섬돌 위에 떨어진 꽃잎 한 치 쌓였네	碧砌落花深一寸

라는 시구가 있다. 진화의 시는 여기서 유래했으니, '한 치나 된다.'라고 했다고 폄하해서는 안 된다.[1]

---

1 『東人詩話』에 유사한 기사가 있다.

8

성대중의 시

성대중(成大中)의,

연못이 맑아 먼 산봉우리 되레 섬이 되고,　　　　　　池淸遠峀還爲島

나뭇잎 지니 다른 하늘이 또 누대에 드네[1]　　　　　　木落他天更入樓

라는 구절은 말뜻이 기이하고 놀랍다.

---

1 연못이……드네 : 연못이 맑아서 산봉우리가 물에 비춰 섬처럼 보이고, 하늘을 가리던 나뭇
　잎이 지자 하늘이 트여 누대에서 보인다는 말이다.

9

아전 최씨의 시

홍해(興海)의 아전 최씨는 시를 잘 지었다. 〈촉석루(矗石樓)〉시 한 연은 청천자(靑泉子) 신유한(申維翰)이 지은,

천지 사이에서 임금에게 보답한 세 장사[1]　　　　　天地報君三壯士

라는 구절보다 못하지 않으니, 다음과 같다.

영웅은 수양성에서 함께 죽었으니　　　　　英雄幷死睢陽郭
천지에 촉석루만 여전히 높네　　　　　天地仍高矗石樓

1　申維翰, 〈題矗石樓〉, 『靑泉集』 卷1.

10

왕세무, 원굉도, 전겸익의 시

왕세무(王世懋), 원굉도(袁宏道), 전겸익(錢謙益)은 명나라의 이름난 시인이다. 왕세무와 원굉도는 몹시 혼후하여 대국의 국풍이 되기에 손색이 없다. 그러나 전겸익은 부화하고 껄끄러우며, 연약하고 흠이 있으며, 거칠어 윤기가 없고, 가벼워 실속이 없다. 이는 명나라가 망할 조짐이었으리라.

11

왕세무의 시

왕세무(王世懋)의 〈섣달 그믐[除夕]〉시의 두 연은 다음과 같다.

떠도는 신세이니 어찌 강산에 머무르랴	浮蹤豈爲江山住
오만하게 세월 쫓다보니 그믐날 맞이했네	傲骨都隨歲月除
저물녘 한기는 듬성한 두 귀밑머리로 밀려오고	暝色寒侵雙鬢薄
희미한 보슬비 소리가 흐린 등불로 들어오네[1]	雨聲殘入一燈疎

자유분방하여 거침없으니 몹시 아름답다. 아들들과 술에 취해 읊
은 시의 두 연은 다음과 같다.

천년토록 역수가는 길이 이어지는데	千秋易水歌仍長
만 리 진나라에서 돌아오지 못해 통곡하네[2]	萬里秦庭哭未還
공봉 벼슬 지낸 옛친구는 백발이 늘었는데	供奉故人多白髮
청산에서 우리 무리로 돌아왔네[3]	歸來吾黨自靑山

---

1 王世懋, 〈丙子除夕九江公署作〉, 『王奉常集』.
2 천년토록……통곡하네 : 연나라 자객 형가(荊軻)가 진(秦)나라 왕을 암살하기 위해 떠날 때
   역수(易水)에서 송별연이 열렸는데, 형가가 〈역수가(易水歌)〉를 노래하자 듣던 사람들이 비
   장한 마음이 들어 머리카락이 곧추서서 관을 찔렀다.

무엇을 가리키는지는 모르겠지만, 연나라 저잣거리의 장사가 축
(筑)을 두드리며 부르는 슬픈 노래가 치성(徵聲)과 우성(羽聲)으로 변하
자 자리에 있던 사람들의 머리카락이 곧추서서 관을 찌르고 서글피
눈물을 흘리는 듯하다.

---

3 王世懋,〈隆慶改元丁卯, 余兄弟以陳情北上, 時仲予免鴻爐未歸也. 會余偶過善果寺, 花下飲, 而
仲千適撓檻至, 見輒飲, 飲輒醉, 醉歸而仲子墜呵, 翼日以詩來次第酬答, 遂得近體三章中, 多招隱
之言. 知仲予已厭心世路矣〉,『王奉常集』.

12

원굉도의 시

원굉도(袁宏道)의 〈관직에서 파직되다〔罷官〕〉 시의 한 연은 다음과 같다.

술동이 앞에서 탁주에 알딸딸하게 취하고   樽前濁酒憨憨醉
밥 먹은 뒤 청산을 느릿느릿 오르네.[1]   飯後靑山緩緩登

의미가 말 밖에 있어 몹시 아름답다.

---

1 袁宏道, 〈得罷官報〉, 『袁中郎集』. 남학명의 『晦隱集』 第5, 「雜說」, 〈詞翰〉에 인용했다.

13

당나라 시가 가장 공교롭다

내가 예전에 한가하게 지낼 때 서가에 있는 옛사람의 시집을 아무렇게나 뽑아 마음대로 점을 찍거나 지웠다. 그러나 당나라 시에서는 끝내 한 글자도 지울 것이 없었다. 천하에서 가장 공교로운 시는 당나라 시이다.

14
강위의 시⑴

강위(江爲)는 당나라 말기 시인이다. 젊어서 강남을 여행하며 시를 지었다.

사찰의 전단각에 올라 시를 읊고　　　　　　　吟登蕭寺旃檀閣

술 취해 왕가의 대모 자리에 기대네　　　　　醉倚王家玳瑁筵

남당(南唐)의 후주(後主)가 이 시를 보고 말했다.

"이 사람은 분명 부귀한 집안 사람이다. 유동(劉洞), 하보송(夏寶松)¹
등과 나란히 구법을 전할 만하다."²

---

1 유동(劉洞), 하보송(夏寶松) : 유동은 〈밤에 앉아서[夜坐]〉로, 하보송은 〈강가 성에 묵다[宿江
城]〉로 당시 명성이 높았다.

2 이상은 『唐詩品彙』 江爲 주석에 보인다.

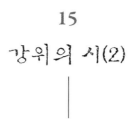

15

강위의 시(2)

강위(江爲)의 〈윤주성(潤州城)〉 시는 지극히 아름다우니,

봄철 밀물에 섬들이 평평해지고   春潮平島嶼

가랑비 너머에는 무지개 떴네[1]   殘雨隔虹霓

라는 구절이 이것이다.

---

1 江爲, 〈登潤州城〉, 『唐詩品彙』.

16

나은이 처묵의 시를 가로채다

당나라 시승 처묵(處黙)의 〈성과사(聖果寺)〉 한 연은 다음과 같다

강을 건너니 오나라 땅 끝나고	渡江吳地盡
언덕 너머에 월나라 산 가득하네	隔岸越山多

세상에서 기이한 구절이라 칭송하자 나은(羅隱)이 이 시를 보고 말
했다.

"이것은 내가 지은 시구이다. 잃어버린 지 오래인데 우리 스님 덕택
에 찾았다."

식자들은 그가 몹시 약삭빠르고 경박하다고 비루하게 여겼다.[1] 당
시 나은은 '범 같은 시인[詩中虎]'[2]으로 일컬어졌는데도 승려의 시구
를 탐내어 약삭빠르고 경박하다는 비난을 자초했다. 이름나기를 좋아
하는 보통 사람들이야 꾸짖어 무엇하겠는가.

---

1 이상은 『唐詩品彙』 處黙 〈聖果寺〉 주석에 보인다.
2 범 같은 시인 : 본디 나업(羅鄴)의 별명이다.

17

육유의 매화시

육유(陸游)의 매화시는 다음과 같다.

외로운 성 작은 역참에 눈이 내리자   孤城小驛初飛雪

피리소리 종소리 스러지고 문을 반쯤 닫았네[1]   斷角殘鍾半掩門

이 시구는 차가운 아름다움과 맑은 향기를 극진히 묘사하여 서호
처사(西湖處士) 임포(林逋)의 두 구절[2] 못지않으니, 시인은 몰라서는 안
된다.

---

1 陸游, 〈十二月初一日得梅一枝絶奇戲作長句今年於是四賦此花矣〉, 『瀛奎律髓』.

2 임포(林逋)의 두 구절 : 임포(林逋)의 〈산원소매(山園小梅)〉에 나오는 "맑고 얕은 물에 성근
그림자 가로지르고, 어두운 달밤에 은은한 향기 진동하네.〔疎影橫斜水淸淺, 暗香浮動月黃
昏.〕"라는 구절을 말한다.

18

하송의 시

시는 기개가 우선이고 꾸밈은 뒷전이 되어야 한다. 문장공(文莊公) 하송(夏竦)이 시험장에서 지은 시는 다음과 같다.

전각 위 곤룡포는 해와 달처럼 환하고	殿上袞衣明日月
벼루 속에 용과 뱀 깃발 그림자 꿈틀거리네	硯中旗影動龍蛇
예악 삼천 글자를 종횡으로 써 내리고	縱橫禮樂三千字
임금을 독대하니 해는 아직 지지 않았네	獨對丹墀日未斜

과연 장원을 차지했으나 사람들은 그가 지나치게 자부했다고 비난했다.[1]

---

1 이상은 『東人詩話』에 보인다.

19

강일용의 백로 시

강일용(康日用) 공이 백로 시를 지으려고 매번 비를 맞으며 천수사(天水寺) 남쪽 시냇가에 가서 구경하다가 문득,

날아서 푸른 산허리를 벤다   飛割青山色

라는 구절을 얻고는 다른 사람에게 말했다.

"이제야 옛사람이 이르지 못한 경지에 이르렀다."

백로 시를 지으려고 비를 맞으며 시냇가에 갔으니 이미 시인의 흥취를 다했는데, 시 또한 과연 옛사람이 도달하지 못한 경지에 도달했으니 매우 아름답다.[1]

---

1 『東人詩話』에 유사한 기사가 보인다.

20

소덕조의 백로 시

송나라 소덕조(蕭德藻)의 시는 다음과 같다.

백로 날아가는 곳에서 시구를 얻어	得句鷺飛處
멀리 하늘 끝 산을 바라본다	看山天盡頭
그래도 기막히게 빼어나지 않을까봐	猶嫌未奇絶
다시 악양루에 올라가네	更上岳陽樓

강일용(康日用)의 흥취를 먼저 얻었다고 하겠다.[1]

---

1 『東人詩話』에 유사한 기사가 보인다.

21

모란봉에서 지은 대우

부벽루(浮碧樓) 뒤의 봉우리를 모란봉(牧丹峯)이라 한다. 고려 때 왕이
이 봉우리에 행차하여,

북두칠성은 세 점과 네 점　　　　　　　　　　　北斗七星三四點

이라는 시구를 지었다. 한 유생이 나와서 대우를 지었다.

남산처럼 만수무강하여 만년 세월 보내소서　　　　南山萬壽十千秋

왕이 매우 기이하게 여겨 장원으로 뽑았다.[1]

---

1 이상은 『東人詩話』에 보인다.

22

이광덕과 기생 가련

함경도 기생 가련(可憐)은 노래와 춤이 세상에 드물 정도였고 용모는
사람들을 반하게 했다. 권(權) 아무개[1]가 함경도를 다스릴 적에 가련
을 총애했는데, 그가 파직되어 돌아간 뒤로 가련은 수절하며 다른 남
자를 섬기지 않았다.

대제학 이광덕(李匡德)이 북쪽 변방으로 유배 가다가 경성(鏡城)에
도착하자 절도사(節度使), 통판(通判), 평사(評使)가 모여 잔치를 벌여
전송하면서 가련을 불러왔다. 당시 가련은 이미 머리가 세고 이가 빠
졌는데도 술동이 앞에서 〈출사표(出師表)〉를 읊조렸다. "선제(先帝)께
서는 초가집으로 신을 세 번이나 찾아주셨네."라는 대목에 이르자 이
공이 서글피 눈물을 흘렸다. 그리고는 부채에 절구 한 수를 써 주었다.

남관[2]의 기생은 귀밑머리 세었는데	南關女妓鬢如絲
취한 뒤 소리 높여 전후 출사표 부르네.	醉後高歌兩出師
초가집 세 번 찾아주었다는 대목을 노래하니	唱到草廬三顧地
쫓겨난 신하는 만 줄기 눈물 흘리네[3]	逐臣淸淚萬行垂

이공의 시 한 수로 가련은 죽어도 이름이 잊히지 않게 되었다.

---

1 권(權) 아무개 : 야사에 권흠(權歆)으로 알려져 있다.
2 남관(南關) : 함경도의 마천령 이남 지역을 말한다.
3 李匡德, 〈題贈咸興老妓詩軸〉, 『冠陽詩集』 卷1.

23

오상렴의 시(1)

연초재(燕超齋) 오상렴(吳尙濂)의 문장은 세상에서 으뜸이었는데 서른

이 못 되어 요절했다. 이안중(李安中)이 말했다.

"우리나라 시문은 오직 오상렴이 찌꺼기나마 알았고, 그밖의 사람

들은 볼 만한 것이 없다."

이안중은 참으로 터무니없다.

24
오상렴의 시(2)

연초재 오상렴의 〈삼포(三浦)〉 시는 다음과 같다.

삼포의 오랑캐 글씨 비석1	三浦胡書碣
외로운 성에서 포위 풀던 날 떠오르네	孤城憶解圍
제후의 나라라는 말만 들었지	惟聞千乘國
장수 한 사람 보이지 않았네	未見一戎衣
장수는 계책이 없고	將帥無籌策
문장은 시비가 있네	文章有是非
조회하던 옛길 희미한데	朝宗迷舊路
강물은 어디로 가려 하나2	江漢欲何之

옥모선생(玉貌先生) 노중련(魯仲連)이 진나라를 황제로 섬기기 부끄
러워 돌아보지 않고 바다로 뛰어들겠다는 뜻과 똑같으니,3 문장은 그
저 여사일 뿐이다.

---

1 삼포의……비석 : 삼전도비(三田渡碑)를 말한다.

2 吳尚濂, 〈過三田浦〉, 『燕超齋遺稿』 卷3.

3 옥모선생(玉貌先生)……똑같으니 : 노중련은 전국 시대 제(齊)나라 사람으로 조(趙)나라 평
원군(平原君)을 섬겼다. 진(秦)나라 군대가 조나라 한단(邯鄲)을 포위하고 신원연(新垣衍)을
보내 진나라 왕을 황제로 섬기면 포위를 풀어줄 것이라 하자, 노중련은 "진나라 왕이 천자를
참칭하면 나는 동해에 빠져 죽겠다."라고 응수했다.

25

오상렴의 시(3)

그[오상렴]의 시는 대체로 고상하고 깨끗하면서 연약하고 아름답다.
예컨대,

강물은 산 끊어진 곳에 텅 비어 맑고   江水虛明山斷處

풀과 꽃은 들판 태운 자리에 새로 피어나네[1]   草花新發野燒餘

따위가 이것이다.

---

1 吳尙濂, 〈西行途中〉, 『燕超齋遺稿』卷3.

26
강세백의 추수사 시

나는 강세백(姜世白) 청지(淸之)와 시사(詩社)를 만들기로 하고 연정(蓮亭)에서 처음 모여 '추수사(秋水社)'라 했다. 부형과 어른이 모두 참여하여 '향(鄕)' 자로 운을 뽑아 시를 지었는데, 청지의 시에,

연잎은 추수사 모임에 문득 자라고　　　　　　　　荷葉忽高秋水社
복숭아꽃은 무수하니 무릉도원 같네　　　　　　　桃花不數武陵鄕

라는 시구는 꽤 아름답다.

27

이광려가 지은 영조 만시

근세의 문장가로는 이광려(李匡呂)가 가장 뛰어나다. 원릉(元陵 영조)의 만사 한 수가 사람들의 입에 오르내린다. 그 시는 다음과 같다.

새벽에 상여 모시고 가니	宵駕紛儀衛
온 백성은 통곡하는 소리 뿐	萬人惟哭聲
자식 같은 백성 버렸는데	閭閻遺子女
대궐은 평소와 다름없네	城闕若平生
종묘를 지나니 발걸음 더디고	過廟遲遲躍
대문 앞에 깃발 나부끼네	臨門冉冉旌
붉은 비단은 천 자루 촛불에 비추는데	絳紗千柄燭
새벽녘 바람결에 눈물이 하염없이 흐르네[1]	風淚曙縱橫

내가 그 사람을 만나지는 못했지만 그의 시를 읽으니 그 고상한 모습이 곧장 떠오른다.

---

1 李匡呂, 〈英宗大王挽詞〉, 『李參奉集』卷2.

28
채희범의 시

채희범(蔡希範)은 문장을 자부했다. 그가 지은,

정자의 승경을 기록할 시가 없고   無詩可記臺亭勝

나그네 시름 제법 풀어줄 기생이 있네   有妓頗寬道路愁

라는 시구는 객지의 풍경을 묘사해 내었으니 몹시 아름답다.

29

김성구의 시(1)

김성구(金聖榘) 도경(度卿)은 동리(東籬) 김윤안(金允安)[1]의 5세손이다. 시가 맑고 고상하다. 그가 낮잠에서 깨어나 시를 지었다.

풀과 나무는 누가 심었으며	草樹誰耕種
구름과 노을은 어떤 기운이 만들었나	雲霞何氣成
새 우는 정원에 해가 저물고	鳥鳴庭日晚
바둑 마치니 향로 연기 피어나네	碁散爐烟生
앉으니 혼돈 세계 열리고	却坐鴻濛啓
문득 밝은 세상이 보이네	飜看世界明
바람 부는 마루에서 봄잠을 깨니	風堂春睡罷
한바탕 꿈에 이미 고향 다녀왔네	一夢已鄉城

잠에서 깨어난 뒤의 광경은 몹시 짧고 흐릿하여 화가도 그려내기 어려운데, 도경은 잘 묘사했다. 그러나 앞의 6구는 모두 잠에서 깨어난 뒤를 말한 것이니, 결구에서 굳이 "봄잠을 깬다[春睡罷]"라고 말한 것은 온당치 않다.

---

1 김윤안(金允安, 1560~1620): 본관은 순천(順天), 자는 이정(而靜), 동리는 호이다. 이황의 셋째 형 이의(李漪)의 외손이며, 유성룡(柳成龍)의 문인이다. 문집 『동리집(東籬集)』이 있다.

30

김성구의 시(2)

그[김성구]의 시는 짓지 않으면 몰라도 지었다 하면 반드시 듣는 사람들을 놀라게 했다. 예컨대,

남쪽 지방 가을 바람 부는데 기러기는 포구에 머물고	南國秋聲雁逗浦
강가 성에 해 저무니 까치는 둥지로 돌아오네	江城暮色鵲還巢
마을 남쪽 푸른 나무에 밝은 달 허전하고	縣南綠樹空明月
성곽 북쪽 푸른 산에는 흰 구름 있네	郭北靑山有白雲

따위가 이것이다. 그에게 13세 된 아들이 있는데 재주가 몹시 뛰어나 때때로 기이하고 놀라운 시어를 많이 지었다.

31

신순악의 시

신순악(申詢岳) 공은 명성이 높았으나 나는 끝내 그의 시를 보지 못했다. 김성구(金聖榘)가 나를 위해 그가 사또 유응지(柳凝之)를 전송하며 지은 시 한 연을 읊어주었는데 제법 아름다웠으니, 바로 이것이다.

그대 떠난 북쪽 하늘은 가을빛 아스라하고	人去北天秋色遠
나만 남은 남쪽 지방은 구름만 자욱하네	身留南國瘴雲深

32

김이탁의 시

황주 목사(黃州牧使) 김이탁(金履鐸)의 시는 몹시 아름다워 농암(農巖) 김창협(金昌協)과 삼연(三淵) 김창흡(金昌翕)의 골격을 전하고 있다. 예컨대,

> 남쪽 고을에 봉화 그치고 밤은 무사한데   南國晴烽無事夜
> 북쪽 바람에 까치는 추워서 둥지가 편치 않네   北風寒鵲未安巢

라는 구절은 놀라운 말이다.

33

소리와 경치

후세의 시인이 옛시인에 미치지 못하는 것은 소리의 울림뿐만이 아니다. 실제 경치를 묘사하는 것은 더욱 옛사람에 미치지 못한다. 소리의 울림만 추구하면 허황해지고, 오로지 실제 경치만 추구하면 끝내 서툴러지니, 이것이 후세 시인의 병통이다. 유방평(劉方平)의 〈가을밤에 배를 띄우다[秋夜泛舟]〉는 다음과 같다.

만 가지 그림자는 모두 달 때문이요   萬影皆因月

천 가지 소리는 저마다 가을을 알리네[1]   千聲各爲秋

아, 시가 이 정도 수준이 되어야 공교로우니, 배를 띄웠을 때의 광경을 전부 묘사했다.

---

1 劉方平, 〈秋夜泛舟〉, 『唐詩品彙』.

34

김인후의 시

하서(河西) 김인후(金麟厚)가 다음과 같은 시구를 지었다.

영산홍은 노을 속에 비치고　　　　　　　　　　映山紅映斜陽裡

어떤 사람이 대구를 지었다.

생지황은 가랑비 속에 돋아나네　　　　　　　　生地黃生細雨中

아름다운 대구라 할 만하다.[1]

---

1 이상은 『淸江詩話』에 보인다.

35

최사립과 백원항의 우열

사인(舍人) 최사립(崔斯立)의 〈천수사(天壽寺)〉 시는 다음과 같다.

천수문 앞에 버들개지 날리는데	天壽門前柳絮飛
술 한 병 들고와 친구 오기 기다리네	一壺來待故人歸
지는 해 뚫어져라 보노라니 먼 길은 저무는데	眼穿落日長程晚
수많은 행인들 다가오면 그 사람 아니라네	多少行人近却非

찬성(贊成) 백원항(白元恒)의 〈조강(祖江)〉 시는 다음과 같다.

조각배 떠나려 하자 저녁 조수 재촉하는데	小舟當發晚潮催
강가에 말 멈추고 홀로 차갑게 웃네	駐馬臨江獨冷噱
물가에 지나가는 사람 언제쯤 다하려나	岸上行人何日了
앞 사람 건너지 않았는데 뒷사람 오네	前人未渡後人來

백원항의 시는 뜻이 좋으니 최사립에 비할 바 아니다. [1]

---

1 이상은 『東人詩話』에 보인다.

36

이규보와 죽림칠현

정승 이규보(李奎報)는 젊은 시절에 문장을 자부했다. 당시 이인로(李仁老), 오세재(吳世材), 임춘(林椿), 조통(趙通), 황보항(皇甫抗), 함순(咸淳), 이담지(李湛之) 등이 명성이 높아 칠현(七賢)으로 불렸으니, 진(晉)나라의 죽림칠현(竹林七賢)[1]을 존경했기 때문이다. 술을 마시고 시를 읊으며 옆에 누가 있던 개의치 않았다. 오세재가 죽자 이담지가 이규보에게 말했다.

"그대가 빈자리를 채울 만하네."

이규보가 말했다.

"칠현이 무슨 조정의 벼슬이라고 빈자리를 채운단 말입니까. 혜강과 완적의 뒤를 이어 빈자리를 채운 사람은 없었습니다."

그리고는 시 한 수를 읊었다.

모르겠네 칠현 가운데	不知七賢內
누가 씨앗에 구멍 뚫었나[2]	誰是鑽核人

---

1 죽림칠현(竹林七賢) : 완적(阮籍), 혜강(嵇康), 산도(山濤), 상수(向秀), 완함(阮咸), 유영(劉伶), 왕융(王戎)이다.

자리에 있던 사람들은 성난 기색이 있었다. 3

---

2 모르겠네……뚫었나 : 죽림칠현의 한 사람인 왕융의 집에 좋은 자두나무가 있었는데, 다른
   사람이 자두씨를 훔쳐 심을까봐 반드시 자두씨에 송곳으로 구멍을 냈다. 지나치게 인색함을
   비유한다.
3 이상은 『東人詩話』에 보인다.

37

중복 압운(1)

오세문(吳世文)과 동각(東閣) 김서정(金瑞廷), 원외(員外) 정문갑(鄭文甲)이 숲의 정자에 술자리를 마련했는데, 정승 이규보(李奎報)도 참여했다. 오세문이 자기가 지은 302운 시를 가지고 이규보에게 화운을 청했다. 이규보가 붓을 들고 운을 따라 짓는데, 운이 어려워질수록 생각이 더욱 굳세졌다. 비록 돛단배나 싸움말이라도 그 빠르기를 견주기 쉽지 않았다. 옛사람도 한 편의 시에 300운을 쓰는 경우는 없었다. 비록 오랜 세월 다듬어도 완성하지 못했는데 이규보는 담소하며 지었으니, 우리나라에 시의 호걸은 이규보 한 사람 뿐이다.

　어떤 사람이 사가(四佳) 서거정(徐居正)에게 물었다.

　"정승 이규보가 300운 시를 지으면서 시(施)자와 지(祗)자를 두 번 중복해서 압운했으니 어째서입니까?"

　사가가 말했다.

　"두보(杜甫)의 〈음중팔선가(飮中八仙歌)〉에,

하지장(賀知章)은 말 탄 모습이 배 탄 모습 같네　　　　知章騎馬似乘船

하고, 또,

천자가 불러도 배에 오르지 않았네   天子呼來不上船

라고 했으니, '선(船)' 자를 두 번 중복해서 압운했다.

눈이 어지러워 우물에 빠져 잠들었네   眼花落井水底眠

하고, 또,

장안 시장 술집에서 잠들었네.   長安市上酒家眠

라고 했으니, '면(眠)' 자를 두 번 중복해서 압운했다.

여양(汝陽 이진(李璡))은 서 말 술을 마셔야 조회에 갔네   汝陽三斗始朝天

하고, 또,

술잔 들고 흰 눈으로 푸른 하늘 바라보네   擧觴白眼望青天

라고 했으니 '천(天)' 자를 두 번 중복해서 압운했다.

깨끗하기가 바람 앞의 옥나무 같네   皎如玉樹臨風前

하고, 또,

왕공 앞에서 모자 벗고 정수리 드러내네　　　　　　脫帽露頂王公前

소진(蘇晉)은 수놓은 부처 앞에서 길이 재계하네　　　蘇晉長齋繡佛前

라고 했으니, '전(前)'자를 세 번 중복해서 압운했다. 소식(蘇軾)의 〈왕
공저를 전송하며[送王公著]〉에,

갑자기 조대로 돌아가 귀 씻은 사람 생각나네　　　　忽憶釣臺歸洗耳

라는 구절이 있고, 또,

또한 사람으로 태어나 즐거운 일 생각할 뿐　　　　　亦念人生行樂耳

라는 구절이 있다. 스스로 주석을 달았는데,
'두 개의 이(耳)자는 뜻이 다르므로 하나의 운자를 중복해서 압운했다.'
라고 했다. 두보와 소식조차 중복해서 압운했는데, 어찌 이규보만
괴이하게 여기는가?"[1]

---

1 이상은 『東人詩話』에 보인다.

38

중복 압운(2)

나 역시 위(魏)나라와 진(晋)나라의 오언고시를 살펴보니 하나의 운자 (韻字)를 중복해서 압운하는 경우가 많았다.

39

고려 시인의 답습

문창후(文昌侯) 최치원(崔致遠)은,

> 정 머금은 아침 비는 가늘고 가는데   含情朝雨細復細
>
> 농염하고 한가한 꽃은 핀 듯 안 핀 듯   弄艷閑花開未開

라는 시구를 지었는데, 고려 사람이 이 말을 쓰기를 좋아했다. 학사
오학린(吳學麟)은,

> 사찰마다 예스러운 듯 아닌 듯   院院古非古
>
> 승려마다 알 듯 모를 듯   僧僧知不知

라는 시구가 있고, 문절공(文節公) 주열(朱悅)은,

> 물빛은 반짝반짝 거울인 듯 아닌 듯   水光澄澄鏡非鏡
>
> 산기운은 뭉게뭉게 안개인 듯 아닌 듯   山氣靄靄烟不烟

라는 시구가 있고, 정승 이규보(李奎報)는,

그윽한 꽃 이슬 젖어 떨어질 듯 말 듯   幽花浥露落未落

작은 제비 바람 맞아 기울어질 듯 말 듯   輕燕受風斜復斜

라는 시구가 있고, 승려 익장(益莊)은,

부처는 머물러도 머물지 않고   大聖住無住

불법은 막혀도 막히지 않았네   普門封不封

라는 시구가 있다. 이는 모두 당나라 시인의,

석 점 넉 점 산에 번득이는 비   三點四點映山雨

다섯 가지 열 가지 물가에 핀 꽃¹   五枝十枝臨水花

라는 구절을 조상으로 삼는데, 아름다운 말은 아니다.² 시인들은 물리
쳐야 한다.

---

1 이 시는 『東人詩話』에 인용되지 않았다. 吳融, 〈閑望〉, 『瀛奎律髓』의 "三點五點映山雨 , 一枝兩
　枝臨水花."와 유사하다.
2 이상은 『東人詩話』에 보인다.

40

최해의 시

예산(猊山) 최해(崔瀣)는 재주가 뛰어나고 뜻이 높았으며 남달리 방탕했다. 한번은 해운대(海雲臺)에 올라 만호(萬戶) 장선(張瑄)이 소나무에 쓴 시를 보고 말했다.

"이 나무는 무슨 액운이 있어 이처럼 형편없는 시를 만났는가."

마침내 긁어내고 썩은 흙을 발랐다. 장선이 화가 나서 장교에게 쫓아가서 잡아오게 했더니 그제서야 달아났다. 그가 재주를 믿고 남을 업신여기기가 이와 같았다. 그러나 이 때문에 인생이 불우했다. 장사(長沙)로 좌천되어 지은 시는 다음과 같다.

장사라는 이름은 천고에 드높은데 　　　　　　高名千古長沙上
재주는 가의만 못하여 부끄럽네[1] 　　　　　　却愧才非賈少年

또 시를 지었다.

---

1 장사라는……부끄럽네 : 장사는 한나라 가의(賈誼)를 말한다. 그는 태중대부(太中大夫)가 되었다가 참소를 받고 장사왕(長沙王)의 태부(太傅)로 좌천되었다. 최해도 장사 감무(長沙監務)로 좌천된 적이 있다.

삼년 동안 쫓겨 다니고 병까지 들었으니   三年竄逐病相仍

한 칸 방에 사는 생활이 승려와 비슷하네   一室生涯轉似僧

사방 산에 눈 가득해 찾아오는 이 없어   雪滿四山人不到

파도 소리 속에 앉아 등불을 돋우네   海濤聲裡坐挑燈

쓸쓸하고 곤궁한 모습이 눈에 보이는 듯하다.[2]

---

2 이상은 『東人詩話』에 보인다.

41

일자사(2)

시의 묘미는 한 글자에 있다. 옛사람은 한 글자를 가르쳐 준 사람을 스승으로 삼았으니, 제기(齊己)가 정곡(鄭谷)에게 절한 일이 이것이다.[1] 괴애(乖厓) 장영(張詠)이 강남에 있을 때 절구 한 수를 지었다.

태평성대라 아무 일 없어 홀로 한스러우니	獨恨太平無一事
강남에서 늙은 상서 한가롭다네	江南閑殺老尙書

소초재(蕭楚材)가 '한(閑)' 자를 '행(幸)' 자로 고치고 말했다.

"지금 천하가 통일되어 공의 공로가 많고 지위가 높은데 홀로 태평성대를 한스러워하는 이유는 무엇입니까?"

장영이 사과하며 말했다.

"소군은 한 글자 스승이오."

전중(殿中) 김구경(金久冏)이,

역루에서 술 마시니 산이 자리 앞에 있고	驛樓置酒山當席
나루에서 시 읊으니 비가 배에 가득 차네	官渡哦詩雨滿船

---

1 제기(齊己)가……이것이다 : 본서 권상 50칙 참조.

라는 시구를 지었다. 문숙공(文肅公) 변계량(卞季良)이 말했다.

"당(當)자는 온당치 않으니 임(臨)자로 바꾸어야겠소."

김구경이 말했다.

"'남산이 문 앞에 있어 갈수록 분명하네〔南山當戶轉分明〕'라는 시구가 있으니, 당(當)자는 근거가 있는 말입니다."

변계량이 말했다.

"옛사람이 '푸른 산이 황하를 굽어보네〔青山臨黃河〕'라는 시구를 지었으니, 김구경 같은 사람이 어찌 임(臨)자의 묘미를 알겠는가."

그러나 김구경은 끝내 굽히지 않았다.[2]

내가 보기에 임(臨)자보다 당(當)자가 나으니, 변계량의 말이 틀리다. 더구나 당나라 사람도,

석양이 누각에 비치고 산은 절 앞에 있네"[3]   斜陽映閣山當寺

라는 시구를 짓지 않았던가.

---

2 이상은 『東人詩話』에 보인다.

3 趙嘏, 〈東望〉, 『唐詩品彙』.

42

이인로, 이혼, 이규보의 우열

대간(大諫) 이인로(李仁老)의 시에,

숲 사이로 보일 듯 말 듯한 집 몇 채이며　　　　　　　林間出沒幾多屋

하늘 끝 있는 듯 없는 듯한 산은 어디 있는가　　　　天末有無何處山

라는 구절이 있고, 정승 이혼(李混)의 시에,

먼 하늘 날아가는 새는 어디로 향하는가　　　　　　長天去鳥欲何向

너른 들판에 봄바람 쉬지 않고 불어오네　　　　　　大野東風吹不休

라는 구절이 있고, 정승 이규보(李奎報)의 〈사평원(沙平院)〉 시에,

역졸의 손님 접대 어느 날 끝나려나　　　　　　　　郵吏送迎何日了

사신은 오고 가며 어느 때 쉬겠는가　　　　　　　　使華來往幾時休

라는 구절이 있다. 세 이씨(李氏)의 구법은 서로 비슷하지만[1] 대간이
가장 뛰어나다.

---

1 이상은 『東人詩話』에 보인다.

43

김약수의 시

김약수(金若水)가 호남에 사신으로 가서 임실(任實) 관사에 시를 지었다.

고목과 가시덤불이 오래된 골짜기 덮어	老木荒榛夾古谿
집집마다 나물도 배불리 먹지 못하네	家家猶未飽蔬藜
산새는 백성 걱정하는 뜻도 모르고	山禽不識憂民意
그저 숲 속에서 마음대로 우는구나[1]	唯向林間自在啼

나랏일에 힘쓰는 뜻이 근면하고 간곡하니, 빈말로 사물을 읊는 데 그치는 시와는 다르다.

---

1 이상은 『東人詩話』에 보인다.

44

정윤의의 시

밀직(密直) 정윤의(鄭允宜)가 강성(江城) 현사(縣舍)에 쓴 시는 다음과 같다.

새벽녘 말을 달려 외딴 성에 들어가니	凌晨走馬入孤城
울타리에 사람 없고 살구만 익었네	籬落無人杏子成
뻐꾸기는 나랏일 급한 줄도 모르고	布穀不知王事急
숲 곁에서 하루종일 봄갈이 하라네	傍林終日勸春耕

　그의 시는 대체로 김약수(金若水)와 비슷하지만 더욱 교묘하게 다듬 었다.[1]

---

1 이상은 『東人詩話』에 보인다.

45

고사를 사용한 대우

왕안석(王安石)의 시에,

<table>
<tr><td>한 줄기 물은 밭을 지키며 푸르게 돌아흐르고</td><td>一水護田將綠繞</td></tr>
<tr><td>두 산은 문을 활짝 열면 푸른 빛을 보내오네¹</td><td>兩山排闥送青來</td></tr>
</table>

라는 구절이 있다. 이색(李穡)의 시에,

<table>
<tr><td>아직 전원으로 유유히 떠나지 못했지만</td><td>田園未得悠然逝</td></tr>
<tr><td>집으로 현달한 사람이 찾아온 적 있던가²</td><td>門巷何曾顯者來</td></tr>
</table>

라는 구절이 있다. 주익(朱翌)의 시에,

---

1 한……보내오네 : '밭을 지킨다[護田]'는 표현은『사기(史記)』「대완열전(大宛列傳)」의 '밭을 지키고 곡식을 쌓다[護田積粟]'라는 말에서 유래한 것이고, '문을 활짝 열다[排闥]'라는 표현은『한서(漢書)』「번쾌전(樊噲傳)」의 '문을 활짝 열고 곧장 들어가다[排闥直入]'라는 말에서 유래한 것이다.

2 아직……있던가 : '유유히 떠나다[悠然逝]'라는 표현은『맹자(孟子)』「이루 상(離婁上)」의 '유유히 떠나다[悠然而逝]'라는 말에서 유래한 것이고, '현달한 사람이 온 적 있던가[何曾顯者來]'라는 표현은『맹자(孟子)』「만장 하(萬章下)」의 '현달한 사람이 온 적 없다[未嘗有顯者來]'라는 말에서 유래한 것이다.

어떻게 하면 푸른 옥 책상으로 보답할까 　　　　　　何以報之靑玉案

나는 우선 황금 술잔으로 술을 마시네3 　　　　　　我姑酌彼黃金罍

라는 구절이 있다. 이사중(李師中)의 시에,

詩成白也知無敵　시 지으니 이백은 적수가 없는 줄 알겠고

花落虞兮可奈何　꽃이 지니 우미인이여 어찌할거나4

라는 구절이 있다. 설곡(雪谷) 정포(鄭誧)의 시에,

平生恥與噲等伍　평소 번쾌 같은 무리와 나란하여 부끄러우니

後世心有楊雄知　후세에 마음으로 양웅을 알아주는 이 있으리5

라는 구절이 있다.6 모두 고사를 사용하여 자연스럽게 오묘한 대우를
이루었으니 몹시 아름답다.

---

3 어떻게……마시네 : 윗구는 장형(張衡)의 〈사수시(四愁詩)〉에 나오는 구절을 그대로 인용한
　것이고, 아랫구는 『시경(詩經)』 「권이(卷耳)」의 '나는 우선 금술잔으로 술을 마시네〔我姑酌彼
　金罍〕'라는 구절을 인용한 것이다.

4 시……어찌할거나 : 윗구는 두보(杜甫)의 〈춘일억이백(春日憶李白)〉에 나오는 구절을 그대
　로 인용한 것이고, 아랫구는 『사기(史記)』 「항우본기(項羽本紀)」의 '우미인이여, 우미인이여,
　어찌할거나〔虞兮虞兮奈若何〕'라는 구절을 인용한 것이다.

5 평소……있으리 : 윗 구는 『사기(史記)』 「회음후열전(淮陰侯列傳)」의 '내가 번쾌 같은 무리
　와 나란하구나〔生乃與噲等伍〕'라는 말에서 유래한 것이고, 아랫구는 『한서(漢書)』 「양웅전
　(揚雄傳)」의 '후세의 자운이 알아줄 것이다.〔有後世之子雲耳〕'라는 말에서 유래한 것이다.

6 이상은 『東人詩話』에 보인다.

46

낙화시

거국공(莒國公) 송상(宋庠)이 낙화를 읊었다.

| 한고대의 싸늘한 패옥 강가에서 잃어버리고 | 漢皐佩冷臨江失 |
| 금곡원에 누각 높아 땅까지 향기롭네[1] | 金谷樓危到地香 |

어떤 사람의 시는 다음과 같다.

| 날아가려다 다시 바람결에 춤추고 | 將飛更作回風舞 |
| 지고 나도 아직 반쯤 화장한 듯하네 | 已落猶成半面粧 |

양공(襄公) 여정(余靖)의 시는 다음과 같다.

| 금곡원의 새 휘장은 이미 비었는데 | 金谷已空新步障 |
| 마외역에 그저 옛 향주머니만 보이네[2] | 馬嵬徒見舊香囊 |

---

1 한고대의……향기롭네 : 주(周)나라 정교보(鄭交甫)가 한고대 아래에서 선녀 두 사람을 만나 패옥을 받았는데, 얼마 후 패옥과 선녀가 모두 사라졌다는 고사와, 진(晉)나라 부호 석숭(石崇)이 금곡원에서 기생 녹주(綠珠)와 연회를 즐겼다는 고사를 인용한 것이다.

문정공(文貞公) 김구(金坵)의 시는 다음과 같다.

살랑살랑 춤추듯 날아갔다 돌아오고	飛舞翩翩去却回
거꾸로 불어와 다시 가지에서 피려는 듯	倒吹還欲上枝開
느닷없이 한 조각 거미줄에 걸렸으니	無端一片粘絲網
때때로 거미가 나비인 줄 알고 오네	時見蜘蛛捕蝶來

모두 지극히 기묘하고 공교롭다. 개성의 천수사(天水寺) 벽 위에 낙화를 읊은 시가 있다.

비맞고 무정하게 떨어졌다	帶雨無情墮
바람 타고 애써 돌아오네	乘風作意回

말이 막히고 뜻이 거칠어 앞의 시들과 비교하면 훨씬 못 미친다.[3]

---

2 금곡원의 ……보이네 : 진나라 석숭이 50리에 걸쳐 비단 휘장을 설치했다는 고사와, 양귀비 (楊貴妃)가 마외역에서 죽어 임시로 장사지냈는데, 훗날 다시 장사를 지내려고 보니 시신에 향주머니가 그대로 있었다는 고사를 인용한 것이다.

3 이상은 『東人詩話』에 보인다.

47

도잠의 시

오(吳) 지방의 승려 도잠(道潛)의 시에,

아득히 멀리서 몇 차례 부드럽게 노 젓는 소리	數聲柔櫓蒼茫外
어느 곳 강가 마을 사람이 밤에 돌아가는가[1]	何處江村人夜歸

라는 구절이 있다. 이처럼 맑고 빼어난 시어는 선비들의 문집에서도 많이 찾아보기 어렵다.

---

1 이상은 『東人詩話』에 보인다.

48

악부는 짓기 어렵다

사가(四佳) 서거정(徐居正)이 말했다.

"악부는 구절마다 글자마다 모두 음률에 맞아야 하니, 옛날에 시를 잘 지은 사람도 하기 어려운 일이다. 후산(后山) 진사도(陳師道)와 성재 (誠齋) 양만리(楊萬里)는 모두 소식(蘇軾)의 악부가 공교롭기는 하지만 본색(本色)은 아니라고 했다. 하물며 소식보다 못한 사람은 어떻겠는가.

우리나라의 말소리는 중국과 같지 않다. 이규보(李奎報), 이인로 (李仁老), 최해(崔瀣), 이색(李穡)은 모두 뛰어난 문장 솜씨를 지녔는데도 손댄 적이 없었다. 오직 익재(益齋) 이제현(李齊賢)만이 모든 문체를 두루 쓰면서 법도를 엄격히 지켰다. 선생은 중국에서 배웠으니 반드시 배운 데가 있었을 것이다. 근세의 학자는 음률도 배우지 않고 먼저 악부를 지어 소식도 하지 못한 일을 하려고 하니, 분명 양만리와 진사도의 죄인이 될 것이다."[1]

---

1 이상은 『東人詩話』에 보인다.

49

유승단의 시

선배들은 참정(參政) 유승단(兪升旦)이 지은,

초하루와 그믐의 조수로 달력 삼고　　　　　　　晦朔潮爲曆

더위와 추위의 풀로 절기를 기록하네　　　　　　寒暄草記辰

라는 구절을 공교롭다고 했다. 하지만 나는 초라해서 읽을 만하지 않
다고 여기니, 터무니없는 생각에 가깝지 않겠는가. 도잠(陶潛)의 〈도
원시(桃源詩)〉에,

비록 달력이 없더라도　　　　　　　　　　　　雖無紀曆誌

사계절이 절로 한 해가 되네　　　　　　　　　　四時自成歲

라는 구절이 있고, 당나라 사람의 시에,

산의 승려는 날짜를 셀 줄 모르고　　　　　　　山僧不解數甲子

낙엽 한 잎 지면 세상에 가을 온 줄 아네[1]　　　一葉落盡天地秋

라는 구절이 있다. 참정이 지은 시와 비교하면 과연 어떤지 모르겠다.

---

1 이상은 『東人詩話』에 보인다.

50
시 고치기를 꺼리지 말라

옛사람은 시 고치기를 꺼리지 않았다. 두보(杜甫)는 시의 성인으로 그가 지은,

> 복숭아꽃 하늘하늘 버들꽃 따라 떨어지고 　　　　桃花細逐楊花落
> 노란 새는 때때로 흰 새와 함께 날아가네 　　　　黃鳥時兼白鳥飛

라는 구절은 여러 차례 지우고 고친 것이다. 목은(牧隱) 이색(李穡)이 아들 이종학(李種學)과 함께 서천(舒川)의 누각에 올라 시를 썼다.

> 서천의 바위 성은 구름 끝으로 들어가고 　　　　西林石堡入雲端
> 정자의 나무는 바람 맞아 여름에도 시원하네 　　　　亭樹含風夏尙寒

길을 반쯤 갔을 때 이종학이 말했다.
"아버님의 시에서 '상(尙)' 자보다는 '역(亦)' 자가 온당합니다."
목은이 말했다.
"과연 그렇다."
그리고는 얼른 되돌아가 고치게 했다.[1]

---

1 이상은 『東人詩話』에 보인다.

51

고윤의 자화자찬

태상(太常) 고윤(高閨)이 사신으로 와서 태평관(太平館) 누각에 고시(古詩) 한 편을 짓고 스스로 비평했다.

"정밀하고 심오하며 우아하고 굳세어 호화스러운 모습을 지극히
표현했다."

또 〈안장 없은 말을 거절하다〉라는 시를 지었다.

한나라 문제는 천리마를 가볍게 여기고	漢文旣是輕千里
조적은 무심히 채찍 한번 휘둘렀네 [1]	祖逖無心着一鞭

스스로 비평하기를 "노련하고 굳세다." 했다.

아, 한나라 문제가 말을 거절한 일은 신하가 사용할 수 있는 것이
아닌데도 고윤은 태연히 자처했으니, 그 사람됨을 알 수 있다. 시도
별달리 기이하거나 놀랍지 않다. [2]

---

1 한나라……휘둘렀네 : 어떤 사람이 한나라 문제에게 천리마를 바치자, 문제가 황제의 행차
는 하루 30∼50리 밖에 가지 못하니 천리마를 어디에 쓰겠냐며 거절했다는 고사와, 진(晉)나
라 유곤(劉琨)이 벗 조적(祖逖)이 등용되었다는 소식을 듣고는, 그가 먼저 채찍을 휘둘러 중
원 수복에 나설까 걱정했다는 고사를 인용한 것이다.

2 『東人詩話』에 유사한 기사가 보인다.

52

경전의 말을 사용한 시

옛사람은 시에 경전의 말을 많이 썼다. 이사중(李師中)의 시에는,

북두성 지려 하니 밤은 얼마나 깊었나	夜如何其斗欲落
한 해가 저무는데 하늘은 개지 않네1	歲云暮矣天無晴

라는 구절이 있고, 목은(牧隱) 이색(李穡)의 시에는,

오직 달만 정이 있어 나를 따라 채(蔡)나라로 오고	月獨有情從我蔡
산은 모두 속되지 않아 나를 일깨우는 상(商)과 같네2	山多不俗起余商

목탁 삼아 인도하리니 그대들 무엇하려 걱정하는가	木鐸二三何患子
무우에 가서 예닐곱 아이들과 노래하며 돌아오리라3	舞雩六七詠歸童

---

1 북두성……않네 : 윗구는 『시경(詩經)』 「정료(庭燎)」의 '밤은 얼마나 깊었나〔夜如何其〕'라는
  구절을 인용한 것이며, 아랫구는 杜甫의 〈歲晏行〉에 나오는 '한 해가 저무는데 북풍이 거세게
  부네〔歲云暮矣多北風〕'라는 구절을 인용한 것이다.
2 오직……같네 : 윗구는 『논어(論語)』 「선진(先進)」의 '진나라와 채나라에서 나를 따르던 자
  들이 모두 문하에 남아 있지 않다.〔從我於陳蔡者, 皆不及門也〕'라는 말을 인용한 것이고, 아랫
  구는 『論語』 「八佾」의 '나를 일깨우는 자는 상(商)이로구나.〔起予者商也〕'라는 말을 인용한 것
  이다. 상은 공자의 제자 자하(子夏)의 이름이다.

<table>
<tr><td>왕풍이 다행히 노나라에서 일어났는데</td><td>王風幸矣興於魯</td></tr>
<tr><td>여악은 어찌하여 제나라에서 왔는가4</td><td>女樂胡然至自齊</td></tr>
</table>

라는 구절이 있다. 말을 막힘없이 사용했으며 공교롭고 치밀하니 훌륭하다.5

---

3 목탁……돌아오리라 : 윗구는 『논어(論語)』 「팔일(八佾)」의 "그대들은 선생이 벼슬 잃은 것을 무엇하러 걱정하는가. 세상에 도가 없어진 지 오래이니 하늘이 장차 선생을 목탁으로 삼을 것이다.〔二三子何患於喪乎, 天下之無道也久矣, 天將以夫子爲木鐸.〕"라는 구절을 인용한 것이다. 아랫구는 『논어(論語)』 「선진(先進)」의 "늦봄에 봄옷이 지어지면 어른 대여섯, 아이 예닐곱과 기수에서 목욕하고 무에서 바람쐬고 노래하며 돌아오리라.〔暮春者, 春服旣成, 冠者五六人, 童子六七人, 浴乎沂, 風乎舞雩, 詠而歸.〕"라는 구절을 인용한 것이다.

4 왕풍이……왔는가 : 노(魯)나라에서 공자를 등용하여 나라가 잘 다스러지자, 이를 두려워한 제나라가 여악을 보냈다. 노나라의 실권자 계환자(季桓子)가 이를 받고 사흘 동안 조회를 보지 않자 공자는 노나라를 떠났다.

5 이상은 『東人詩話』에 보인다.

53

정도전이 이숭인의 시를 혹평하다

도은(陶隱) 이숭인(李崇仁)의 〈호종시(扈從詩)〉는 매우 아름답다.

북소리 피리소리에 강물은 일렁이고	鼓角蒼江動
깃발이 가득하여 태양을 가리네	旌旗白日陰
글 짓는 많은 신하 곁에서 모시니	詞臣多侍從
우잠¹ 바치는 모습을 보겠구나	會見獻虞箴

삼봉(三峯) 정도전(鄭道傳)이 선잠을 자는데 황현(黃鉉)이라는 사람이 이 시를 읊조렸다. 삼봉이 갑자기 눈을 뜨더니 다시 읊어보라 하고는 이렇게 말했다.

"어감이 맑고 원만하여 당나라 시와 같다."

황현이 말했다.

"첨서(簽書) 이숭인이 지은 것입니다."

삼봉이 말했다.

"어디서 이런 형편없는 시를 가져왔느냐?"

---

1 우잠 : 우인(虞人)이 사냥을 경계하며 임금에게 올린 잠언이다.

삼봉과 도은은 사이가 좋지 않았기 때문이었다. 사가(四佳) 서거정(徐居正)이 말했다.

"옛적 왕안석(王安石)과 소식(蘇軾)은 사이가 좋지 않았지만 왕안석은 소식의 〈설후시(雪後詩)〉를 읽고서 예닐곱 편이나 차운하고, 끝내는 '미치지 못하겠다.'라고 했다. 당시 사람들은 그가 자신을 잘 안다고 인정했다. 아, 왕안석처럼 고집 세고 자기가 옳다고 여기는 사람도 공론을 무시하지 못했는데, 정도전은 왕안석보다 한참 못하다."[2]

---

2 이상은 『東人詩話』에 보인다.

54

이색의 시와 쌍계루 기문

승려 환암(幻庵)은 서법이 몹시 뛰어나 진(晉)나라 서체(書體)를 터득하여 한때 글씨를 구하는 사람이 구름처럼 몰려들었다. 그러나 글씨를 쓸 적에는 반드시 시문을 보고, 마음으로 수긍한 뒤에야 붓을 들었다. 이인임(李仁任)이 윤평(尹泙)이 그린 열두 폭 병풍을 얻고서 무송(茂松) 윤회종(尹會宗)에게 시를 짓게 하고 환암에게 글씨를 써 달라고 했다. 환암이 말했다.

"시를 후세에 전하고자 한다면 목은 어른이 아니면 안 됩니다. 세상에 목은 어른이 계시는데 감히 병풍에 글씨를 쓰는 것은 주제넘는 일입니다."

이인임이 목은에게 편지를 보내 사찰로 불렀다. 목은이 말했다.

"만약 저를 부르고 싶다면 안화사(安和寺) 샘물로 차를 끓여야 합니다."

목은이 도착하여 즉석에서 입으로 절구 12수를 부르는데, 붓에서 바람이 나는 듯했다. 짓는대로 환암에게 쓰게 했는데, 등왕각(滕王閣) 시 마지막 구절에,

그날 강의 신은 나를 알아볼까   當日江神知我不
언제쯤 다시 돛배에 바람을 빌려줄까   何時更借半帆風

라고 하니, 환암이 붓을 던지며 외쳤다.

"참으로 왕발(王勃)의 본색과 같다. 이 시는 몹시 놀라우니, 목은 어른은 참으로 시의 성인이다."

쓰기를 마치자 마침내 절구 3수를 지었다. 광평부원군(廣平府院君) 이인임은 보물로 간직했다.

훗날 운암(雲庵) 징공(澄公) 청수(清叟)가 장성현(長城縣) 백암사(白菴寺) 누각을 다시 세우고 삼봉(三峰) 정도전(鄭道傳)에게 이름을 지어달라고 했다. 삼봉은 극복루(克復樓)라는 이름을 지어주고 기문을 지어 자기 문도 절간(絶澗) 윤사(倫師)를 시켜 환암에게 해서(楷書)를 받아오게 했다. 환암이 말했다.

"이것은 제가 쓸 것이 아닙니다. 목은 어른이 세상에 있는데 감히 장편의 글을 짓는단 말입니까?"

그리고는 즉시 윤사를 시켜 목은에게 가서 누각의 이름과 기문을 지어달라고 청했다. 목은이 윤사에게 편지를 보내 물으니, 윤사가 말했다.

"절은 두 강 사이에 있고, 강은 절의 남쪽에서 합류했다가 동서로 나뉘어 흐르고, 또 누각 앞에서 합류하여 연못이 된 뒤에 산을 나갑니다."

목은이 말했다.

"그렇다면 쌍계루(雙溪樓)라고 지어야겠다."

그리고는 붓을 잡고 기록했는데, 글에 고칠 곳이 없었다. 그 말미에 이렇게 썼다.

"나는 늙었다. 밝은 달이 누각에 가득한 날 그곳에 묵을 수 없으니,

젊은 시절 손님으로 찾아가지 못한 것이 한스럽다."

환암이 받아 적고 탄식했다.

"당나라 시에,

밝은 달은 쌍계사에 뜨고	明月雙溪寺
봄바람은 팔영루에 부네	春風八詠樓
젊은 시절 손님 되었던 곳에	少年爲客處
오늘 떠나는 그대를 보내네	今日送君遊

라는 구절이 있다. 이 어른은 바로 이 말을 사용한 것인데, 따온 흔적이 없으니 참으로 뛰어난 솜씨이다."[1]

---

1 이상은 『東人詩話』에 보인다.

55

이승휴의 풍자시

동안거사(動安居士) 이승휴(李承休)가 구름을 읊은 시는 다음과 같다.

한 조각 구름이 진흙 위에 생기자마자	一片纔從泥上生
동서남북으로 곧장 여기저기 흩어지네	東西南北便縱橫
장마비 되어 뭇 싹을 소생킬 줄 알았더니	謂爲霖雨蘇群苗
쓸데없이 하늘의 밝은 해와 달을 가리네[1]	空掩中天日月明

제법 풍자하는 뜻을 담았다. 이승휴는 충렬왕(忠烈王) 때 어사가 되어 간언하다가 왕을 거슬러 두타산(頭陀山)으로 물러나 살면서 죽을 때까지 벼슬하지 않았다. 해와 달을 가린 구름은 임금의 귀와 눈을 막는 소인들의 모습을 비유한 것이다.

옛적 송나라 승려 봉충(奉忠)이 장돈(章惇)에게 준 시는 다음과 같다.

봉우리 같고 불 같고 또 솜 같은데	如峯如火復如綿
옅은 구름 날아와 난간 앞에 드리우네	飛過微陰落檻前

---

1 鄭可臣,〈雲〉,『東文選』卷20.

대지의 생령은 말라서 죽으려 하는데   大地生靈乾欲死

장맛비 내리지도 못하고 하늘만 가리네   不成霖雨謾遮天

이승휴의 시는 이 시에 근본을 둔 것이다.[2] 그렇지만 두 시 모두 아름다운 작품은 아니다.

---

2 이상은 『東人詩話』에 보인다.

시 비평의 어려움

시를 짓기는 어렵지 않으나 시를 알아보기가 어렵다. 이규보(李奎報)
는 시를 평론하면서 매성유(梅聖兪)를 폄하하고, 사영운(謝靈運)의 "연
못에 봄풀이 돋아나네[池塘生春草]"라는 구절을 아름답지 않다고 했으
며, 서응(徐凝)의 〈폭포〉 시에 나오는,

> 석 자 길이는 흰 비단 휘날리는 듯한데   三尺長如白練飛
> 한 가닥으로 푸른 산 경계를 나누네   一條界破靑山色

라는 시구를 만고에 전할 오묘한 시어라고 했다. 그러나 소식(蘇軾)은
서응의 시를 형편없는 시라고 했고, 구양수(歐陽修)는 매성유가 시에
뛰어나다고 했으며, "연못에 봄풀이 돋아난다."라는 구절은 예나 지금
이나 모두 절창이라고 한다. 이규보의 시 비평은 아마도 지나치거나
모자란 듯하다.[1]

---

1 『東人詩話』에 유사한 기사가 보인다.

이규보의 시(1)

이규보(李奎報)의 〈사평원(沙平院)〉 시는 다음과 같다.

아침 해 떠오르자 묵은 안개 걷혔는데   朝日初昇宿霧收

채찍 갈겨 달리다가 한강 가에 이르렀네.   促鞭行到漢江頭

천왕이 돌아오지 못한 일 누구에게 묻나   天王不返憑誰問

물새는 한가로이 날고 강은 절로 흐르네   沙鳥閑飛水自流

한강에는 천왕이 돌아오지 못한 일이 없는데 이규보는 이렇게 말했다. 필시 주(周)나라 소왕(昭王)이 아교로 붙인 배를 탔다 죽은 고사[1]를 인용한 것일 텐데, 말뜻이 좋지 않다.[2]

---

1 주(周)나라……고사 : 주나라 소왕이 남쪽 지방을 순행하다가 한수(漢水)를 건너는데, 소왕
을 미워하던 사람들이 아교로 풀칠한 배를 바쳤다. 배가 중류에 이르자 아교가 녹아 배가 가
라앉고 소왕은 물에 빠져 죽었다.

2 이상은 『東人詩話』에 보인다.

58

이규보의 시(2)

이규보(李奎報)의 〈생각과 다른 일[違心]〉시는 다음과 같다.

젊어서는 가난하여 아내가 항상 업신여겼는데	少日家貧妻常侮
늙어서는 녹봉 많아 바야흐로 기생이 따라오네	殘年祿厚妓方隨
외출하려는 날에는 대부분 비가 내리고	雨陰多是出遊日
한가로이 앉아 있으면 항상 맑은 날이라네[1]	天霽皆吾閑坐時

이 시를 읽으면 배를 움켜잡고 웃게 만든다.

---

1 李奎報, 〈違心詩戲作〉, 『東國李相國後集』 卷1.

새 이름을 사용한 시

한유(韓愈)가 다음과 같은 시를 지었다.

일어나라 깨우니 창문은 완전히 밝았고	喚起窓全曙
돌아가길 재촉하니 해는 아직 지지 않았네	催歸日未西
무심한 꽃 속의 새는	無心花裡鳥
더욱 진심을 다해서 우네.	更與盡情啼

환기(喚起)와 최귀(催歸)¹는 모두 새 이름이니 절묘한 대우(對偶)라고 하겠다. 대간(大諫) 이인로(李仁老)가 천수사(天壽寺) 벽에 쓴 시는 다음과 같다.

손님 기다려도 손님 오지 않고	待客客未到
승려를 찾으니 승려도 없네	尋僧僧亦無
오직 숲 너머 새만 남아	唯餘林外鳥
다정히 술 마시라 권하네	款曲勸提壺

제호(提壺)²도 새 이름이니 자연스럽게 한유의 법도가 있다.³

---

1 환기(喚起)와 최귀(催歸) : 환기는 춘환(春喚)이라는 새의 별명이며, 최귀는 두견새의 별명이다.
2 제호(提壺) : 직박구리의 별명이다.
3 이상은 『東人詩話』에 보인다.

60

정포가 축간의 시를 답습하다

설곡(雪谷) 정포(鄭誧)의 〈보제사(普濟寺)의 종소리를 듣고〉 시는 다음
과 같다.

성곽 가까운 곳 금빛 은빛 찬란한 사찰	金銀佛寺側城闉
밤마다 종을 쳐서 새벽 시간 알리네	夜夜鳴鐘不失晨
누가 사람들을 깊이 깨우친다 말하나	誰道令人發深省
그저 명예와 이익 쫓는 사람 깨워 일으킬 뿐	祗能喚起名利人

시어가 매우 아름다울 뿐만 아니라 의미가 훌륭하다. 그러나 '그저
명예와 이익 쫓난 사람 깨워 일으킬 뿐'이라는 시구는 태상(太常) 축간
(祝簡)의,

반드시 불도를 깨우치는 것은 아니요	未必佛徒能警悟
그저 명예와 이익 좇는 사람 깨워 일으킬 뿐	祗能喚起名利人

이라는 시구에 근본을 두었다.[1]

---

1 이상은 『東人詩話』에 보인다.

용사는 출처가 있어야 한다

시의 용사(用事)는 출처가 있어야 하니, 자기 생각으로 어색하게 고집하면 안 된다. 고려 충선왕(忠宣王)이 원(元)나라에 들어가 만권당(萬卷堂)을 열자, 염복(閻復), 요수(姚燧), 조맹부(趙孟頫)가 왕을 따라 어울렸다. 하루는 왕이 다음과 같은 시구를 읊었다.

닭 울음은 흡사 문 앞의 버드나무 같네.　　　　　　鷄聲恰似門前柳

학사들이 용사의 출처를 물었으나 왕은 말이 막혔다. 익재(益齋) 이제현(李齊賢)이 곁에 있다가 설명했다.

"우리나라 시에,

지붕 위에 해가 뜨자 금빛 닭이 우니　　　　　　屋頭初日金鷄唱
흡사 길게 하늘거리는 버드나무 가지 같네　　　恰似垂楊裊裊長

라는 구절이 있습니다. 부드러운 닭 울음을 가벼운 버드나무 가지에 비유한 것입니다. 우리 왕의 시는 이 말을 사용한 것입니다. 또 한유(韓愈)가 거문고를 읊은 시에,

뜬구름과 버들가지는 뿌리도 꼭지도 없네 　　　　　浮雲柳絮無根蔕

라는 구절이 있으니, 옛사람도 소리를 버들가지에 비유한 경우가
있습니다."

좌중에 있던 사람들이 모두 감탄했다. 충선왕의 시는 익재의 설명
이 없었다면 비난을 받고 군색해졌을 것이다.[1]

---

1 이상은 『東人詩話』에 보인다.

62

남자보다 나은 부인의 시

송(宋)나라 태조(太祖)가 촉(蜀)나라를 멸망시키고 촉나라 군주 맹창(孟昶)의 화심부인(花蘂夫人) 비씨(費氏)를 불러 시를 짓게 했다.

군왕이 성 위에 항복 깃발 꽂으니	君王城上竪降旗
첩이 깊은 궁궐에서 어찌 알았으리오	妾在深宮那得知
십사만 군사가 일제히 갑옷을 벗었으니	十四萬兵齊解甲
남아라곤 한 사람도 없었구나	也無一箇是男兒

이로 보건대, 목숨을 건지려고 무릎을 꿇은 남자는 다른 사람을 볼 낯이 없었을 것이다.

고려 목종(穆宗) 때 거란 임금이 흥화진(興化鎭)에 들어와 부총관(副摠管) 이현운(李鉉雲)을 붙잡고 협박했다. 이현운이 시를 바쳤다.

두 눈으로 벌써 새로운 임금 보았으니	兩眼已瞻新日月
한 마음으로 어찌 옛 산천을 생각하리오	一心何憶舊山川

이현운 같은 자는 개돼지 같은 행동을 했으니 논할 것도 없다. 그러나 당당한 대장부가 일개 부인만도 못하니 어찌 수치스러운 일이 아니겠는가.[1] 문장이 나라를 빛낸다고 하지만 장차 어디에 쓰겠는가.

---

1 이상은 『東人詩話』에 보인다.

63

이민보의 시

상주 목사(尙州牧使) 이민보(李敏輔)의 시는 맑고 놀라움이 부족하지만 혼연히 이루어져 훌륭하다. 예컨대,

| 장자방은 세상사를 아무렇게나 내버렸으니 | 子房漫棄人間事 |
| 관리의 인끈이 땅 위의 신선 되는데 무슨 상관이랴[1] | 黃綬何妨地上仙 |

라는 구절이 이것이다. 그의 아들 이태원(李太源)은 시서화에 모두 뛰어났다. 내가 읍청옹(挹淸翁)의 화첩(畵帖)에서 그의 그림을 보았는데, 그린 솜씨가 제법 다른 그림보다 낫고, 모두 평어가 있는데 지극히 오묘했다.

---

1 李敏輔, 〈又疊船字〉, 『豊墅集』 卷2.

64

조영석의 시

내가 안의(安義)에 있는 광풍루(光風樓)에 오른 적이 있는데, 현판의 여러 시 중에 마음에 드는 것이 하나도 없었다. 다만 조영석(趙榮祏)의 시 한 수가 좋았다.

남쪽 지방 따뜻하여 일찍 밭갈이하고   南方氣煖耕農早

골짜기 고을 봄이 깊어 송사가 드무네[1]   峽縣春深訟獄稀

---

1 趙榮祏, 〈光風樓〉, 『觀我齋稿』 卷1.

65

정범조의 시

해좌(海左) 정범조(丁範祖)의 〈배를 타고 가며[舟行]〉시 한 연은 다음과 같다.

가랑비는 배 안에서 자는 사람 방해 못 하고　　　　細雨不妨篷底宿

찰랑이는 물결은 때때로 물가에서 소리 내네[1]　　　微波時作岸邊聲

　지극히 침착하고 지극히 담박하다. 또 율시의 법도가 아름답고 치밀하니 얕잡아 볼 수 없다.

1　丁範祖, 〈斗尾少泊〉, 『石北集』 卷5.

66

전겸익의 시

전겸익(錢謙益)의 〈8월 13일 밤〉 시는 다음과 같다.

강산에 오래 앉으니 모두 달빛 받고　　　　　　　　坐久湖山皆得月

하늘을 바라보니 비로소 가을인 줄 알겠네.[1]　　　　望窮天宇始知秋

제법 맑고 고원하니, 그의 문집에 드문 시이다.

---

1 錢謙益, 〈十三夜〉, 『初學集』 卷9.

67

조변의 시

조변(趙抃)의 〈두보의 서당에 쓰다[題子美書堂]〉는 다음과 같다.

천지도 거대한 시구를 가두지 못하고   天地不能籠大句

귀신도 아득한 읊조림 피하지 못했네[1]   鬼神無處避幽吟

　거대한 천지와 아득한 귀신이 아니라면 두보 시의 조화를 다하지 못할 것이다. 조변의 시는 이를 깨달은 듯하다.

---

1 趙抃, 〈題杜子美書堂〉, 『瀛奎律髓』.

68

허혼의 시

나는 평소 허혼(許渾)의,

연꽃에 바람 일고 손님방 고요한데	芰荷風起客堂靜
소나무 계수나무에 달 높고 사찰은 깊숙하네[1]	松桂月高僧院深

라는 시구를 좋아했다. 이 그윽하고 한가로운 흥취는 말하기 어려울 정도이다. 집에서 빚은 술이 막 익으면 밭에서 채소를 따서 곁들여 몇 잔 마신다. 약간 취기가 돌아 마당을 몇 번 돌다보면 해가 지려 하고 차 끓이는 연기도 그치려 한다. 이때 몇 차례 읊어보면 마음이 몹시 좋다. 매번 남에게 말해도 내 뜻을 이해하는 사람이 없다.

---

1 許渾, 〈寓居開元精舍酬薛秀才見貽〉, 『唐詩品彙』.

69

정조의 시

우리나라의 여러 임금은 문장이 찬란하여 역대의 제왕을 뛰어넘는다. 우리 주상전하〔정조(正祖)〕의 문장으로 말하자면 더욱 일찍 성취했으니, 동궁(東宮)으로 있을 때 시강원의 신하들에게 귤을 나누어주며 하사한 시는 다음과 같다.

둥근 신선 과일은 신령한 단약 같아	團團仙果似靈丹
바다를 건너왔는데도 맛이 시지 않네	歷盡滄溟味不酸
오늘 특별히 하사한 데 깊은 뜻 있으니	今日特頒深有意
여러분은 너도나도 늦향기 맡아보시오[1]	諸君爭取晚香看

몇 해 전 재상 이복원(李福源)이 심양에 사신으로 갈 적에 하사한 시는 다음과 같다.[2]

항상 예물 가지고 계주와 유주로 들어가는데	玉帛尋常到薊幽

---

1 正祖, 〈瀛果初到, 玆送一盤于宮僚, 仍求和章.〉, 『弘齋全書』 卷1, 「春邸錄」 1. 늦향기를 맡아보라 한 것은 늦게까지 변치 않고 지조를 지키라는 뜻이다.

2 몇……같다 : 정조의 시서(詩序)에 의하면 1783년 건륭제(乾隆帝)가 8월에 심양으로 온다 하여 급히 이복원을 정사로 임명해 심양에 파견했다.

유월에 서둘러 또 사신으로 떠나네	栖栖六月又征輈
원응태와 웅정필3 의 전쟁터에 별궁이 있고	袁熊戰處離宮在
요동의 학이 날아오니 옛 성곽 쓸쓸하네	遼鶴飛來古郭愁
고상한 풍모는 예의를 확인하게 할 것이요	雅度須教徵禮義
웅장한 문장은 조잘대는 소리 씻어내리라	雄詞應遣洗喞啾
중국의 선비들이 물어보거든	中原士人如相問
압록강은 여전히 만 번 꺾여도 흐른다 하라4	鴨水依然萬折流

---

3 원응태(袁應泰)와 웅정필(熊廷弼) : 모두 명나라 장수로 후금(後金)이 침략하자 맞서 싸우다
패배했다. 원응태는 자결하고 웅정필은 처형당했다.

4 正祖, 〈贐端揆李福源充上价赴瀋陽〉, 『弘齋全書』 卷5.

70

건륭제의 시

정승 이복원이 심양에서 돌아올 적에 건륭제(乾隆帝)가 전하에게 시를 하사했다.

수레 방울 울리며 축수하러 사신이 오니	鳴鸞祝壽陪臣价
고삐 잡고 벽제하여 알현하게 했네	按轡蹕途賜謁溫
나라에 풍년 들었다는 이야기 자세히 듣고	聞悉國中逢稔歲
바다 너머 어진 번방 있다고 일찍 알았네	夙知海外得賢藩
경사 익히는 곳이니 다른 마음 품지 않고	習經史地心無貳
예의 지키는 나라이니 가르침에 연원이 있네	遵禮義邦敎有源
신중히 강역을 지키고 백성 어루만져	愼守封疆拊黎庶
만세토록 영원히 조정의 은혜 받으라[1]	萬斯年永受朝恩

구법은 우아하지 않지만 제법 기력이 있으니 제왕의 시라는 것을 알 수 있다.

---

1 乾隆帝,〈賜朝鮮國王李祘〉,『御製詩集』4集 卷99.

71

두보의 시는 쉬운 듯하지만 어렵다

내가 옛 사람의 시어를 볼 때마다 말을 쉽게 하는 듯하지만, 내가 지어
보면 옛사람의 쉬운 말에 미치지 못한다. 예컨대 두보(杜甫)의,

들판 객관에 짙은 꽃 피고	野館濃花發
봄날 돛배에 가랑비 내리네[1]	春帆細雨來

라는 구절은 쉬운 듯하지만 미치기 어렵다. 수계(須溪) 유진옹(劉辰翁)
의 비평에,

　"역로(驛路)의 여관이 한편으로는 기쁘고 한편으로는 슬프다."
했다. 시가 몹시 아름다울 뿐만 아니라 수계의 비평을 읽고 보니 더욱
아름답다.

1　杜甫,〈送翰林張司馬南海勒碑〉,『唐詩品彙』. 아래 유진옹의 비평도 주석으로 실려 있다.

72

일자사(3)

왕정백(王貞白)의 〈대궐의 도랑물[御溝水]〉 시는 다음과 같다.

한 줄기 대궐의 도랑물	一派御溝水
푸른 홰나무 그늘져 시원하네	綠槐相蔭淸
이 속에 제왕의 은택 담겼으니	此中涵帝澤
먼지 묻은 갓끈 씻을 곳 없네[1]	無處濯塵纓

처음에는 '이 속에[此中]'를 '이 물결에[此波]'라고 써서 시승(詩僧) 관휴(貫休)에게 보여주자 관휴가 말했다.

"한 글자를 고치시오."

왕정백은 소매를 떨치고 가버렸다. 관휴가 말했다.

"이 분은 금방 생각해 낼 것이다."

그리고는 손바닥에 중(中)자를 썼다. 얼마 후 왕정백이 돌아와 말했다.

"이 속에 제왕의 은택 담겼으니[此中涵帝澤]"

그러자 관휴가 손바닥을 보여주었다.

---

1 王貞白, 〈御溝水〉, 『唐詩品彙』. 이하도 주석으로 실려 있다.

73

정지상과 진화의 시

사간(司諫) 정지상(鄭知常)의 〈평양〔西都〕〉시는 다음과 같다.

큰 길에 봄바람 불고 가랑비 내린 뒤	紫陌春風細雨過
먼지도 일지 않고 버들가지 늘어졌네	輕塵不動柳絲斜
푸른 창 붉은 문에 생황 소리 울리니	綠窓朱戶笙歌咽
전부 다 이원제자의 집이라네	盡是梨園弟子家

평양의 번화한 모습을 4구로 전부 묘사했다. 보궐(補闕) 진화(陳澕)의 〈개성〔松都〕〉시는 다음과 같다.

잔털 같은 가랑비는 아침에 걷히고	小雨朝來卷細毛
강에서 떠오른 해는 물결 붉게 물들이네	浴江初日暈紅濤
천여 집은 고기비늘처럼 어지러이 땅에 붙었고	千門撲地魚鱗錯
하늘을 찌르는 대궐은 매의 날개처럼 치솟았네	雙闕攙天鷲翼高
오나라 동산에서 비단옷 입고 맑은 날 풀싸움하고	吳苑袂衣晴鬪草
한나라 궁궐에서 신선이 취해 복숭아를 나누어 주네	漢宮仙袂醉分桃
몹시 부끄럽네, 오랫동안 한림원에서 모시며	多慚久忝金閨侍

맑은 향기에 기대어 자황포 입은 임금님 받들었으니　　與倚淸香奉赭袍

시어가 맑고 새로우면서도 아름다워 역시 나란히 앞을 다툴 만하다.[1]

---

1 이상은 『東人詩話』에 보인다.

74

이규보의 시(3)

이규보의 시는 다음과 같다.

적삼 입고 바람 부는 창가 돗자리에 누웠는데	輕衫小簟臥風欞
꾀꼬리 두세 번 울자 잠에서 깨었네	夢斷啼鶯三兩聲
무성한 잎이 꽃을 가려 봄이 지나도 남았는데	密葉翳花春後在
옅은 구름에 햇빛 새어나와 비 내려도 환하네[1]	薄雲漏日雨中明

매우 아름답다.

---

1 이상은 『東人詩話』에 보인다.

75

이제현의 시

익재(益齋) 이제현(李齊賢)의 〈산 속의 눈 내리는 밤[山中雪夜]〉 시는 다음과 같다.

종이 이불 싸늘하고 절방 등불 침침한데	紙被生寒佛燈暗
사미승은 밤새도록 종을 치지 않는구나	沙彌一夜不鳴鐘
묵던 손님 일찍 문 연다 불평하겠지만	應嗔宿客開門早
바위 앞 눈 쌓인 소나무 보려 한다네	要看巖前雪壓松

사가(四佳) 서거정(徐居正)이 비평했다.

"산속 절의 눈 내리는 밤의 기이한 정취를 묘사해 내었으니, 이 시를 읽으면 입에서 신선이 먹는 이슬이 생기는 듯하다."

졸옹(拙翁) 최해(崔瀣)가 비평했다.

"익재 노인의 평소 시법(詩法)은 전부 이 시에 있다."[1]

---

1 이상은 『東人詩話』에 보인다.

76

이백, 소식, 인빈의 시

이백(李白)의 〈심양에서 가을을 느끼다〔潯陽感秋〕〉 시는 다음과 같다.

어디선가 가을 소리 들리니	何處聞秋聲
흔들리는 북창의 대나무라네	蕭蕭北窗竹

소식(蘇軾)의 〈수옥정(漱玉亭)〉 시는 다음과 같다.

높은 바위에 붉은 해 지고	高巖下赤日
깊은 골짜기에 서글픈 바람 부네	深谷來悲風

경치를 남김없이 묘사했다. 학사 인빈(印邠)의 〈가을밤〔秋夜〕〉 시는
다음과 같다.

초당의 가을 칠월	草堂秋七月
밤 삼경 오동잎 빗소리	桐雨夜三更
나그네는 베개에 기대어 잠 못 이루니	欹枕客無寐
창 너머 벌레가 우는구나	隔窓蟲有聲

청신하고 우아하여 두 노인 못지 않다.[1]

---

1 이상은 『東人詩話』에 보인다.

77

낙제시

시중(侍中) 이공수(李公遂)가 과거 시험에 낙방하고 지은 시는 다음과 같다.

태양은 대궐을 밝게 비추고	白日明金殿
푸른 구름은 초가집에 일어나네	靑雲起草廬
누가 알리오 광한전 계수나무에	那知廣漢桂
아직도 가지 하나 남아 있는 줄[1]	尚有一枝餘

마침내 장원급제하여 정승이 되었다. 서하(西河) 임춘(林椿)이 과거 시험에 낙방하고 지은 시는 다음과 같다.

과거에서 나은의 한을 거두지 못하고[2]	科第未收羅隱恨
이소 지어 공연히 굴원의 슬픔 담았네	離騷空寄屈平哀

---

1 누가……줄 : 과거에 급제하는 것을 계수나무 가지를 꺾었다고 비유하므로 이렇게 말한 것이다.

2 과거에서……못하고 : 나은은 만당의 대표적 시인이다. 열 번 과거에 응시했으나 끝내 붙지 못했다.

또 다음과 같은 시를 지었다.

| 과거 시험은 본래 호걸을 모으는 것이니 | 科第由來收俊傑 |
| 어느 정승이 재주 없는 나를 천거하리오 | 公卿誰肯薦非才 |

결국 낙방하여 낮은 벼슬 한 자리 얻지 못했다. 서거정(徐居正)이 말했다.

"시는 폐부(肺腑)에서 나오는 것이니, 아마도 하늘이 먼저 이끌어주는 것이리라."[3]

---

3 이상은 『東人詩話』에 보인다.

78

곤궁한 선비들의 시

예로부터 곤궁한 선비의 시는 대부분 메마르고 싸늘하며 수척하고 싱겁다. 노영수(盧永綬)의 시는 다음과 같다.

늙은 아내 얼굴은 핼쑥하고	老妻容寂寞
어린 자식은 눈물만 흘리네	稚子淚飄零
흰머리는 천년 묵은 학 같고	衰鬢千年鶴
남은 인생 시월 반딧불이 같네	殘生十月螢

둔촌(遁村) 이집(李集)의 시는 다음과 같다.

책 빌려 부지런히 밤새 읽고	借書勤夜讀
쌀 꾸어 새 밥을 계속 짓네	乞米續新炊
수척한 말은 지는 해에 울고	瘦馬鳴西日
여윈 아이는 북풍을 등졌네	羸童背朔風

유방선(柳方善)의 시는 다음과 같다.

뱃속은 거친 밥이나마 배불리 먹은 적 없고 　　　　腹中糲飯何曾飽

몸에 걸친 홑옷은 괴롭게도 따뜻하지 않네 　　　　身上單衣苦不溫

이런 종류의 시는 전부 초췌하고 곤궁한 기상이 있다.[1]

---

1 이상은 『東人詩話』에 보인다.

이규보의 시(4)

이규보(李奎報)의 〈북산(北山)〉 시는 다음과 같다.

산에 사는 사람 마음 알아보려	欲試山人心
문에 들어가 먼저 술주정 부렸네	入門先醉囈
감정을 전혀 드러내지 않으니	了不見喜慍
진정 고상한 선비인 줄 알겠네	始覺眞高士

한 마디 말로 남김없이 묘사하여 형용했다고 하겠다.[1]

---

1 이상은 『東人詩話』에 보인다.

80

이색이 최해의 시를 칭찬하다

예산(猊山) 최해(崔瀣)가,

구름 사이로 석양 비추고 비는 보슬보슬 내리네   漏雲殘照雨絲絲

라는 시구를 지었다. 목은(牧隱) 이색(李穡)이 깊이 음미하여,

예산의 네 구절 시가 회자되었네   膾炙猊山四句詩

라는 시구를 지었다. '구름 사이로 석양 비추고〔漏雲殘照〕'라는 구절은
단지 시인들이 늘 하는 말일 뿐인데, 목은 노인이 이렇게 한 이유는 무
엇인가?[1]

---

1 이상은 『東人詩話』에 보인다.

81

두견새 시

선배들이 두견새를 활용하여 지은 시는 대부분 시어가 맑고 뛰어나
다. 집의(執義) 이견간(李堅幹)의 시는 다음과 같다.

여관에서 꺼져가는 등잔불 돋우니	旅館挑殘一盞燈
사신의 풍류는 승려보다 담박하네	使華風流淡於僧
창 너머 두견새 소리 밤새 들리는데	隔窓杜宇終宵聽
산속 어느 꽃에서 울고 있는가[1]	啼在山花第幾層

몹시 아름다워 이 때문에 이견간은 산꽃[山花]으로 불렸다. 윤여형
(尹汝衡)의 시는 다음과 같다.

천지는 드넓은데 나는 집이 없어	乾坤蕩蕩我無家
하룻저녁에 등불 돋우며 아홉 번 일어나 탄식하네	一夕挑燈九起嗟
누가 멀리 떠난 나그네에게 귀가 있게 했나	誰使遠遊人有耳
두견새는 두견화에 피 쏟으며 우네[2]	杜鵑啼血杜鵑花

---

1 李堅幹, 〈奉使關東聞杜鵑〉,『東文選』卷20. 중국 촉나라 망제가 죽어 두견새가 되었고, 그 두
   견새의 흘린 피눈물이 떨어져 꽃이 피어나 두견화(진달래꽃)가 되었다는 전설이 있다.

조계방(曹係芳)의 시는 다음과 같다.

문 두드리는 나그네 곧장 거절하여   敲門宿客直須揮

산가의 기이한 일 알지 못하게 하네   莫使山家奇事知

지붕 끝에 배꽃이 나무 가득 피었는데   屋角梨花開滿樹

달 밝은 밤이면 두견새가 와서 우네3   子規來鳴月明時

이 몇 수는 모두 맑고 빼어나 우열을 가리기 어렵다.4

---

2 尹汝衡, 〈關東旅夜〉, 『東文選』 卷21.
3 曹係芳, 〈山居〉, 『東文選』 卷21.
4 이상은 『東人詩話』에 보인다.

82

전유의 시

헌납(獻納) 전유(田濡)가 공주(公州)를 다스릴 때 시를 지었다.

구름 같은 공문서에 귀밑머리 세려 하고	公事如雲鬢欲絲
눈 그친 강변 길에 말은 느릿느릿 가네	雪晴江路馬遲遲
아전과 백성은 백성 걱정하는 마음도 모르고	吏民不識憂民意
산수에서 좋은 시구 찾는다 잘못 말하네	誤道溪山覓好詩

말뜻이 제법 좋아 속된 관리를 경계할 만하다.[1]

---

1 이상은 『東人詩話』에 보인다.

83

영일의 시

|

시승(詩僧) 영일(靈一)의 시는 정밀하고 오묘하게 만드는 데 각별히 신경썼다. 유장경(劉長卿), 황보염(皇甫冉) 등 여러 사람과 창화한 시의,

샘물은 계단 앞 땅에 용솟음치고	泉湧階前地
구름은 문 너머 봉우리에 피어나네[1]	雲生戶外峯

달이 성곽을 비추니 밤이 밝고	夜色臨城月
강 너머 바람 불어 봄에도 춥네[2]	春寒度水風

라는 구절은 모두 아름다운 구절이다.

---

1 靈一, 〈宿靈洞觀〉, 『唐詩品彙』.

2 靈一, 〈同使君宿大梁驛〉, 『唐詩品彙』.

84

교연의 시

승려 교연(皎然)의 시는 음향과 운치가 몹시 뛰어나다. 예컨대 〈선녀
대(仙女臺)〉 시의,

고목에 꽃은 여전히 피어나고	古木花猶發
황량한 누대에 달은 아직 떠 있네[1]	荒臺月尙懸

라는 구절은 저절로 선녀대 시답다.

---

1 皎然, 〈仙女臺〉, 『唐詩品彙』.

눈을 읊은 시

옛사람이 눈을 읊은 시가 많아 전부 기억하지 못할 정도지만 아름다
운 시는 몹시 드물다. 소식(蘇軾)의 시는 다음과 같다.

그저 이불에 물 뿌린 것 같다고 생각했지	但覺衾裯如潑水
정원에 벌써 소금 쌓여 있는 줄은 몰랐네	不知庭院已堆鹽
오경의 새벽빛은 서재 휘장으로 스며들고	五更曉色侵書幌
한밤에 찬바람 소리 단청 처마에 울리네[1]	半夜寒聲落畫簷

황정견(黃庭堅)의 시는 다음과 같다.

잠들어 베개에 기댄 채 기와 들썩이는 소리 듣고	夢聞半枕聽飄瓦
잠깨어 방에서 주렴으로 들어오는 모습 보네	睡起高堂看入簾
게다가 달 밝아 밤에도 섬돌 분명한데	剩與月明分夜砌
곧장 봄날 물시계 되어 처마에서 떨어지네[2]	卽成春漏滴晴簷

소식의 말투가 조금 거칠어 산곡보다 못하다.

---

1 蘇軾, 〈雪後書北臺壁〉, 『瀛奎律髓』.
2 黃庭堅, 〈春雪呈張仲謀〉, 『瀛奎律髓』.

86

이승연의 시

아버님〔이승연〕이 시랑(侍郞) 이헌경(李獻慶), 대사헌 권상일(權相一)과 자천대(自天臺) 아래에 배를 띄우고 시를 지었다.

시서 읽는 옛 서원【도남서원1】의 밤	詩書古院夜
비바람 부는 큰 강의 가을2	風雨大江秋

이헌경이 "충분히 두보의 경지에 들어간다."라고 비평했다.

---

1 도남서원 : 경북 상주의 서원으로 고려의 정몽주(鄭夢周), 조선의 김굉필(金宏弼), 정여창(鄭汝昌), 이언적(李彦迪), 이황(李滉), 노수신(盧守愼), 유성룡(柳成龍), 정경세(鄭經世)를 제향했다.

2 李承延, 〈途中憶權淸臺令丈相一李督郵獻慶〉, 『剛齋遺稿』, 『鹽州世稿』 卷5.

농재 이병연의 시

농재공(聾齋公) 이병연(李秉延)이 예전에 시구를 지었다.

해 지자 골짜기에 가랑비 내리고 　　　　　　　夕陽洞口生疎雨

개울 흐르는 창가에 노승이 앉아 있네[1] 　　　　流水窓間坐老僧

세상 사람들이 아름다운 시라고 한다.

---

1 李秉淵, 〈摩訶衍〉, 『槎川詩抄』卷上. 농재 이병연의 시라고 한 것은 저자의 착오로 보인다.

88

채제공의 시

번암(樊巖) 채제공(蔡濟恭)이 삼호(三湖)에 물러나 살 적에 눈이 녹아 강물이 불어나자 시를 지었다.

지난 겨울 만 골짜기에 내린 눈 녹아	消瀜萬壑前冬雪
하룻밤 삼호에 물결이 일렁이네[1]	生動三湖一夜波

한강과 앞을 다툴 만하다.

---

1 蔡濟恭, 〈春雨連宵水盡水生欣然賦之〉, 『樊巖集』 卷16.

89

목만중의 칠언절구

원외(員外) 여와(餘窩) 목만중(睦萬中)의 시명은 근래 여러 공의 으뜸이다. 그의 칠언절구는 더욱 옛시에 가깝다. 예컨대 다음과 같은 시가 그렇다.

푸른 하늘에 아흔아홉 산봉우리	靑天九十九群山
양쪽 언덕에 구름 하나 이틀 묵고 돌아가네	兩岸孤雲信宿還
해 저물어 오죽포에 밀물이 드니	日暮潮生烏竹浦
어둠 속에 새떼 같은 수많은 돛배	百帆如鳥杳冥間

90

이용휴의 오언절구

혜환거사(惠寰居士) 이용휴(李用休)의 오언절구는 지극히 아름답다.

사람은 장점을 말하고	人從長處說
일은 좋을 때 그만두네	事到好時休
봄이 와서 집에 빚은 술 익으니	春來家釀熟
작은 풍류를 즐기네	仍作小風流

세상을 깨우치는 뛰어난 시어다.

91

이안중이 당시를 표절하다

이안중(李安中)의,

| 나뭇꾼 떠나니 산바람 산들거리고 | 樵去山風細 |
| 낚시꾼 돌아가니 강에 달이 지네 | 漁歸江月斜 |

라는 시구는 전부 당나라 사람의 시구를 옮겨놓은 것이다. 그러나 세
상 사람들은 모두 그것이 당나라 시인줄 모르고 모두 신비한 시구라
하니 가소롭다.

92

최위의 시

농옹(聾翁) 어른【최위(崔煒)】은 시의 격조가 매우 높다. 예전에 계부 반롱재(半聾齋) 이병연(李秉延)과 사이좋게 지냈는데, 반롱재가 죽은 뒤 시를 지었다.

농옹은 나보다 먼저 백발 되었는데   聾翁白髮猶前我

이보【반롱재의 자】는 청산에서 이미 고인 되었네   彝甫靑山已古人

애석해하는 마음이 말 밖에 넘쳐흐른다.

93

육유의 강개한 시

육유(陸游)의 시는 태반이 강개한 말이다.

앉아서 진나라 협객처럼 기세를 부리고	坐中使氣如秦俠
길 가며 노래하니 초나라 광인 닮았네	陌上行歌類楚狂
침상에서 내려와 가난한 사람 불러 이야기하려다	下榻欲招貧與語
문을 닫고서 그저 술에 취하네[1]	杜門聊以醉爲鄉

이와 같은 구절이 그렇다. 시를 배우는 사람들은 말 밖에서 그 공교로움을 찾아야 한다.

---

1 陸游, 〈新年〉, 『劍南詩稿』.

94

이몽양과 하경명의 시(1)

명나라 시인 중에 이몽양(李夢陽)과 하경명(何景明)이 가장 당나라 시에 가깝다. 당나라 시집 속에 넣어두고 안목을 갖춘 사람에게 구별하게 해도 쉽지 않을 것이다.

이몽양과 하경명의 시(2)

술자리에 꽃나무 봄 내내 무성하고	酒邊花樹三春暗
호숫가 숲의 바람 온종일 시원하네1	湖上林風盡日清

방죽 따라 심은 버들은 잎이 무성하고	緣堤塹柳葉相暗
집 너머 산복숭아꽃 홀로 환하네2	隔屋山桃花獨明

홀로 뗏목 타고 남쪽 지방으로 사신 가서	孤槎奉使日南國
만리 떨어진 하늘 끝 정자에 시를 쓰네	萬里題詩天畔亭
땅은 금모래에 들어가고 강물은 넘실거리는데	地入金沙江浩浩
바람은 구리기둥에 이어지고 바다는 아득하네3	風連銅柱海冥冥

모두 두 사람(이몽양과 하경명)이 잘 지은 것이다.

---

1 李夢陽,〈遊西山歸呈熊御史卓〉,『空同集』.

2 何景明,〈感春〉,『大復集』.

3 何景明,〈秋興八首〉,『大復集』.

96

이희지의 시

이희지(李喜之)의 시는 뛰어난 시어가 많다.

강가 집에 닭 울고 밤은 새벽 되려 하는데	水舍鷄鳴夜向晨
버들가지 바람에 흔들리고 나루에 달 지네	柳梢風動月橫津
그저 뱃노래만 강 남북에서 들려오고	漁歌只在江南北
온통 갈대꽃에 사람은 보이지 않네[1]	一色蘆花不見人

이와 같은 시구는 버들가지에 부는 바람과 갈대꽃에 비친 달처럼 하나같이 맑고 밝다.

---

1 李喜之,〈江上雜詠〉,『凝齋集』卷1.

97

정홍조의 시

정홍조(鄭弘祖) 사술씨(士述氏)는 사람됨이 기이하고 예스러우며 시도 그렇다. 그의 〈낙화암(落花巖)〉 시는 더욱 사람들 입에 오르내린다.

푸른 벼랑에서 얼마나 많은 여인 떨어졌나	蒼崖墜下幾蛾眉
아름다운 꽃이 되어 물가에 가득하구나	化作芳花滿水湄
그저 밤이 오면 비바람 몰아칠까 걱정이니	只恐夜來風雨入
그때처럼 떨어질까 견딜 수 없네	不堪零落似當時

당나라 사람의 골수에 깊이 들어갔다.

98

정범조가 지은 정홍조 만사

정홍조(鄭弘祖)가 예전에 석북(石北) 신광수(申光洙), 해좌(海左) 정범조(丁範祖), 반롱재(半聾齋) 이병연(李秉延)과 교유했는데 해좌와 교분이 가장 두터웠다. 정홍조가 죽자 해좌가 애도하여 뇌사(誄詞)를 짓고 시를 덧붙였다. 그 첫 번째 시는 다음과 같다.

예주(충주(忠州)) 이남의 선비들	蘂州以南士
입마다 모두 탄식하네	口口皆歎息
한강 이북의 사람들	漢江以北人
마음마다 모두 슬퍼하네	心心皆慘惻
학성(원주(原州) 주천(酒泉))의 정법정(정범조)은	鶴城丁法正
사흘간 두 눈에 눈물 떨구네	三日雙淚滴
한번 눈물에 왼쪽 눈이 마르고	一淚枯左目
한번 눈물에 오른쪽 눈이 말랐네	一淚枯右目
물어보세 누구 위해 통곡하는가	借問爲誰慟
지금 저승에 있는 사술이라네[1]	士述今冥漠

---

1 丁範祖, 〈哀鄭士述辭〉, 『海左集』 卷34.

99

영철의 중양절 시

영철 상인(靈澈上人)이 중양절에 지은 시는 다음과 같다.

산이 그리워 멀리서 찾아오고   山情來遠思

국화 필 뜻은 중양절에 있네[1]   菊意在重陽

매우 아름답다.

---

1 靈澈, 〈九日和于使君〉, 『唐詩品彙』.

100
영철의 풍자시

영철(靈澈)은 풍자하는 시를 잘 지었다. 위단(韋丹)이 용관 경략사(容管 經略使)가 되어 시를 부쳤다.

나랏일 바빠 쉴 날 없더니	王事紛紛無暇日
덧없는 인생 구름처럼 흘러가네	浮生冉冉只如雲
이미 장형처럼 돌아가 쉬기로 결정했으니	已決平子歸休計
오로봉 앞에서 꼭 그대와 함께 하리라.[1]	五老峯前必共君

영철 스님이 답시를 보냈다.

늙어 마음 한가롭고 별다른 일 없어	年老心閑無外事
베옷과 풀자리도 몸을 붙일 만하네.	麻衣草坐亦容身
만나는 사람 모두 벼슬 그만두고 간다 하지만	相逢盡道休官去
산림으로 물러난 이 하나라도 본 적 있던가[2]	林下何曾見一人

풍자한 것이다.

---

1 『唐音』〈答韋丹〉 주석에 실려 있다.

2 靈澈,〈答韋丹〉,『唐音』.

101

무가의 시

무가(無可)가 지은 〈숲에서 눈을 보며[林下對雪]〉시는 다음과 같다.

산꼭대기에 눈 그쳐 잔뜩 드러나고 絶頂晴多出

먼 샘물은 얼어서 소리 들리지 않네[1] 遙泉凍未聞

참으로 고상한 백설곡(白雪曲)[2]의 격조이다.

---

1 無可, 〈林下對雪送僧歸草堂寺〉, 『唐詩品彙』.

2 백설곡(白雪曲) : 전국 시대 초(楚)나라의 노래로, 고상한 시를 비유한다.

102

이지존의 절구

족대부(族大父) 이지존(李之存) 공이 작약을 읊은 절구는 지극히 그윽하면서도 놀라워 좋으니, 바로 이것이다.

산속 집에 물건이 드물어	山家物色少
붉은 작약 세 번 시에 넣었네	紅藥三入詩
술을 마셔도 읊을 게 없어	得酒無所詠
꽃 피지 않은 가지를 다시 보네	更看未花枝

103

강세문의 절구

근래 선비 강세문(姜世文) 사욱(士郁)은 사람됨이 몹시 맑고 소탈하다. 오언절구와 칠언절구에 뛰어나 아름다운 시가 제법 많다. 내가 예전에 강세백(姜世白)을 통해 그가 지은 〈어구곡(御溝曲)〉 시 등 여러 시를 본 적이 있다. 예컨대,

| 궁녀는 웃으며 일어나 주렴 걷어 올리고 | 宮娥笑起搴珠箔 |
| 먼 성의 까마귀는 육조 관아에 내려앉네[1] | 遙見城烏下六曹 |

라는 시구는 「여향(餘響)」에 넣을 만하다. 또,

| 몸은 자잘한 공무에 매여 흰머리 늘어나고 | 身係米鹽添白髮 |
| 꿈에 안개비 따라서 어느 산에 들어가네 | 夢隨烟雨入何山 |

라는 시구는 보통의 격조를 훨씬 뛰어넘으니 존경할 만하다. 다만 '첨 (添)'자보다는 '생(生)'자가 낫다.

---

1 姜世文,〈御溝曲四首〉『瘇翁集』, 卷1.

104

농재 이병연의 오언절구

반룡재(半聾齋) 이병연(李秉延)의 오언절구는 악부(樂府)의 말과 같다.
예컨대,

소 우는데 개울은 가득 흐르고	牛鳴川漠漠
가을풀은 서쪽 언덕에 우거졌네	秋草滿西坡
아낙네들 잔뜩 가고 있으니	衆女盈盈去
밭두둑에 목화가 피어서라네[1]	田間有木花

따위의 말이 이것이다.

---

1 李秉延,〈長郊行〉,『半聾齋遺稿』,『鹽州世稿』卷11.

105

송지문의 오언절구

송지문(宋之問)의 오언절구는 참으로 당나라 율시의 모범이다. 송 주부(宋主簿)의 산정(山亭)에 쓴 시는 다음과 같다.

바위 부여잡고 이끼 밟고 가기는 쉬워도	攀巖踐苔易
길을 잃어 꽃밭을 벗어나기는 어렵네	迷路出花難
수양버들이 창문 덮어 따스하고	窓覆垂楊煖
폭포수가 계단에 튀어 싸늘하네[1]	階侵瀑水寒

격조가 높고 시어가 새로워 초당(初唐)의 시를 전부 압도한다.

---

1 宋之問, 〈春日宴宋主簿山亭〉, 『唐詩品彙』.

106

장구령의 여산 폭포 시

장구령(張九齡)의 〈여산(廬山) 폭포〉 시는 다음과 같다.

해 비치니 붉은 무지개 같고   日照紅霓似

하늘 맑은데 비바람 소리 들리네[1]   天淸風雨聞

폭포가 쏟아지며 우렁찬 소리를 내는 것을 형용했을 뿐만 아니라 자신의 넓은 마음도 그려내었다.

---

1 張九齡, 〈湖口望廬山瀑布水〉, 『唐詩品彙』.

107

진여의의 섣달 그믐 시

고금의 섣달 그믐날 시는 고적(高適) 이후로 진여의(陳與義)의 두 구절
이 가장 좋으니,

일이 많아 귀밑머리 계절 따라 바뀌고   多事鬢毛隨節換

마음 터놓아 등불은 사람 향해 환하네[1]   盡情燈火向人明

라는 구절이 이것이다.

---

1 陳與義, 〈除夜〉, 『瀛奎律髓』.

108

신후담의 시(1)

신후담(愼後耼) 공의 문장은 탁월하다. 예컨대,

머나먼 천년 전 사람을 그리워하고	懷人眇眇千年上
쓸쓸한 구월에 나그네 만나네	遇客蕭蕭九月中

라는 구절은 고원하여 미치기 어려운 수준이 아니겠는가.

신후담의 시(2)

공〔신후담〕은 작고한 승지(承旨) 조공(趙公)과 어울려 지냈는데, 조공의 상을 치른 뒤 산사에 올라 시를 지었다.

서글피 빈 절을 찾아가	悄悄來空寺
쓸쓸히 저녁 누대에 기대네	蕭蕭倚暮樓
뜬구름에 금세 저녁이 오고	浮雲易爲夕
찬 비는 마침내 가을 되었네	寒雨遂成秋
평소의 뜻 이루지 못하고는	不快平生志
도리어 천고의 근심을 품었네	飜懷千古愁

상심하고 개탄하는 뜻이 말 밖에 드러나니, 몹시 존경스럽다.

110

이재후의 시

정언(正言) 시암(是庵) 이재후(李載厚)는 강세백(姜世白)의 외조부이다.
그의 시에,

황하와 오악은 천년토록 곧은 기운이요	河岳千年又正氣
하늘과 땅은 시월이라 음기가 꽉 찼네	乾坤十月逼窮陰

라는 구절이 있는데, 국포(菊圃) 강박(姜樸)이 죽었다는 말을 듣고 지은
것이다. 구법이 살아있는 듯하니 장난삼아 공교로움을 추구하는 젊은
이의 시가 아니다.

111

신광수의 시

집의(執義) 이종영(李宗榮)이 김천 찰방(金泉察訪)이 되었을 때 석북(石北) 신광수(申光洙)가 마침 찾아와 시를 지었다.

홍시 익고 노래 부르니 밤을 보내기 아쉽고	紅柿笙歌憐送夜
푸른 그늘 느티나무 버드나무 봄 지나니 한스럽네	綠陰槐柳恨經春
추풍령 너머 돌연 오늘 저녁	秋風嶺外還今夕
달 밝은 누대에 옛 친구 있네	明月樓中有故人

이 시를 읊으면 입안이 상쾌해진다.

112

강세백의 시

답청일에 종제 이정유(李挺儒)[1]의 집에 모여 시를 짓는데 '운(雲)'자를 뽑았다. 강세백(姜世白)의 시에,

남쪽 지방 나그네가 좋은 모임 열고 南國羇人能勝會

여선의 옛 집에서 고운과 짝했네 餘仙古宅伴孤雲

라는 시구가 있으니 몹시 아름답다.【여선(餘仙)은 반롱(半聾) 이병연(李秉延)의 또다른 호이다.】

---

1 이정유(李挺儒) : 이병연(李秉延)의 아들이다.

113

이원상의 시

이원상(李元祥) 선장(善長)은 나의 매부이며 회재(晦齋) 이언적(李彦迪)의 적손(嫡孫)으로 제법 재주가 있다. 내가 〈소년행(少年行)〉을 짓고 화운하게 했더니 즉시 시를 지었다.

큰길에 엷은 먼지 자욱한데	紫陌輕塵暗
봄철이라 호걸들 노니네	三春俠少遊
아침에는 시장의 개백정 찾아갔다가	朝從狗屠市
저녁에는 어느 집 누각에 가는가	暮向誰家樓
가게에 들어가 술부터 달라고 소리치고	入肆先呼酒
사람 만나면 원수 삼기 좋아하네	逢人喜結讐
공공연히 이곳저곳에 승낙하니	公然然諾遍
경경1의 무리 몇이나 되는가	幾箇慶卿流

지극히 아름다우니 선배 어른들과 어울려도 부끄럽지 않다.

---

1 경경(慶卿) : 전국시대의 자객 형가(荊軻)를 말한다.

114

최학우의 시

최학우(崔鶴羽) 구서(九瑞)가 어떤 사람의 만시를 지었다.

오늘 그대 묻을 줄 본디 기약하지 않았는데	今日埋君本不期
침문에서 한번 통곡해도[1] 여전히 의심스럽네	寢門一哭尙餘疑
물에 비친 구름과 산에 뜬 달에 정신은 남고	水雲山月精神在
살구씨죽과 느릅나무 국에 풍경이 서글프네	杏粥楡羹物色悲
모친은 따라가려 하지만 하늘은 아득하고	母欲相隨天漠漠
아내는 죽지 못한 채 날은 더디 가네	妻能不死日遲遲
알겠구나 한 덩어리 원한 서린 기운	知應一種煩寃氣
문 앞에 뜬 채로 옮겨가지 않으리라	浮在門闈政不移

사람의 감정을 다 말했으니 천고의 절조가 되기에 모자람이 없다.

---

1 침문에서 한번 통곡해도 : 『예기(禮記)』 「단궁 상(檀弓上)」의 "스승의 상에는 침문에서 곡하
고, 친구의 상에는 침문 밖에서 곡한다."라는 말을 인용한 것으로 벗의 죽음을 말한다.

115

강빈의 시

현현옹(玄玄翁) 강빈(姜彬)의 〈설날의 비[元春雨]〉 시는 두보의 시어와
매우 닮았다.

끝없이 내리는 설날의 비	脈脈元春雨
부슬부슬 옥가루처럼 흩날리네	霏霏散玉繩
젖어들어 지맥과 통하고	潤宜通地脈
따스하여 강얼음 녹이네	和可解江氷
어부는 물고기 나온다 생각하고	漁父思魚出
농부는 보리싹이 돋아 기뻐하네	農人喜麥登
잠깐 사이에 조화를 보며	須臾看造化
천지 사이 난간에 기대네	天地一欄憑

끝에 적어두어 시인의 감상에 대비한다.

116

김득신이 대구를 찾다

시랑(侍郎) 김득신(金得臣)이 예전에,

세월에 내 머리는 희어지고 　　　　　　　　　　　　　　歲月吾頭白

라는 구절을 지었으나 그 대구를 짓지 못했다. 오랜 뒤에,

풍진에 그대 말은 누래졌네 　　　　　　　　　　　　　　風塵君馬黃

라는 구절을 이어붙였다.[1]

---

1 이 구절은 정두경(鄭斗卿)의 『동명집(東溟集)』 권3에 수록된 〈이사겸 행진에게 주다〔贈李士
謙行進〕〉에 나오는 "세월에 내 머리는 희어지고, 풍진에 그대 말은 누래졌네.〔日月我頭白, 風
塵君馬黃〕"와 유사하다.

117

허공의 시

호남의 허공(許公) 아무개는 내 조부의 동서이다.

> 타향에서 검은 머리 주변에 눈이 내리고   他鄉壯髮頭邊雪
> 고향의 겨울 매화는 꿈속에 꽃피우네   故國寒梅夢裡花

라는 시구를 지었다. 헛되지도 않고 어색하지도 않으며, 시어가 매우
적절하고 통쾌하여 읊조릴 만하다.

창해시안

＊

원문

일러두기

1. 이하의 원문은 한국국학진흥원에 기탁된 2종의 『창해시안』을 교감하고 표점한 것이다. 이병조 필사본을 A본, 이병상 필사본을 B본으로 지칭한다.
2. 저본과 인용 문헌의 원문이 상이한 경우, 저본의 오류가 명백한 경우를 제외하고 저본을 따랐으며, 차이는 교감주로 밝혔다.
3. 교감주는 원문에 각주로 부기하고, 원주는 【 】표기하였다.
4. 표점은 마침표(.), 쉼표(,), 모점(、), 큰따옴표(""), 작은따옴표(''), 물음표(?), 느낌표(!), 쌍점(:) 등 8개 부호를 사용하였다. 고유명사는 편의상 별도로 표기하지 않았다.
5. 원문의 대화 및 인용 부분은 1차 인용을 큰따옴표(""), 2차 인용을 작은따옴표(''), 3차 인용을 홑낫표(「」)로 표기하였다.
6. 이 밖의 표점 교감 사항은 한국고전번역원의 표점 교감 지침을 따랐다.

詩眼序

夫天下之人皆有眼, 有眼而不識字, 與無眼同, 識字而不知義, 亦與無眼同. 人莫不悲
瞽矇, 而不自悲其無眼, 豈非可哀也耶? 天下之書同文, 而一字二字, 淸濁巧拙, 判然
重輕者, 惟詩爲最甚, 無眼其何以辨之? 自風雅亡而變爲騷, 騷變爲漢魏古詩, 古詩變
而爲近體, 近體作而比興之義晦, 懲感之旨缺, 詩不可以復古之道矣. 然李唐氏以來
至于今, 作者不知其幾百家, 而其聲響音律, 亦有淳漓枯潤沈浮粹駁姸媸工拙之不同,
苟不辨乎是, 指漓爲淳, 指潤爲枯, 指浮爲沈, 指粹爲駁, 指媸爲姸, 指浮爲沈, 指拙
爲工者, 亦幾希矣. 刪訂三百篇以後, 世無吾夫子之大眼目, 則聲響音律之不齊而不辨
者, 亦無足怪也.

詩莫盛於唐, 而唐亦有大家、名家、正音、餘響之不同, 自唐而宋, 宋而明, 明而至東
方, 亦各有一家言, 喙喙爭鳴, 鳴乎一代, 則詩之不同, 亦猶其人之不同, 眼之不同, 亦
猶其人與其詩焉. 孰能明着一隻眼藏, 洞見三昧, 照華月於冥塗, 揭明鏡於昏衢, 指正
路而出幽谷者哉? 家督敬儒論諸家詩, 上自唐宋, 下至皇明東國, 而辨其正袤, 訂其旨
趣, 或加華袞鈇鉞, 而取舍乎篇什; 雌黃乎字句, 頗得其歸, 輯以爲上中下三篇, 名曰
詩眼, 使世之人有眼皆見. 其或取之者指以謂有眼而無不識字不知義之譏, 則亦幸矣.
書成, 謁余以卷, 遂爲之序.[1]

滄海詩眼 卷上

1

詩自三百篇以後, 歷秦漢而下, 迄于李唐之世, 其道大盛, 如陳子昂感遇、李白古風、子
美諸作, 不失風雅遺意. 然始有五七言近體, 徒取聲響態色, 殊欠意趣, 可觀此詩道之
一變也. 及宋而大厄, 雖有陳、黃、陸二三君子, 率歸於一時漫浪之吟, 而終不得純全
合乎古道, 所謂文章與世升降者, 非耶?

2

余嘗怪天才如東坡, 而其詩無一篇佳者. 病宋詩者, 必自東坡始.

---

1 李承延, 『鹽州世稿』卷6, 『剛齋遺稿』.

3

明詩近唐, 而但萎弱有衰世口氣, 滄溟諸作, 雖若稍健, 然終未免過於驚高耳.

4

東方作者, 不下數千家, 音調聲律, 雖不逮李唐, 比宋殆過之, 而人或以小國之音忽之, 如南鶴鳴以不足以傳世稱之, 殊未可解也.

5

余嘗病世之註詩者, 牽强穿鑿, 瑣屑支離, 愈釋愈晦, 愈詳愈亂. 及觀菊圃所爲虞註杜律後敍, 不覺斂衽而起敬也. 其言曰: "詩家自古無善註." 又曰: "詩不必有註, 有亦不必看, 看詩者但先去吾輩血氣芬華想, 從淨靜暇豫地坐臥看." 又曰: "必以吾身設爲作者, 以求見其屬思時光景." 嗟呼, 古今人眼目所不到處, 菊圃爲能覰破矣.

6

詩有三來, 曰氣來, 神來, 情來. 若浩然之"士有不得志, 栖栖吳楚間, 氣蒸雲夢澤, 波撼岳陽城"、杜子美"吳楚東南坼,[2] 乾坤日夜浮"等語, 却是氣來. 若浩然之"二月湖水平,[3] 家家春鳥鳴"、子美之"猄獪不動爐烟上, 孔雀徐開扇影還"、柳子厚之"孤舟簑笠翁, 獨釣寒江雪"等語, 却是神來. 若浩然之"不才明主棄, 多病故人疎"、子美之"思家步月清宵立, 憶弟看雲白日眠"、王摩語之"秋風正蕭索, 客散孟嘗門"等語, 却是情來.

7

後人之不及古人者, 五言絶句與近體結句也. 東方之五絶, 絶無佳者, 近體結句, 尤甚遠. 自羅麗近逮當世, 惟菊圃識結句法.

8

劉長卿之獻南平王詩曰: "建牙吹角不聞喧, 亂世登壇衆所尊. 家散萬金酬死士,[4] 身持一劎答君恩. 漁陽老將多回席, 楚國諸生半在門. 白馬翩翩春草細, 邵陵西去獵平原." 人或爲此起, 而不能爲此結, 千百載後, 令人欲舞.

---

2 坼 : A본에는 "拆".

3 平 : 『唐詩品彙』에는 "淸".

4 死士 : 『唐音』에는 "士死".

9

子美春夜喜雨詩結語曰: "曉看紅濕處." 太白有"蜀江紅且明"之句, 陸放翁春行詩一
聯曰: "猩紅帶露海棠濕, 鴨綠平堤湖水明." 濕明字奪造化之功, 世未有拈出者.

10

學詩者, 欲識古人用力處, 當先看其下字. 子美詩有曰: "歸雁喜青天." 有曰: "荒庭垂橘
柚." 有曰: "江聲走白沙." 喜字、垂字、走字, 子美之前人, 無有拈出者, 是子美用力處.

11

劉方平春怨詩曰: "紗窓日落漸黃昏, 金屋無人見淚痕. 寂寞閑[5]庭春又晚, 梨花滿地
不開門." 只一又字, 寫出春怨, 可見方平苦思處.

12

柳中庸凉州曲曰: "關山萬里遠征人, 一望關山淚滿巾. 青海城頭空有月, 黃沙磧裡本
無春." 空、本二字, 寫盡無限哀怨之情, 若無空、本字, 却不成詩.

13

我朝明宣之, 作者最盛, 若李唐長慶、大曆之間, 其中權石洲最善爲唐語, 過慶福宮
詩絶佳. 然其所用字語, 多不穩, 如"野鳥能吟玉樹歌, 不堪斜日照銅駝"等語是也. 終
坐詩禍廢死者, 有由也.

14

近世詩, 多務高遠新奇, 如"墻角爭趨[6]鷄子女, 樓中[7]端坐燕夫妻"等語, 或膾炙人口,
竊恐詩道從此而遭一大厄會也.

15

古今都邑山川題詠者甚多, 而絶少佳者, 雖以太白之高才傲氣, 見黃鶴樓崔顥作, 不
敢復題, 有"眼前有景道不得, 崔顥題詩在上頭"之句, 古人之不相上如是, 而今人反復
角勝, 必欲凌駕古人, 抑何心哉?

---

5 閑 : 『唐音』에는 "空".

6 角爭趨 : 『石北集』에는 "下頻來".

7 中 : 『石北集』에는 "頭".

16

松京滿月臺, 自四佳以後, 留題者甚衆, 世皆以季父半聾[8]公所爲 "麗王在時月, 臺上已千霜", "長短吟詩與樵唱, 客程斜日滿高麗" 之句爲第一云.

17

家大人滿月臺詩一聯曰: "客子來時山欲雨, 君王去後水空流." 無限感古之意在言外.

18

李槎川松京詩, 有曰: "黃昏立馬高麗國, 流水聲中五百年." 驚動當時, 然但欠實氣. 槎川歿後, 其門人有挽曰: "荒城虛照碧山月, 千古人稱李謫仙. 先生去後留何句, 流水聲中五百年." 亦喧藉一時, 而自是渠家家法.

19

東京留題一詩, 最膾炙, 有曰: "流水一千年故國, 寒烟二[9]十八王陵." 噫, 天地間自餒此體, 吾恐後世之有效也.

20

許用晦金陵懷古詩曰: "玉樹歌殘王氣終, 景陽兵合戍樓空. 楸梧遠近千官塚, 禾黍高低六代宮. 石燕拂雲晴亦雨, 江豚吹浪夜還風. 英雄一去豪華盡, 惟有青山似洛中." 劉禹錫西塞懷古詩曰: "王濬樓船下益州, 金陵王氣漠然收. 千尋鐵鎖沈江底, 一片降旗出石頭. 人世幾回傷往事, 山形依舊枕寒流. 今逢四海爲家日, 故壘蕭蕭蘆荻秋." 我國東京、松都諸作, 未有如二詩者矣, 古今人不相及如是矣.

21

蘇齋之詩, 世人比之杜詩, 吳喜昌謂: "得於杜, 成於杜." 余以爲杜前無杜, 杜後無杜, 後人之學杜者, 徒學杜之一端, 未得其全體, 故其詩健實有餘, 而清潤不足. 若蘇齋之詩, 固泱泱大國之風, 去杜稍近, 可謂升杜之堂, 未入杜之室矣. 然[10]至如 "秋風乍起燕如客, 晩雨暴過蟬若狂", 雖使子美對局, 必下一着矣. 然杜詩有秋風燕如客之句, 公但加乍起二字用之耳.

---

8 半聾 : A본에는 "聾齋".

9 二 : 『灌圃集』에는 "四".

10 然 : B본에는 없음.

22

高祖博泉公平生喜杜詩, 副提學權公踔好唐詩, 相與唱酬者累十篇, 一代士大夫爭慕效之. 蔡希庵踵而起, 大鳴於世, 希庵之詩, 亦學杜語者也.

23

東方歌行長篇, 無踰於鄭東溟, 而及夫希庵出而後, 不放東溟獨步.

24

文章夙成者, 於古亦[11]罕有, 惟郭元振寶劍篇, 十六時作也. 王摩詰桃源行, 十九時作也. 蔡希庵感恩歌, 二十時作也.

25

高達夫五十始爲詩, 卽能以氣質自高, 每一篇出, 好事者輒傳布, 其詩極淸麗, 如"靑楓江上秋天遠, 白帝城邊古木疎"之句是也.

26

唐人早朝詩優劣, 古人言之已多矣. 菊圃以幼隣爲首, 而余則以嘉州爲優. 所謂"花迎劍佩星初落, 柳拂旌旗露未乾"之句, 逼盡早朝時光景.

27

嘉州詩, 語逸體俊, 意亦造奇, 如"長風吹白茅, 野火燒空桑", 可謂逸才. 如"山風吹空林, 颯颯如有人", 宜補幽致也. 如"春城月出人皆醉, 野戍花深馬去遲", 有富貴像.

28

嘉州詩與李、杜相頡頏, 歌行則流出肺肝, 無斧鑿痕, 孟郊、賈島輩句鍛月鍊者, 輒談笑爲之.

29

軿別之詩, 絶少佳句, 惟菊圃善於挽別, 終古寡仇, 挽申致謹承旨曰: "深樹黃鸝啼復啼, 玉壺芳酒思悽悽. 小橋斜日驢蹄歇, 何處靑山草色迷. 金馬可能容傲骨, 風車未必

11 亦 : A본에는 없음.

碍層霓. 難忘最是眉間氣, 醉態詩愁兩不低." 世皆傳誦, 至今讀之, 牙頰生馨.

30

菊圃歿後, 槎川挽曰: "南海北溟非爾居, 望而不見限門閭. 李江夏在竟無面, 宗子相亡方有書. 玄草沈潛終病汝, 白頭淫佚孰刪余. 別人未是伊曾詠, 深樹黃鶯歇蹇驢." 其詩之爲槎川所慕, 亦可知已.

31

菊圃懿陵挽詞, 當爲千古絶語, 讀之不覺流淚縱橫.

32

元陵挽詞製進者百餘人, 樊巖、艮翁所製, 當爲第一. 樊巖一聯曰: "無樂爲君千乘國, 有時回夢六吾[12]堂." 以爲說道英廟意中思, 人皆稱之. 艮翁一聯曰: "終不可護瞻綠竹, 有餘長歎拊朱絃."[13] 極輻藉和平, 可登樂章.

33

艮翁八九歲時,[14] 文已成章, 十六時滯雨道中, 有作曰: "天雨吾何出, 晨星如昨宵. 嶺雲玄漠漠, 江雨白蕭蕭. 行到水聲店, 又愁明日橋." 可謂逸才.

34

權學士扶爲臺諫時, 論徵夏, 被斥逐. 菊圃送之東都門外, 贈詩曰: "東門擧酒不成歌, 萬里行人意若何. 落日中零灘畔路, 傷心春草懿陵多." 又曰: "今古都門楊柳春, 關王廟裡送行頻. 盡將蕙子平生淚, 灑與悠悠北去人." 他人聞者尙不堪, 當日權公聞之, 作何懷也?

35

東方文章, 孤雲首倡, 而其詩甚野, 惟伽倻山一絶, "或[15]恐是非聲到耳, 故敎流水盡籠山"之句, 稍勝.

---

12 吾 : A, B본에는 "梧". 『樊巖集』에 근거하여 수정.

13 終不可護瞻綠竹, 有餘長歎拊朱絃 : 『艮翁集』에는 "未可終護瞻綠竹, 有餘三歎撫朱絃".

14 時 : A본에는 "詩".

15 或 : 『孤雲集』에는 "常".

36

五古, 自漢魏以下, 至唐儲光羲、王摩詰、韋應物、柳子厚而最佳. 張文昌離怨後, 更無佳唱, 今人之學漢魏者, 專尙蹈襲, 絶無奇語, 可歎.

37

菊圃之才, 不下古人, 而其所爲擬古等諸詩, 亦未免河梁餘套, 況衆人乎? 近者杜機亦善爲選體, 率皆古人已言之言, 而"初月上中閨, 女兒連袂出. 舉頭數天星, 星七儂亦七"等語, 獨發前人未發者.

38

詩王摩詰詩, 在泉爲珠, 着壁爲繪, 一句一字, 皆出常境, 其古詩尤淸秀, 調雅意新理愜, 如"野老念僮僕", "倚杖候荊扉. 田父荷鋤立, 相見語依依." 豈非所謂詩中有畫者乎?

39

韋應物詩, 如深山采藥, 飮泉坐石, 日晏忘歸, 其詩大抵酷似陶潛, 如"携酒花林下, 前有千載墳, 於時不共酌, 奈此泉下人. 聊敍遠世蹤, 坐望還山雲"之語是也. 晦庵所謂高於王維、孟浩然者, 誠然乎哉.

40

古人謂柳子厚古詩在韋蘇州上, 如"籬落隔烟火, 農談四隣夕. 各言官長峻, 文字多督責. 今年幸少豊, 無厭饘與粥"者, 宜入採風.

41

張文昌爲詩, 長於樂府, 多有警句, 昌黎稱其學古談者是也. 其離怨一篇, 最膾炙, 選詩獨取[16]此篇, 其曰: "切切重切切, 秋風桂花折. 人當少年嫁, 我當少年別. 念君非征役, 年年長遠途. 妾身甘獨沒[17], 高堂有舅姑. 山川豈悠遠, 行人自不返." 夫唐以詩鳴者, 不下三百餘家, 然欲求其純全合乎風雅之音響, 則獨賴此篇之存耳.

42

王仲初善爲樂府語, 又工於律詩, 如"買斷竹谿無別主, 散分泉石與新隣. 山頭鹿下長

---

16 取 : A본에는 없음.

17 沒 : A본에는 "役".

驚犬, 池面魚游不怕人", 蕭散自在.

43

金思齋還自帝京, 以其所爲五絶一篇示慕齋曰: "唐詩之逸而不傳者亦多矣, 今行得唐人逸詩而來." 仍誦"雨後淸江興, 回頭問白鷗. 答云紅蓼月, 漁[18]笛數聲秋"之句, 慕齋曰: "善則善矣, 而如令輩足能爲此." 仍誦錢仲文歸雁詩曰: "瀟湘何事等閑回, 水碧沙明兩岸苔. 二十五絃彈夜月, 不勝淸怨却飛來. 首二句, 人之所以問雁者也, 末二句, 雁之所以答人者也. 夫兩岸莓苔, 水碧沙明之地, 何事等閑回者, 雖不用問字而自然是問語. 二十五絃之瑟, 彈於月明之夜, 不勝淸怨之聲, 而却飛來者, 雖不用答字, 自然是答語, 何必有問答字而後爲問答乎哉?" 思齋服其藻鑑云.

44

思齋此詩, 雖使余觀之, 不信其爲唐詩, 況可欺慕齋乎哉?

45

近者蔡參判弘履, 裒其自家詩, 稱之以逸唐詩, 出以示人, 擧世靡然信之. 余得見其所謂逸唐詩者於族祖天然子, 不過才子口氣, 未有一句近似古人, 而衆乃推尊爲唐詩, 世俗之易欺如是也, 人之無眞眼目, 從可知已.

46

梅花詩, 自古無佳者, 而余以林和靖一聯爲今古獨步. 其詩曰: "疎影橫斜水淸淺, 暗香浮動月黃昏." 自然是梅詩.

47

陸放翁梅花詩曰: "梅花如高人, 妙在一丘壑." 其詩妙處, 都在一妙字. 且如高人三字, 終古詠梅者, 未有能道破矣.

48

放翁詩, 巧處太巧, 豪處太豪, 要之太白以後一人. 宋之詩人, 雖陳黃, 未必不讓一頭矣.

49

趙觀彬喜放翁, 自號小放翁, 其詩酷似放翁, 如"酒壺登歲走, 布帳[19]入秋高", "輂路

---

18 漁 : B본에는 "魚".

虛庵佛, 宮墟小縣監", "詩留畫板嫌他[20]眼. 政在穿碑愧此顏"之類是也.

50

唐詩僧齊己早梅詩, 有曰: "前村風[21]雪裡, 昨夜數枝開." 携以示鄭谷, 谷曰: "數枝非早梅也, 不若一枝." 齊己不覺下拜, 當時稱谷爲一字師. 谷嘗作鷓鴣詩絶佳, 時號爲鄭鷓鴣. 其詩惟"游[22]子乍聞征袖濕, 佳人纔唱翠眉低"外別無奇語, 眞所謂楓落吳江冷一句而已.

51

王世貞文章, 奇邁絶俗, 而詩獨晩成, 其登西山作二句, "淸秋殿閣空中見, 落日旌旗樹杪看"者, 直與蘇廷碩"宮中下見南山盡, 城上平臨北斗懸", 相頡頏.

52

李于鱗文章, 當遜於王世貞, 而其詩英發則殆過之, 如"客久高吟生白髮, 春來歸夢滿靑山. 明時抱病風塵下, 短褐論交天地間"之句, 王所未能者也.

53

詩家每絀濂洛爲陳陋, 余亦以濂洛爲非詩家正道, 平生不喜看. 偶閱朱詩, 得九日天湖作, 方知朱子天才卓越, 非常人之敢易論也. 其詩曰: "去歲瀟湘重九時, 滿城風雨客思歸. 故山此日還佳節, 黃菊淸樽更晩暉. 短髮無多休落帽, 長風不斷且吹衣. 相看下視人寰小, 只合從今老翠微." 極淸警, 雖編之於大曆作者之間, 吾未知其孰優也. 固知其才隨處皆宜, 欲唐乎, 斯唐而已, 欲濂洛乎, 斯濂洛而已. 子瞻輩雖句鍛月鍊, 豈能爲此語乎?

54

白樂天詩, 如行雲流水, 而亦自不違翰墨畦逕, 佳句甚多, 未冠作原草詩極佳, 携以謁顧況, 況戲之曰: "長安米貴, 居大不易." 樂天之名爲居易故也. 及讀原草詩, 至"野火燒不盡, 春風吹又生", 蹶然驚起曰: "有句如此, 居何難? 老夫前言戲之耳."

---

19 布帳:『槎川詩抄』에는 "帳布".

20 他: A본에는 "此".

21 風:『唐詩品彙』에는 "深".

22 游: B본에는 "遊".

55

家大人春帖子有曰: "平生不讀十車書, 米貴長安未易居.[23] 東風不盡燒原草, 更見青青艶陽初."

56

余前年哭二子, 往栖山寺, 閱唐詩, 見樂天之哭子詩, 其一聯說透人情之的, 可謂先獲我心. 其詩曰: "悲腸自斷非因劍, 啼眼常[24]昏不是塵." 古今哭子者何限, 而能形容悲苦之情者, 獨樂天有之矣.

57

余自山寺還, 所居室窓戶長鎖, 塵埃堆積, 見庭上小桃, 感吟一詩, 有"庭桃結子猶時序, 樑燕將雛自去來"之句, 雖悽惋, 然終不若白詩之形容.

58

樂天之貶江州也, 元微之寄詩曰: "殘燈無燄影幢幢, 此夕聞君謫九江. 垂死病中驚起坐, 暗風吹雨入寒窓." 樂天曰: "使他人誦之, 尙不堪, 況僕乎?"

59

曾王考恩庵公之謫濟州也, 愼節齋以書遺之, 書此詩於下曰: "蘇長公七千里渡海, 亦是男快闊事."

60

石北海左聾齋齊名, 海左典重沈着, 聾齋奇警超邁, 石北間多俳偕, 當遜於二家.

61

聾齋詩, "獨鳥天長歸漠漠, 鳴驪江闊去蕭蕭", 尤膾炙, 雖買堅小兒, 相傳播, 此一聯未必勝似集中諸作, 而如是何哉?

62

牧伯李侯學源謂家大人曰: "沈斯文長泰, 抵書於我曰: '君知李某【聾齋諱】而亦聞世所藉藉, 「獨鳥天長歸漠漠, 鳴驪江闊去蕭蕭」之句乎?' 此卽其伯氏之詩也." 世或錯

---
23 易居 : A본에는 "居易".
24 常 : 『瀛奎律髓』에는 "加"

認爲家大人詩, 吾家父兄一時壎篪之盛, 從可知已.

63

石北與海左游於驪江之甓寺, 時秋雨新晴, 明月初生, 石北有詩曰: "寒多白塔三更出, 霽盡靑山兩岸來." 海左有詩曰: "長²⁵江一面朦²⁶朧出, 風檜東頭²⁷宛轉來." 世之言兩詩之優劣者, 率皆右石北, 余獨以海左爲優. 盖石北之詩, 淸爽過之, 故易爲驚動人, 而終不若海左之自然, 矇矓、宛轉寫盡其時光景, 殆所謂練光亭景致盡於"長江一面溶溶水, 大野東頭點點山"之句者也.

64

李義山詩, 瑰琦邁古, 號西崐體, 其流也爲盧仝之險、李賀之奇、溫庭筠之詭.

65

義山錦瑟詩, 世無解之者, 然所謂"滄海月明珠有淚, 藍田日煖玉生烟"者, 泣鬼語也.

66

古人謂唐人學老杜者, 惟李義山一人而已. 雖未盡造其妙, 然精密華麗, 亦自得其彷彿.

67

王安石嘗爲蔡天啓言: "學詩者, 未可便學老杜, 當先學義山, 未有不能爲義山而能爲老杜者也."

68

孔門有卜子夏, 而其流也爲田子方、莊周. 老杜, 詩家之集大成者也, 詩家之有義山, 若孔門之有子夏, 詩家之有盧仝、李賀、溫庭筠, 若孔門之有田子方²⁸莊周也, 學詩者不可不審.

69

盧仝月蝕詩, 世所稱道, 嘗居東都, 退之爲河南令, 愛其詩, 厚禮之.

---

25 長: 『海左集』에는 "氷".

26 朦: 『海左集』에는 "朣".

27 頭: 『海左集』에는 "邊".

28 方: A본에는 없음.

70

詩評云: "盧仝月蝕詩, 莫不拔地倚天, 句句欲活, 如不施鞚[29]勒騎生馬, 急不得下, 莫可捉把."

71

朱子曰: "玉天子詩句, 語雖險怪, 意思亦自有混成氣像."

72

李賀辭尚奇詭, 所得[30]皆驚邁, 當時無能效者, 樂府數十篇, 雲韶諸工, 合之絃管.

73

長吉詩體, 如崇巖峭壁, 萬物崛起.

74

長吉初謁退之, 投以詩卷, 首篇乃雁門太守行也. 退之時纔退朝倦甚, 門吏以卷呈, 解帶旋讀, 讀首二句"黑雲壓城城欲摧, 甲光向月金鱗開" 遽束帶, 邀入喜甚.

75

長吉之詩, 無非神仙語也,[31] 如"直貫開花風, 天上驅雲行", "人間酒煖春茫茫, 花枝入簾白日長"之句, 是絕少塵俗氣.

76

溫庭筠嘗作詩, 不起草, 但籠袖凭几, 每一韻一吟, 時人謂之溫八吟.

77

庭筠詩, 比義山尤巧, 比長吉尤詭. 如"芙蓉力弱應難定, 楊柳風多不自持. 悠悠楚水流如馬, 恨紫愁紅滿平野. 宮花有露如新淚, 小苑茸茸入寒翠. 韶光染色如蛾翠, 綠濕紅鮮水容媚"等語, 豈非巧詭之至者乎?

29　鞚 : A본에는 "控".

30　得 : A본에는 "謂".

31　也 : A본에는 없음.

78

余嘗評長吉、庭筠詩曰: "不服布帛而服鮫織, 不啖膾炙而啖猩脯, 謂天不高而索高於天之上, 謂海不深而覺深[32]於海之底, 常人學他不能."

滄海詩眼 卷中

1

近世嶺南無佳唱, 蒼雪學士後, 權良州一甫氏傑立江左, 申平海周伯獨步江右.

2

江左翁騎牛絶句結語曰: "長[33]郊烟漠漠, 春日共遲遲." 逈出常調, 決不爲小兒語求工者.

3

青泉子蠹石樓詩一聯: "天地報君三壯士, 江山留客一高樓." 極感慨悲壯, 酷肖滄、弇.

4

唐人盛集賦詩, 必推一人擅場, 郭曖尙昇平主盛集賦詩, 李端擅場, 端詩如"諸溪近海潮皆應, 獨樹邊淮葉盡流", 絶佳.

5

戴幼公除夜石頭驛詩曰: "一年將盡夜, 萬里未歸人. 寥落悲前事, 支離笑此身." 詩評云: "非不美矣, 後聯餒矣." 孟浩然歲除有懷詩曰: "亂山殘雪夜, 孤燭異鄉人. 漸與骨肉遠, 轉於僮僕親." 詩評云: "客中除夕, 誦此不復更作." 評者多浩然而小幼公, 然余則以爲"寥落悲前事, 支難笑此身", 雖不如"漸如骨肉遠, 轉於僮僕親", "亂山殘雪夜, 孤燭異鄉人", 還不如"一年將盡夜, 萬里未歸人", 二子眞箇敵碁手[34]耳. 既解評者之誤, 且爲幼公雪寃.

---

32 深 : B본에는 "海".

33 長 : 『江左集』에는 "煙".

34 敵碁手 : B본에는 "敵手碁".

6

杜荀鶴秋日旅中詩曰: "少年心壯輕爲客, 一日病來思在家. 經雨凍蟬隨葉墮, 過湖秋雁趁雲斜." 前二句氣也, 後二句神也. 此固造化之妙, 有不容人力於其間, 誰謂小道而忽之也?

7

李夢陽桃花獨樹詩曰: "入門風片時時墜, 近酒春枝故故斜." 近酒二字, 自然是花詩, 常人未道破, 然但氣短.

8

簡齋歸洛道中作曰: "歸路35忽踐楊柳影, 春事已到蕪菁花." 忽踐二字, 已驚時序之晚, 已到二字, 亦嘆客遊之久. 學者欲見古人精神, 當於忽踐、已到四字求之也.

9

簡齋詩有"天機袞袞山新瘦, 世事悠悠日自斜"之句, 非天機袞袞, 則山新瘦却無意味, 非世事悠悠, 則日自斜亦自尋常. 此處細思之, 令人欲舞.

10

高彥恢36選唐詩作品彙, 楊伯謙選唐詩作唐音. 佳作或漏, 不佳者或取, 此選詩之37所以難也.

11

南尙書龍翼選東詩作箕雅, 而其所選太半多可刪, 可歎.

12

曾祖息山公題酒壺詩曰: "飲酒亦有道, 道不可須臾離. 屈原醒, 阮籍醉, 一不及, 一過之. 不如安樂窩中老, 太和湯三盃自吟詩." 申周伯終身誦之, 曹星州允亨爲人作字, 多寫此詩云.

35　路 :『簡齋集』에는 "途".

36　彥恢 : A, B본에는 "仲武". 고중무는『중흥간기집(中興間氣集)』의 편자이며,『당시품휘』의 편자는 고병이므로 이렇게 바로잡았다. 언회는 고병의 자이다. 이하 高仲武는 高彥恢로 바로잡고 따로 교감기를 달지 않는다.

37　之 : A본에는 없음.

13

息山公過鳥嶺, 有詩曰: "松危無肉石, 蘿洩[38]有聲泉." 此兩語, 固造化自然之妙, 豈可容人力也哉?

14

鶴皐金司諫詩曰: "返照鴉翻翅, 春氷馬蹄試." "返照鴉翻翅", 却是常語, 必難"春氷馬蹄試"之對, 故彊屬之耳.

15

東方五絶, 絶無佳者, 而菊圃南漢前後八絶、舟行前後雜詠, 極佳, 世間最有名. 如權韠之徒, 亦恐未易爲耳.

16

希庵諸作, 一讀輒無味, 再讀方知微有好處, 三讀造化畢見, 如空中之龍入雲霧也, 不知其有神變, 及其薄日月伏光景也, 東雲見鱗, 西雲見瓜, 怪奇惚恍, 罔知端倪.

17

恩庵公[39]與希庵諸公會於襄陽, 一夜作律詩三百餘篇, 坐間皆閣筆, 其文章神速, 類如是矣. 杜機詩所謂"蔡李淸詞誠一快[40]"者, 此之謂也.

18

慕軒與菊圃, 同時互相推許, 其詩韞藉幽雅, 不及菊圃, 神彩颯爽殆過之. 如"詩得瘦淸同我貌, 病將寒熱作人情", "風來颯颯西南樹, 月上遲遲[41]上下村"等語, 極奇邁. 如"楓老秋陰欲化身"之句, 必有神機扶護之者矣. 其子警弦翁, 亦有能詩名, 其山寺作一聯, "萬木[42]高低群鳥穩, 一燈明滅數僧深", 余所酷愛.

19

一善有蒼巢丈人, 以詩[43]文大鳴於山南, 平生不以詞翰自處, 故所爲詩, 僅十餘篇, 而

---

38 洩: 『息山集』에는 "泄".

39 恩庵公: A본에는 "曾祖恩庵公".

40 蔡李淸詞誠一快: 『杜機詩集』에는 "蔡李詞華眞一映".

41 遲遲: B본에는 "遙遙", 『慕軒集』에는 "寥寥".

42 木: 『警弦齋集』에는 "樹".

多有佳句. 如"愁多白髮頻添丈, 霜重黃花不改心", 雖近世名家, 亦何以⁴⁴踰此? 惜其篇帙無多, 不能傳世也.

20

晚唐語甚萎靡, 如譚用之之"看盡好花春臥穩, 醉殘紅日夜吟多"之句, 何其氣促也?

21

李山甫之"有時三點兩點雨, 到處十枝五枝花", 吳融之"三點五點映山雨, 一枝兩枝臨水花"之句出而大病新學小生, 此選詩者之罪也.

22

山谷梅花詩, 有"淡薄自能知我意, 幽閑元不爲人芳"之句, 縱不如"疎影橫斜水淸淺, 暗香浮動月黃昏"之句, 亦可謂善觀梅花.

23

簡齋雨晴詩, 有"墻頭語鵲衣猶濕, 樓外殘雷氣未平"之句, 新晴物色, 人或可畫, 而此語畫不得.

24

簡齋晚步順陽門外詩, 有"樹連翠篠圍春畫, 水泛靑天入古城"之句, 除少陵外, 誰人解作此語也?

25

祖詠詩, 有"萬里寒光生積雪, 三邊曙色動危旌"之句, 眞所謂一部出塞笳鼓.

26

西坡初秋奉審齊陵歸路, 有詩曰: "楓⁴⁵江初⁴⁶得新秋爽, 雲嶂偏多薄暮天⁴⁷." 殊有氣槪.

---

43 詩 : A본에는 "時".

44 以 : A본에는 없음.

45 楓 : 『西坡集』에는 "風".

46 初 : 『西坡集』에는 "稍".

47 天 : 『西坡集』에는 "靑".

27

中州洪冕輔氏, 彩峯之孫也, 博泉公之外孫也. 年二十而殀, 文章已成, 比李義山, 欠氣骨, 較溫庭筠, 同淸警, 如"馬上尋眠山入夢, 林間覓路草連衣", "采女山中春滿筥, 行人林下雨迷簑"之類, 是也. 其詠杜鵑詩曰: "四面多深木, 三更聽杜鵑. 峽天芳草外, 巖月落花前. 苦哭終何益, 寃聲空可憐." 酷似庭筠. 峽天初作蜀天, 菊圃改之以峽[48]天, 但所著述纔四十篇, 惜乎其不多也.

28

癖庵, 冕輔氏之弟也, 文章贍麗, 嘗與石北、海左、聾齋游, 多所酬復, 如"酒家門外盡靑山"之句, 可傑立一世.

29

丹陽有趙胃達者, 善爲詩, 其山居雜詠曰: "山居不解種桃花, 只有溪雲萬疊斜. 多少世人中道返, 春來誰識武陵家." 詠白㯖詩曰: "山㯖老大白如雲, 獨立蒼崖到夕曛. 我有茅廬無俗客, 虛簷今夜可容君." 殊警絶.

30

姜世白淸之, 菊圃之孫也, 亦能詩, 爲余誦其所爲偃松詩, 其結語所謂"濁世猶可臥, 時淸胡不起"者, 豈非家風所自耶?

31

淸之爲余道丹陽人李安中[49]之善爲詩, 其小桃詩絶佳, 如"小桃寒食後, 撩亂粉墻斜. 欲折憐垂露, 將攀畏落花", 深入晚唐骨髓, 近世先輩如崔士集, 善爲此等語.

32

東湖樵客鄭逸, 人奴也. 其詩極淸麗, 白鷗詩最膾炙, 曰: "東湖春水碧於藍, 白鳥分明見兩三. 柔櫓一聲飛去盡, 夕陽山色滿空潭." 又曰: "亭亭人立夕陽時, 紅蓼綠簑兩相宜. 意到忽然飜雪去, 靑山影裡赴誰期." 贈安東老妓曰: "少日淸音發絳脣, 畫樑明月下輕塵. 皓齒全疎玉喉咽, 猶將舊曲敎傍人." 與吾族祖天然子善, 相與唱酬累數篇, 皆帶晚唐痕.

---

48 峽 : A본에는 "蜀".

49 中 : A, B본에는 "重". 『玄同集』에 근거하여 수정. 이하 "李安重"은 모두 "李安中"으로 교감하고, 따로 교감기를 달지 않는다.

33

天然子詩不甚力, 所著述不滿百篇, 而多有警語, 如贈妓詩所謂"凝立曙河頭"者, 可見其才思不群.

34

林白湖, 豪士也. 善爲詩, 嘗私平壤妓鷓鴣, 其後候之, 鷓鴣得寵於巡使姓柳者, 莫得以見其面, 遂直造布政司門外, 使門吏通之, 巡使聞其名已熟, 邀入喜甚, 鷓鴣在座, 旣而辭出, 鷓鴣亦辭以故, 徑至其家, 公大悅, 因載之於所騎靑騾, 自爲御而走. 柳覺之, 使人追之, 及於江上, 公⁵⁰遂於鷓鴣之⁵¹紅羅裳書一詩而爲別曰: "立馬橋⁵²頭別意遲, 生憎柳楊⁵³最高⁵⁴枝. 佳人緣薄多新態, 蕩子情深問後期. 桃李落來寒食節, 鷓鴣飛去夕陽時. 江南春至離腸斷,⁵⁵ 采采蘋花有所思."⁵⁶ 柳見之, 復使人邀之, 置酒待之, 使鷓鴣歌而侑之. 及歸, 因許鷓鴣事之, 公遂與俱歸, 柳未知何人, 而能知愛其詩而不愛其寵姬, 若柳者, 可謂非庸人矣. 箕雅以此詩作霽峰詩, 可怪也.⁵⁷

35

恩庵公⁵⁸嘗佐關西幕, 眄平壤妓千金換者, 其後出宰泰川時, 則按⁵⁹使寵之, 約守宰宴鍊光亭, 公亦往赴焉. 大張女樂, 粉黛如雲, 而不許千金換出, 千金換隔帳觀望, 唱歌詞, 而有"一片丹心, 弱水三千"之語, 公遽呼之, 至前曰: "汝以何物受詩?" 卽解其紅錦段裙以獻之, 公遂一揮成詩曰: "醉後雕鞍興, 回頭浿幕年. 巫山依舊色, 神女至今姸. 皎皎丹心一, 迢迢弱水千." 盖用其歌語也. 卽先起馳, 至五十里而止宿, 已而千金換追至, 怪問之, 盖按使以其所騎馬載送也. 至今傳以爲風流盛事, 然而詩則以爲流於艶體, 不載集中.

---

50 公 : A본에는 없음.

51 之 : A본에는 없음.

52 橋 : 『霽峯集』에는 "沙".

53 柳楊 : 『霽峯集』에는 "楊柳".

54 高 : 『霽峯集』에는 "長".

55 江南春至離腸斷 : 『霽峯集』에는 "草芳南浦春波綠".

56 采采蘋花有所思 : 『霽峯集』에는 "欲採蘋花有所思", B본에는 "采采蘋花自所思".

57 也 : A본에는 없음.

58 恩庵公 : A본에는 "曾祖恩庵公".

59 按 : A본에는 "巡".

36

湖洲善爲唐語, 與石洲相表裡, 其詩如"孤雲衆壑暮, 小雨一秋寒. 疎林秋盡雨, 荒店夜深燈." 優入唐域.

37

湖洲嘗與東州座, 口占一句曰: "郭外靑山已[60]夕陽." 醉不成章, 東州足成曰: "小軒[61]風露坐凄凉. 那無上客能傾盖, 更有高文獨擅場. 晋代淵明堪嘯傲, 漢庭[62]方朔任淸狂. 尊前自恨才情少, 多病[63]新秋廢酒觴." 高王考[64]博泉公嘗謂希庵曰: "郭外靑山之會, 相觗尖者, 我也." 當時二老各數大觥, 氣岸軒輊, 傍若無人者, 而海亢湖讓, 讓不爲卑, 亢不爲驕, 前後輩相須之殷, 盖如是云.

38

東州似杜, 湖洲似唐, "小軒風露坐凄凉"以下, 判作二語.

39

郭外靑山之會, 當作畫圖看.

40

孟東野爲詩, 有理致, 最爲退之所稱, 然思苦奇澁, 如"食薺腸亦苦, 强歌聲無歡. 出門卽有碍, 誰謂天地寬"之類, 是也.

41

東野耿介之士也, 雖天地之寬, 無以容其身, 起居飮食, 有慽慽之憂, 至有形於詩, 所以有陋於聞道之譏者也.

42

東野詩, 如"鷄聲茅店月, 人跡板橋霜", 至今讀之, 其羈窮愁想, 如在目中. 湖洲"疎林秋盡雨, 荒店夜深燈", 本此.

---

60 已 : B본에는 "近".

61 軒 : 『湖洲集』, 『東州集』에는 "堂".

62 庭 : 『湖洲集』, 『東州集』에는 "廷".

63 病 : A본에는 "是".

64 高王考 : A본에는 "高祖".

43

王摩詰詩曰: "時倚簷前樹, 遠望[65]原上村." 宛成一幅輞川圖.

44

方虛谷曰: "余於摩詰'山下孤烟遠村, 天邊獨樹孤原', 未嘗不[66]心醉, 至於'時倚簷前樹, 遠望原上村', 尤心醉."

45

楊烱、王勃、駱賓王、盧照隣以詩齊名天下, 稱爲四傑. 烱嘗[67]謂: "吾媿居盧前, 恥居王後." 余則以爲四傑之中烱爲首. 其從軍行起句, 有曰: "烽火照西京, 心中自不平." 三人未嘗有"心中自不平"一句, 唐人之從軍行、出塞行等作, 不止累十篇, 而亦未嘗見 "心中自不平"一句.

46

孟浩然之"衆山遙對酒, 孤嶼幷題詩", 讀之若山鬼悲鳴, 魚龍出聽, 又似谷風凄雨四至, 而一身亦自蕭疎, 古人云: "諷詠久之, 有金石宮商之音." 善喩也.

47

杜審言少與李嶠、崔融、蘇味道爲文章四友, 其詩沈着痛快, 如"逕轉孤峯逼, 橋危缺岸妨", "酒中堪累月, 身外卽浮雲", "梅花落處疑殘雪, 柳葉開時任好風"之類是也. 子美先生所謂"吾祖詩冠古"者, 儘不誣矣.

48

山谷詩, 典實有餘, 而每欠淸潤, 此必學杜而未得骨子, 只得皮膚故也. 其雲鶴詩一聯, "風散又成千里去, 夜寒應上九天栖", 近杜而無杜之淸警.

49

李于鱗望海作, 有"大壑秋陰生蜃氣, 扶桑日色照樓臺", 語壓滄海.

---

65 望: 『唐詩品彙』에는 "看".

66 不: A본에는 없음.

67 嘗: A본에는 "自".

50

何景明"江淸樓閣中流[68]見, 日落帆檣萬里廻", 絶佳. 江淸故中秋見頗新奇, 日落故萬里廻尤氣力, 此等語, 景明之有眼目處.

51

王荊公"客子光陰詩卷裡, 杏花消息雨聲中", 宋詩之佳者也.

52

蘇廷碩與張說齊名, 時稱燕許大手, 其詩如"當軒半落天河水, 遠徑全低月樹枝. 樓臺絶勝宜春郭[69], 燈火還同不夜城. 雲山一一看皆美, 竹樹蕭蕭畵不成", 極華麗, 又其才思若湧泉, 有沛然莫禦之勢.

53

長孫佐輔尋山家詩云: "獨訪山家歇還涉, 茅屋斜連隔松葉. 主人聞語未開門, 繞籬野菜飛黃蝶." 苕溪漁隱云: "余嘗居林落間, 食飽支筇, 縱步隣家之扉, 少[70]立待之, 眼前景物, 悉如詩中語, 然後知其工也." 此菊圃所謂以其身設爲作者, 求見其屬思時[71]光景者也.

54

先祖荷塘公石門詩一絶極佳, 其詩曰: "木落秋山葉已稀, 石門凉露濕荷衣. 雲間遙望玉泉寺, 淸磬一聲僧獨歸." 題在寺僧軸中, 靖僖公以湖南佐幕巡列邑, 得之於居僧舊軸中,[72] 東州翁曾於蟾江遇荷塘公石門之行, 故仍次其下曰: "老去親知接眼稀, 存亡涕泣久沾衣. 因思匹馬蟾江月, 獨向雙溪送客歸."

55

荊叔慈恩寺塔詩曰: "漢國山河在, 秦陵草樹深. 暮雲千里色, 無處不傷心." 洪容齋云: "慈恩塔有荊叔一絶, 字極小, 而端勁最爲感人, 其辭旨意高遠, 不知爲何時人, 而必唐世詩流所作也." 嗟呼! 古人之有文藝而終泯滅者, 亦何限?[73] 倘使荊叔不題塔上,

---

68 流 : A, B본에는 秋. 『大復集』에 근거하여 수정.

69 郭 : 『唐詩品彙』에는 "苑".

70 少 : A본에는 "小".

71 時 : A본에는 "詩".

72 中 : B본에는 없음.

則此詩亦必見佚矣.

56

王之渙鸛雀樓絶句曰: "白日依山盡, 黃河入海流. 欲窮千里目, 更上一層樓." 暢當絶句有曰: "迥臨飛鳥上, 高出世人間. 天勢圍平野, 河流入斷山." 詩話云: "唐之中葉, 文章特盛, 其姓名湮沒不傳於世者甚衆, 如河中府鸛雀樓, 有王之渙, 暢當二詩, 皆當時名所不稱." 嗚呼! 後人以詩名者, 豈能及之哉?

57

耿湋有酬暢當詩, 其起句曰: "同游漆沮後, 已是十年餘." 以此觀之, 暢唐固唐之詩人, 而爲耿湋輩所與游, 可知已. 盧綸亦有酬暢當尋麻道士詩, 所謂"開雲種玉嫌山淺, 渡海傳書怪鶴遲", 是也.

58

杜常華淸宮詩曰: "行盡江南數[74]十程, 曉風殘月入華淸. 朝元閣上西風急, 都入長楊作雨聲." 方澤武昌阻風詩曰: "江上春風阻客舟, 無窮歸思滿東流. 與君終日閑臨水, 貪看飛花却忘[75]愁." 西淸詩話云: "杜常, 方澤二人, 不以文藝名世, 而詩語驚人如此, 始有不可知者.

59

族祖石塘翁, 吾家隱峯公之孫也. 詩思絶俗, 出語驚人, 如"溪聲帶月聊[76]歸壑, 鷗夢隨風不在沙. 孤燈守歲明南國, 鄕夢隨人入漢陽. 好鳥已啼容易去, 芳花含笑寂寥停"之句, 高出世人, 然而人無有知者, 卒窮阨徒老沒牖下, 殆星湖公所謂"古今傑巨之士, 名湮滅而不稱者何限"者此也.

60

其在山寺, 有詩曰: "欲陶詩句有禽鳴, 坐看天時已及耕. 遙柳入烟如夢黯, 小梅經雨對窓明. 閑雲在上晴峯晚, 細草生邊古澗盈. 可笑山僧眞喜事, 各呼鷄犬似人名." 當無愧於大曆間作者, 而結語殆過之.

---

73 限 : A본에는 "恨".

74 數 : A본에는 "幾".

75 却忘 : 『唐詩品彙』에는 "忘却".

76 聊 : B본에는 "深".

61

其七言絶句絶佳, 如"穎江秋雨[77]落平沙, 沙上人烟見數家. 西風吹盡鄉山夢, 滿眼蕭蕭蘆荻花". 大要其詩高處在農淵以上, 平處亦不下於近世名家, 其二子之存、之權氏亦能詩, 雖未盡傳其妙, 然每多佳處, 如"燈前老佛經千刼, 飯後諸僧坐一心"之類, 是也.

62

吾家有玄玄子, 平生不爲文學, 晚爲詩, 往往多奇語, 其歎老詩一聯甚好, 其曰: "避席爭歸諸少輩, 過門直走舊知人"者, 極寫盡.

63

其五言律詩, 時犯杜語, 多有可誦, 如"蟬老三秋氣", 逈出烟花, 直接三淸.

64

吾家有挹淸翁, 亦能詩, 如"春溪遠砌水聲高, 軒似遙遙蕩小舡. 山妻進酒慰幽獨, 不作生涯眉上愁", 安分語.

65

舍弟誠儒, 弱齡抱奇疾, 未嘗受書, 只讀魯史春秋戰國以上, 而能通古文古詩. 其所作去婦怨極佳, 曰:[78] "出門登車去, 何言復來歸. 不惜恩情絶, 但恐去後譏."[79] 十餘歲作也. 不幸短命, 二十而殀死, 惜哉.

66

其早春詩, 有"二月春風到, 芳心見樹梢"之句, 其見字能解作詩.

67

吾鄉有寡諧子, 菊圃之族子也. 隱處遐僻, 平生不以文藝鳴世, 而所爲詩頗佳. 其劍濠詩曰: "東南此最壯, 往往起風霆. 自納群川大, 長涵萬象明. 徹[80]雲聞鶴唳, 分葉見漁舲." 嘗要家大人評, 評曰: "誰謂子美之後, 更無子美? 不圖今白復覩草堂眞像."

---

77 雨 : B본에는 "水".

78 曰 : B본에는 없음.

79 譏 : A본에는 "機", 頭註에 "機恐作譏".

80 徹 : A본에는 "轍".

68

趙公鎭宅練光亭詩, 有曰: “千年箕子國, 百尺練光樓. 滿酌甘紅露, 俯臨淸浿流.”之句,[81] 句語頗健.

69

善山士人李慶一, 嘗以其所著一冊求余評語. 余觀其詩, 只有二句好. “平沙水淺橋宜石, 斷岸雲深僧有樓”也.

70

南克寬夢囈集曰: “龍宮鄭榮邦慶輔死, 已六十年, 世無能擧其名者. 頃歲設局, 修輿地勝覽, 頗求遺書中, 有敗冊二卷, 盖慶輔手書諸詩, 體氣高妙, 興寄深遠, 語尤雅麗, 決非譁世者可及. 東土淺小, 有才之徒, 無不發聞, 猶有埋沒如此, 況天下之大乎! 其詩五言絶句最善, 試記一二”云.

71

余於夢囈集, 始得見慶輔詩, 其詩大體符于子昂, 其西巖絶句曰: “曲折未尋丈, 靑蔥凡幾層. 時於幽閴處, 疑有暮歸僧.” 懷遠臺絶句曰: “天地來幾時, 四海如不隔. 若人未可見, 徘徊仍月夕.” 稻畦絶句曰: “近歲雨暘時, 南畦秖一膝. 秋至入誰家, 客來長飯秫.” 桑坂絶句曰: “種禾腹長飢, 種桑衣無帛. 願君莫勞生, 滄桑[82]變朝夕.” 梅壇絶句曰: “寒氣未全薄, 歲華初向新. 遙將和靖筆, 點綴一江春.” 臥龍巖絶句曰: “苟非[83]帝室胄, 疇肯飜[84]然起. 興亡只一時, 大義窮天地.” 立巖絶句曰: “江畔一株石, 亭亭半碧空. 無能徒偃蹇, 還似石門翁.”【石門其自號也】 冬詞曰: “人情爲老少, 天道自陰陽. 官家寬一陌, 松竹兩三行.” 此數詩, 皆非空言也. 其自傷之意, 有可見於言外, 賢乎哉.

72

宋煥經[85]狂[86]士而文章猶[87]古人, 其趙重峯遺祠詩曰: “若有登壇瞰鬪兵, 天雲黟黟

---

81 之句 : A본에는 없음.

82 桑 : 『石門集』에는 “溟”.

83 非 : A본에는 “是”, 頭註에 “是恐作非.”

84 飜 : 『石門集』에는 “幡”.

85 經 : A, B본에는 “慶”, 『臥雲遺稿』에 근거하여 수정.

86 狂 : A본에는 “枉”.

87 猶 : A본에는 “類”.

降霓旋. 空原積骨寒山重, 平野無人逝水輕. 廟魄猶應時夜奮, 蠻[88]魂定渡歲[89]星驚.
薄斟淺水徘徊久, 落日北風古樹鳴." 語極慷慨悲壯, 夜半讀之, 毛髮盡竪.

73

其善竹橋詩起結, 亦復感慨, 所謂"碧斑[90]血點尙堪疑, 橋上成仁岸有碑. 自是侍中精
貫石, 傍溪生竹竹應知", 是也.

74

"傍溪生竹竹應知", 已苦語可賞.

75

姜必敎爲人鄙陋, 而其詩極佳, 送姜龍安丈人詩二聯曰: "休言薄邑龍安尉, 猶識古人
毛義心. 紅鯉登盤南酒綠, 春簹照閣北江深." 不以人廢其詩可也.

76

李娃與許筠齊名, 而才勝殆過之. 如"浮雲自作他山雨, 返照俄成隔水虹", 筠詩所未
有也.

77

唐代詩人, 詩筆雙美者鮮矣. 陶翰實有之, 詩評所謂"旣多興象, 復滿風骨"者, 此也.
如"射殺左賢王, 歸奏未央殿. 欲言塞下事, 天子不召見. 東出咸陽門, 哀哀淚如霰."
甚有氣槪, 兼復慷慨有烈[91]士風.

78

劉愼虛詩, 情幽興遠, 思苦語奇, 忽有所得, 便驚衆聽, 若"松色空照[92]水, 經聲時
有人", 竝方外語.

---

88 蠻 : A본에는 "轡".
89 歲 : A본에는 "幾".
90 斑 : A본에는 "班".
91 烈 : A본에는 "列".
92 空照 : 『唐詩品彙』에는 "照空".

79

薛據爲人, 骨鯁有志, 其古興詩云: "投珠志自疑, 抱玉但垂泣." 盖自傷不遇之辭, 而無怨天尤人之意, 一但字, 良可忠也.

80

張巡詩, 甚有氣骨, 如雎陽詩二句, "不辨風塵色, 安知天地心" 至今烈氣射人.

81

有問於張文潛曰: "孟郊、賈島孰貧?" 曰: "島爲甚焉." 曰: "何以知之?" 曰: "以詩知之. 郊詩曰: '種稻耕白水, 負薪斫靑山.' 孟氏可知其薪水自之. 島詩曰: '井底有甘泉, 釜中常苦乾. 市中有樵客, 谷舍寒無烟.' 賈家俱無是, 以知其貧也." 孟、賈大要窮士耳, 以詩人一時漫浪之吟, 會境之作, 何以斷賈甚於孟[93]也? 固矣哉, 文潛之言詩也.

82

賈詩: "鳥宿池邊樹, 僧敲月下門." 爲退之所許[94], 然而非警語[95], 無乃余眼有未開處耶.

83

"柳塘春水慢, 花塢夕陽遲." 嚴正文之酬劉長卿詩, 而張文潛以爲孟郊詩而評之曰: "春物融怡, 有言不能盡之[96]意." 不知何所據也.

84

何景明九日獨酌詩一聯曰: "愁來轉覺登樓[97]懶, 病裡誰傳落帽狂." 語極幽楚可愛, 愁來二字尤妙, 其結句[98]曰: "十年躍馬從君[99]地, 風雨看花意不忘." 意不忘三字, 帶獨酌[100]無聊意, 絶佳.

---

93 賈甚於孟 : A본에는 없음.

94 爲退之所許 : A본에는 "爲退之所許賈甚於孟".

95 語 : A본에는 "吾".

96 盡之 : A본에는 "之盡".

97 樓 : 『大復集』에는 "臺".

98 句 : A본에는 "語".

99 君 : A, B본에는 "吾", 『大復集』에 근거하여 수정.

100 酌 : A본에는 없음.

85

放翁東窓小酌聯句曰: "流年不貸世人老, 造物能容吾輩狂." 達者口氣, 妙在不貸、能容四字, 若苦思而非苦思, 自然嘔出, 方知放翁之工於詩.

86

東方詩, 大抵不工, 能爲古人語, 而無古人工, 此所以不如中國者也.

87

吳國倫有"邊聲未破樽前涕[101], 春色殊憐病後容"之句, 極精工, 當春病客, 難爲情也.

88

古人相與爲戲, 有互爲奴主者. 玄谷與湖洲往松都也, 玄谷爲主, 湖洲爲奴, 牽騎而行, 適留守出, 吏呵止之, 湖洲直衝而過, 左右遂擁湖洲, 至留守前. 留守方欲詰責, 玄谷遽來請曰: "鄕曲迷奴, 不知東西, 致有觸犯, 乞以詩贖刑罪." 留守遂呼韻, 使之卽對. 玄谷遂口吟曰: "秋風匹馬崧山路[102], 訪古行人意未閑. 流水至今鳴澗曲[103], 白[104]雲依舊鎖峯巒. 千年城郭斜陽外, 一[105]代衣冠曉夢間. 可惜[106]繁華空寂寞.[107]" 故爲遲之, 終不足成, 留守促之甚[108], 湖洲曰: "笞可畏也, 何不以殿臺無主野花斑[109]結之?" 留守大異之, 遂命上座, 與之語, 方知其爲玄谷、湖洲, 大喜, 擧酒相屬, 盡歡而罷.

89

湖洲詩, 大低淸警絶人, 其絶句有"白沙如雪水如天, 永夜寒窓獨[110]不眼. 柳外人聲時入耳, 月明知有上灘船"之句, 李韓平書之壁上曰: "詞苑宗匠."

---

101 涕：A본에는 "淚".

102 崧山路：『逍遙齋集』에는 "路松山".

103 曲：『逍遙齋集』에는 "谷".

104 白：『逍遙齋集』에는 "浮".

105 一：『逍遙齋集』에는 "百".

106 可惜：『逍遙齋集』에는 "爲問".

107 空寂寞：『逍遙齋集』에는 "何處在".

108 留守促之甚：A본에는 "留守促之甚, 疑玄谷之誤".

109 斑：A본에는 "班".

110 獨：『湖洲集』에는 "坐".

90

金三淵昌翕[111]平生欲游楓岳而未能也. 有詩曰: "象外淸遊病未能, 夢中皆骨玉層層. 秋來萬二千峯月, 應照孤[112]僧禮佛燈." 頗膾炙, 其後果遊楓岳, 遇詩僧, 與之言詩, 因問曰: "如今文章, 當先誰?" 僧曰: "金昌翕大有聲稱, 然而[113]尙[114]不識下字." 曰: "何謂不識下字?" 僧曰: "秋來萬二千峯月, 應照孤僧禮佛燈, 甚藉藉, 然而月與燈, 同一明也. 以此之明, 照彼之明, 何有新奇? 是以知其不識下字也." 復問曰: "照字誠病, 何字爲當?" 僧曰: "作字可." 三淵大覺悟歎賞而去, 僧實不知爲三淵而爲此語也.

91

余則以爲作者雖當, 然却不雅, 自是僧人口氣.

92

三淵嘗於水石佳處, 遇一人, 頭戴平凉子, 挑一擔陶器, 形貌不俗, 見三淵所爲詩, 微哂曰: "誰謂金昌翕能文章也?" 三淵大驚, 與之抗禮相下, 因請賦詩, 其人卽書一絶句曰: "有溪無石溪還野, 有石無溪石不奇. 此地有溪又有石, 天能造化我能詩." 遂去不復與言, 此必是隱者也, 其文章亦造化所發, 奇矣哉.

93

缶广台詩極蒼遠高古, 如"門前一騾白, 客意遠山靑"之類是也.

94

癖庵峽行二聯[115], 如"雲際征驂高似鶴, 水中眠鷺長於人. 山田歲惡多公稅, 峽郡民愚事鬼神." 逈出常調, 全削當時氣, 直可以友霽湖一世.

95

農巖之詩, 雅而不泰, 最近唐詩. 然而亦略效今語, 無乃風氣使然耶[116]? 如"經行一磴

---

111 翕 : A, B본에는 "歙", 일반적인 용례에 근거하여 수정. 이하 金昌歙은 모두 金昌翕으로 교감하고 따로 교감기를 달지 않는다.

112 孤 : 『三淵集』에는 "高".

113 而 : A본에는 없음.

114 尙 : A본에는 "尙不".

115 聯 : A본에는 "聯句".

116 耶 : A본에는 "也".

峻, 對宿二僧寒", "江風吹散髮, 山色映觀書", "舟前春色今如此, 寒碧樓頭恐[117]不禁"之句, 是效今語者也.

96

晋庵李相國天輔詩, 甚萎靡婉戀, 帶齊梁氣色, 如"荷露沾[118]民牒, 槐風滿吏衣"之類是也.

97

震澤, 石北之弟也. 詩名與石北等, 其濟州馬詩曰: "將軍濟州馬, 三月下船初. 雲霧身如濕, 風沙去若虛. 城花萬點落, 官柳兩行疎. 竦立階下下, 神彩更有餘." 可謂善相馬, 終古絶少城花、官柳之句, 唐人紫騮馬、驄馬詩, 皆不及.

98

震澤尤善於狀物, 其詠雞雛二句絶妙, 有曰: "近人來恐懼, 隨母去團圓." 恐懼、團圓, 豈非善形容者乎?

99

古人以文章抗高者亦多, 如雍陶爲簡州牧, 自比謝宣城、柳吳興, 賓至則必挫辱者, 亦以其詩自高者也.

100

陶之在簡州, 投贄者少得見之, 有馮道明者請謁, 詒閽者曰: "與太守故舊." 及見, 陶責之曰: "與公素昧平生, 何故舊之有?" 道明曰: "誦公詩, 得相見, 何隔平生?" 遂誦陶詩曰: "江聲秋入峽, 雨氣夜侵樓." "立當青草人先見, 行傍白蓮魚未知." "閉門客到常疑病, 滿院花開不似[119]貧." 陶大喜厚禮之, 遂如曩昔之交.

101

司馬禮晚唐人, 而詩律酷似盛唐. 其東門晚望曰: "芳草失歸路, 故鄉空暮雲." 送客詩曰: "白髮何人問, 青山匹馬歸. 晴烟獨鳥沒, 野渡亂花飛." 題清上人房[120]曰: "古院閉

---

117 恐 : A본에는 "共".

118 沾 : 『晋菴集』에는 "露".

119 不似 : A본에는 未也, B본에는 未是. 『唐詩品彙』에 근거하여 수정.

120 房 : A, B본에는 "旁", 『唐詩品彙』에 근거하여 수정.

松色, 入門人自閑. 客念蓬蒿外, 禪心烟霧間." 登鶴雀樓作曰: "興亡留白[121]日, 今古共紅塵." 情境諧合, 有優遊不迫之意. 高彥恢、揚伯謙皆編之於餘響, 何爲也?

102

趙嘏早秋詩[122], "殘星數點雁橫塞. 長笛一聲人倚樓", 絶佳. 杜紫微諷詠久之, 因目嘏爲趙倚樓.

103

息山公[123]秋郊牧笛詩曰: "短髮尺餘兒, 大牛能自領. 晚郊笛一聲, 渡水入山影." "短髮尺餘兒, 大牛能自領", 前人未道破. "渡水入山影", 殆欲畫不得.

104

歸家絶句曰: "花深禽[124]語懶, 草潤馬蹄香. 歸家無忙事[125], 東風又夕陽." 略帶擊壤集氣味, 然可見天地則爾, 戶庭已悠氣象, 亦有春物融怡, 鳶魚活潑底意思.

105

邵子擊壤集, 非詩家正道, 學者不可效也. 然亦可見隨意寫出, 胸中無滯.

106

白樂天守杭州時, 適當取解, 張承吉自負詩名, 以冠爲己任. 徐凝後至, 承吉曰: "僕爲解元宜矣." 凝曰: "君有佳句否?" 承吉曰: "甘露寺詩曰: '日月光先到, 山河勢盡來.' 金山寺詩曰: '樹影中流見, 鍾聲兩岸聞.'" 凝曰: "善則善矣, 奈何野人有句云: '千尺長如白鍊飛, 一條界破靑山色.'" 承吉愕然, 凝果爲首選, 當時考試者之神眼, 可知已.

107

錢仲文少時寓湘東驛舍, 聞有吟二句曰: "曲終人不見, 江上數峯靑." 後十年, 就進士試, 湘靈鼓瑟詩成. 結句未得, 遂以二語結之. 試官李暐批曰: "神句也." 遂首選. 非直神句也, 能識神句者, 非神眼乎?

---

121 白：A, B본에는 "今", 『唐詩品彙』에 근거하여 수정.

122 詩：底本에는 "時", 문맥에 근거하여 수정.

123 息山公：A본에는 "曾祖息山公".

124 禽：A본에는 "鳥".

125 歸家無忙事：『息山集』에는 "老去無忘助".

108

詩評云: "唐人題西山寺詩云: '終古碍[126]新月, 半江無夕陽.' 人謂冠絶古今, 以其盡西山景趣也. 金山寺留題亦多, 而絶少佳句. 惟'樹影中流見, 鍾聲兩岸聞. 天多剩得月, 地小不生塵.' 最爲人傳誦, 要亦未爲至工, 若用之於落星寺則可也."

109

吳藥山詩, 有"愚氓積[127]石仍[128]成鬼, 僵柳橫溪[129]遂渡僧"之句, 是藥山之有眼處, 非尋常下得.

110

藥山之姪吳參判大益, 亦有詩名, 有人傳"古人如夢落花前"一句, 體格甚高, 恨不得見其全稿也.

111

李侯學源詩極淸警, 如"燕子歸來春寂寂, 桃[130]花落去[131]雨霏霏. 孤月洗來三夜雨, 小山瘦盡五更風. 晚帆多於沙上雁, 春山半是雨餘雲. 偶思閑事凭欄久, 漸見斜陽上屋高. 停雲淮海三千里, 流月江城十二樓. 花源再到逢寒食, 春水方生渡洛東"等句, 淘洗殆盡, 大曆以後, 安得似此語也?

112

其所語古詩, 不是空言, 使人諷詠, 極知有味.

113

惠寰居士文章奇邁絶俗, 其贈滄海逸士【卽鄭瀾也[132]】詩二句, 可知其非俗語. 有曰"萬枕同蜗蜗, 皆作富貴夢"者是也.

---

126 碍: A, B본에는 "得", 『唐音』에 근거하여 수정.

127 積: 『藥山漫稿』에는 "累".

128 仍: 『藥山漫稿』에는 "因".

129 溪: 『藥山漫稿』에는 "谿".

130 桃: 『石洲集』에는 "杏".

131 落去: 『石洲集』에는 "零落".

132 卽鄭瀾也: A본에는 없음.

114

其挽中原洪獻納詩, 有曰: "三[133]江風利泊長[134]帆, 紫陌鷄鳴馬嘶街. 獨有中原[135]洪獻納, 十年塵篋弊[136]朝衫." 涵蓄無限意味.

115

其子正言家煥, 亦名高一世, 可謂繼美矣.

116

滄海逸士爲人奇古, 買一疋蒼騾, 遍觀名山川, 人皆謂之狂, 余獨許之以奇士. 其白頭山詩, "地自崑崙山起勢, 水應星宿海通靈. 誰拓幽荒千萬里, 世間容我一書生"之句, 極[137]老健可尙.

117

海左萬瀑洞詩曰: "先聲未可動, 吾乃定神看. 不斷懸空勢, 流爲萬[138]洞瀾. 僧身臨欲墮, 龍性受能蟠." 可與萬瀑爭雄.

118

楊根士人李羲師詩, 不事雕飾, 而自然成章, 觀分稻作二句曰: "斗斛心愈細, 風林坐似閑." 心愈細、坐似閑, 可謂寫盡時景, 絶佳.

119

洪參判秀輔公之赴京也, 其應製諸詩, 多佳句, 皇帝目之以天下文章, 由是名動中華. 所謂"仰看星辰皆失色, 高懸日月欲同明"者, 最藉藉者也. 其二子, 承旨仁浩、進士義浩, 聲名亦藉甚.

120

洪兵使和輔, 其弟也, 亦工詩, 其贈商山妓寒梅詩曰: "寒梅花寒梅花, 十月已開山[139]

---

133 三:『惠寰詩鈔』에는 "長".

134 長:『惠寰詩鈔』에는 "張".

135 中原:『惠寰詩鈔』에는 "忠州".

136 弊:『惠寰詩鈔』에는 "閉".

137 極: A본에는 없음.

138 萬: A본에는 "滿".

春葩. 縱然可愛扶疎影, 明日移栽向誰家. 玉骨晶晶澹素粧, 重逢認是舊梅娘. 公然一善橋頭別, 斷盡汾陽節度腸." 雖落艷體, 亦自蕭疎.

121
表弟崔鶴羽, 天才絶類, 詩語多有驚人, 如"夜入風霜多氣力, 得秋星月倍精神. 山角衝寒梅欲放, 江心回煖柳如癡[140]"之句, 皆二十歲以前作, 而淸警類此, 奇矣哉.

122
南判書泰齊詠風詩, 有"踏破馮夷千丈窟, 摧飜若木萬年枝"之句, 如聞刁刁怒號聲.

123
故縣監金公送樊巖北關[141]按察之行曰: "山蟠五百龍興野, 水擊三千鯤化池." 以此詩名聞京國.

124
其守懷仁縣也, 遇七月旣望, 泛小池, 有句曰: "何山非赤壁, 今夕又淸遊." 絶佳.

125
古人之自負其才者, 類多見於詩句, 如薛能之宮詞是也. 其詩曰: "自是三千第一名, 內家叢裡獨分明. 芙蓉殿上中元日, 水拍銀盤弄化生." 能蓋早負才名, 自謂當作文字官, 及爲將, 常怏怏不平, 數賦詩以見意, 此詩[142]乃矜其少日才望之盛, 而其不平之意, 隱然見於言外.

126
余見人佳句, 心中甚樂, 不啻若自其口出, 每讀錢仲文"幽磎鹿過苔還淨, 深樹雲來鳥不知"之句, 不覺神動.

127
東坡詩效樂天者, 而較樂天尤流, 其紅梅詩最佳, 如"故作小紅桃杏色, 尙餘孤瘦雪霜

---

139 山 : A본에는 "仙".

140 癡 : A본에는 "凝".

141 北關 : A본에는 없음.

142 詩 : A본에는 "時".

姿. 寒心未肯隨春態, 酒暈無端上玉肌[143]"者, 其集中之稀有者也.

128

李夢陽詩, 有"返照高樓橫欲斂, 宿雲孤樹靜難移"之句, 靜難移三字, 自難及.

129

簡齋詩, 有"燕子不禁連夜雨, 海棠猶待老夫詩. 石窓花落春歸處, 山店燈殘夢到時"之句, 余每飯意未嘗不在此也. 春歸處、夢到時, 尤巧.

130

唐陳羽詩, 有"都門雨歇愁分處, 山店燈殘夢到時"之句, 簡齋詩有自來矣.

131

"憑檻坐處身疑落, 傍水眠來夢欲浮"之句, 不知誰所作, 而極淸爽悅口.

132

東坡詩: "淸風欲起鴉飜樹, 缺月初升犬吠雲"之句, 應有神助, 而但鴉飜樹, 不如犬吠雲.

133

竇庠、竇鞏俱有詩名, 若皇甫冉兄弟, 庠之上陽宮詩曰: "日暮毀垣春雨裡, 殘花猶發萬年枝." 鞏之南遊感興詩曰: "日暮東風春草綠, 鷓鴣飛上越王臺." 毀垣、殘花, 春草、鷓鴣, 景物悽楚, 詩到此而方可謂之工矣. 如使南朝舊臣有在者, 必淚下不禁.

134

吳喜昌之流落關西也, 衣冠不具, 飢餓不勝, 適[144]會藥泉南相國赴京, 到平壤, 登練光亭, 無與相唱酬者, 問吏曰: "此有能詩者否?" 吏以吳對. 藥泉素聞其名, 大喜, 卽邀之入, 與之相酬, 仍曰: "子幸爲我作別詩." 吳曰: "昔月沙之赴京也, 公卿皆題詩於綾羅, 相贈別, 最後[145]簡易以白紙書一詩來贈, 月沙置之上軸. 今大監若如月沙故事, 則當有作, 否則請[146]無作, 可乎?" 藥泉曰: "何難哉? 子之詩如簡易, 則當如子

---

143 肌 : A, B본에는 "肥", 『瀛奎律髓』에 근거하여 수정.

144 適 : B본에는 없음.

145 後 : A본에는 "爲".

146 請 : A본에는 "當".

言也." 吳卽欣然撚髭曰: "吾詩何詎不若簡易也?" 仍苦思不得, 卽發狂大叫, 偶思"有問爲言東海渴, 黃昏須過首陽山"之句, 仍足成. 藥泉大加稱賞[147], 置之上軸, 卽使坐藍輿上, 以歌妓十輩舁之, 送至賓館, 明日賚之, 使之入京.

135

家大人嘗候故參判李公於駒城第, 時公年七十餘, 耳目之官, 有淨蠛不能視聽, 而精神色澤, 甚康莊悅豫也. 贈詩曰: "商山客子季冬歸, 雪撲麻衣凍不飛. 白雪調高和者少, 憐君猶着舊麻衣." 其詩極典重贍麗, 可知其精華老而不竭.【公艮翁之大人也.[148]】

136

故知中樞蔡公石假山詩: "紅塵咫尺閉門無"之句, 有出塵之標.【公樊巖之大人也.】

137

高達夫張處士菜園詩: "耕地桑柘間, 地肥菜常熟. 爲問葵藿資, 何如廟堂肉[149]?" 體格若東詩, 絶異唐人語, 然而讀之, 言有盡而[150]意無窮.

138

古今詩話云: "觀物有感, 則有興義, 盖興近乎訕, 達夫菜園詩, 則近乎訕矣. 作者知興訕之異, 始可言詩."

139

石尤風, 唐人詩好用之. 陳子昂入峽苦風詩云: "故鄉今日友, 歡會坐應同. 寧知巴峽路, 辛苦石尤風." 戴叔倫送裵明府詩云: "知君未得去, 慙愧石尤風." 司空文明別盧秦卿詩云: "無將故人酒, 不及石尤風." 石尤風不知其義意, 其爲打頭逆風也.

140

唐中宗之世, 嘗因內燕, 群[151]臣皆歌回波樂, 撰辭起舞. 沈佺期以罪流嶺表, 恩還舊官, 而未復朱紱. 佺期乃歌回波樂辭以見意, 中宗卽以緋魚賜之, 自是多求遷擢. 景龍

---

147 賞 : A본에는 "歎".

148 也 : A본에는 없음.

149 肉 : A본에는 "內".

150 而 : B본에는 없음.

151 群 : A, B본에는 "君". 『唐詩品彙』에 근거하여 수정.

中, 中宗燕侍臣, 酒酣, 令各爲回波樂. 衆皆爲謟佞之辭, 自要榮位, 次至諫議大夫李景伯, 其詩曰: "回波爾時酒巵, 微臣職在筬規. 侍燕旣過三爵, 諠譁[152]竊恐非儀." 甚有規諷[153], 可謂高於人遠矣.

141

洪世泰, 號柳下. 非士族氏也, 而詩語絶世. 如"歸鴻得意天空闊, 臥柳生心水動搖"之句, 極豪宕.

142

杜機崔士集與申維翰周伯, 好尙不同, 而情若兄弟, 相贊揚其文章. 其送周伯七言律詩, 周伯謂之秋響別詩, 仍序之, 其詩曰: "送君秋草意如何, 長苦年年此曲歌. 謾說芸香堆閣在, 誰憐荷製染塵多. 津亭月曙聽鴉發, 山館林深秣[154]馬過. 明日登樓孤望[155]處, 白雲黃葉滿銅河." 其詩極佳, 周伯謂之秋響者, 亦絶語也.

143

杜機所爲山有花女歌, 極佳麗, 然但不免蹈襲孔雀東南飛行, 且其結語"金烏山下路, 至今猶回頭"之句, 都失古色, 若刪此數語, 則當爲連城之無瑕, 九原如可作也, 必頷愚者之一得矣.

144

王摩詰輞川別業, 絶勝天下, 其所作六言曰: "桃紅復含宿雨, 柳綠更帶[156]朝烟. 花落家僮未掃, 鳥啼山客猶眠." 苕溪漁隱云: "'每哦桃紅·柳綠·花落·鳥啼.'之句, 令人坐想輞川之勝, 此老傲睨[157]閑適於其間."

145

洪容齋編唐人絶句, 得七言七千五百, 五言二千五百, 合以萬篇, 而六言不滿四十, 信乎其難也.

---

152 譁 : A본에는 "譏".
153 諷 : A본에는 "諷".
154 秣 : 『杜機詩集』에는 "歇".
155 望 : A본에는 "雲".
156 帶 : A본에는 "待".
157 睨 : A본에는 "腹".

146

聾齋公與槎川姓名字音同, 二詩世或互傳. 如"缺月空山宿, 幽泉老樹聽", 或以爲槎
川詩, 或以爲[158]聾齋公詩. 聾齋公遺藁盡散失, 家中所藏無多, 故不得考據, 良可鬱
陶, 然而[159]此詩則神句也.

147

金農巖詩切近唐語者, 如"江空易成響, 烟遠似無端", "雁鷔歸人吏, 神仙臥使君. 灘
聲每夜雨, 山色一樓雲", "天留將落月, 野有欲鋪雲"之類, 是也. "江空易成響, 烟遠似
無端." 聞笛詩也. 尤瀏亮淸遠, 讀之如玉宇高寒, 氷崖飛瀑, 逼人寒冽[160]也. 南克寬
之以捷賊、膝甲賊譏之者, 殆過矣哉.

148

崔[161]柱岳擎天無文藝可稱, 而稍識詩法. 嘗問余以"樵返夕陽歌"之對, 盖絶語也. 當
與鄭錫儒"山日下樵歌"之句, 同看.

149

南克寬曰: "余嘗得句曰: '斜陽人影遠' 未得其對, 姑識之." 可見其自負不小也. 然而
平平地寫出平平語耳. 別無奇.

150

洪相國鳳漢, 嘗有"野闊群山不敢高"之句, 壬癸之間, 幾不免於禍, 而余聞是句, 知其
免矣[162]夫.

151

蔡希範, 嘗候李相國天輔, 出其所爲詩示之, 因問曰: "可傳後乎?" 蔡曰: "然" 曰: "能
傳幾年?" 蔡曰: "可傳百年." 相國愀然不樂. 盖相國之詩, 甚氣短, 故不可久傳耳.

---

158 爲 : A본에는 없음.

159 而 : A본에는 없음.

160 冽 : A본에는 "例."

161 崔 : A, B본에는 "申", 『農巖集』에 근거하여 수정.

162 矣 : A본에는 없음.

152

晉庵詩如"陰陽迭運緣何急, 天地俱空與我浮. 雁背平臨千里色, 鰲頭高壓百靈幽"之句, 頗雅健可誦.

153

南野詩有"青山別去留孤夢, 黃葉重來約老僧"之句, 極蕭灑, 道者風.

154

鄭宗魯士仰, 經籍滿腹, 文章典雅. 其詩亦如其人, 如"卷箔澄宵出, 微微玉露垂"之類也.[163]

155

其落花詩亦佳, "飛[164]入主人簾, 餘香在枝少", 可見春畫漫漫物色如畫.

156

余嘗有落花詩, "微風引入千門靜, 明月遙看叢樹寒"之句.

157

麻浦晚漁亭, 權邃安江居也. 有詩曰: "三道米鹽通海市,[165] 八江蹄轍繞京城." 句語渾成, 極寫江居景物, 且帶富貴氣像.

158

余嘗於聘君座, 遇朴天健者, 自誦其詩, "林星影失燈前見, 山籟聲多雨後聞"之句, 自負不小. 其詩盖學時語而幻者也.

159

朴又誦金頤柱之詩, "春來酒會猶嫌闊, 老去官名不厭低"之句, 贊譽津津, 余不覺心笑. 此放翁詩也. 放翁詩有"春[166]來酒[167]何妨少, 老去詩名不厭低"之句, 但改其

---

163 也 : A본에는 "是也".
164 飛 : 『立齋集』에는 "半".
165 市 : A본에는 "中".
166 春 : 『劍南詩棄』에는 "病".
167 會 : 『劍南詩棄』에는 "戶".

‘何妨少’三字及‘詩’之一字耳, 若是其無廉恥也. 以此觀之, 時人之無詩學, 可知已.

160

成正言鼎鎭登明經第, 而頗能詩. 往候韓禮安光傅有句云: “入境皆稱賢太守, 無人不誦老先生.” 不可以登明經第而忽之也.

161

鄭景淳先生, 奇偉士也. 文章亦瞻麗. 其守西原郡也, 兪漢炅爲栗峯丞, 私西原一妓. 鄭於兪, 丈人行也, 不敢使鄭知之. 候人定鍾, 必以駬騎潛載來, 與之宿, 趁罷漏鼓, 復以駬騎馳送. 鄭覺之作一絶句, 使蔡得淳、盧兢[168]各賦一絶, 繫妓裙帶, 送與兪丞. 鄭詩曰: “西原驛路露華斜, 唱斷深屛子夜歌. 歸臥雪樓殘月色, 鵲津羅襪動微波.” 蔡詩曰: “窈窕西原第一娥, 額間瘢點玉爲瑕. 自餘眉眼渾嬌態, 不用鵝黃半貼遮.” 盧詩曰: “曩曩歌前側耳遲, 我無紅錦美人貽. 稽藤一幅題將去, 多恐憐錢不愛詩.” 蔡、盧二人俱有詩名, 而去鄭詩遠甚. 鄭詩雖出於一時漫戲, 然而調響純雅, 不流不淫, 旣寫其情, 又寫其景, 無美不見, 而蔡、盧之詩, 不過贊妓之容色而已, 篇中不及實境, 極無味. 且窈窕二字, 輒用之於娼妓, 無識太甚. 鄭之弟, 府使持淳, 文名亦甚高.

162

石北嘗爲寧越府使, 名其所著詩, 曰聽鵑錄, 又曰鵑啼錄. 所作諸詩, 極佳, 若杜子美之夔州以後作. 如“白鳥[169]烟中失, 靑山水底多”, 藉藉人口. 樊巖聞之曰: “此令冬考必居下矣.” 左右問其故, 樊巖曰: “白鳥[170]烟中失, 靑山水底多.’ 太虛小實, 以是推知也.” 其冬果考下.

163

孤竹經廢寺詩曰: “有佛絶香火, 無僧自暮朝. 古寮垂破衲, 枯井棄殘瓢. 逕積今秋葉, 廚餘去歲樵. 只應游客到, 歸後更寥寥.” 至今傳以爲佳作, 而讀可空文明廢寺詩, 則此詩不欲復讀. 其詩曰: “黃葉前朝寺, 無僧寒殿開. 池晴龜[171]出曝, 松暝鶴飛廻. 古砌碑橫草, 陰廊畵雜苔. 禪宮亦銷歇, 塵世轉堪哀.” 池晴龜曝, 松暝鶴飛.[172] 驟讀無

---

168 兢 : A, B본에는 “亘”. 일반적인 용례에 근거하여 수정.

169 鳥 : A본에는 “烏”.

170 鳥 : A본에는 “烏”.

171 龜 : A본에는 “龍.”

172 池晴龜曝, 松暝鶴飛 : A본에는 “池晴龍出曝, 松暝鶴飛廻”

意味, 而徐看之, 則其寺廢僧空, 寂寞悲凉之意, 不待碑橫草、畵雜苔, 而已知之矣.
何必古寮、枯井、今秋葉、去歲樵之重重疊疊爲哉. 且其結句, 尤孤竹之所不能道也.
"塵世轉堪哀"一語, 尤極有味, 自然是廢寺詩也.

164

松江相, 金沙寺有感詩曰: "十日金沙寺, 三秋故國心. 夜潮分爽氣, 歸雁送哀音. 虜在
頻看劍, 人亡欲斷琴. 平生出師表, 臨亂更長吟." 前六句, 酷肖唐語, 結二句, 復感慨,
獨不媿古人.

165

朴枝華靑鶴洞詩曰: "孤雲唐進士, 初不學神仙. 蠻[173]觸三韓日, 風塵四海天. 英雄
那可測, 眞訣本無傳. 一入名山去, 淸風五百年." 其詩旨意高遠, 興寄幽妙, 非入杜
之室者能[174]之乎? 恨余生晚,[175] 不得從若人遊.

166

簡易與月沙遊, 一代名公無不禮下, 其所自負, 常欲壓倒古人而後已. 今余見其詩, 無
可余意, 如白沙汀詩所謂"妬白鷗輕薄, 羞明月眇茫"之句, 甚野不堪讀, 此必余見有未
逮故耳.

167

大低唐詩, 晚唐不如盛唐, 東詩, 當時勝似古時.

168

蓀谷李達廢寺詩, 有"嵐蒸碑毁字, 雨漏佛渝金"之句, 結句有"不須興感慨,[176] 人世幾
銷[177]沈"之句, 結語有文明氣味.

169

月沙相淮陽東軒詩, 有"風雲護仙窟, 日月近扶桑"之句, 雄壓淮海, 其結語"瓜時倘許

---

173 蠻 : A본에는 "蠻".

174 能 : A본에는 "而能".

175 晚 : A본에는 "而晚".

176 感慨 : 『蓀谷集』에는 "慨感".

177 銷 : 『蓀谷集』에는 "消".

代, 吾不薄淮陽", 雖引古事, 亦佳.

170

湖南處士蘇凝天一渾武陵橋詩曰: "壺口欲開復半涵, 洞中雲樹重重緘. 虹橋咫尺分清濁, 渡是詩仙不渡凡." "渡是詩仙不渡凡"一句, 有超然出塵之想, 學者尤可仰.

171

蘇嘗遊於扶餘之白馬江, 傍岸[178]有大竹林, 蘇卽吟曰: "江流不得滌煩寃." 未及續吟, 自竹林有吟曰: "月上扶蘇聽夜猿." 蘇大驚, 又吟曰: "山花落盡春無迹." 又[179]自竹林曰: "水鬼啼歸淚有[180]痕." 蘇又吟曰: "繁華返照孤僧去." 又竹林繼吟曰: "世事橫橋一鳥喧." 蘇又吟曰: "數曲竹枝聲欲裂." 竹林結吟曰: "扁舟移纜古城根." 蘇初疑爲鬼神, 復疑爲高人道流, 遂入竹林, 上下求之, 不見其處. 及至最深處, 有草廬三緣極精, 室中無他物, 只有唐詩數帙, 闐無人踪. 蘇復大索一林中, 終不相遇, 竟怊恨而歸. 後三年入京師, 遇急雨, 遂避于一[181]閭家, 家舍極鉅麗, 登軒少憩, 壁上書此詩. 蘇怪之, 欲問而無人. 少選有着騌帽者, 自內而出, 與之言. 蘇因問: "此詩得之何處? 而何爲題壁上乎?" 其人聞之, 輒淚下如雨, 嗚咽問曰: "客問此詩, 知作此詩者乎?" 蘇又問曰: "主人何爲悲傷如此乎?" 其人曰: "老夫命薄, 平生未有子男, 只有一女, 容色才藝頗絶世, 且喜爲詩. 及長欲議[182]婚姻, 女不肯曰: '軒駟之貴, 鐘鼎之富, 安仁之貌, 女皆視之如浮雲, 願得能文章者事之.' 父母不敢違其志, 遂寢其議, 遲延累歲. 仲秋往省先墓于扶餘縣, 女願從, 與之俱, 見白馬江上大竹林, 樂之, 請誅茅以爲數年讀書計. 又不敢違其志, 遂結廬數椽, 置女奴數人以供朝夕之具. 居無何, 以書來請還, 遂取以[183]歸, 以此詩出示曰: '得我[184]匹矣. 願父求作[185]此詩者嫁我.' 具陳其事, 遂書此詩於壁上, 問之士夫家, 詢于過客, 終不得其人. 女遂感疾, 沈錦一歲, 今焉死矣. 客若知其人, 爲我言之." 蘇於是大加驚歎, 遂言其唱酬及不遇之事, 其人復抱持大哭, 蘇請入其靈座前, 酹酒而去云.

---

178 岸 : A본에는 없음.

179 又 : A본에는 "又吟".

180 淚有 : A본에는 "有淚".

181 一 : A본에는 없음.

182 議 : A본에는 "爲".

183 以 : A본에는 "而".

184 得我 : A본에는 "我得".

185 作 : A본에는 없음.

172

不但詩語極佳, 女能貞靜自守, 鑽穴踰墻者聞此, 必汗顏矣.

173

驪湖人尹鎈工詩. 其弟及禍後, 哀傷感慨, 作詩寓懷, 其一聯曰: "僧留岳寺尋梅約, 鶴報秋江見月音." 菊圃評曰: "梅月僧鶴, 自是詩家[186]風流閑語, 何關於怨士悲人? 而細思之, 情境悽悟, 隱見言外, 可謂詩人之思者也." 讀菊老評看更佳.

174

洪鶴谷挽梧里相曰: "冥[187]途照處爲華月, 平地看來若泰山." 梧相氣像, 此二句盡之矣. 至今赫赫照人耳目, 可謂一幅寫眞.

175

西坡之[188]守淸風府也, 寒碧樓遇彩峯弟某贈詩曰: "不意逢君寒碧樓, 滿江烟雨關離愁. 君家唐樂如相問, 窮峽離群欲白頭." 彩峯之爲當時所推, 可知已.

176

墨址居士, 南坡公之子也. 爲人淸疎, 善爲詩. 息山公[189]、恩菴公嘗[190]與之遊, 戊申之間, 有詩曰: "撲撲窓蠅受凍凝[191], 滿庭撩亂葉起[192]時. 朝來起檢東籬事, 天有風霜菊不知." 詞氣凜凜, 有不可犯之意, 不但句工字工而已也.

177

星州士人鄭志興興之, 嘗之海上, 岸泊樓船, 縹緲如空中樓閣, 遂下馬登船, 室一間, 軒一間, 而極精妙, 潔淨無一點塵汚.[193] 左右置書案, 一案整唐詩, 一案整醫書, 皆白粉唐紙也, 而粧以錦繡. 丌上又有詩軸, 每一詩, 以其語作畫圖, 詩絕語也, 書絕筆也, 畫絕畫也. 有一人頭戴煖帽, 臨軒而坐. 鬚眉半皓, 風骨不俗, 因與之語, 自云以全州良

---

186 詩家 : A본에는 없음.

187 冥 : 『鶴谷集』에는 "瞑".

188 之 : A본에는 없음.

189 息山公 : A본에는 "吾祖息山公".

190 嘗 : A본에는 없음.

191 凝 : B본에는 "凝".

192 起 : A본에는 "飛".

193 汚 : A본에는 "巧".

家子, 家貲亦[194]饒, 買駿馬, 遍觀海東山川, 猶自欿然小也, 遂作畫舫爲菴, 周流天下, 錢塘、會稽之間如門庭, 岳陽樓、洞庭湖, 恣意登臨, 樓上所題古人詩句, 盡爲傳誦. 臨別, 興之請以一詩相贈. 其人卽口吟絶句一首曰: "暮江寒草自飄飄, 好放風帆信夕潮. 今日海東明日楚, 更將分別唱詩調."[195] 其人眞奇士也. 詩亦有氣骨.

178

博泉公[196]嘗曰: "吾詩不如潤甫, 文不如退甫." 潤甫, 松坡表德也. 松坡詩名冠絶當世, 而余得見其遺藁, 極圓滿混成, 然而佳句則鮮少. 當時諸公之許之如此, 何也? 此蓋余見不及古人故耳.

179

梅月堂三四歲時, 口不能言, 然能作詩句, 如"桃紅柳綠三月暮", "小亭舟宅何人在"之類, 是也. 固爲奇童, 然而以三四歲才思觀之, 則所成就, 猶未洽愜[197]人眼耳.

180

近世洪士順令四歲能作詩, 見便面上畫南大池, 卽吟曰: "秋風君子亭, 采女如雲遊. 相與采蓮花, 唱歌水中流." 盖梅月以後, 士順卽其人耳.

181

余嘗愛挹翠"閉門紅葉落, 得句白髮新"之句. 世人徒知其佳, 殊不識其工.

182

冲菴詩絶世, 用工不減唐人, 如"憂病工侵鬢, 風霜未授衣." "舟楫通吳楚, 魚龍半邑墟." 雖子美, 必許之以一代風雅主人.

183

湖陰朴淵瀑詩一聯: "晴飛千古練, 雨舞半天紳." 雖得形容其飛灑噴薄之狀, 然而較海左萬瀑詩, 却野.

---

194 亦：A본에는 "不".

195 調：A본에는 "詞".

196 博泉公：A본에는 "高祖博泉公".

197 愜：A본에는 "陜".

184

湖陰大灘詩一聯, 有"篙工心欲細, 病客膽先摧"之句, 只是"篙工心欲細", 極寫大灘, 坐閑房讀之, 心尙欲細, 況泝過大灘者乎? 數百年之後, 尙稱湖陰, 儘名不虛傳矣.

185

盧文簡龍湫院樓詩曰: "一宿嶺下縣, 縣樓微雨來. 山容主屹角, 水氣[198]龍湫哀. 亂世君王聖, 迷途老病催. 去留均失意, 沾灑重徘徊." 此方知此老之聖於詩也. 起句 "縣樓微雨來", 已淸潤, 學者可仰. 頷聯始入龍湫, 頸聯憂國傷時之意, 溢於辭表, 結句復爲苦語感慨, 全篇大體, 忠厚無斧鑿痕, 除非少陵而能之乎? 讀此方知此老之聖於詩也.

186

文簡東湖送別詩曰: "城東三月大湖平, 一帶林風相與淸. 花片本來隨世態, 柳條何以繫人情. 沿[199]江百丈依依色, 喚渡長年歷歷聲. 兎洞龍灘[200]如在眼, 數行衰涕暗沾[201]纓." 首二句淸潤, 中加雄渾, 第二"花片本來隨世態, 柳條何以繫人情", 却是世外語, 味外味, 非蘇老, 寫不得. 雖子美, 罕有此語. 結句始道別離之情, 尤可仰也.

187

柳參判永吉詩: "浮榮不在念, 遠別自生悲." 酷似張文昌.

188

"溪橋多臥石, 山店盡依楓." 辛副學應時語, 而蕭灑盡詩人趣.

189

近世人無眞眼目, 贊揚人不識頭顱, 沾沾然若不及, 余嘗病之. 趙山人胄逵詩有"蘆花浙瀝雨連洲, 三峽征人夜泊舟. 秋水忽高三四尺, 明朝解纜過忠州"之句, 藉藉於忠原之間, 然殊不識"秋水忽高三四尺", 出於杜子美之"秋水纔添四五尺"之句, "明朝解纜過忠州", 出於陸務觀之"一帆寒日過黃州"之句, 可歎. 又況沿襲爲詩家之大忌者乎!

---

198 氣: A본에는 "勢".

199 沿: A, B본에는 "牽", 『穌齋集』에 근거하여 수정.

200 灘: A, B본에는 "灣", 『穌齋集』에 근거하여 수정.

201 沾: A본에는 "霑".

190

古詩有"水田飛白鷺, 夏木囀黃鸝"之句, 王摩詰加漠漠、陰陰字而用之, 加漠漠、陰陰而[202]後, 尤工. 有摩詰之才而後可用也. 無摩詰之才, 則不可用也.

191

秦系詩: "終年常避喧, 師事五千言. 流水閑過[203]院, 春風與閉門." 余每擊節咏歎. 劉後村云: "劉長卿自謂五言長城, 秦系以偏師攻之" 後村此言, 足以執旗鼓當部伍, 先令人絶倒.

192

霽峯詩: "山川鬱鬱前朝恨, 城郭蕭蕭半月愁. 當日落花餘翠壁, 舊時巢燕繞紅[204]樓." 恰如蘇廷碩、杜必簡同時人.

193

崔立之枯木詩, 差强人意, 其詩曰: "崢嶸枯木[205]尙强堅, 爲有蟠根未斷泉. 地下玄龜[206]應已化, 人間白首得相傳. 曾將傑氣凌千仞, 不復春心在一邊. 苔蘚作花蘿作葉, 還知造物未全[207]捐." 此必是自況之辭也. "不復春心在一邊", 極妙, "還知造物未全捐", 却奇. 古有鄭鷓鴣, 此當作崔枯木, 何代無賢?

194

石北曾與聾齋公詩有"讀書養病[208]淸生堂"之句. 世人於此, 輒驟看之, 漫不省其有眼在'淸生堂'三字.

195

聾齋公有"江舸懸帆風乍動, 水亭移竹雨微來"之句. 余嘗讀此, 輒惘然自失也. 亦起李膺、郭泰之同舟, 張翰蓴鱸之興, 范公叢竹之想也.

---

202 而 : A본에는 "字而".

203 閑過 : A본에는 "寒逈", B본에는 "閑逈", 『唐詩品彙』에 근거하여 수정.

204 紅 : 『霽峯集』에는 "江".

205 木 : 『簡易集』에는 "幹".

206 龜 : A본에는 "龍".

207 全 : 『簡易集』에는 "終".

208 病 : 『石北集』에는 "疾".

196

石北三十九, 始中進士. 有詩曰: "梨花如醉[209]柳如眠, 雙笛翩翩[210]出馬前. 三十九年申進士, 路[211]人爭道[212]是神仙." 雖極華麗, 然終不[213]免徘偕氣習也.

197

玉峯奉恩寺詩, 有"紅藕一池風滿院, 亂蟬千樹雨歸村"之句, 疊疊逼唐, 令人想殺山寺, 許渾詩, 有"芰荷風起客堂靜, 松桂月高僧院深"之句, 玉峯詩必本此.

198

車五山兄弟名高一世, 滄洲嘗曰: "兄麤穀一萬斛, 吾精米五百斛." 蓋五山富贍多而脫灑少也. 五山詠月樓詩曰: "鰲背海[214]空風萬里, 鶴邊雲盡[215]月千秋." "長嘯一聲凌灝氣, 夕陽西下水東流." 滄洲竹西樓詩曰: "鐵壁俯臨空外鳥, 瓊樓飛出海[216]中天. 江山獨領官居畔, 風月長留几案前." 眞所謂元方難爲兄, 季方難爲弟也. 嗚呼盛矣.

199

芝峯詩, 雅淡如畵, 如"湖亭地仄多臨水, 野客詩淸半說山"之類, 是也.

200

五山全身都是元氣, 詩亦如之. 送韓石峰赴加山郡詩, 專以元氣運而微有造化迹, 其詩曰: "多君絶筆擅修能, 聖主憐才借股肱. 吳會山川輸逸少[217], 當塗草木識陽氷. 川聲入枕分僧夢, 月色留庭替客燈. 飮水鳴琴無箇事, 道經時復掃溪藤." 結語尤奇幻, 意外語.

---

209 醉 : A, B본에는 "雪". 『石北集』에 근거하여 수정.

210 翩翩 : 『石北集』에는 "春風".

211 路 : 『石北集』에는 "行".

212 爭道 : 『石北集』에는 "却說".

213 不 : A본에는 "未".

214 海 : 『五山集』에는 "島".

215 盡 : 『五山集』에는 "散".

216 海 : 『箕雅』에는 "鏡".

217 少 : A본에는 "才".

201

凡詩雄渾則每傷雅淡, 惟芝峯先輩句語, 雖或雄渾, 旨意不失雅淡. 如送楊御史赴援
詩, 是也. 其詩曰: "日夕孤城報羽[218]多, 天驕十萬近遼河. 元戎獨擁靑驄馬, 壯士皆騎
白橐駝. 塞上威名今寇準, 禁中才略古廉頗. 只應却免汾陽胄, 生致軍前藥葛羅." 其
題自不得不雄渾, 而命詞屬意, 不失淡雅, 決非小家數也, 尤可敬.

202

金鎏挽金將軍應河詩曰: "說到深河涕自橫, 匈奴未滅失長城. 百年禮義三韓土, 一箇
男兒四海聲. 隴[219]樹冥冥魂欲返, 江流袞袞恨難平. 延年戰死師全沒, 亦獨何心李少
卿." 句法極翩翩有致, 然其誰欺? 欺金將軍乎? 欺天下萬世乎? 余足之曰: "三臣北去
城全陷, 亦獨何心冠玉公."【冠玉其字也.】

203

東溟詩豪放如李白, 不獨長篇, 律詩亦然. 其朴節度馬詩一聯曰: "將軍有馬癖, 此物
乃龍駒." 其中興洞詩起句曰: "瀑落山如動, 雲歸樹欲無." 寄金節度詩曰: "將軍過李
牧, 書記愧陳琳." 仁廟挽歌曰: "萬民思考[220]妣, 五月葬衣冠." 其挽月沙詩曰: "相公
捐館舍, 童子不歌謠." 挽具綾城宏詩結句曰: "門庭舊揖客, 來哭大將軍." 甚有奇氣,
令人想殺倜儻不群氣像.

204

箕雅所載衲子詩無佳者, 獨有冲徽一詩好, 其靑鶴洞詩, 是也. 如"捲簾秋色裡, 欹[221]
枕夕陽中. 露竹生閑池, 風泉吼遠空", 佳.

205

近世有旨冊者, 以詩僧名, 而其詩殊無可意者.

206

前年余往栖想蓮山房, 有僧綻一, 頗聰明識道理, 因與之語, 出所謂秋波集示余, 亦近
世詩僧也. 其詩頗有佳處, 可愛.

---

218 報羽: 『芝峯集』에는 "羽報".

219 隴: 『北渚集』에는 "壠".

220 考: A본에는 "若".

221 欹: A본에는 "歌".

207
聞旨冊非笑秋波師詩云, "未免爲鷿鳩, 斥鷃良可笑"也.

208
高麗詩人, 益齋爲首, 而猶蹈襲古人. 如"黃稻日肥鷄鶩喜, 碧梧秋老鳳凰愁"之句,
必襲少陵"黃²²²稻啄餘鸚²²³鵡粒, 碧梧栖老鳳凰枝"也.

209
鄭知常登高寺詩: "地應碧落不多遠, 僧與白雲相對閑." 絶佳, 眞登高寺詩也.

210
李白鳳凰臺詩, 亦蹈襲崔顥黃鶴樓詩, 而直效其體耳. 無字句相同處.

211
崔顥詩, 流麗暢情, 固宜太白之所愛敬也.

212
太白"人烟迷²²⁴橘柚, 秋色老梧桐"之句, 令人目炫心怡, 色動神聳.

213
李佐郎重煥與菊圃、慕軒、存節同時, 其詩大爲諸公所推. 有"人間眇眇新羅國, 天下
深深太白山"之句, 菊圃以下, 亦皆閣筆. 此句風動一世, 至今讀之, 令人颯颯有羽化意.

214
江左翁往金海有詩曰: "淸風來²²⁵自孤雲海, 斜²²⁶日低臨首露天." 絶佳. 許草禪佖
²²⁷對人, 嘗誦之云.

---

222 黃 : 『唐詩品彙』에는 "香".

223 鸚 : A본에는 "罌".

224 迷 : 『唐詩品彙』에는 "寒".

225 來 : 『江左集』에는 "遠".

226 斜 : 『江左集』에는 "落".

227 佖 : A, B본에는 "弼". 일반적인 용례에 근거하여 수정.

滄海詩眼 卷下

1

方虛谷嘗論陳子昻詩曰: "不但感遇[228]爲古調之祖, 其律詩亦近體之祖也." 盖子昻詩務渾厚, 譬之三百篇, 則當在雅頌之間, 不在國風之列.

2

蹈襲爲詩家大忌, 古人亦不免互相蹈襲. 如李白之"鳳凰臺上鳳凰遊, 鳳去臺空江自流"之句, 蹈襲崔顥之"昔人已乘白雲去, 此地空餘黃鶴樓"之句. 歐陽永叔之"鳥聲茅[229]店雨, 野色柳橋春", 蹈襲孟東野之"鷄聲茅店月, 人跡板橋霜"之句. 蔡湖洲之"疎林秋盡雨, 荒店夜深燈"之句,[230] 蹈襲司空圖之"曲塘春盡雨, 方響夜深船"之句. 湖洲嘗語人曰: "曲塘、方響, 乃唐人語也. 某[231]詩適近之耳."

3

朴參政寅亮題泗川龜[232]山寺曰: "塔影倒江飜浪底, 磬聲搖月落雲間. 門前客棹洪波急, 竹下僧碁白日閑." 此我國文章之權輿也.

4

新羅使臣入唐過海, 有詩云: "水鳥浮還沒, 山雲斷復連." 賈浪仙詐爲梢人, 聯下句曰: "棹穿波底月, 船壓水中天." 使臣嘉歎. 洪武間, 李陶隱崇仁奉使金陵, 楊州舟中一聯云: "落照浮雲外, 殘山大野頭." 篙工拊[233]背歎曰: "此措大, 可與言詩." 如篙工者, 其浪仙之流與.

5

金學士黃元登練光亭, 見古今[234]題詠, 不滿其意, 旋焚其板, 終日憑欄苦吟, 只得"長江一面溶溶水, 大野東頭點點山"之句, 意涸痛哭而去. 昔賈浪仙吟得"獨行潭底影, 數

---

228 遇 : A본에는 "愚".

229 茅 : 『文忠集』에는 "梅".

230 之句 : B본에는 없음.

231 某 : A본에는 "唐".

232 龜 : A본에는 "龍".

233 拊 : A본에는 "附".

234 今 : A본에는 "人".

息樹邊身", 不覺垂淚. 徐四佳曰: "余觀賈詩, 寒瘦澁僻, 何至垂淚? 黃元之詩, 老儒常談, 何痛哭自苦如是?"

6

陳澕詩: "雨餘庭院簇苺苔, 人靜柴扉晝不開. 碧砌落花深一寸, 東風吹去又吹來." 毁之者曰: "落花深一寸, 似背於理." 四佳曰: "趙退菴詩曰:[235] '蒲色靑靑柳色深, 今年寒食去年深. 醉來不記關河路, 路上飛花一膝深.' 其曰一膝, 則又深於一尺矣. 況太白有'燕山雪片大如席'之句, 有'白髮三千丈'之句, 蘇子瞻有'大繭如甕盎'之句, 是不可以辭害意, 但當意會爾."

7

宋詩僧有"綠楊深院春晝永, 碧砌落花深一寸"之句, 陳詩有來處, 不可以深一寸砭之矣.

8

成大中有"池淸遠峀還爲島, 木落他天更入樓"之句, 語意奇警.

9

興海吏姓崔者工詩, 其[236]矗石樓詩一聯, 不讓於靑泉子所爲"天地報君三壯士"之句, 卽"英雄幷死睢陽郭, 天地仍高矗石樓"也.

10

王世懋、袁宏道、錢謙益爲有明名家. 王、袁二家殊渾厚, 不當讓爲大國風, 而錢則浮而澁, 脆而缺, 沽淡而鮮澤, 輕銚而少實, 此其爲明亡之兆乎.

11

王世懋除夕詩二聯曰: "浮蹤豈爲江山住, 傲骨都隨歲月除. 寒侵雙鬢薄雨聲, 暝色殘入一燈疏." 橫逸自肆, 佳甚. 與諸子醉賦詩二聯曰: "千秋易水歌仍長, 萬里秦庭哭未還. 供奉故人多白髮, 歸來吾黨自靑山." 不知何所指, 而直如燕市壯士擊筑悲歌, 變爲徵羽聲, 座上髮盡衝冠, 悽然泣下.

---

235 趙退菴詩曰 : A본에는 없음.
236 其 : A본에는 없음.

12

袁宏道罷官詩一聯曰: "樽前濁酒憨憨醉, 飯後靑山緩緩[237]登." 意在言外, 佳甚.

13

余嘗閑居, 亂抽架上古人詩集, 隨意批抹. 至於唐詩, 終無一字可抹. 天下詩之工者, 莫唐若也.

14

江爲, 唐末詩人也. 少遊江南有詩云: "吟登蕭寺旃檀閣, 醉倚[238]王家玳瑁筵." 南唐后主見之曰: "此人大是富貴家. 而劉夜坐[239]、夏江城[240]等, 竝傳句法.

15

爲之潤州城詩, 極佳麗. 如"春潮平島嶼, 殘雨隔虹霓", 是也.

16

唐詩僧處默聖果寺一聯曰: "渡江吳地盡, 隔岸越山多." 世以奇句稱之. 羅隱見之曰: "此我句也, 失之久矣. 乃爲吾師得焉." 識者鄙其儇薄太甚. 隱以詩中虎見[241]稱當世, 而猶貪一僧之句, 自招儇薄之譏, 彼庸衆人之好名者, 抑何足責乎?

17

陸放翁梅花詩, "孤城小驛初飛雪, 斷角殘鍾半掩門"之句, 極寫冷艷淸香, 不讓西湖處士二句語, 詩人不可不知.

18

詩當先氣節而後文藻, 夏文莊公竦試垣詩曰: "殿上袞衣明日月, 硯中旗影動龍蛇. 縱橫禮樂三千字, 獨對丹墀日未斜." 果魁, 人譏其自負.

---

237 緩緩 : 『袁中郎集』에는 "漫漫".

238 倚 : A본에는 "猗".

239 夜坐 : A, B본에는 "衣生". 『唐詩品彙』 역시 "衣生"으로 되어 있으나 劉洞은 〈夜坐〉으로 유명해졌으므로 수정했다.

240 城 : A, B본에는 "成". 『唐詩品彙』 역시 "成"으로 되어 있으나 夏寶松은 〈宿江城〉으로 유명해졌으므로 수정했다.

241 見 : A본에는 없음.

19

康日用公欲賦鷺鷥詩, 每冒雨至天水寺南溪上觀之, 忽得"飛割靑山色"之句, 語人曰:
"今得到古人不到處." 欲賦鷺鷥, 冒雨溪行, 既盡詩人之²⁴²意趣, 詩²⁴³亦果到古人
未到處, 絶佳.

20

宋蕭東夫²⁴⁴詩曰: "得句鷺飛處, 看山天盡頭. 猶嫌未奇絶, 更上岳陽樓." 可謂先得
康公之趣者也.

21

浮碧樓後有峯曰牧丹, 高麗時, 王幸此峯, 有"北斗七星三四點"之句. 有一儒生進對
曰: "南山萬壽十千秋." 王深異之, 擢爲壯元.

22

北關妓可憐, 歌舞絶世, 容色動人. 權公某嘗按²⁴⁵北關寵之, 罷歸後, 可憐守節, 不
事二姓. 李大提學匡德之謫北塞也, 行至鏡城, 節度使, 通判, 評使相會宴錢, 招可憐
至. 時可憐已髮白齒疎, 然於樽前誦出師表, 至先帝三顧臣於草廬之中, 李公悽然泣
下, 仍書一絶於便面以贈曰: "南關女妓鬢如絲,²⁴⁶ 醉後高歌兩出師. 唱到草廬三顧
地,²⁴⁷ 逐臣淸淚萬行垂." 以李公一詩, 可憐死不朽矣.

23

燕超齋文章冠世, 未三十而夭死. 李安中以爲"東方詩文, 惟吳尙濂稍識糟粕, 其餘無
足觀". 安中誠妄矣.

24

燕超齋三浦詩曰: "三浦胡書碣, 孤²⁴⁸城憶解圍. 惟²⁴⁹聞千乘國, 未見一戎衣. 將帥

---

242 之 : A본에는 없음.

243 詩 : A본에는 "得".

244 夫 : A본에는 "天".

245 按 : A본에는 "椶".

246 南關女妓鬢如絲 :『冠陽詩集』에는 "咸關女侯滿頭綠".

247 地 :『冠陽詩集』에는 "語".

無籌策, 文章有是非. 朝宗迷舊路[250], 江漢[251]欲何之." 直如玉貌先生却恥帝秦, 有蹈海不顧之志, 文章特餘事耳.

25

其詩大要, 高古峭潔, 裊娜嬋娟, 如"江水虛[252]明山斷處, 草花新發野燒餘"之類, 是也.[253]

26

余與姜世白淸之結社, 始會於蓮亭, 名社曰秋水, 父兄長老皆與焉. 拈鄕字, 淸之詩有"荷葉忽高秋水社, 桃花不數武陵鄕", 頗佳.

27

近世文章, 李匡呂最高. 元陵輓詞一詩, 膾炙人口, 其詩曰: "宵駕紛儀衛, 萬人惟哭聲. 閭閻遺子女, 城闕若平生. 過廟遲遲躃, 臨門冉冉旋. 絳紗千柄燭, 風淚曙縱橫." 余雖未見其人, 讀其詩, 直可以想像其高古.

28

蔡希範以文章自高, 其所爲"無詩可記臺亭勝, 有妓頗寬道路愁"之句, 寫出羈旅物色, 絶佳.

29

金聖榘度卿, 東籬允安之[254]五世孫也. 詩律淸高, 其罷午睡有作曰: "草樹誰耕種, 雲霞何氣成. 鳥鳴庭日晚, 碁散爐烟生. 却坐鴻濛啓, 翻看世界明. 風堂春睡罷, 一夢已鄕城." 盖睡後光景, 芒忽窈停, 畫工之所難摹, 而度卿能盡之矣. 然而前六句, 無非睡後語, 則結句之必曰春睡罷, 不穩.

---

248 孤: 『燕超齋遺稿』에는 "山".

249 惟: 『燕超齋遺稿』에는 "空".

250 舊路: 『燕超齋遺稿』에는 "故道".

251 漢: 『燕超齋遺稿』에는 "水".

252 虛: 『燕超齋遺稿』에는 "忽".

253 也: A본에는 없음.

254 允安之: A본에는 없음.

30

其詩有不作, 苟有作, 則必能傾動衆聽, 如"南國秋聲雁逗浦, 江城暮色鵲還巢. 縣南綠樹空明月, 郭北靑山有白雲"之類, 是也. 其子年十三歲者, 才思絶美, 往往多奇警語.

31

申公詢岳有盛名, 余終不得見其詩, 度卿爲余誦其送柳使君凝之詩一聯, 頗佳. "人去北天秋色遠, 身留南國瘴雲深", 是也.

32

金黃州履鐸詩絶佳, 多傳農淵骨格. 如"南國晴烽無事夜, 北風寒鵲²⁵⁵未安巢", 是其警語也.

33

後之不及古者, 非直聲響, 寫實境, 尤不及古人. 徒取聲響, 則流於浮幻, 專取實境, 則終於拙餒, 此後人之病也. 劉方平秋夜泛舟詩曰: "萬影皆因月, 千聲各爲秋." 噫! 詩至此而工, 汎時光景盡之矣.

34

金河西【麟厚】有"映山紅映斜陽裡"之句, 有屬之者曰: "生地黃生細雨中." 可謂佳對.

35

崔舍人斯²⁵⁶立天壽寺詩曰: "天壽門前柳絮飛, 一壺來待故人歸. 眼穿落日長亭晚, 多少行人近却非." 白贊成元恒阻江詩曰: "小舟當發晚潮²⁵⁷催, 駐馬臨江獨冷噓. 岸上行人何日了, 前人未渡後人來." 白詩意好, 非崔之比.

36

李相國奎報少以文章自負. 時李仁老、吳世材、林椿、趙通、皇甫抗、咸淳、李湛之等有盛名, 稱爲七賢. 盖慕晉之七賢, 飲酒賦詩, 旁若無人. 世才死, 湛之謂奎報曰: "子可補耶." 奎報曰:"七賢,²⁵⁸ 豈朝庭官爵補其闕耶? 未有嵇、阮之後承乏者." 遂口吟一詩

255　鵲 : A본에는 "鴉".

256　斯 : A, B본에는 "天",『東文選』에 근거하여 수정.

257　潮 : A본에는 "湖".

258　盖慕晉之七賢……七賢 : A본에는 없음,『東人詩話』에 근거하여 보충.

曰: "不知七賢內, 誰是鑽核人." 一座有慍色.

37

吳世文與金東閣瑞廷、鄭員外文甲置酒林亭, 李相國亦與焉. 吳以其所著三百二韻詩,
要相國和. 相國[259]援筆步韻, 韻愈强而思愈健, 雖風檣陣馬, 未易擬其速. 古人亦未有
一詩三百韻者, 雖歲鍛月鍊不得成, 而相國談笑爲之, 蓋東方詩豪, 相國一人而已. 或問
於四佳曰: "李奎報相國三百韻詩, 重押二施字、二祗字, 何也?" 四佳曰: "杜甫八仙歌,
'知章騎[260]馬似乘船' 曰: '天子呼來不上船.' 重押二船字. 有曰: '眼花落井水底眠.' 又
曰: '長安市上酒家眼.' 重押二眼字. 有曰: '汝陽三斗始朝天.' 又曰: '舉觴白眼[261]望青
天.' 重押二天字. 有曰: '皎如玉樹臨風前.' 又曰: '脫帽露頂王公前.' '蘇晉長齋繡佛前.'
重押三前字. 蘇子瞻送王公著詩, 有'忽憶釣臺歸洗耳'之句, 有'亦念人生行樂耳'之句,
自註曰: '二耳字不同義, 故重[262]押一韻.' 重押, 杜、蘇尚然, 何獨怪於李乎?"

38

余亦考魏晋五古, 多有一韻重押者.

39

崔文昌有"含情朝雨細復細, 弄艷閑花開未開"之句, 高麗人好用是語. 吳學士學[263]
麟有"院院古非古, 僧僧知不知", 朱文節悅有"水光澄澄鏡非鏡, 山氣靄靄烟不[264]烟"
之句, 李相國奎報有"幽花浥露落未落, 輕燕受風斜復斜"之句. 僧益莊有"大聖住無
住, 普[265]門封不封"之句, 此皆祖唐人之"三點四點映山雨, 五枝十枝臨水花"之句, 而
定非佳語, 詩家黜[266]之可也.

40

崔猊山瀣, 才奇志高, 放蕩不群, 嘗登海雲臺, 見萬戶張瑄題詩松樹曰: "此樹何厄逢

---

259 相國 : A본에는 없음.

260 騎 : A본에는 "猗".

261 眼 : A본에는 "眠".

262 重 : A본에는 "同".

263 學 : A, B본에는 없음. 『東人詩話』에 근거하여 보충.

264 不 : A본에는 "非".

265 普 : A, B본에는 "暮", 『東人詩話』에 근거하여 수정.

266 黜 : A본에는 "點".

此惡詩?" 遂刮去, 塗以糞土. 瑄怒命將追獲, 乃遁還, 其恃才傲物如此. 然坐此蹭蹬, 貶長沙有詩云: "高名千古長沙上, 却愧才非買少年." 又云: "三年竄逐[267]病相仍, 一室生涯轉似僧. 雪滿四山人不到, 海濤聲裡坐挑燈." 寂寞困窮, 如在目前.

41

凡詩妙在一字, 古人以一字爲師, 如齊己之拜鄭谷是也. 張乖厓在江南, 題一絶云: "獨恨太平無一事, 江南閑殺老尚書." 蕭楚材[268]改恨作幸曰: "今天下一統, 公功高位重, 獨恨太平, 何耶?" 張謝曰: "蕭君一字師也." 金殿中久囧有"驛樓置酒山當席, 官渡哦詩雨滿船"之句. 卞文蕭公季良曰: "當字未穩, 宜改臨字." 金曰: "南山當戶轉分明, 當字有來處." 卞曰: "古人有'靑山臨黃河'之句, 如金者, 豈知臨字之妙乎?" 金終不屈. 以余觀之, 臨字不如當字, 卞說非是, 況且唐人有"斜陽映閣山當寺"之句乎?

42

李大諫有"林間出沒幾多屋, 天末有無何處山"之句, 李政丞混有"長天去鳥欲何向, 大野東風吹不休"之句, 李相國奎報沙平院詩, 有"郵吏送迎何日了, 使華來往幾時休"之句. 三李句法相似, 然而大諫最警絶.

43

金若水奉使往湖南, 題任實館舍曰: "老木荒榛夾古谿, 家家猶未飽蔬藜. 山禽不識憂民意, 唯向林間自在啼." 其賢勞王事之意, 勤勤懇懇, 非若空言咏物而止已.

44

鄭密直允宜題江城縣舍曰: "凌晨走馬入孤城, 籬落無人杏子成. 布穀不知王事急, 隔林終日勸春耕." 其詩大略與金相似, 而鍛鍊尤妙.

45

王半山有"一水護田將綠繞, 兩山排闥送靑來"之句, 李牧隱有"田園未得悠然逝, 門巷何曾顯者來"之句, 朱新仲有"何以報之靑玉案, 我姑酌彼黃金罍"之句, 李師中有"詩成白也知無敵, 花落虞兮可奈何"之句, 鄭雪谷誧[269]有"平生恥與噲等伍, 後世心有楊雄知"之句, 皆因古事, 自然爲妙對, 絶佳.

---

267 竄逐: A본에는 "逐竄".

268 材: A, B본에는 "村", 『東人詩話』에 근거하여 수정.

269 誧: A, B본에는 "俌", 일반적인 용례에 근거하여 수정.

46

宋莒公咏落花曰: "漢皐佩冷臨江失, 金谷樓危到地香." 有云: "將飛更作回風舞, 已落猶成半面粧." 余襄公云: "金谷已空新步障, 馬嵬徒見舊香囊." 金文貞坵云: "飛舞翩翩去却回, 倒吹還欲上枝開. 無端一片粘絲網. 時見蜘蛛捕蝶來." 皆極其奇巧. 松都天水寺壁上, 有咏落花詩曰: "帶雨無情墮, 乘風作意回." 語滯意野, 比前數詩, 邈乎不可及.

47

吳僧道潛有"數聲柔櫓蒼茫外, 何處江村人夜歸"之句, 如此淸絶語, 士君子集中, 亦難多得.

48

徐四佳剛中曰:[270] "樂府句句字字, 皆協音律, 古之能詩者, 尙難之. 陳后山、楊誠齋皆以爲蘇子瞻樂詞雖工, 要非本色語. 況不及東坡者乎? 吾東方語音與中國不同. 李相國、李大諫、崔猊山、李牧隱皆以雄文大手, 未嘗措手. 唯益齋備述文體, 法度森嚴. 先生北學中國, 師友淵源, 必有所自來者. 近世學者, 不學音律, 先作樂府, 欲爲東坡所不能爲, 爲誠齋、后山之罪人, 明矣."

49

前輩以兪參政穴口寺詩"晦朔潮爲曆, 寒暄草記辰"爲工, 而余則以爲餒不堪讀, 不幾近於妄乎? 陶潛桃源詩有"雖無紀曆誌, 四時自成歲", 唐人詩有"山僧不解數甲子, 一葉落盡天地秋"之句, 比諸參政所爲, 果何如也?

50

古人詩不厭改. 少陵詩之聖也, 其所爲"桃花細逐楊花落, 黃鳥時兼白鳥飛"之句, 屢經刪改. 牧隱嘗與其子種學登西州樓有詩云: "西林石堡入雲端, 亭樹含風夏尙寒." 行至半途, 種學曰: "大人詩尙字, 不如亦字之穩." 牧隱曰: "果是也." 促令返改之.

51

高太常閏奉使來, 題太平[271]館樓古風一篇, 自批曰: "精深雅健, 極盡豪華之態." 又

賦却鞍馬詩曰: "漢文旣是輕千里, 祖遜無心着一鞭." 自批曰: "老健." 噫! 漢文却馬, 非人臣所當用, 而高乃晏然自居, 其爲人可知, 詩亦別無奇警.

52

古人詩多用經[272]語. 李師中有"夜如何其斗欲落, 歲云暮矣天無晴"[273]之句, 牧隱有 "月獨有情從我蔡, 山多不俗起余商", "木鐸二三何患子, 舞雩六七咏歸童", "王風幸 矣興於魯, 女樂胡然至自齊"之句, 用辭不窘, 工緻可尙.

53

陶隱扈從詩極佳, 所謂"鼓角滄江動, 旌旗白日陰. 詞臣多侍從, 會見獻虞箴", 是也. 三峯假寐, 有黃鉉者誦此詩, 三峯忽開眼, 令再誦曰: "語韻淸圓似唐詩." 絃曰: "李簽 書崇仁所著也." 三峯曰: "何從得惡詩來乎?" 蓋三峯與陶隱不相能故也. 四佳剛中曰: "昔半山與東坡不相能, 然半山讀東坡雪後詩, 追次至六七篇, 終曰: '不可及.' 時人服 其自知甚明. 嗚呼! 以半山之執拗自是, 不廢公論, 鄭之不及半山, 亦遠矣.

54

僧幻庵書法絶妙, 得晉體. 一時求書者雲集. 然所書必[274]觀詩文, 心肯然後始下筆. 李仁任得尹泙畫十二幅屛風, 令茂松尹會宗作詩, 倩幻庵書之. 庵曰: "詩欲傳後, 非 牧老不可. 世有牧老, 敢題屛障者, 僭也." 折簡邀牧老于方丈. 牧老曰: "若邀老物, 當 用安和寺泉煎茶." 牧老旣至, 卽席口呼十二絶句, 筆勢生風, 隨所作, 輒令書之, 至滕 王閣末句曰: "當日江神知我不, 何時更借半帆風." 幻庵投筆大叫曰: "政同王勃本色, 此最警絶. 如牧老, 眞詩聖也." 書訖, 遂成三絶, 廣平珍藏之. 後雲庵澄公淸叟重修 長城白庵寺樓, 請名於鄭三峯. 三峯名以[275]克復而記之. 使其徒絶潤倫師, 受楷於幼 庵. 庵曰: "此非吾所書也. 牧老在世, 敢爲長文大作歟?" 卽令倫師往牧老請名若記. 牧老訊倫師, 倫師曰: "寺在二水間, 而水合于寺之南,[276] 東西分流, 又合于樓前爲淵, 然後出山." 牧老曰: "然則可名雙溪樓." 操筆記之, 文無加點, 其末有云: "余老矣. 明 月滿樓, 無由宿其中, 恨不少年爲客耳." 庵受而書之, 嘆曰: "唐人詩有'明月雙溪水, 春風八詠樓. 少年爲客處, 今日送君遊'之句, 此老政用此語, 無斧錯痕, 眞妙手也.

---

272 經 : A본에는 "輕".

273 晴 : B본에는 "情".

274 必 : A본에는 "多".

275 以 : A본에는 "而".

276 南 : A, B본에는 "源", 『東人詩話』에 근거하여 수정.

55

動安居士李承休詠雲詩曰: "一片纔從泥上生, 東西南北便縱橫. 謂爲霖雨蘇群苗, 空掩中天日月明." 頗含譏諷. 李爲忠烈[277]朝御史, 言事忤王, 退居頭陁山, 終身不仕, 以雲之蔽[281]日月, 比群小壅蔽之狀. 昔宋僧奉忠贈章惇詩曰: "如峯如火復如綿[279], 飛過微陰落檻前. 大地生靈乾欲死, 不成霖雨謾遮天." 李詩本此, 然而兩詩都非佳作.

56

作詩非難, 而知詩爲難. 李相國評詩黜[280]梅聖兪, 以謝靈運"池塘生春草"之句爲不佳, 以徐凝瀑布詩"三尺長如白練飛, 一條界破靑山色"之句爲萬古妙辭. 然而蘇長公則以徐凝爲惡詩, 六一居士則以梅聖兪爲工. "池塘春草"之句, 古今皆以爲絶唱, 相國評詩,[281] 殆居過不及之間矣.

57

李相國沙平院詩曰: "朝日初昇宿霧收, 促鞭行到漢江頭. 天王不返憑誰問, 沙鳥閑飛水自流." 漢江無天王不返事, 而相國乃云, 必引昭王膠舟事, 而語意不好.

58

李相國違心詩有曰: "少日[282]家貧妻常侮, 殘年祿厚妓方隨[283]. 雨陰[284]多是[285]出遊日, 天霽皆吾閑坐時." 讀之令人絶倒.

59

韓文公詩有曰: "喚起窓全曙, 催歸日未西. 無心花裡鳥, 更與盡情啼." 喚起、催歸皆鳥名, 可謂妙對. 李大諫仁老題天水寺壁詩曰: "待[286]客客未到, 尋僧僧亦無. 唯餘林

---

277 烈 : A본에는 "列".

278 蔽 : A본에는 "掩".

279 綿 : A본에는 "錦".

280 黜 : A본에는 "點", 『東人詩話』에 근거하여 수정.

281 詩 : A본에는 "品".

282 少日 : 『東國李相國後集』에는 "盛歲".

283 方隨 : A본에는 "多隨", 『東國李相國後集』에는 "將追".

284 陰 : 『東國李相國後集』에는 "霽".

285 是 : A본에는 "隨".

286 待 : B본에는 "對".

外鳥, 款曲勸提壺." 提壺亦鳥名, 自然有韓法.

60

鄭雪谷普[287]濟寺聞鐘詩曰: "金銀佛寺側城闉, 夜夜鳴鐘不失晨. 誰道令人發深省, 祗能喚起名利人." 非但詩語絶佳, 意趣可尙. 然而"祗能喚起名利人", 本於祝太常簡"未必佛徒能警悟, 祗能喚起名利人"之句.

61

凡詩用事, 當有來歷, 未可以己意執拗. 高麗忠宣王入元, 開萬卷堂, 閻復、姚燧、趙子昂從遊. 一日王吟"鷄聲恰似門前柳"之句, 諸學士問來歷, 王語塞. 益齋從傍解之曰: "吾東人詩有'屋頭初日金鷄唱, 恰似垂楊褭褭長', 以鷄聲之軟婉, 比柳色之輕纖, 我王之詩用是語也. 且韓退之琴詩, 有'浮雲柳絮無根蔕'之句, 古人之聲音亦有以柳絮比之者矣." 滿座稱歎. 忠宣之詩, 若無益老之捄, 則幾窘於砭者之鋒矣.

62

宋太祖滅蜀, 召蜀主孟昶花蘂夫人費氏, 使賦詩, 詩曰: "君王城上豎降旗, 妾在深宮那得知. 十四萬兵齊解甲, 也無一箇是男兒." 由此觀之, 丈夫之偸生屈膝者, 無面目見人矣. 高麗穆宗時, 契丹主入興化鎭, 執副摠管李鉉雲贅之, 鉉雲獻詩曰: "兩眼已瞻新日月, 一心何憶舊山川." 如鉉雲者, 行若狗彘, 固不足與論. 然而以堂堂丈夫, 曾不若一婦人, 豈非可恥之者乎? 文章雖曰華國, 將焉用哉?

63

李尙州敏輔詩, 欠淸警而貴混成, 如"子房[288]漫棄人間事, 黃綬何妨地上仙"之句, 是也. 其子太源能詩書畵, 余於抱淸翁畵帖得見其畵, 頗濃淡可喜於他畵, 皆有評語[289], 極妙.

64

余嘗登安義光風樓, 板上所題諸詩, 無一可意, 獨有趙榮祏[290]一首好. 所謂"南方氣煗耕農早, 峽縣春深訟獄稀", 是也.

---

287 普 : A, B본에는 "益", 『東人詩話』에 근거하여 수정.

288 子房 : 『豊墅集』에는 "赤松".

289 語 : A본에는 "落".

290 祏 : A, B본에는 "晢", 일반적인 용례에 근거하여 수정.

65

海左舟行詩一聯曰: "細雨不妨篷底宿[291], 微波時作岸邊聲." 極沈着極幽淡, 且律法麗密, 不可褻玩.

66

錢謙益八月十三夜詩: "坐久湖山皆得月, 望窮天宇始知秋." 頗淸遠, 是其集中之稀有者也.

67

趙淸獻題子美書堂曰: "天地不能籠大句, 鬼神無處避幽吟." 非天地之大, 鬼神之幽, 無能盡杜詩之造化, 趙詩殆得之矣.

68

余平生愛許渾 "芰荷風起客堂靜, 松桂月高僧院深" 之句, 其幽靜閑遠之趣, 至使人難言. 家釀新開, 摘園蔬佐之, 酌數觥微醺, 步庭際數廻, 暑景欲移, 茶烟將歇, 此時諷詠數過, 意思甚好, 每以語人, 輒無解余意者.

69

我朝列聖文章炳煒, 超邁歷代帝王, 而至我主上殿下文章, 尤夙就. 其[292]在東宮頒黃柑於春坊諸臣賜詩曰: "團團[293]仙[294]果似靈[295]丹, 歷盡滄[296]溟味不酸. 今[297]日特頒深[298]有意, 諸君爭取晚香看." 往年李相國福源之奉使往瀋陽也, 賜詩曰: "玉帛尋常到薊幽, 栖栖六月又征輈. 袁熊戰處離宮在,[299] 遼鶴飛來古[300]郭愁. 雅度須敎徵禮義, 雄詞應遣洗啁啾.[301] 中原人士[302]如相問, 鴨水依然萬折流."

---

291 宿: 『石北集』에는 "睡".
292 其: A본에는 "其一".
293 團: 『弘齋全書』에는 "圓".
294 仙: 『弘齋全書』에는 "靈".
295 靈: 『弘齋全書』에는 "仙".
296 歷盡滄: 『弘齋全書』에는 "遠自重".
297 今: 『弘齋全書』에는 "此".
298 頒深: 『弘齋全書』에는 "宣知".
299 在: 『弘齋全書』에는 "壯".
300 古: 『弘齋全書』에는 "故".

70

李相國之自瀋陽還也, 乾隆天子賜殿下詩曰: "鳴303蠻祝壽陪臣价, 按轡踔途賜謁溫. 聞304悉國中逢稔歲, 夙知海外得賢藩. 習經史地心無貳, 遵禮義邦敎有源. 愼守封疆拊305黎庶, 萬斯年永受朝恩." 句法雖不雅, 然頗有氣力, 亦可知306爲帝王家詩.

71

余每看古人詩, 語似易易, 及余有作, 直不及古人易易語, 如杜子美之"野館濃花發, 春帆細雨來", 豈不易易? 而亦自難及, 須溪批曰: "驛程旅館, 又喜又悲." 不但詩之佳絶, 得須溪評看尤佳.

72

王貞白御溝水詩曰: "一派御溝水, 綠槐相蔭淸307. 此中涵帝澤, 無處濯塵纓." '此中'初作'此波', 以示詩僧貫休, 休曰: "改一字." 貞白揚袂而去. 貫休曰: "此公思敏." 書一中字於掌, 頃之貞白回曰: "此中涵帝澤." 休以掌示之.

73

鄭司諫西都詩曰: "紫陌春風細雨過, 輕塵不動柳絲斜. 綠窓朱戶308笙歌咽, 盡是梨園弟子家." 西都繁華氣像, 四句盡之. 陳補闕瀋松都詩曰: "小雨朝來卷細毛, 浴江初日暈紅濤. 千門撲地魚鱗錯, 雙闕攙天鷲翼高. 吳苑袂衣晴鬪草, 漢宮仙袂醉分桃. 多慙久忝金閨309侍, 與倚310淸香奉赭袍." 詞語淸新美麗, 亦可以並駕齊驅矣.

74

李相國詩曰: "輕衫小簟臥風欞, 夢斷啼鶯三兩聲. 密葉醫花春後在, 薄雲漏日雨中

---

301 啁啾 : A본에는 "蜩秋", B본에는 "蜩啾", 『弘齋全書』에 근거하여 수정.

302 人士 : B본에는 "士人".

303 鳴 : 『御製詩集』에는 "迎".

304 聞 : 『御製詩集』에는 "問".

305 拊 : 『御製詩集』에는 "撫".

306 亦可知 : A본에는 없음.

307 淸 : A본에는 "晴".

308 戶 : A본에는 "衣".

309 閨 : A, B본에는 "闕", 『東人詩話』에 근거하여 수정.

310 倚 : A본에는 "猗".

明.” 絶佳.

75

益齋山中雪夜詩曰:“紙被生寒佛燈暗, 沙彌一夜不鳴鐘. 應嗔宿客開門早, 要看巖
前[311]雪壓松.” 四佳批曰:“能寫出山家雪夜奇趣, 讀之令人沆瀣生牙頰間.” 崔拙翁批
曰:“益老平生詩法, 盡在此詩.”

76

太白潯陽感秋詩曰:“何處聞秋聲, 蕭蕭北窓竹.” 東坡漱玉亭詩曰:“高巖下赤日,
深谷來悲風.” 能寫盡卽景. 印學士邨秋夜詩曰:“草堂秋七月, 桐雨夜三更. 欹枕
客無寐, 隔窓蟲有聲.” 清新雅絶, 不讓二老.

77

李侍中公遂下第詩曰:“白日明金殿, 青雲起草廬. 那知廣漢桂, 尙有一枝餘.” 終得大
魁入台. 林西河椿下第詩曰:“科第未收羅隱恨, 離騷空寄屈平哀.” 又曰:“科第由來收
俊傑, 公卿誰肯薦非才.” 竟不第, 不沾一命. 徐剛中曰:“詩出肺腑. 或者天其先誘乎!”

78

自古窮士之詩, 類多枯寒瘦淡, 如盧永綏之“老妻容寂寞, 稚子淚飄零. 衰鬢千年鶴,
殘生十月螢”, 李遁村之“借書勤夜讀, 乞米續新炊”, “瘦馬鳴西日, 羸童背朔風”, 柳方
善之“腹中纇飯何曾飽, 身上單衣苦不溫”之類, 盡憔悴困窮氣像.

79

李相國北山詩曰:“欲試山人心, 入門先醉嚚. 了不見喜慍, 始覺眞高士.” 可謂模寫形
容, 一言而盡矣.

80

崔猊山有“漏雲殘照雨絲絲”之句, 牧隱深味之, 有“膾炙猊山四句詩”之句, 而[312]‘漏
雲殘照’之句, 特詩人常談, 而牧老之如是何也?

---

311 前 : A본에는 "花".
312 而 : A본에는 없음.

81

先輩詩用子規, 語多清絶. 如李執義堅幹詩"旅館挑殘一盞燈, 使華風流淡於僧. 隔窗杜宇終宵聽, 啼在山花第幾層"之句, 佳絶, 因以山花號焉. 尹汝衡有詩云: "乾坤蕩蕩我無家, 一夕挑燈九起嗟. 誰使遠遊人有耳, 杜鵑啼血杜鵑花." 曹係芳詩曰: "敲門宿客直須揮, 莫使山家奇事知. 屋角梨花開滿樹, 子規來鳴月明時." 此數詩皆清絶, 難爲伯仲於其間也.

82

田獻納濡守公州有詩云: "公事如雲鬢欲絲, 雪晴江路馬遲遲. 吏民不識憂民意, 誤道溪山覓好詩." 語意頗好, 可警俗吏.

83

詩僧靈一之詩, 刻意精妙. 與劉長卿、皇甫冉諸人相倡和, 如"泉湧階前地, 雲生戶外峯. 夜色臨城月, 春寒度水風"[313]者, 皆佳句也.

84

僧皎然之詩, 極有聲響意趣, 如仙女臺詩"古木花猶發, 荒臺月尙懸"之句, 自然是仙女臺詩.

85

古人詠雪詩多, 不能盡記, 而佳者絶小. 東坡有"但覺衣裘如潑[314]水, 不知庭院已堆鹽. 五更曉色侵書幌, 半夜寒聲落畫簷"之句, 山谷有"夢聞[315]半枕聽飄瓦, 睡起高堂看入簾. 剩與月明分夜砌, 卽成春漏滴晴簷"之句, 東坡聲口稍笨, 當遜於山谷.

86

家大人嘗與李侍郎、權大憲, 泛舟於自天臺下, 有句云: "詩書古院夜【道南書院】, 風雨大江秋." 艮翁批曰: "優入杜室."

87

聾齋公[316]嘗有句云: "夕陽洞口生疎雨, 流水窓間坐[317]老僧." 世以爲佳唱.

---

313 春寒度水風 : A, B본에는 "春風度水寒", 『唐詩品彙』에 근거하여 수정.

314 潑 : A, B본에는 "㴙", 『瀛奎律髓』에 근거하여 수정.

315 聞 : A, B본에는 "間", 『瀛奎律髓』에 근거하여 수정.

88

樊巖嘗屛居三湖, 當雪消江漲之時, 有句云: "消瀜萬壑前[318]冬雪, 生動三湖一夜波." 當與漢江爭雄.

89

餘窩睦員外【萬中】詩名, 在近世諸公之右. 其七言絶句, 尤爲近古, 如"青天九十九群[319]山, 兩岸孤雲信宿還. 日暮潮生烏竹浦, 百帆如鳥杳冥間"之句, 是也.

90

惠寰居士五言絶句極佳, 如"人從長處說, 事到好時休. 春來家釀熟, 仍作小風流", 警世絶語.

91

李安中有[320]"樵去山風細, 漁歸江月斜"之句, 此移唐人全句, 而世皆不知其爲唐詩,[321] 皆謂神句, 可笑.

92

聾翁丈人【崔煒】詩格甚高, 嘗與季父半聾齋過從相好也, 半聾喪後, 有詩云: "聾翁白髮猶前我, 彛甫【半聾字也】青山已古人." 悼惜之意, 溢於辭表.

93

陸放翁詩太半多慷慨語, 如"坐中使氣如秦俠, 陌上行歌類楚狂. 下搨欲招貧與語, 杜門聊以醉爲鄉"之類, 是也. 學者當求其[322]工於言外, 可也.

94

皇明詩人如李夢[323]陽、何景明, 最爲逼唐, 編之於唐詩集中, 雖使具眼者辨之, 恐未

---

316 聾齋公 : A본에는 "季父半聾公".

317 坐 : 『槎川詩抄』에는 "有".

318 前 : 『樊巖集』에는 "全".

319 群 : A, B본에는 "君", 문맥에 근거하여 수정.

320 有 : A본에는 없음.

321 詩 : A본에는 없음.

322 其 : A본에는 없음.

易爲也.

95

“酒邊花樹三春暗, 湖上林風[324]盡日淸.” “緣堤塹柳葉相暗, 隔屋山桃花獨明.” “孤槎奉使日南國, 萬里題詩天畔亭. 地入金沙江浩浩, 風連銅柱海冥冥.” 皆二子之所善鳴者也.

96

李喜之之詩多絶語, 如“水舍鷄鳴夜向晨, 柳梢風動月橫津. 漁家知[325]在江南北, 一色蘆花不辨[326]人”之句, 與柳風蘆月, 同一淸皎.

97

鄭弘祖士述氏爲人奇古, 詩亦如之. 其落花巖詩尤藉藉, “蒼崖墜下幾蛾眉, 化作芳花滿水湄. 只恐夜來風雨入, 不堪零落似當時.” 是也. 深入唐人骨髓.

98

士述氏嘗與石北、海左、半聾遊, 於海左交最厚. 其死也, 海左悼惜作哀誄, 係之以詩, 其首章曰: “藝州以南士, 口口皆歎息. 漢江以北[327]人, 心心皆慘惻. 鶴城丁法正, 三日雙淚滴. 一淚枯左目, 一淚枯右目. 借問爲誰慟, 士述今冥漠.”

99

靈澈上人九日詩: “山情來遠思, 菊意在重陽” 絶佳.

100

澈長於諷體, 韋丹爲容管經略使寄詩曰: “王事紛紛無暇日, 浮生冉冉只如雲. 已決平子歸休計, 五老峯前必共君.” 澈答曰: “年老心閑無外事, 麻衣草坐亦容[328]身. 相逢盡道休官去, 林下何曾見一人?” 蓋[329]諷之也.

---

323 夢 : B본에는 “驚”.

324 林風 : 『空同集』에는 “風林”.

325 知 : 『凝齋集』에는 “只”.

326 辨 : 『凝齋集』에는 “見”.

327 北 : 『海左集』에는 “西”.

328 容 : A본에는 “客”.

101

無可之林下對雪詩: "絶頂晴多出,[330] 遙泉凍未聞." 眞是白雪高調.

102

族大父之存公芍藥絶句, 極幽警可喜. "山家物色少, 紅藥三入詩. 得酒無所詠, 更看未花枝." 是也.

103

近士姜世文士郁, 其人甚淸疎, 工於絶句五七言, 佳者頗多. 余嘗從淸之得見其所爲御溝曲詩[331]諸作, 如"宮娥笑起搴珠箔, 遙見城烏下六曹"之句, 堪可編之餘響間也. 又"身係米鹽添白髮, 夢隨烟雨入何山"之句, 逈出常調, 令人可敬, 但添字不如生字.

104

半聾齋五言絶句, 如樂府語, 如"牛鳴川漠漠, 秋草滿西坡. 衆女盈盈去, 田間有木花"等語也.

105

宋之問五言律詩, 儘爲有唐律詩之龜鑑, 宋主簿山亭有曰: "攀巖踐苔易, 迷路出花難. 窓覆垂楊煖, 階侵瀑水寒." 格高語新, 盡壓初唐.

106

張曲江廬山瀑詩: "日照紅[332]霓似, 天晴[333]風雨聞." 不但形容瀑布之飛奔吼壯, 亦寫自家磊磊落落心事.

107

古今除夕詩, 高蜀州以後, 簡齋二句最好, "多事鬢毛隨節換, 盡情燈火向人明." 是也.

---

329 蓋 : A본에는 없음.

330 出 : 『唐詩品彙』에는 "去".

331 詩 : A본에는 "寺".

332 紅 : 『唐詩品彙』에는 "虹".

333 晴 : 『唐詩品彙』에는 "淸".

108

愼公後聯文章卓越, 如"懷人眇眇千年上, 遇客蕭蕭九月中"之句, 豈非高遠難及者乎?

109

公嘗從故承旨趙公遊, 趙公喪後, 上山寺有詩曰: "悄悄來空寺, 蕭蕭倚暮樓. 浮雲易爲夕, 寒雨遂成秋. 不快平生志, 飜懷千古愁." 傷悼慨惜之意, 見於言外, 甚可敬也.

110

是庵李正言【載厚】, 淸之外祖也. 其詩有"河岳千年又正氣, 乾坤十月逼窮陰"之句, 聞菊圃喪而作也. 句法欲活, 不爲少年之戲求工者也.

111

李執義宗榮之爲丞金泉也, 石北適來有詩曰: "紅柿笙歌憐送夜, 綠陰槐柳恨經春. 秋風嶺外還今夕, 明月樓中有故人." 諷之爽人牙頰.

112

踏靑日會從弟挺儒宅, 賦詩拈雲字. 淸之有"南國羈人能勝會, 餘仙古宅伴孤雲"之句, 絶佳.【餘仙, 半聾一號】

113

李元祥善長, 余之妹婿, 而晦齋嫡孫也, 頗有才思. 余嘗賦少年行, 使和之, 卽應聲曰: "紫陌輕塵暗, 三春俠少遊. 朝從狗屠市, 暮向誰家樓. 入肆先呼酒, 逢人喜結讐. 公然然諾遍, 幾簡慶卿[334]流." 極佳絶, 可從遊先輩長者而無愧矣.

114

崔鶴羽九瑞輓人詩曰: "今日埋君本不期, 寢門一哭尙餘疑. 水雲山月精神在, 杏粥楡羹物色悲. 母欲相隨天漠漠, 妻能不死日遲遲. 知應一種煩寃氣, 浮在門閭政不移." 說盡人情, 不讓爲千古絶調.

115

玄玄翁元春雨詩, 酷肖杜語. "脈脈元春雨, 霏霏散玉繩. 潤宜通地脈, 和可解江氷. 漁

---

334 卿 : A본에는 "鄕", 문맥에 근거하여 수정.

父思魚出, 農人喜麥登. 須臾看造化, 天地一欄憑." 是也. 記之于末, 以備詩家淸覽.

116

金侍郎【得臣】嘗得"歲月吾頭白"之句, 未得其對, 久之, 以"風塵君馬黃"屬之.

117

湖南許公某, 余王考友壻也. 嘗有"他鄉壯髮頭邊雪, 故國寒梅夢裡花"之句, 不浮不澁, 語極沈着痛快, 令人可誦.

찾아보기

지은이

이경유(李敬儒, 1750~1821)

본관은 연안(延安), 자는 덕무(德懋), 호는 반속(半俗), 창해(滄海), 동야(東野), 임하(林下)이다. 이만부(李萬敷)의 증손으로 경북 상주에 거주했다. 부친 이승연(李承延)과 숙부 이병연(李秉延)의 영향으로 한때 시학(詩學)에 몰두하고, 만년에는 고문(古文)을 탐독했다. 1792년 영남만인소에 참여한 뒤 참봉, 봉사를 역임했으나 곧 사직하고, 지역사회에서 강학에 전념했다. 채제공(蔡濟恭), 이헌경(李獻慶), 정범조(丁範祖) 등 근기 남인 주요 인사들과 두루 교유했고, 역시 상주에 정착한 강박(姜樸) 후손들과 교분이 두터웠다. 저서로 『임하유고(林下遺稿)』, 『수여록(睡餘錄)』 등이 있다.

옮긴이

장유승(張裕昇) 단국대학교 동양학연구원 연구교수

부유섭(夫裕燮) 한국고전번역원 연구원

시화총서 · 여섯 번째

창해시안

시를 꿰뚫어 보는 눈

1판 1쇄 인쇄 2020년 8월 30일
1판 1쇄 발행 2020년 9월 10일

지 은 이 이경유
옮 긴 이 장유승 · 부유섭
펴 낸 이 신동렬
책임편집 현상철
편   집 신철호 · 구남희
마 케 팅 박정수 · 김지현

펴 낸 곳 성균관대학교 출판부
등   록 1975년 5월 21일 제1975-9호
주   소 03063 서울특별시 종로구 성균관로 25-2
전   화 02) 760-1253~4
팩   스 02) 762-7452
홈페이지 http://press.skku.edu

ⓒ 2020, 장유승 · 부유섭
ISBN 979-11-5550-420-8 93810

값 32,000원

잘못된 책은 구입한 곳에서 교환해 드립니다.